《教父版圖》系列一之2

上海教父

中

《上海教父》〈中〉目錄

前言

民國初建至三十年代，中國軍閥混戰，豪強紛起，英、法、美、日等列強加緊並擴大了對中國的經濟、文化侵略。

就在這時局動盪之際，中國第一大城市——上海，崛起了一批遊刃於黑白兩道的梟雄人物，如黃金榮、杜月笙、張嘯林、鄭子良之流，他們憑藉各種手段拉幫結派，搶奪地盤，擴張勢力，操縱黃、賭、毒，稱霸上海灘。他們依仗帝國主義及其他黑道勢力，既當政府官員，又做幫會大哥；既為流氓把頭，又是商界大亨。這股強大的青洪幫人馬，在各個山頭幫派之間既互相勾結又互相爭奪；大把頭操縱手下的徒子徒孫，形成一個龐大的勢力網，滲透到社會的各個階層，對當時的社會產生了相當深遠的影響。

本書以長篇小說的形式，再現當年政治的腐敗、時局的混亂、幫會的猖獗；尤其翔實地描述當年上海灘種種光怪陸離的奇特社會現象，描述青洪幫的崛起與發展，江湖道上，如何詭譎變化；描述白道黑道如何沆瀣一氣、為害社會，三教九流人物為了各自的私利運用各種手段將上海灘搞得烏煙瘴氣；此外，還記述了多起震驚當年上海灘以至整個中國的歷史事件之來龍去脈。

杜月笙，中國現代史上最著名的青幫頭目、大毒梟、商界大亨，上海灘的黑道教父，是這部長篇小說的主角。他原來只是一個苦難孤兒，亡命闖蕩上海灘，以出眾的智算機謀與吃人不吐骨頭的手段，打倒一個又一個對手，吞掉一個又一個地盤，一步步走向黑道的頂峰……。

第二十六章　惹冤仇險些喪命

黃堂發誓要報仇，但他也非魯莽之人，靜下心來想了半天，決定先聯絡行家，摸摸底細。行家就是運水果到上海灘來的各船船老大。

當晚，他把附近五條船的船老大都請到自己的船上飲酒，兩杯下肚，黃堂舉著酒杯，先把今天的「悲慘遭遇」咬牙切齒地說了一遍，他還未說完，這幾家船老大也是遭過杜月笙這伙人欺負的，不覺同聲附和，一個個義憤填膺。黃堂這時也終於得知，扮白面的瘦個子叫杜月笙，做紅面的長臉漢叫李阿三，手下各有幾個得力癟三助手，忍不住便大叫道：「這伙流氓太可惡了！各位兄弟也身受其害，我們應該齊心合力跟他們幹一場！」有兩個船老大叫好，餘下三個不哼聲。

「各位以為如何？」黃堂看著這三位，「敢不敢一起幹？」

三個人還是不哼聲，其中一個叫桑漢的對著他露出一臉苦笑。

「你們怕什麼？」黃堂叫道，「這伙小癟三不過是烏合之眾！我們如果齊心合力，一定可以打走他們的！」

「黃老闆你是說得不錯，」桑漢終於開口，「但他們是地頭蛇，我們是外鄉人。我們如果聯合起來跟他們打，就算打贏了，我們這幾條船以後卻是無法總是同進同出的，比如我的船來了十六鋪，其他各位的船沒來，那麼這伙流氓就肯定會只對付我一個，那時怎麼辦？其他各位也是一樣的。我們以後又不能不來上海做買賣，不跟他們公開幹，是為長遠計。」

桑漢說得不無道理，連叫好的兩個也聽得點頭。

黃堂一股氣衝上來：「難道我們就這樣讓這伙人欺負？」

「那有什麼辦法？」另一個船老大道，「開打既不成，報警又沒用，對付這些人，我給他們一籮半籮的水果，就算破財擋災。幸好他們十天半個月才來一趟，也罷了。」其他幾個船老大附和。

黃堂本來以為這些風裡來雨裡去的行家會響應自己的號召，尤其在兩杯下了肚後，當會酒膽包天，哪料這些人竟不敢犯難，寧願忍讓，不覺又無奈又沮喪，只得自個兒生氣。

這時候，一輪明月當空，黃浦江水蕩漾，映著月色，萬點麟光，遠眺南北，直接天際；望東岸浦東，只有零星幾點燈火；看西岸浦西，十六鋪小東門一帶，卻是燈火一片。環顧四週，舳艫連接，桅檣櫛比。船頭懸掛的馬燈，在風中搖曳，夜色下，別是一種淒迷。

不過，沒人欣賞這夜景。黃堂自己也不欣賞。大伙兒喝著悶酒。

突然，黃堂把手中酒杯往小几上一放：「你們不幹，我自個兒幹！我非打這伙流氓一頓出口惡氣不可！」

話是說了，但黃堂也知道就自己手下幾個船伕並非人家的對手，他要打流氓出氣，卻是只好去找另一伙流氓。他找到自己的寧波同鄉黃惠根。

黃惠根年近四十，臉肉橫生，兩道黃眉毛下是一雙金魚眼，因他剃個大光頭，故得了個「惠根和尚」的綽號，是新建的陸家嘴碼頭一霸，手下有二三十人。聽了黃堂的訴說，心中不覺一陣興奮，因為他早想把自己的勢力擴展到十六鋪碼頭，那是全滬水陸貨物進出口的集散地，生意多得很；他也聽人說過杜月笙、李阿三，但他不相信什麼諸葛亮、軍師爺的名號。惠根和尚的流氓哲學是好勇鬥狠，敢衝敢打，他認定江湖上不需要什麼智謀，打得才是最要緊的。既然你杜月笙生得高瘦，諒你也沒什麼能耐。至於那個李阿三，雖然綽號是「打不死」，但世上沒有打不死的人，只看怎樣打罷了。

惠根和尚想著暗暗高興，不過他沒把自己的興奮表露在臉上，只是瞇著那雙金魚眼，道：「堂哥，班兵到十六鋪跟地頭蛇開戰，那可是玩命的事呢。」

「當然不是小孩的玩意，」黃堂明白這個流氓頭的意思，「不過這對根哥來說正是擴展地盤的大好機會，這陸家嘴哪及得上十六鋪的繁華，那裡的機會大得多，根哥想必是知道的。」

黃堂說的是實話：你惠根和尚搬人去十六鋪打架並非只為了我。惠根和尚聽得出黃堂話裡的這層意思，沉默了一會，話題一轉：「那麼，堂哥你說具體怎麼做？」

「我想好了，要打就打他們一個措手不及。你帶手下的兄弟預先埋伏，帶上扁擔木棍，裝成是一群苦力或者是船伕。我找到他們，就帶頭衝殺；一打起來，你們就突然殺出，打他個落花流水。這樣就算被巡捕捉住，也可以說是杜月笙他們欺負船商，所以跟他們打架。」頓了頓，看這和尚並沒有多少熱情，不得不把底牌亮出，「根哥如果能夠為我黃堂出了這口氣，我願出五十個大洋。」

群體鬥毆，況且還是在人家的地頭上，又不知道會不會出人命，會不會被巡捕逮住關進巡捕房，這風險不小，五十個大洋的出價當然偏低，但惠根和尚有自己的打算，這樣做，其實是以給你黃堂出氣為藉口去爭奪十六鋪的地盤罷了，你黃堂願意打頭陣，那我等於多了幾個甘願為自己賣命的人，何樂而不為，於是把那個光頭摸了幾摸，像是勉為其難：「好吧，為了給堂哥出口氣，就這樣幹！不過，堂哥先交五十個大洋。」

流氓就是流氓，收起錢來釘是釘、鉚是鉚，絕不含糊。

杜月笙現在是十六鋪一帶癟三圈中的阿哥級人物，不過他明白，這些癟三不過是跟著他撈錢掙銅鈿罷了，自己並非真的已建立起了一個可以指揮得動的組織。當年上海灘下層社會中真正有勢力的是兩大幫會，一是洪門，一是青幫，不過幫會也不是一個嚴密的組織，幫中派別山頭林立，說起來是同門中人，實際上各不統屬，各行其事。有時為了各自的利益甚至不惜大動干戈。杜月笙越來越感悟到，要想在下層社會中成為一個真正有勢力的人，就必須加入幫會，然後建立自己的山頭。

他斷定以自己的名聲，幫會頭頭不會不接受他。十六鋪一帶有點名聲的青幫頭子有好幾個，那入誰的門拜誰為師好呢？這天正躺在小平房裡看著屋頂發呆，馬祥生一臉春風地飛跑進來。

杜月笙看他一眼：「祥生哥有什麼喜事，發橫財了？」

「是走運了！」馬祥生很興奮，「月笙哥，我要去黃公館學做廚師了，以後就住在黃公館裡，每月有工錢，不必再來麻煩你，不必又睡關帝廟，又睡屋簷下的了！」

「那好呀！」杜月笙坐起來，他知道馬祥生的遠房堂叔馬老五是在黃公館裡做廚師的，六十多歲的了，「你五叔叫你去的？黃公館肯收你？」

「五叔剛才來十六鋪找我，說自己年紀大了，身體又不好，明年就回鄉下了；黃公館的管家程聞同意他收個徒弟，他想我正合適，問我去不去，我當然去了！現在我回來收拾衣服，去黃公館！」

「走吧！」杜月笙跳下床，「叫上幾個兄弟，去德興館吃一頓，我做東！」

兩人出了門，到十六鋪叫上馬世奇、江肇銘、爛賭六、阿富等五六個比較要好的癟三朋友，然後在小東門有名的飯莊德興館落座，開始大碗喝酒，大塊吃肉。

杜月笙本來沒什麼酒量，也猛灌了兩杯，一抹嘴，對馬祥生道：「祥生哥，黃公館是法租界第一公館，黃金榮的名聲說出來誰不敬畏三分，你有機會進黃門，一定要好好幹，如果黃金榮賞識你，你就有前途了！到時，別忘了我們這幫兄弟！」

其他人也叫起來：「對呀！祥生哥，到時發達了，別忘了我們兄弟！」

這時馬祥生已是三杯下肚，不覺便豪氣干雲，一拍餐桌：「這還用說！這幾年大家兄弟出生入死，我馬祥生如果真的發達了，各位兄弟就絕對無須再蹲在街頭做癟三！」一舉酒杯，「乾！」

眾人大呼小叫，杯碗碰得鏘鏘響，這個叫：「祥生哥以後一定會發達的！」那個叫：「祥生哥以後方便記得帶我們兄弟進黃公館看看！」只有杜月笙面色有點憂鬱，又灌了半杯。

眾人正在吵吵嚷嚷，突然遠處傳來一遍喊殺聲，大家立即靜下來，面面相覷：「誰打架？」

杜月笙細聽一會，霍地跳起：「不好！是李阿三他們跟人打架！」話未說完，人已衝了出去。

眾人跟著衝出德興館，一望十六鋪碼頭的方向，只見遠處正有七八個人向這邊狂奔過來，在後面追殺的有二十多人，舉著扁擔木棍，大叫：「殺呀！打死他！」

杜月笙看清楚了，潰敗者中跑在最前面的是吊眼阿定，李阿三在押後，正手舞扁擔且戰且走，而緊追李阿三不放的不是別人，正是幾天前被自己偷了兩籮筐萊陽梨，同時又損失了十多筐水果的黃堂，還有一個光頭佬，揮舞扁擔在狂呼大叫。

杜月笙驀地明白了，大喊一聲：「打呀！拿傢伙打呀！」向前狂奔，正好前面不遠處是個小集市，沿路旁有十多小販在擺賣，一個個攤位都有挑東西的扁擔放著。杜月笙衝過去，不容分說，一手就抄起一個水果攤的扁擔，高舉著向前衝。杜月笙帶了頭，江肇銘、馬世奇等人也如瘋子一般衝過去搶扁擔，隨後狂叫著跟上，其中有個賣小雜貨的婦人本是坐在扁擔上的，結果被江肇銘掀了個兩腳朝天，呼天搶地的哭叫。

杜月笙狂呼著：「打呀！」一馬當先向前衝，十足一個拼命三郎。

吊眼阿定一看來了這支氣勢非凡的援軍，頓即精神大振，轉過頭就大叫：「打呀！月笙哥他們來啦！」

這伙流氓本來已潰不成軍了，聽到這聲聲呼喊，也反身拼命相搏。李阿三正跟黃堂及惠根和尚打得火遮眼，一聽叫「月笙哥他們來啦！」卻分了分心，肩頭上就中了一棍，怪叫一聲，轉身狂跑，沒跑兩步，後背上又中一棍，哇的一聲吐出一口血來，人向前踉蹌幾步，啪！來了一個狗吃糞。

黃堂跨步上前正要又給他一棍，猛聽得一聲暴喝：「黃堂！住手！」不覺一怔，定眼一看，大吃一驚，只見杜月笙挺著扁擔正向自己直衝過來，後面跟著大頭金剛、吊眼阿定、范長寶、闊嘴巴怡生、江肇銘等人，一個個全是拼命的模樣。

黃堂畢竟是個船老大，有妻妾兒孫，有條大木船，他還不想玩命，嚇得一轉身向後就逃，同時大叫：「這個就是杜月笙！」

「來啦！」惠根和尚應聲撲上前，對著杜月笙便是當頭一棒。

平心而論，杜月笙沒什麼功夫，真要打起來，他不是惠根和尚的對手，但他與手下這伙人勝在氣勢。往日流氓打架，多為爭女人搶地盤，或逞英雄出口氣之類，一般來說並非真想要對方的命，因而若一方夠膽不要命，那種瘋狂的氣勢就很有震懾對手的作用。現在惠根和尚就心中暗吃一驚，這個杜月笙高高瘦瘦，看他揮舞扁擔的招式，功夫不怎麼樣，卻夠膽拼命，看著自己揮棒上前，不但不避，竟也高舉扁擔對著自己的大光頭直劈下來。惠根和尚可不想跟這小子同歸於盡，急忙一閃身，他的棒尾劈中了杜月笙的肩膊，杜月笙的扁擔就在他的鼻尖前「刮」了下去。

這時，兩伙流氓已打成一團，慘叫聲呻吟聲怪叫聲響成一片，惠根和尚這邊有二十來人，杜月笙李阿三這方只有十三四個，人數上吃虧，但個個拼命，因為逃跑就只有被人追打。當杜月笙中了惠根和尚的第三棍時，遠處突然響起了急促的哨子聲，五六個雙手挺槍的巡捕從十六鋪方向衝過來。

惠根和尚大叫一聲：「撤啦！上船！」撇下杜月笙，帶頭朝碼頭方向就跑。他那些已佔著優勢的手下也不打了，轉頭也向碼頭逃。這時李阿三已被吊眼阿定背出了戰場，逃向城南華界。杜月笙則已連吐了兩口血，不過仍然拼著全力大叫：「大家跑華界啊！」

兩伙流氓就這樣一哄而散，受了傷的被其他人拖著，一伙人向東面跑，上船；一伙人向南面跑，進華界。

過去小東門城外至東昌渡口，原有一條通黃浦江的支濱，也就是小河浜，濱上有一條石橋，名叫「陸家石橋」，顧名思義是陸姓人建造的，實際是誰，也無從考究了。橋北端屬法租界範圍，橋南端就屬華界。清光緒年間，這條支濱漸漸沒了水源，便成了陸地，有人就在支濱的兩旁建造房子居住。這片地的管理權既不屬法租界管，也不屬華界管，當年上海人稱之為「陸家石橋兩不管」。既然沒王法，沒有牌照的妓院、私娼便慢慢聚居在這裡做生意。鴇母前門送走法租界的流氓巡捕，後門就接納華界的捕快流氓。這天上午，杜月笙這伙流氓如喪家之犬般你攙我扶地擁過陸家石橋時，私娼、龜鴇們一個個走出來看熱鬧，議論紛紛，有的還尖著聲又笑又叫。

當五六個拿著槍的巡捕衝到石橋北端時，惠根和尚這伙人已上了船，並向江中划去，巡捕只能望江興嘆；杜月笙這伙人則已逃過橋南端，巡捕們也莫奈其何：他們不能越界捕人。倒是有好幾個私娼上前向他們表示歡迎，擠眉弄眼，亂拋秋波。那些正喘粗氣的巡捕對著她們愣著眼，那情景煞是滑稽。

杜月笙與李阿三自從在十六鋪建立自己的流氓勢力以來，雖然也曾跟別的流氓幫發生過衝突，但這次則是遭到了最為沉重的打擊。

這伙人幾乎全都受了傷，有的是皮外傷，有的是刀傷，有的是棒傷；而傷得最重的正是幾個最「勇」的。首先死掉的是大頭金剛，這小子在背後遭人突襲，被劈了一刀，當場倒地，因流血過多，被背進同濟醫院時已進入休克狀態，在第二天黎明時終於一命嗚呼。吊眼阿定被人當頭一棒，情急之下用右手向上一擋，結果尺骨、撓骨同時骨折，以後就成了殘廢，既然再打不得，便流落街頭成了叫花子。

如果李阿三能夠重出江湖，他可能會好過些，畢竟共過生死，但這李阿三，卻自身難保。他被惠根和尚當空劈下的那一棍，打斷了兩條肋骨，有幾粒碎骨插進了肺部，被背進同濟醫院住了一個禮拜，因再交不出住院費、醫藥費，終於被請了出來，讓他的幾個癟三兄弟抬了回協興街的家去。

他老婆丁小香本來是個英租界么二堂子的妓女，低聲問那洋醫生：「阿三以後好得了嗎？」鬼佬醫生搖搖頭：「他如果死不了，就是奇蹟。但他以後肯定再站不起來，因為他的脊柱骨錯位了。」

丁小香也沒搞清什麼叫錯位，總之她知道李阿三這生人完了。回到家中十分殷勤地服侍了丈夫一整天，叫這個一時清醒一時半昏迷一時全昏迷的李阿三看著感動，叫那幾個癟三暗裡讚嘆：「小香姐真是難得。」

到了半夜，家中再無他人，丁小香見李阿三終於沉沉睡去，便用冷水洗了把臉，打醒精神，悄悄席捲了家裡所有值錢的東西，打成一個小包袱，再溜出門去，向北走了一段路，來到小東門，坐上一輛黃包車，直趨英租界，在她以前的一個結拜姐妹的家裡藏匿起來。

這下子李阿三慘了，他在天剛亮時醒來，大叫：「小香！小香！渴死我啦！給我杯水！」沒人應他，心知不妙，掙扎著滾了下床，在屋中爬了個圈，拉開衣櫥抽屜，只見一片凌亂，以前買給小香的金銀飾物、幾張票子全沒有了，心中全然明白，只覺喉嚨一鹹，哇的一聲吐出一口血來，再一個仰面朝天，昏過去了。再醒來時，已是日上三竿，人也躺回到床上，朦朧間，聽到有人叫：「三哥！」拼命睜開眼，別頭一看，是杜月笙，旁邊還有江肇銘、馬世奇。

李阿三躺了一個禮拜的醫院，杜月笙則躺了一個禮拜的小平房。他中了惠根和尚三棍，幸好肋骨沒斷，手腳也沒折，但也吐了兩口血，逃回小平房後往床上一躺，心慌得亂跳，氣猛喘，當天幾乎爬不起來。現在聽說李阿三出了醫院，便讓江、馬二人扶著來看這個難兄難弟，一推門，門就開了，卻見這個李阿三昏在地上，連忙把他抬回床上。現在見他醒了，眼中竟淌出兩行濁淚，自己也不禁悲從中來：「三哥……。」

「小，小香跑，跑了！」李阿三嘶啞著聲音，恨得咬牙切齒，「這個賤，賤貨！」

「上海灘女人多的是！」杜月笙慘白的臉上竟露出笑意來，「三哥，養好傷，以後再幹！」

「我，我不行了。」李阿三的長臉現在青灰色的，顯得更長，「月，月笙哥，為我報，報仇！殺，殺那個光，光頭佬，殺，殺那個黃，黃堂老鬼！……」話未說完，雙眼失神，又昏了過去。

後來李阿三又醒過來一次，但已說不出話，只是緊捏著杜月笙的手，隨後又昏了過去，就再沒有醒過來。「打不死阿三」終於成了「死了的阿三」了。

杜月笙在小平房養了三個多月的傷，開始時還不時有些癟三朋友來看他，到後來，經常來陪他的就只有袁珊寶、馬世奇、江肇銘等幾個要好朋友了。馬祥生進了黃公館，要出來也得晚上。爛賭六過了浦東跟馬德寬，沒事也不到浦西來了。到杜月笙終於傷癒，能夠行走如常時，已是宣統二年（一九一〇）的春季，他走到大街上，雖然以前的癟三朋友一樣大聲叫他月笙哥，但他發現自己已無法再如以前那樣收羅大幫流氓橫行十六鋪了，因為這時十六鋪已出現了一個強有力的人物，綽號叫「杭州阿發」。

杭州阿發此人在清末時從杭州流浪到上海，據江湖上的傳言，他是黃金榮的前姘頭阿桂姐的堂弟。既好勇鬥狠，又為人機警，黃金榮大概也是看在阿桂姐的面子上，有意扶植他，暗裡幫他糾合了一幫流氓地痞，形成了一股惡勢力，同時暗裡指使他對付惠根和尚。

惠根和尚依照黃堂的計策，事先把扮作苦力的手下佈置於十六鋪碼頭附近，看到黃堂帶著幾個船伕突然棍劈李阿三等人時，就大叫著殺出，果然打了對方一個措手不及。如果不是杜月笙的突然增援，李阿三等人可能傷亡更為慘重；雖說惠根和尚並沒有大獲全勝，但他的目的算是達到了，由於李阿三身死，杜月笙重傷，以至原來橫行十六鋪一帶的癟三「蛇無頭不行」，沒能再形成一股勢力。那場械鬥過後一個禮拜，惠根和尚探知風頭已過，就帶了手下「乘虛而入」，自己稱霸十六鋪碼頭，隨後公開向靠泊碼頭的商船收取保護費，一時間聲勢不小，原來奉杜月笙做大阿哥的那伙癟三，眼光光看著這伙外幫人的「侵入」，卻沒誰夠膽與之對抗，只能在暗地裡埋怨。

惠根和尚看到自己的勢力已在十六鋪一帶「安營紮寨」，不覺心中得意，正想著該如何擴張，豈料就殺出個背後有黃金榮這樣強硬後台的杭州阿發來。

阿發比這個光頭佬有計謀。他得到黃金榮的暗裡支持，在十六鋪小東門一帶放出口風：說自己是黃公館的人、是黃探長的親戚。那些小癟三當時都想找個有力的靠山，這一來好撈銅鈿，二來有什麼事也有個倚靠。他們想投入黃門卻不夠資格，確實見這個杭州阿發不時陪著黃金榮出入茶館、浴池，便轉而向他投靠。江肇銘和馬世奇也在其中。阿發收了這幫癟三手下，勢力開始逐漸膨脹起來。當他正在考慮如何趕走惠根和尚這伙人時，他的手下跟惠根和尚的手下發生了一次小小的衝突。

衝突的起因在向商船收保護費。

那天是寒食節。寒食節在清明節的前三天，按當年舊上海的風俗，屆時人們要禁火三天，一律吃冷食，到了清明才重新開火，叫做「新火」。

這天一大早，十六鋪碼頭陸續來了不少船隻，到日上三竿時，岸上已是貨如山積，道為之塞。就在這時，幾個流氓下到一艘貨輪上收保費，為首的便是馬世奇：「船老大，你在這裡上貨落貨，平安無事，多得我們在這裡為你維持。做生意嘛，大家都要有好處才做得長……」邊說邊把右手拇指跟食指中指搓了搓，意思很明白：船老大你得給我們兄弟點銅錙花花。

船老大四十來歲，看到這手勢不覺有點愕然：「各位，剛才有五六個人下來，我已經給了他們，你們怎麼能夠收完又收？」

「不可能，我們大哥不會要人來收第二次。」

「那你問他們，」船老大用手向岸上遠處一指，那裡有五六個人正沿著江岸向北走，「他們說，誰敢來要錢，就問他們。你們就問他們好了！」

馬世奇就這幾個人，看看這位身材高大壯實的船老大，又看看站在他身後的十個八個船伕，不敢硬來。轉身走回岸上，追上那幾個人，未走到前面就已明白：這些人是惠根和尚的手下。

上次械鬥，馬世奇肋間中了一棍，幸無大礙，但也痛了好些天。他恨透了惠根和尚及其手下，但自己人單力薄，報不了仇，現在一想不覺火遮眼，衝上前把身一橫：「你們剛才收得的銅錙，拿一半出來！」

對方不覺一愕，為首的那個叫麥五，把眼一瞪：「什麼！問我要銅錙？」

雙方的其他幾個小癟三也有怕事的，一看這兩個頭頭怒目相向，下面就可能要大打出手，有的就愣了。馬世奇這邊有人看看打起來自己人少，要吃虧，便低聲勸架：「奇哥，算了，算了。」

馬世奇想想也是，剛才是一股氣衝上腦門，現在看對方比自己高半個頭，氣勢洶洶，眼睛瞪得似銅鈴，心便有些怯了：真要交手可沒便宜。對著麥五也把眼一瞪，自己找個台階下：「現在老爺有事，過兩天再跟你要！」向手下一揮手：「走！」

「敢在老子面前賣野人頭！再不走我叫你吃癟！」麥五衝著馬世奇的背影高聲大罵，舉步就要衝上去，被手下一個流氓拉住：「五哥，他們可能是杭州阿發的人，算了吧。」

馬世奇確是吃了癟，回到碼頭，剛好碰著阿發，便大講了一通惠根和尚手下的人如何霸道，根本不把發哥你放在眼裡之類的話，其他幾個癟三也在旁邊添油加醋。

阿發聽完，怒火中燒：「光頭佬，我阿發還未找你，你就動到我的頭上！」不過表面上看來還算平靜，沉默了一會，對馬世奇道：「這件事就算了吧。吃過午飯，你幫我送個帖去四明公所，我要跟和尚聊聊。」

惠根和尚是寧波人，他在陸家嘴一帶建立自己的勢力後，就跟四明公所董事會拉上關係；現在他又在十六鋪建立自己的碼頭，就更倚重這個後盾，有事沒事便到公所來白相，把公所變成他自己這幫人的一個聯絡地點，有時他還拉上董事會主席虞琢章去喝兩杯，套熱乎攀交情。虞琢章五十來歲，生得圓頭圓腦一團和氣，是個精明的經紀，不過他賺得盤滿缽滿卻不開店鋪工廠，不辦任何實業。此人本不想跟惠根和尚這類的流氓白相人打交道，但對方既是同鄉，又裝出滿腔熱情，自己也不好拒絕，而且自己也不知以後會有什麼事要找到這類人來幫忙，所以也敷衍應付。

這天本來是寒食節，上海人要禁火的，兩人卻在八仙橋的春風樓大吃了一頓，並喝了個半醉，回到公所，正在品香茗解酒，麥五有點氣沖沖地走進來。

「阿五，什麼事？」惠根和尚瞟一眼手下這個愛徒。

「杭州阿發的人今日竟然在十六鋪碼頭向我要銅鈿！」麥五把事情說了一遍，「根哥，我們不能看著這伙人坐大，要找個時候跟他們明幹一場才好！」

所謂酒能壯膽，惠根和尚當時的酒意未消，再加公所裡有三幾個董事在聊天，聽了麥五的話，都在看著自己，流氓頭要講面子，不覺就紅著臉右手一摸自己的大光頭，叫道：「他媽的！杭州阿發是什麼東西！敢到老子頭上動土！等我去找他！」

瞪著兩道黃眉毛下的那雙金魚眼，氣沖沖就要站起來，被虞琢章一把拉住：「阿根，不要去。」

「為什麼？」

「據說杭州阿發是法租界華探長黃金榮的親戚，黃金榮在這法租界是個惹不得的人物。」

「什麼親戚！他不過是黃金榮以前那個姘頭的堂弟！」惠根和尚不以為然，「黃金榮……」

話未說完，在四明公所當姨娘（女傭）的二孀帶了一個人走進來：「有人要找黃惠根先生。」

「就是這小子！」麥五對著來人叫起來。

馬世奇瞪他一眼，他知道不管麥五如何發蠻，也不敢在四明公所跟自己開仗，自己只管雙手向惠根和尚呈上一張帖子：「阿發哥有請黃惠根先生。」

惠根和尚接了帖子，裝模作樣地打開看了一眼，其實他只認識自己的名字和茶樓兩個字，抬頭看看馬世奇：「你說，什麼時候，哪裡？」

「聚寶茶樓幽遠廳。今天下午三點。」

第二十七章　杜月笙加入青幫

聚寶茶樓在公館馬路中段東新橋街十字路口，茶樓兩旁是店鋪，不遠處就是黃金榮在那裡辦公的法租界麥蘭捕房。聚寶茶樓老闆姓史名少卿，上海本地人，因他的左眼角生有一塊藍色印跡，因此得了個綽號，名「藍眼少卿」，是青幫中的悟字輩。黃金榮經常在下午到這茶樓的蘇州廳閒坐，跟他手下的三光碼子及上海灘三教九流的人物會面，同時又抽大煙聽戲文。藍眼少卿對他是點頭哈腰，敬畏有加；他對這個茶樓老闆在表面上也算客氣。

這天中午飯後，一個老戲班在聚寶茶樓登台演唱崑曲，正唱得如癡如醉，阿發帶了馬世奇等六七個手下大大咧咧的走上樓來，直入幽遠廳。藍眼少卿認得阿發是黃金榮的人，心想這伙流氓白相人今天怎會如此清閒。過了大約半個鐘頭，又看見惠根和尚帶了麥五等六七個人趾高氣揚地上來，也進了幽遠廳。藍眼少卿不覺心中嘀咕，他聽人說過這個光頭佬在十六鋪碼頭突襲李阿三的事，而那個「打不死阿三」卻在這次械鬥中負了重傷，最後是死了。現在阿發跟他碰在一起，真不知會鬧出什麼事來。便一邊吩咐伙記開茶招待，一邊就在心裡盤算：牆上掛的「奉憲嚴禁講茶」木牌對這些流氓是起不了阻嚇作用的，雙方若是打起來，自己這聚寶茶樓豈不倒霉！

轉過頭低聲吩咐一個小伙計：「你立即去麥蘭捕房找黃探長，說今天下午聚寶請來了一個戲班，是唱京戲的，請黃探長來欣賞。」

小伙計應聲是，下樓而去，這時幽遠廳裡，杭州阿發跟惠根和尚的幾句寒暄話也剛好說完了，開始進入正題。

「根哥，」阿發拱拱手，語氣平和，「大家都是江湖中人，我們有話明說。今天我的兄弟到十六鋪收數，根哥的手下很不客氣，這大概有傷同道人的和氣吧？」

阿發話音剛落，站在惠根和尚身後的麥五已大叫起來：「什麼傷和氣！」用手一指也是站在阿發身後的馬世奇，「是這個瘦猴來跟我要銅鈿，是他首先傷了同道人的和氣！」

馬世奇臉上的肌肉抖了抖，但仍是聽從阿發事前的吩咐，強壓著怒氣，不哼聲。

「十六鋪的碼頭這麼大，利益這麼多，哪能由一家獨吞了的？」阿發微微一笑，眼睛不看麥五，而是瞟著惠根和尚，「根哥你說是不是？」

「阿發你這是什麼意思？」惠根和尚臉色陰沉，眼神冷冷的。

「意思很簡單，」阿發不動火，臉上的微笑仍未消失，「既然大家都是吃這行飯，那最好就是各自劃下個地頭來，各做各的生意，別傷了和氣。」

「什麼！」惠根和尚霍地站起來，他看這個阿發中等身材，比自己矮半個頭，打起來未必是自己的對手，不覺就金魚眼一瞪，「我打下的碼頭跟你平分？你他媽的十三點，紮大囤！」

別的流氓被人這樣羞辱，不當場揮拳拔刀也至少惡言相向，但這個阿發卻是好涵養，他坐著沒動，喝口茶，瞟惠根和尚一眼，慢悠悠從上衣袋裡掏出個懷錶看了看，再慢慢放回衣袋裡，對著惠根和尚擺擺手：「根哥何必動火，坐下再商量如何？」

「沒得商量！」惠根和尚右腳往大交椅上一踏，左手扠腰，右手揮拳，金魚眼瞪得猶如兩隻小銅鈴，看上去簡直氣勢如虹，「有道是勝者為王！要爭碼頭就得用拳頭！我惠根和尚的碼頭是用拳頭打回來的！你們這伙人如果要做街邊癟三，那大家可以井水不犯河水；如果要在十六鋪碼頭的商船裡分肥，那就……」

「大家兄弟，有話好商量！有話好商量！」惠根和尚的話未說完，藍眼少卿突然闖進來。這個茶樓老闆現在簡直是心急如焚，去請黃金榮的小伙計已回來報信：「黃探長不在麥蘭捕房。」嚇得他當即過來幽遠廳看動靜，一聽惠根和尚這語氣，心中叫聲苦也！像阿發這種人哪可能繼續忍下去，他一發火豈不雙方大打出手？我這聚寶還怎樣做生意？心一急也就不管三七二十一，衝進來就叫。

藍眼少卿的雙手亂擺，低聲懇求「大家別動手，有話好商量」，阿發卻像沒聽見，也像根本沒有看見眼前這個茶樓老闆，只管微笑著看定惠根和尚：「根哥說得不錯，勝者為王，要爭碼頭就得用拳頭！但不知根哥是準備群毆還是準備獨鬥？」

「兩樣都行！」惠根和尚一臉冷傲。

「那好，我先喝口茶。」轉過頭對馬世奇等手下道，「你們也喝口茶降降火。」

五六個手下果然拿起茶杯喝茶，當一口水含在嘴裡，阿發突然一躍而起，右手一甩，手中茶杯猛擲惠根和尚臉門。其他手下的茶杯幾乎也是同時擲出，並一齊抄椅的抄椅，舉凳的舉凳，揮拳的揮拳，向對方撲去，含在嘴裡的那口茶水更噴了對方一臉。這些全是阿發在事前吩咐好的：打對方一個措手不及！不管輸贏，事後每人賞八個大洋，如果被打傷，醫藥費由他付。

惠根和尚這伙人看阿發受了這樣的辱罵都不敢反擊，以為他是膽怯，正在得意，哪料到對手會突然襲擊。猛回過神來倉促應戰，一時就處於下風。阿發的功夫其實不及惠根和尚，但惠根要應付突然擲過來的茶杯，手一揚，頭一閃，說時遲，那時快，阿發已舉起坐椅當空劈過來，嚇得惠根和尚大叫一聲，雙腳一發力，身體向後急退三尺，才總算避過。功夫再好也一時未能發揮出來。

幾乎沒被嚇昏的是藍眼少卿。他一看霎時間杯飛凳舞，拳腳交加，驚得一愣，隨即發出一聲怪叫，轉身奪門而逃。這時唱崑曲的也住了聲，一些茶客驚惶下樓，一些茶客探頭探腦，更有一些好事的，走過來想看熱鬧。

藍眼少卿衝出幽遠廳，嘴裡大叫：「出人命啦！叫巡捕來啊！叫……」愣住了，他看見黃金榮帶著八九個巡捕已上了樓，並正向幽遠廳衝過來。

黃金榮平時來喝茶，穿的是長衫或短打便服，後面跟著的一般是程聞、徐福生及三兩個便裝保鏢；現在可大不相同，這個大把頭一身探長套裝，腰間還別了支手槍，跟在後面的是巡捕，個個手持長槍。這個黃金榮似乎早已得知這裡會有流氓鬧事，這陣勢，令藍眼少卿不覺大吃一驚。

這時幽遠廳早已成了戰場，杯碟器物橫飛，椅凳成了武器，拳來腳往，其中幾個人已扭打在一起。阿發跟惠根和尚過了三招，已呈敗勢，只是拼命死頂，不過他心中明白，勝利就要來臨——一切都在吃午飯時跟黃金榮商量好了的，現在時間剛好。

「全部停手！」黃金榮在幽遠廳門口發出一聲暴喝，後面的巡捕已持槍衝入。所有人都停了手。巡捕到來還要打，那就是跟巡捕作對了，被一槍崩了可沒仇報，哪個流氓也不敢。

惠根和尚別頭一看，只見黃金榮雙腳叉出，右手按著腰間的手槍，對著這些「甕中之鱉」又是一聲暴喝：「你們擾亂租界治安，這是嚴重罪行！全部押回巡捕房！」

「黃探長真是神勇啊！」藍眼少卿跟在黃金榮後面，這聲讚嘆確實發自內心，「多謝黃探長維持租界治安！」把腰哈了兩哈。

巡捕們的槍指著這兩伙流氓，惠根和尚怒罵一聲：「黃探長，是他們先動手打人！」

「全部押回巡捕房！」黃金榮好像沒聽見。

從聚寶茶樓到麥蘭捕房並不遠，但巡捕們押著這伙人走下茶樓，走過公館馬路，這足已引起眾多市民圍觀。黃金榮提槍押陣，儼然像個大將軍、大英雄，贏得路人一片讚嘆：「黃探長抓流氓，果然了得！」「法租界的治安就是靠他來維持的啦！」「怪不得法國人要倚重他！」

黃金榮心裡得意極了。他這一招簡直是一石三鳥：既為自己贏得了名聲，又幫了阿發，又治了惠根和尚。

當晚在巡捕房，惠根和尚這伙人被一幫巡捕各撞了幾槍托，關了一夜。

他們挨揍的時候，阿發正在八仙橋同孚里的黃公館裡連連向黃金榮躬身致謝：「多謝黃老板！多謝黃老闆！一切盡如黃老闆所料，黃老闆真是神明！」

黃金榮張開大嘴笑了笑：「觸那娘！小菜一碟。」擺擺手，「好了，回去吧，明天我就叫他們滾回陸家嘴！」

第二天，黃金榮回到麥蘭捕房自己的辦公室，叫手下把惠根和尚帶來。

惠根和尚昨晚挨了幾槍托，簡直是有冤無處訴。如果不是在巡捕房裡被人用槍指著腦袋，他哪能受得了這樣的氣！但現在只能捂著胸口擋著臉門挨揍，到今早仍感到身上幾處是撕裂般的痛。他現在終於想明白了，自己是中了黃金榮和阿發設下的局，巡捕狠揍自己，大概也是黃金榮在背後指使，但他現在面對黃金榮，卻怎樣都提不起昨天在聚寶茶樓的氣概來了，謙恭著臉，只是在心裡發下毒誓：黃金榮，以後我黃惠根必報此仇！

黃金榮瞟他一眼：「坐。」對勤務兵擺擺手：「上茶。然後出去，關上門。」

惠根和尚側著身坐下，一杯茶送到他面前，然後，辦公室就剩下兩人了。

「你準備去會審公廨受審了。」黃金榮慢慢點雪茄，抽一口，緩緩吐出煙霧來，語氣很平靜。

「黃探長，是阿發去十六鋪向我的手下搶銅鈿，」惠根和尚一聽急起來，「是他在聚寶茶樓首先動手打……」

「暫時不說這件事。」黃金榮一擺手，「幾個月前十六鋪碼頭械鬥，你打死了人。」

「他們也打傷了我們的兄弟，其中兩個兄弟後來也死了！」惠根和尚急忙辯白，幾乎沒跳起來。

「很好，你承認殺人了。」黃金榮的腫眼皮眨了眨，臉露微笑，「殺人償命，你不會不知道。至於其他的，你跟審判官說好了。」

惠根和尚料不到就這樣又中了黃金榮的圈套，不管平時自認如何天不怕地不怕，也頓時嚇得冷汗從額頭上冒出來，霍地站起身對著黃金榮便猛躬身：「黃，黃探長，你大好佬開恩，饒小弟一次，饒小弟一次，不要送小弟去會審公廨，小弟以後一定報答黃探長的大恩大德！一定報答黃探長的大恩大德！」黃金榮由他猛鞠躬，由他說，只管悠悠閒閒的抽雪茄。

惠根和尚看他這模樣，心裡越加慌了，也顧不得什麼尊嚴，撲通一聲跪了下來，對著黃金榮猛叩頭：「黃探長，求你大好佬饒小弟一次！饒小弟一次！」

黃金榮心中大笑，臉上卻不動聲色。數數這傢伙也叩了十多二十個頭了，額頭已叩出血來，便擺擺手：「好了，起來吧。」

「多謝黃探長！多謝黃探長！」惠根和尚爬起身，只覺昏頭昏腦，不過有一點卻很清醒：自己平時敢打敢衝敢劈敢跟人家揮刀相向，其實，自己原來是很怕死的。

「你以後怎樣報答大恩大德啊？」黃金榮叼著雪茄，話說得輕描淡寫。

「這，」惠根和尚稍一猶豫，「以後收到商船保護費，一半孝敬黃探長！」

「嘿嘿，」黃金榮似笑非笑，「你收了多少我去查你啊？」

「這，這……」惠根和尚不知該怎樣說了。

「算了。江湖上講個道義就是了。」黃金榮非常大度地一擺手。他心中很清楚，把這個惠根和尚交給會審公廨，那對自己並沒有好處，樹敵不說，而且還會惹來江湖道上多數人的指責；自己有頭有面，何必跟這類亡命之徒結怨。若放了他，這和尚就要感激自己的救命之恩，每月還可以有孝敬，同時又能贏得江湖上的義氣名聲，真是何樂而不為。現在看火候已到，把那厚嘴唇向上掀了掀，「我放你一馬，你好好聽著，從今天開始，你就帶了手下回陸家嘴碼頭，以後不要再到十六鋪來鬧事，否則休怪我不客氣！」

「是，是。」惠根和尚連連躬身，他原來還想討價還價的話半句也不敢說出來。

「帶上你手下的人走吧。」黃金榮又一揮手，像驅雞趕狗一般。

「是，是。」惠根和尚又連連躬身，「多謝黃探長，多謝黃探長。」

惠根和尚與麥五等人離開麥蘭捕房，回到四明公所。惠根和尚越想越氣，臉色鐵青。虞琢章剛好上了茶館回來，進門一看他這樣子，暗吃一驚：「阿根，發生了什麼事？」

「中了黃金榮的圈套！」惠根和尚咬牙切齒，把事情經過略說一遍，「章哥，您出面幫幫小弟，小弟打下這個十六鋪碼頭不容易！」

「阿根，黃金榮沒把你拉去會審公廨已是萬幸了！你還想跟他對抗？這事我哪敢幫你！」虞琢章連連搖頭。

「章哥，我們寧波人在上海灘誰個不知！兩次跟法國佬鬥，法國佬也得讓三分！黃金榮不是我們寧波人，您在上海灘又是大好佬，你代表四明公所出面……」

「黃金榮是餘姚人，跟我們寧波人是半個老鄉；我跟你說過，這人稱霸黑白兩道，惹不得，上海灘誰不敬畏他三分？我們四明公所有什麼事也得找他幫忙，怎能出面跟他對抗？就算我想幫你，四明公所董事會的其他人也決不會同意。阿根，這事不要說了。我勸你還是回陸家嘴，否則杭州阿發在十六鋪再跟你打一場，黃金榮就不會再放你一馬了！」

惠根和尚恨哪！但他也明白這個四明公所董事會主席說的是實話，不管自己如何勇武，確是鬥不過拿著槍執掌著法租界治安大權的黃金榮的。心裡大罵一聲：「黃金榮你個臭狗頭！」金魚眼同時狠瞪了一下虞琢章，也暗暗狠咒了幾句：「老勿死！枉我平時跟你稱兄道弟，請你又吃又喝！有起事來，連屁也不敢放一個！」掃一眼麥五等嘍囉，右手狠擊一拳八仙桌，「走！」

惠根和尚就這樣被黃金榮逼出了十六鋪碼頭。以後幾年他一直在想著如何報仇雪恨並重新打進十六鋪，結果仇沒報成，最後反遭了也是一直想著找他報仇雪恨的杜月笙的暗算。

且說這個光頭佬又沮喪又無奈地班兵回陸家嘴的時候，杜月笙正在自己的小平房裡孵豆芽。

這個突然倒了大霉的白相人現在的棒傷大致上是好了，卻無所事事，曾經想過再去找王國生或黃文祥批些次爛生果到十六鋪去賣，但自己欠了人家幾十元還未清數，實在不好意思再開口。眼看以前跟李阿三一起橫行十六鋪一帶賺下的銅鈿就快花得山窮水盡，心中不覺猛嘆時運不濟。想起李阿三，他就開始探究自己失敗的原因，結論是：未能找到一個有力的靠山。像那個杭州阿發，就靠有黃金榮在背後撐腰，最後竟趕走了惠根和尚；同時又勾起幾個月前想好的事：自己靠不上黃金榮這樣的大好佬，但可以入青幫，建立自己的山頭！十六鋪一帶有點名聲的青幫頭子有好幾個，那入誰的門拜誰為師好呢？而且，這入幫的事還得先找引見師，那又該找誰呢？杜月笙雖在十六鋪一帶混了不短時間，但真要做起來也頗為躊躇。

這天吃了一碗陽春麵當晚飯，肚裡還在咕咕響，便喝白開水。

就在這時，袁珊寶和馬祥生走進來：「月笙哥，我們要進門檻了。」

「哦？拜誰做老頭子？」杜月笙一聽，急起來，「為什麼不跟我說？」

「現在不是來跟你說了嗎？」袁珊寶從懷中掏出三張拜師紅帖來，放在小方桌上，「我們三個人一張，拜陳世昌為師，月笙哥你覺得怎麼樣？」

「陳世昌？」杜月笙想了想，「為什麼要拜這個套簽子福生？」

「陳世昌早就不在路邊套簽子了！」馬祥生道，「我們跟惠根和尚打架的時候，他在小東門陸家宅橋口開了間人和棧賭場，孝敬了黃金榮，現在手下有幾十個徒弟，賭場又生意興隆，杭州阿發雖然說自己是黃金榮的親戚，也不敢小覷他。月笙哥，這幾個月你養傷少出去，陳世昌已經成了十六鋪小東門一帶有點名氣的大好佬了！」

「哦？」杜月笙怔了怔，「那就拜他為師！但引見師呢？」

「找了老錦。」袁珊寶道，「他跟陳世昌同是青幫通字輩。聽說祥生哥在黃公館裡做廚師，他就同意了。他也聽說過你月笙哥是諸葛亮，也同意做你的引見師。」

杜月笙連說兩聲好，又問：「那贄敬該封多少呢？」

「我倆商量過了，一人一個銀元。」

「好，足夠了。」杜月笙點點頭。到他發了跡後，陳世昌私下對人說，當年杜月笙進香堂時是封了兩個銀元。袁珊寶便問杜月笙：「當時你有上頓沒下頓，怎會封兩個銀元？」杜月笙道：「好事成雙。入幫是我一生的大事體，兩個銀元表示我的誠心。你看，沒有當年的兩個銀元，哪來今天這麼多的門徒學生？」說完大笑。

第二天夜晚，天上濃雲翻滾，星月無光，漆黑一片。杜月笙、袁寶珊、馬祥生走出小東門，沿著石板路，朝南疾走。路上遇到熟人，也不打招呼。不一會，便過了華界；又一會，來到南市市郊，看遠處一座小山丘腳下有一座關帝廟，廟前有人影晃動。走上前，只見廟門附近有三五個癟三之類的小青年，或站或蹲。三十來歲的老錦，很嚴肅地向杜月笙他們點點頭，沒說話。

過了一會，陸陸續續的又來了八九個人，老錦點點人數，一共十八個，到齊了，低聲道：「跟著來。」自己走到廟門前，「篤篤篤」，輕敲三下。

廟裡有人問：「你是什麼人？」

「我是老錦，特來趕香堂。」

「此地抱香而上，你阿有三幫九代？」

「有格。」

「你帶錢來否？」

「帶格。」

「帶了多少？」

「一百二十九文，內有一文小錢。」

以上對答，絲毫不得出錯。至此廟門呀然敞開。引見師領頭，後面跟了十八個「空子」，進了廟門，走向神案。只見神案上擺著五個香爐，爐中是五炷香，燒得煙霧繚繞。前面又有一個小香爐，稱為子孫爐。香爐後面是四色果供，兩旁置燭台六個，點六支蠟燭。燭光搖曳，映照著灰塵蒙面的關公塑像，那個大陰影在牆上晃來晃去，又照得香案兩旁的人影幢幢，使整個殿堂顯得詭秘陰森，有如鬼域。

神龕前排了一列黃紙，用墨字寫了十七位祖師的牌位，正中一位寫的是：敕封供奉上達下摩祖師之神位。以下依次是任慧可、彭增燦、葉道信、萬弘忍、楊慧能、金清源、羅淨修、陸道遠、翁德意、錢德正、潘德林、王文敏、姚文全、建號隆武的明朝唐王、建號永曆的桂王。在大門外還供有一位「小爺」，那是明末忠臣史可法，因上有唐王、桂王，作為人臣的史可法不能與帝王同列，就只好守在門外。

陳世昌作為這群「空子」未來的「老頭子」、本命師，已端坐在正中的一張大交椅上，神情肅穆。他的兩旁，是被邀前來趕香堂的青幫前輩「爺叔」，有十數位之多。其中有分司執事的所謂「八師」：傳道師、執堂師、護法師、文堂師、武堂師、巡堂師、贊禮師、抱香師，連同本命師和引見師，便是所謂香堂十大師了。

來到神案前，杜月笙等空子便收住腳步，呆呆的站著，這時殿堂裡鴉雀無聲，只有關雲長手提青龍偃月刀，蹙著那兩道臥蠶眉，瞪著那對銅鈴眼，看著這伙大小流氓癟三。在這座供奉自己的廟堂裡拜祭跟自己毫不相干的佛祖，還要開香堂，關雲長若真有在天之靈，想必啼笑皆非。

且不說關大帝心境如何，卻見有人端出一盆水來，端到了陳世昌的面前，於是這個本命師先「淨」了手，以下就依輩份次序，一一淨手。在青幫裡，這淨手表示沐浴。而水只有一盆，手卻有幾十雙，越洗就越髒；輪到杜月笙時，那盆水已髒得一塌糊塗。杜月笙毫不以為忤，只管十分虔敬地把手放進盆中，於是那雙手拿出來時，比未洗前更要髒得厲害。

淨手後是「齋戒」，有人端出一大碗水來，又是從本命師依次傳下去，一人喝一口，喝的時候，嘴巴不得碰到碗邊。一口水喝下肚去，表示從此專其心志，迎接佛祖。

沐浴齋戒儀式完成，行列中走出抱香師來，面朝殿外，拉開嗓門，唱出四句《請祖詩》：

歷代祖師下山來，紅氈鋪地步蓮台；普渡弟子幫中進，萬朵蓮花遍地開。

唱完，恭恭敬敬雙手執香，又唱《請香詞》：

一爐香煙往上昇，三老四少在堂中；弟子上香把祖請，迎來祖師潘錢翁。

二爐香煙舉在空，三老四少喜盈盈；祖師迎來上邊坐，弟子上香把禮行。
三爐香煙敬祖師，三老四少齊歡喜；歡慶堂口多旺盛，今天是個喜慶日。
四爐香煙獻堂前，三老四少盡開顏；香堂口裡人興旺，福壽安康萬萬年。
五爐香煙獻堂前，三老四少站兩邊；小爺就在門外坐，大家一齊把祖參。

唱完，一手執香，一手持燭，唱《請蠟詞》：

一對蠟燭照堂前，三位祖師在上邊；弟子上香把供擺，潘門香煙代代傳。
二對蠟燭照滿堂，富貴榮華永世旺；切記幫規與海底，忠孝節義記心上。
三對蠟燭照四方，同心協力保家邦；淫邪偷盜切莫作，扶老攜幼理應當。

唱完，把香與燭搭成十字，在每一個牌位前跪倒，通通通，叩頭三個，再獻上香燭。最後叩到史可法，又唱出四句詞來：

小爺本是門外客，門裡門外都團結；保護堂口多平安，看好山門不受劫。

五十一個頭叩完，十七副香燭上齊，抱香師又從神案中拿起五支抱頭香，點燃了，捧到廟門口，把廟門關牢，轉過身，大步走進來，同時大喝一聲：「本命師參祖！」

陳世昌應聲離座，面向壇上，默默唸詩一首，別人也聽不清他念的什麼，然後高聲道：「我陳世昌，上海縣人，報名上香！」

站在左班排頭的贊禮師閃身而出，朗聲贊禮，令本命、引進、傳道、執堂各師依次序，每人在每一牌位前又是跪倒，磕頭三個。最末一位巡堂師叩完頭，贊禮師自己便恭恭敬敬的走上前，又是連叩五十一個頭。然後，輪到被請來趕香堂的人依樣畫葫蘆，一個個叩得不亦樂乎。全部叩完，執堂師走出來，介紹大家相互見禮。這些趕香堂的又分列左右，齊齊的排了兩行。

這時引見師向馬祥生點點頭，馬祥生根據事前的預演，一步跨出，向所有來趕香堂的爺叔一鞠躬，高聲道：「先進山門為師，後進山門為徒。各位老大受禮！」

向著其他空子叫一聲：「叩頭！」率先就又跪倒了，其他空子也急忙雙膝一彎，齊齊向上磕個總頭，再爬起來，接過贊禮師分發每人的三支香，雙手捧定，十八人一字排開，又齊齊跪下。

這就輪到傳道師昇座了，這位「爺叔」詳細交代了清幫的三幫九代，然後到本命師陳世昌登場。只見這老傢伙一副端重模樣，往壇前一站，俯視著這伙跪倒塵埃矮了半截的門徒，微微彎腰，厲聲問：「你們進幫，是自身情願，還是別人所勸？」

眾門徒同聲答：「自身情願！」

「那好，既是自願，就聽明白！」陳世昌語氣更是威嚴，「安清幫不請不帶，不來不怪，來者受戒！進幫容易出幫難，千金買不進，萬金買不出！聽明白了麼！」

眾門徒又齊聲應：「是！師父！」整個儀式事先都由引見師講述過的，這時便紛紛從懷中掏出拜師帖和贄敬，雙手舉起呈上去。拜師帖是一幅紅紙，正面當中是恭恭敬敬的楷書：「陳老夫子」，右邊寫三代簡歷、本人的姓名、年齡、籍貫，左邊由引見師預先簽押，附誌年月日。帖的背面，寫十六字誓詞：「一祖流傳，萬世千秋。水往東流，永不回頭！」

陳世昌收齊了拜師帖和贄敬，喊一聲：「小師傅受禮！」微躬身稍拱拱手，然後傳授一幫三代的歷史、十大幫規、各種「切口」。講了幾乎兩個鐘頭，再一個個發授「海底」秘本，同時加重語氣道：「任何人進了清幫，必須嚴守幫中秘密！上不傳父兄，下不傳妻兒！不得欺師滅祖，不得江湖亂道，記住了！」

眾門徒雙手捧著「海底」，又齊聲應：「是！師父！」這時候，已近半夜子時了。

第二十八章 濫嗜賭落泊無路

杜月笙就這樣加入了青幫，這個白相人對此本來懷有極高的期望，加上以前聽人說過，只要背熟秘本上的切口、暗語、動作，就能夠分文不帶而走遍天下，到處都有幫會中人供應食宿，解決困難，贈送盤纏，甚至為你賣命報仇。以為入幫如同鯉魚跳龍門，得成正果。但事實上是，幫會並不會生產銅鈿來分發給他的徒眾。從陳世昌手中接過「海底」（相當於幫會的會員證），完成了入幫儀典，真正成了個青幫悟字輩後，生活並沒有改變。那些同參兄弟，原來是癟三的還是癟三，原來是學徒的還是學徒，原來有上頓沒下頓的仍然是有上頓沒下頓。袁珊寶仍在恆大水果店聽老闆的使喚，馬祥生照樣在黃公館裡拿勺。另外兩個還未入幫的好友，馬世奇跟在杭州阿發的屁股後面，而江肇銘則不知躥哪裡去了。入幫前就跟自己相識的，見到自己還叫聲「月笙哥」、「諸葛亮」，在開香堂時才跟自己相識的，在路上見了面，仍跟以前一樣，形同路人，至於說幫中人會如何「贈送盤纏、賣命報仇」之類，就幾同廢話。

若要說跟以前有什麼不同，那就是自己真正成了悟字輩，也可以開香堂收徒弟做老頭子，但自己癟三一個，無財無勢，誰會來拜自己為師？誰會來給自己呈贄敬？「又是廢話！」杜月笙想到這裡，心中罵一聲，右手狠狠一拍小方桌，實在覺得悶，便出了門，遊遊蕩蕩逛到了外鹹瓜街，一轉過街角，跟人幾乎碰個滿懷。

「唉呀！原來是國生哥！」杜月笙一定神，叫道。

「哦？是月笙。」王國生高興地拍拍他的肩頭，「近來可好？」

「托國生哥的福，還沒有餓死。」杜月笙這話半開玩笑，其實他是怕王國生向他討那五六十元的債。現在就算把他自己賣了，還不夠這個數。

王國生倒沒有向他追債的意思，話題一轉：「月笙，聽說你近來拜了老頭子？」

「是，小弟現在是悟字輩，老頭子是陳世昌，就是在十六鋪開人和棧賭場的老闆。」

「那你怎麼說還沒有餓死這般慘？」

「國生哥，不說幫裡事。總之一句話，上海灘，有銅鈿就一切都有；沒有銅鈿，嘿嘿，別說了。」杜月笙也一轉話題，「國生哥，現在還在鴻元盛做帳房？」

「不了，我幾個月前已離開鴻元盛，自己開了間國生水果店了。」王國生頗得意。

「唉呀！那真要恭喜國生哥！」杜月笙一抱拳，「可憐小弟……」

「月笙，與其在家孵豆芽，不如就到小店當跑街吧。」王國生又拍拍他肩頭。

這個小老闆有自己的打算：這個前師弟頭腦靈，會做生意；現在又是幫會中人，也算有個人面，收他做自己的僱員，一來可以為自己出力，二來以後萬一店裡真有什麼事，也好由他出面找幫裡的兄弟幫個忙。不過他還不忘加上一句：「但是月笙，你可得好好幹，別像以前那樣。」

最後這句話叫杜月笙聽得有點不高興，但想想自己這麼一個回湯豆腐干，還會有誰請工？這個王國生待自己也確實不錯，自己欠了他幾十個銀洋，他竟隻字不提，還讓自己做跑街，實在難得，想到這裡，也頗感激，連忙躬躬身：「多謝國生哥。小弟一定好好幹。」

開頭那兩個月，杜月笙確實幹得不錯。這小子頭腦靈活，又懂交際手腕，跑碼頭提貨銷貨，到同行間送貨收款，做得頭頭是道，為王國生掙了不少生意。王國生見他做得有成績，也有意多給他點好處。哪料這小子手中有了銅鈿，又開始舊病復發，癡賭起來了。

他先是偷偷去賭麻將和挖花。麻將幾可稱是中國的國賭，當年黃浦灘上，連三尺小童也能上桌搓幾圈。至於挖花，乃葉子戲的一種，也就是紙牌。這兩種賭博，不但需要錢，還相當費時間。開始時，杜月笙還算能克制，到一定時候，就回國生店，一時間生意沒做成，是常有的事，所以王國生也沒怪他。但杜月笙賭癮漸大，越發不像話了，這一次竟在麻將桌上連搓了三日兩夜，賭了個天昏地暗。對水果店來說，跑街的工作很重要，這就急得王國生派出店中伙計四處找他，卻沒找著，現在終於看到這傢伙在黃昏時一臉疲憊，呵欠連天的蕩回來，語氣就衝了：「月笙，你這幾天跑哪去了？店裡等著你去送貨銷貨啊！」

杜月笙眼睛向上翻了翻，嘴裡嘮嘮叨叨了兩句，大概連他自己也沒弄清說了什麼，便一屁股坐到了大靠背椅上，頭一側，竟當即打起呼嚕來。

看在大家曾做過師兄弟的份上，也看在這小子曾為自己掙來不少生意的份上，王國生忍了氣。過了兩天，大家的臉色好看些了，才沉著聲勸道：「月笙，事體歸事體，白相歸白相。凡事總有個限度，你自己好好想想。」

杜月笙又翻了翻白眼，沒哼聲。

才平靜了幾天，杜月笙又開始間歇性曠工，王國生的勸告因之越來越密，語氣也越來越重。但這杜月笙不但不知改過，竟自心裡煩起來，罵一聲：「他媽的！橫豎橫，拆牛棚！」

他的拆牛棚就是變本加厲，竟挪用公款去賭。送了貨後，有錢過手，他就拿去賭場碰運氣。十賭九輸，便出現虧空；但有時也真讓他碰上運氣，就急忙把虧空的公款補上。王國生一個月盤點一次，一時也沒有發覺，只是不時勸他：「月笙，別賭了，這樣下去，會把你自己都輸掉的！」杜月笙不睬他，有時唔唔呀呀兩聲，有時乾脆一聲不哼。

如此混了兩個月。這個月從月頭開始手氣就差，越賭越輸，虧空的公款越來越多。眼看已到了下旬，王國生一查帳，事情非敗露不可。杜月笙心中不覺急如火燎，碰巧這天到潘盛源水果店收數，五十個大洋到手，一邊往回走，一邊在心裡盤算：已經虧空了店裡近百個大洋，現在去不去翻本？賭麻將，還是挖花？不知不覺過了兩條街，終於把心一橫：不管賭麻將還是挖花，都不可能贏回一百大洋！現在手氣這麼差，說不定還會全部輸掉！橫豎橫，拆牛棚！盡此一搏，打花會！（註十一）

這個白相人懷中揣著五十元，直奔南市猛將廟，一路上盤算好押哪門，怎麼押，這時大約是下午三時半鐘。猛將廟殿堂對出的空地上已聚了有五六十個賭客，一些人看著「彩筒」癡癡呆呆，默默等著命運的裁決；一些人在議論紛紛：將會開出哪一門呢？更有三五人在吵吵嚷嚷，其中一個生得粗眉毛高顴骨的中年人說：「今天是丙寅日，我問過風水先生，子丑寅，鼠牛虎，寅即虎，押虎精王坤山這一門，準沒錯！」

一個三十來歲的青年人接口道：「老何，這不對！我鄰居二叔婆以前是個巫醫，懂巫術的，聽她說，丙寅的丙是天干，寅是地支，天干比地支大，因此應該照天干算！丙是火，火是龍，火龍火龍嘛！因此今天應該押龍精林太平！」

一個嘶啞的聲音響起來：「我說應該押雞精陳日山！」

大家別頭一看，只見在街邊擺攤為人寫信的李百良正走過來。

「寫信佬，何以見得？」青年人問。

「丁阿寶，你可知道這猛將廟供奉的猛將神是何神靈？」李百良不答反問。

「這可不知道。」丁阿寶愕然。這時已有好幾個婦女圍過來。

「這猛將是驅蟲之神！」李百良一看有這麼多人聽他賣弄學問，不覺得意，「先皇雍正親自下令每年兩次祭祀的！這在古書《吳郡歲華紀麗》裡有記載。諸位想想，三十六門中哪門驅蟲最厲害？當然是雞精啦！這是跟本廟正相……」

他的「應」字還未說出，就已被老何怒氣沖沖地打斷：「我說寫信佬！你這不是胡說嗎！照你這說法，這猛將堂開出的門門都應該是雞精啦！簡直荒謬！」

李百良正要反駁，突然一個四十來歲的中年婦人大叫起來：「寫信佬，不是雞！丁阿寶，不是龍！」看一眼老何：「何一波，也不是虎！」把幾個男人一下鎮住。

見她言之鑿鑿，有人就急忙問：「中家嫂，那應該是哪門啊？」

「應該是老鼠！」中家嫂一臉若要得中捨我其誰的神態，「告訴各位，昨晚半夜我起身方便，一下床，幾乎踩著一隻大老鼠！我家裡的那位最反對我打花會，有幾次還揍了我一頓，但這次他就不管我了，由著我來打，打老鼠！押鼠精程必得，必得，一定得！」

哪料立即又有兩個人插嘴進來，一個說應該押蜘蛛精李明珠，因為她一早起床就看見了牆角的蜘蛛；一個說應該押牛精李漢雲，因為她夜裡夢見有隻牛闖進她家裡掀翻了鍋蓋……。

這邊廂在爭吵不休，那邊廂花會老闆繆阿玉從廟裡走出來，這個南市大流氓長得一臉橫肉，鼻大額窄，眼睛細長像是睜不大的樣子。昨天他納了個么二堂子的名妓香濃豔為四姨太，今天心情特別好，便親自出來監督收拾木櫃裡的賭注。

就在他帶著兩個手下轉過身去就要走進殿堂時，猛聽得廟門外傳來一聲大叫：「繆老闆！等等！還有我下注！」

繆阿玉回頭一看，大笑起來：「哈哈！諸葛亮，有一兩個禮拜沒見你了，也來發財啊？」同是白相人，杜月笙跟這個花會老闆也算有一面之緣。他以前來打花會，儘管那些銅細全被這個老闆吞了，他卻只怪自己運氣不好。現在他跑得有點氣喘：「繆，繆老闆，托你的福，來發財！」

「那好哇！」繆阿玉見有人送錢來，真是多多益善，「諸葛亮，這回打算要押哪一門啊？」

「不是押一門，而是押十門！」杜月笙邊說邊從懷中掏出一袋銀洋來，往那張賭桌上一放，神情看上去很得意，「五十元！押十門！」在場的賭客哇的一聲全圍上來，一個個瞪大眼睛。這些人多是貧苦人家，大多是押三兩個銅板碰運氣，有人咬著牙關搏，也不過二、三元，那可是一般店員工人半個多月的工錢了。打花會一下子押五十元這樣大數目的確實不多。有三幾人看著倒出來的銀元，不禁發出低聲驚叫：「五十元哪！」

繆阿玉則是喜上眉梢，那兩隻本來就瞇成條縫的小眼睛現在幾乎找不到了：「哈哈！諸葛亮果然英雄！有膽識！來來來！押哪十門？」話音未落，他的兩個手下已拿來筆墨紙，放在賭桌上，恭恭敬敬地對著杜月笙躬身：「先生，請！」

杜月笙突然感到心理上獲得了極大滿足：有錢就會有人給你拍馬屁！你看這多威風！這小子對

三十六門可謂熟悉透了，雖不能倒背如流，但順著背是絕無問題。急急步走來時，他就已在路上盤算好了，現在一擺手，簡直是豪氣干雲：「你們幫我寫：押雞、鴨、鵝、龜、象、鱔、駱駝、老虎、青蛇、尼姑！五元押一門，一共十門！」兩個伙記連說好好好，一個提筆一個鋪紙，一眨眼便寫好了，一式兩份，核對無誤，一份交杜月笙，一份就包了五個銀洋，裝進特製的紙袋中，交與繆阿玉。

繆老闆滿臉笑容接過，對著杜月笙豎起大拇指：「豪氣！真是豪氣！令人佩服！」同時心中大笑，又多五十個銀洋進帳了！

過了大約十分鐘，剛好四點，繆阿玉走出來，對坐在賭桌前背對賭客的中年人道：「老，老陶！準備開開開綵！」只有他和這老陶知道，這「老，老，開開開」暗示了該開哪一門。說完，擦一下劃著洋火，就點懸掛在彩筒左邊不遠的爆竹，猛將廟頓即響起一陣劈裡啪啦，外人聽來是熱鬧非常，而廟中的賭客，卻是一個個充耳不聞，摒息呼吸，睜大眼睛，看著老陶把彩筒一拉，布卷徐徐散開，上面先露出一個「方」字，緊接下來是「茂林小和尚」！即時有三幾人興奮得幾乎整個彈起，扯開喉嚨歡呼：「我押中啦！發達啦！」大多數人則是呆若木雞，有幾人開始高聲罵娘，隨後有人發出一聲慘叫：「要命啦！」何一波別頭一看，只見在一片混亂中，申家嫂正雙腿發軟，慢慢倒地，雙眼呆愣，臉色青灰，嘴裡喃喃，「我一家人的米飯錢啊！我老公要打死我啦！」昏過去了。

杜月笙猛然覺得眼前一陣發黑。拼命定了定神，轉身走出猛將廟。

他知道這回是不能回國生水果店了，今晚在小平房也呆不得了，否則王國生帶了人來找自己，一定觸霉頭。那該到哪裡去？馬祥生在黃公館，進不去；袁珊寶仍然在做小學徒，泥菩薩過江，自身難保；馬世奇跟了杭州阿發，自己在十六鋪癟三圈裡算得上是個阿哥級的人物，要自己也去跟杭州阿發，打死也不願意；至於那個江肇銘，多時沒見，也不知躥哪去了。

「枉我杜月笙叫諸葛亮、軍師爺！」杜月笙向天怒罵：「觸那！難道又要睡屋簷下，孵鹹魚桶不成！」心中憤恨不已。

先生，請慢走！」

杜月笙別頭一看，只見街道旁邊有個算命攤，地上一幅紅布上畫了一個人頭像，臉上密密麻麻的點了很多墨點，墨點旁寫了各種名稱，諸如天庭、司空、中正、印堂之類，兩旁是兩行文字，寫的是：鐵嘴神算，未卜先知。畫像後面的一張小竹椅上，坐著個五十來歲的乾小老頭，正向杜月笙招手：「這位先生，面方耳正，色白氣清，是金形之相啊！來來來，讓老夫贈先生兩句。說得對，先生隨意打賞；說得不對，分文不取。」

杜月笙心亂如麻，又覺渾身疲憊，正想再罵一聲：「觸那！」轉念一想，歇歇腳也好。便走過去，在畫像旁邊的小竹凳上坐下來，對著算命佬瞪起血紅的雙眼：「算算我是不是該去跳黃浦江！」

「唉呀！先生這是哪裡話！」小老頭盯著杜月笙，左看右看，「先生確是金形之相啊！」隨手就拿起放在那幅大紅布左上角的一本舊得發黃的古書，翻了幾頁，道：「先生你看，《相五德配五行》云：『金之位於乾兌，含西方肅殺之氣，稟堅剛之體，在人為義，得其形並得其性，是為真君也。』這說的正是先生你啊！」邊念邊搖頭晃腦，如老師塾先生讀「子曰：學而時習之，不亦說乎」一般。

杜月笙哪聽得進什麼之乎者也，況且他也聽不懂，霍地站起身，就要開步走，被乾小老頭一把拉住：「先生別急，再坐坐，我張鐵嘴還未說完哪！」

杜月笙想想自己現在還不知往哪去，急什麼呢？便又坐下：「好吧，你說。」

「觀先生的形相，確是別具一格。」張鐵嘴神態語氣都真誠極了，「面額輕小，齒唇得配；骨堅肉實，腰腹剛正。合於金局，合於金局！不過，現在有晦氣隱顯於印堂，近期可能路途不暢，但那不過是一時受阻，半刻運滯。將來定必前程遠大，名利雙收！」

杜月笙盯老頭一眼，心中罵道：「名利雙收！他媽的我現在沒被人追殺，沒有餓死，也算大命了！還望名利雙收！」不過，他沒罵出口，只是看著張鐵嘴。

張鐵嘴沒聽見他心裡罵什麼，只管繼續往下說：「先生為人，講義氣，剛強有毅力，機智靈巧，思慮深邃。《麻衣相》說先生這種金形格局的人物：『部位要中正，三停又帶才；金形人入梧，自是有名揚。』先生將來一定會名噪天下的！」

這幾句倒又聽得杜月笙心中生出絲絲得意之氣來，眼睛眨了兩眨，想掏出兩個銅錢來打賞打賞這個乾小老頭，手往衣袋一揣，一想這使不得！今晚還得用它來過日腳哪！罷罷罷，再聽這老勿死往下說，說不定自己今晚得餓著肚子孵鹹魚桶。再次霍地站起身，開步走。

張鐵嘴一把拉住他的衣袖：「先生，多謝十文錢。」

杜月笙把手一甩：「放開！聽你東扯西扯，我還未叫你賠我時間哪！等著吧，我杜月笙發了達，賞你五十個大洋！」

張鐵嘴本來還想死纏，一聽「杜月笙」這三個字，心中怔了怔，他以前聽一些江湖上的朋友說過，這是個在白相人地界裡有點名氣的軍師爺、流氓頭，自己在這裡擺攤，惹不起這類人，手自鬆了，眼光光看著這小子揚長而去。

杜月笙昂首闊步走出那弄堂口，頭又低下去了，一路想著以後該怎麼辦，難道逃回家鄉高橋鎮？又不知走了多遠路，抬頭一看，嘻！不知不覺竟回到了老北門。

橫豎橫，拆牛棚！現在回去如果被王國生捉住吃生活，就自認倒霉算了！打定主意，在弄堂裡拐了兩個彎，走向小平房，剛來到拐角處，迎面碰著鄰居江豐，想避都來不及——杜月笙欠了這位飯店雜工兩個大洋，至今未還。

「唉呀，月笙，」江豐叫道，「國生水果店的小伙記來找過你，要你快回店去。」倒沒提要他還錢的事。

「哦，好好，我現在就回去！」杜月笙急步走過，回到小平房，包了兩件衣服，拿上剩下的銅板，想想現在不走，更待何時，急步出門，落了鎖，穿出弄堂，朝南直奔。其實他自己也不知往哪去。總之朝北走幾步就進了法租界，說不定會碰上王國生或店裡的伙記，朝南走最安全。糊裡糊塗來到了小南門附近，天已經漸漸黑下來了，在路邊買了兩個大餅充饑，吃完了，漫無目的地亂逛：今晚在哪裡過夜？一眼看見弄堂口有間小廟，開了門的，心中叫一聲：「就在神台上過一晚再說！」走過去。

來到廟門口朝裡一看，只見殿堂深處一張神台上點了一支蠟燭，映照著後面靠牆處的一個神像，也不知是何方神聖，大陰影閃來晃去，神台前的地上好像鋪了席子，有三幾人躺在那裡了。

杜月笙心想這地方不錯，邁步而進，突然左邊門後傳來一個聲音：「先生，請付三文錢。」

「什麼？」杜月笙吃一驚，定睛一看，那裡一張條凳上，坐著個三十歲開外的男人，對著自己虎視眈眈，「在廟裡過夜也要給錢？」

那男人站起來：「我是這裡的廟祝，是買了草薦給你們睡的，不給錢，我白墊草薦給你們啊？」

「這廟是你建的嗎！」杜月笙一腔怒火正無處發洩，不覺怒向膽邊生。他覺得今天真是倒霉透了，想要隨便宿一夜還會碰上個比自己高半個頭的漢子，雖知打起來自己可能要吃虧，一股氣衝上來也就顧不得這麼多了，對著漢子怒目圓睜，「你他媽的強佔廟堂做生意！拿開你的草薦，我就在這裡過一夜！」

「你他媽的找死！」來投宿的乞丐大概是誰也不敢不交三文錢的，這漢子一聲暴喝，「我叫你吃生活！」

左手一伸就要抓杜月笙的衣領，同時右手一舉就要揮拳，杜月笙立即退身一避，左手立掌臉前，右手握拳護胸，雙眼凶光畢露，準備迎戰，只聽得一聲叫：「兩位有話好說，慢動手！」

別頭一看，張鐵嘴正一步跨進來，不覺叫一聲：「算命佬？」

「老張，這小子竟想不給銅鈿！」漢子叫道。

張鐵嘴把他拉過一邊，低聲道：「這個是小東門一帶有名的軍師爺杜月笙，你老兄何必為三文錢跟他結怨呢？」

漢子怔了怔：「哦？」略一深思，微微點點頭，輕輕拍拍張鐵嘴的肩頭，低聲道：「說得不錯。」自己走過來，對著杜月笙一拱手：「原來是十六鋪有名的軍師爺，剛才失禮了，軍師爺別見怪。在下吳長恨。」

杜月笙看他已無惡意，也連忙拱手還禮：「在下杜月笙，剛才多有得罪，長恨哥請諒。」

「哪裡哪裡，大家同道中人，請坐。」

三人就在地上坐下來。吳長恨拿出三隻茶杯，一個茶壺，斟了水，問：「月笙哥，素聞你仗義疏財，濟人急難，在小東門一帶朋友多的是，何至落泊如此，要到這烏曹廟來投宿？」

杜月笙苦笑一下，也不隱瞞：「拿了店鋪的五十個銀洋打花會，全部輸光，怕東家追殺，只好如此。」

「同病相連。」吳長恨苦笑一下。

「那長恨哥為何在此棲身？」

「為報仇！」吳長恨低罵一聲，一擺手，「不說了！」

第二十九章　破廟中駭人聽聞

淡淡月色下，杜月笙看吳長恨那怒恨交加的樣子，也不再問。

「以月笙哥的相貌，以後真是要名噪天下的。」張鐵嘴又開話題，「只是這印堂的黑氣短時間看來還散不了，那月笙哥打算以後怎麼辦呢？」

「還有十來個銅板，拚死再搏，打花會！」杜月笙也是怒恨交加，說得咬牙切齒，同時心裡罵一句：「你這個算命佬，什麼名噪天下，你自己還是先算算自己何時不用在路邊擺攤吧！」

「別打花會！別把銅鈿送給那個繆阿玉！」吳長恨瞪杜月笙一眼，突然問，「月笙哥，你知道這間是什麼廟？」

「不知道。你剛才不是說烏什麼廟嗎？」杜月笙愣了愣，「這跟打花會有什麼關係？」

「這叫烏曹廟。」吳長恨用手一指神案後面那個灰塵蒙面，髒得一塌糊塗的小小泥塑像，「這個就是烏曹，你知道他是誰？」

「烏曹是誰？」杜月笙又一愣。

「烏曹是賭神！他媽的！」吳長恨狠著聲道，「古代傳說他是博戲的創始人，博戲就是賭博，他是賭業祖師！我初到這廟裡時，身上帶了幾十個大洋，每天對著他燒香叩頭，求他保祐。叩了他一個月，才去打花會。以為得賭神暗中相助，能夠發筆小財，有了錢就可以報冤仇。哪知道一次輸兩次輸，最後輸個精光，不得不請走原來在這廟裡的黃老頭，自己來當廟祝，收人三文投宿錢！打花會，有烏曹保祐也沒有用！月笙哥，你想想，花會真正能贏錢的是誰？是老闆，是繆阿玉！十個賭，九個輸，第十個才是贏的，那就是設花會開賭的老闆！你別再去送銅鈿給他！」

杜月笙啞口無言，因為吳長恨說的是實話。沉默了一會，像是問張、吳二人，也像是問自己：「那怎麼辦，難道我真要回鄉下不成？」

「這間烏曹小廟也容不下你這個大神。這樣吧，」吳長根放下茶杯，看看杜月笙，「這個禮拜你就在這小廟裡躲躲，免得東家追殺。風聲平息了，你就去給繆阿玉當航船好了，拉到生意十抽一，你又好口才，夠吃飯的。」

「當航船聽說還要交錢？」

「觸那！你一下子送了五十個大洋給他，他還收你腰牌費，你就一斧頭劈了他！」

「長恨哥說得不錯。」張鐵嘴插嘴道。

以後幾天，杜月笙就真的躲在烏曹廟裡，不敢四處亂走，更不敢回老北門小平房。口袋裡的十來個銅板兩天就用完了，幸得吳長根接濟，否則又得餓肚。到第五天，終是耐不住，就照了吳長恨的吩咐，去猛將堂找繆阿玉，說明來意。

繆老闆原來還以為他又是來「發財」，一聽這小子竟是來要求當航船，便陰陰的笑了兩聲：「我說軍師爺，當航船得先交一元腰牌費呢。」

「繆老闆，幾天前我在這裡打掉了五十個大洋，現在是分文沒有。」杜月笙也當即臉色陰沉，「五十個大洋夠交五十次腰牌費，難道繆老闆還這樣跟我計較嗎？」

繆阿玉看他眼神陰冷陰冷的閃著凶光，也知道這小子曾是法租界十六鋪一帶的流氓頭目，在白相人中也算得上是個人物，雖然這裡是華界南市，自己稍一暗示就可以讓手下把這個小白相人打得七葷八素，但心中暗暗一盤算：何必為一個大洋跟這小子結仇？他當航船為花會拉回來的生意又何止一個大洋，便滿有風度地哈哈一笑：「軍師爺好口才，你若當航船一定生意興隆，一個大洋對你對我又算得了什麼？來吧，」對站在身後的一個小跑腿打個手勢，「拿個腰牌出來給月笙哥！」所謂「腰牌」，其實就是一種受雇於花會賭場的憑證，航船拿著它就可以向人兜生意，誘人參賭。

杜月笙於是分文沒付便當了航船，開始在縣城南面及南市一帶的大街小巷東轉西拐，為花會招攬生意。他不敢到老北門去，更不敢進法租界、英租界。雖然口才不錯，更盡力鼓動那如簧之舌，不過拉到的生意還是僅夠吃飯。晚上仍不敢回小平房，就睡在烏曹廟，吳長恨不但沒討厭他，還跟他稱兄道弟，兩人談得頗為投契。

不過吳長恨始終沒說出自己要報什麼仇，杜月笙也沒問。

不知不覺便半個月過去，杜月笙做航船還算做得老實，收到人家的錢，便一五一十的往彩筒裡送，但漸漸地，他的心又動起邪念來。他看那些經他手送入彩筒的賭注，幾乎全如石沉大海，被繆阿玉吃了去，心想與其這樣，不如由我來為你們作主！說不定就可從中發筆財！於是他拉到生意後，竟就來個移花接木，代押代賭，拿著賭客的錢，不管人家註明了押哪門，他卻用來賭自己的。頭幾次，兩頭落空，賭客押的那門沒中，他自己押的也沒中，那還沒有露出馬腳來。但做得多了，正所謂獵狗終須山上喪，將軍難免陣中亡，夜路走多了，總要遇到鬼的。這一次他把個賭客的錢自己押，結果賭客竟是押中的！而他自己則押了「空門」，這下子就壞了！

杜月笙一看彩筒開出了「陳安士尼姑」，嚇得那顆心快從喉嚨裡跳出來，暗叫一聲：「大事不好！」托他代押的是南碼頭附近的雜貨鋪老闆申河，押銀是一個大洋，押的就是「陳安士尼姑」，自己卻拿了來押「張合海青蛇精」，因為他昨晚在烏曹廟裡做了一個夢，夢見小時候在家鄉高橋被一條青蛇咬了一口，認定是烏曹神給他的啟示，還以為可以暗裡發筆橫財，哪想這回又要逃難了！

照道理，杜月笙要去給申河報信，並送二十八個大洋，而他現在卻是連二十個銅板也拿不出來，那申河自然就會到猛將廟來討，他有底單在手，確是押的尼姑，那杜月笙代賭代押的勾當立即就要被揭露出來。在花會賭場，航船這樣做是最犯忌的，簡直是罪不容誅，繆阿玉若得知，說不定就要這航船的命，就算不當場打死，大概也只剩性命半條。杜月笙一想到此，大難臨頭了！現在不逃，更等何時！

也不管猛將堂裡如何人聲鼎沸，一片混亂：有人歡呼，有人罵娘，有人怪叫，有人呼天搶地，有人當場昏倒，杜月笙只顧得一個轉身便急步走出了猛將廟，心想不出半個鐘頭，繆阿玉可能就要發散手下到處追尋自己，自己能往哪裡逃？回烏曹廟？不行！有賭客知道自己住在那裡的。回老北門小平房？說不定王國生還會派人到那裡找自己的！唉呀！難道要逃出上海灘！

此時的杜月笙真是惶惶然若喪家之犬，只管朝西面直走，不知該到何處避難，一抬頭，原來已到了大南門，靈機一動：「對，找張鐵嘴！這個乾小老頭一直說我以後名利雙收，這回我是真正落難了，看你肯不肯收留我！」

這個張鐵嘴，單身寡佬一個，有時太晚了收攤，便到烏曹廟過一夜；時間尚早的話，便回在小西門附近租賃的亭子間住宿。現在沒有生意，正百無聊賴的坐在小竹椅上看街景，猛看見杜月笙從街角急沖沖轉出，朝自己直奔過來，不覺暗吃一驚：「月笙，何事驚惶？」

「張鐵嘴，小弟我大難臨頭了！」杜月笙急急衝到張鐵嘴面前，蹲下，壓著聲把經過略說一遍，「現在繆阿玉一定已經派人四處找我。張鐵嘴，你口口聲聲說我以後一定名利雙收，名噪天下，現在我落難了，你搭救搭救這個未來的大亨，以後我發達了，不會忘記你的好處！」

張鐵嘴也並非真的敢肯定這個癟三以後會名噪天下，他不過是照著《麻衣相》來說話罷了，但現在這個人來求救，若不救他，自己以後也別想在這裡繼續擺攤。

況且讓這小子住了自己那個四面不露風的亭子間，算來也沒有什麼損失，何不就做個順水人情？說不定《麻衣相》真說得準，這小子以後會發達呢！於是滿豪氣地一擺手：「不必說以後給我什麼好處！我張鐵嘴為人講義氣，為朋友不惜兩肋插刀！走，速離此地，跟我來！」

說著三兩下收了算命攤，拿起竹椅竹凳，兩人向西急行，不久就來到小西門，拐進和祥里，走不多遠，便來到一間「元泰紙煙店」，在店後的一個小閣樓裡，是個密不透風的亭子間，張鐵嘴指指自己的床位：「月笙，你就在這裡躲著，這幾天別出去。花會天天開綵筒，過幾天，今天綵筒的事也就過去了。這裡的環境是不怎麼樣，但總比孵鹹魚桶強；況且，聖人孟子早就說過：『天將降大任於是人也，必先苦其心志，勞其筋骨，餓其體膚，空乏其身，行拂亂其所為。』又《易》卦有云：『剝極而復』。這都是說的月笙你啊！先忍耐幾天，自然會雨過天晴的！」

杜月笙其實沒聽懂什麼「孟子曰」、「易卦云」，不過他明白張鐵嘴這番話的大概意思，不覺連道了幾聲「多謝」。不管這張鐵嘴是否真心實意，總之自己是只得暫時呆在這裡孵豆芽的了。

這一孵便孵了近十天。張鐵嘴有時回來過夜，兩人就胡扯些上海灘的江湖經驗；張鐵嘴本是湖北人，承父業走南闖北，算命算了近三十年，到過大半個中國，講起各地風土人情真是口水花亂飛，一副見多識廣的模樣。聽得杜月笙津津有味。吳長恨也來看過杜月笙兩次，送了他兩個大洋，叫這個白相人在心裡感動。看看長此呆下去也不是辦法，這天中午吃過午飯，杜月笙就自己去了大南門，找到張鐵嘴，說自己要回老北門去，原來的東家也不會叫自己觸霉頭的了。

張鐵嘴看看他：「月笙，以後好好幹，你會有前途的！」

「謝謝你這麼多天來的照顧。以後發了達，我一定報答你！」杜月笙說著站起身，「這兩天長恨哥沒來。我去烏曹廟向他道個別。」

「你不用去了。」張鐵嘴做個手勢，「前幾天他去小西門給了你一個大洋，就走了。」

「去哪了？」杜月笙大吃一驚，他對這個吳長恨頗有好感。

「不知道，他沒有說，大概是去亡命天涯，又或者設法報仇。」

「張鐵嘴，這吳長恨到底跟誰結下深仇大恨？」

「唉！」張鐵嘴嘆口氣，「這小子也是可憐。」看一眼杜月笙，「我看你以後是個人物，說不定你幫得了他。我現在可以跟你說說，不過時候未到，你可不能對外亂說。」

「這個你老人家放心。我杜月笙白相歸白相，事體歸事體。絕不江湖亂道。」說著又坐下來，三指朝天，「我對天發誓。」

「那好。」張鐵嘴頓了頓，「你知道英租界有個寶號叫福嘉的土行嗎？」

杜月笙想了想：「聽說過。但確實在哪裡，不知道。」

「這間土行在二馬路，是蘇老財開設的。他有三個兒子，大子蘇壽善、二子蘇福善、三子蘇嘉善。蘇壽善短命，只活了三十四歲，前年夏天一場急病死了，留下個十六歲的兒子，叫蘇易揚。去年年中，蘇老財也一病不起，死後，土行就由蘇福善和蘇嘉善繼承了，寶號也從財記改為福嘉。去年年底，這間土行旁邊的祥安客棧發生了一件大血案：蘇嘉善刀劈蘇福善，同時又殺了自己的老婆劉氏，卻被親侄子蘇易揚帶人追殺，蘇嘉善逃脫，江湖上從此沒了此人。福嘉土行又被蘇易揚改了名號，叫易揚行。繼續在英租界做煙土生意。」

「這件血案我聽人說過，不過那是英租界的事，事情經過不清楚。」杜月笙覺得奇怪，「但這跟吳長恨又有什麼關係？」

「我說老弟，這吳長恨是化名，」張嘴鐵眼一瞪，「他就是蘇嘉善啊！」

「啊！」杜月笙大吃一驚，幾乎從坐著的竹凳上跳起來，「看這個蘇嘉善像是讀書人，講起話來有頭有路，很有學問，怎會一下子又殺兄長又殺老婆？」

「那是一時之氣。他的兄長勾了他老婆，在祥安客棧幽會。蘇易揚向他報信，說他老婆勾了野男人在祥安姧宿，於是他帶了短刀直撲祥安，照著蘇易揚的指點一腳踢開房門，果然看到一個男人正蓋著被子在那裡跟自己老婆巫山雲雨，不覺就火遮眼，撲過去對著那男人的背就是一刀，這男人抱著劉氏一個翻身，這一刀便劈了劉氏，幾乎開膛。劉氏一聲慘叫，當場斃命。蘇嘉善這才看清楚，這男人竟是他哥！可惜當時兩人都狂了。蘇福善看弟弟一下抽出刀，鮮血淋漓，自己也一下跳下床，拿起條凳就劈過去。蘇嘉善火遮眼，殺癲了，看條凳劈來，一閃身，又揮一刀。這一刀蘇福善本來是可以避過的，哪想腳下一滑，刀就劈在了脖子上，鮮血直噴而出，蘇嘉善這時也猛然清醒，自己殺人了！急忙轉身奪門而逃，剛衝下樓梯，就聽到蘇易揚和好幾個人在客棧門口對著走過來的幾個巡捕大叫：『客棧裡有人殺人啦！客棧裡有人殺人啦！』同時響起巡捕的哨子聲。蘇嘉善情知不妙，揮著刀嚇退了圍過來軋鬧猛的人，從客棧側門衝了出去。這時候巡捕未到，蘇易揚卻帶著幾個人在後面直追，大叫『捉殺人犯』。蘇嘉善狂奔進了弄堂，東拐西拐，幾乎跑到氣絕，才總算甩掉了蘇易揚他們，從此後就再沒敢回土行。」

說到這裡，張鐵嘴拿起水壺來喝了一口。杜月笙聽得有點怔住，低聲問：「那後來怎麼樣？蘇嘉善怎會躲在烏曹廟的？」

張鐵嘴放下水壺，竟有點得意地道：「蘇嘉善幸好碰上了我！他甩掉了蘇易揚後就逃出了英租界，向南穿過法租界，從小北門進了縣城，來到大南門，當時我正好在這裡擺攤，看他一臉晦氣，神色驚惶，就對他說：『這位先生，你氣色很壞，前程未卜，為人行事都要小心。』他聽我這麼說，就坐下來。對，就坐在你現在坐的這張小竹凳上，別話沒說，只看了我一眼：『為我測個字，卜未來凶吉。』上天有眼，也算我和他有緣，我為他解了危難！」

「他寫了什麼字？」杜月笙好奇心大起，對這個張鐵嘴簡直是有點敬佩了。

「他隨手寫了個『益』字。」

「益，利益利益，這個字很好啊，表明他以後會奪回他的利益。」

「唉，月笙，你不懂測字，這個字凶啊！《測字秘牒》裡寫明的，這個字拆開來是『二十八血』，主二十八日之內有血光之災！」

「啊！」杜月笙大吃一驚，「那怎麼辦？」

「我當時對蘇嘉善明說了，他當場嚇得臉色青灰，也問我怎麼辦。我就指他一條路：必須在神廟裡住足二十八日，天天叩頭拜神祈禳，不得到處亂走，待過了災期，才能避過這場大難。」

「所以他就住烏曹廟了？」

「在這一帶就只有這間烏曹廟，他就在廟裡住了二十八日，交了八個大洋給廟祝黃老頭做伙食費，把黃老頭高興壞了。到第二十九日，他就耐不住了，自己偷偷跑回英租界二馬路，看到福嘉號已換成了易揚號，回想當時蘇易揚竟帶著人追捕自己，更斷定是自己中了蘇易揚的詭計，也就更不敢回行裡去。碰巧他以前的親信小伙記蘇小二從店裡走出來，他就尾隨了一段路，再把小二拉到街角，問店裡的情況和是不是蘇易揚設局陷害。果然不出所料，小二告訴蘇嘉善，這一切全是蘇易揚策劃的！他挑起蘇家兄弟相鬥，最後自己坐收漁人之利，奪了土行。」說著拿起茶壺又喝一口，同時感嘆一句，「真可謂人心叵測啊！」

「蘇易揚如何設局？」杜月笙對這類陰謀詭計特感興趣。

「蘇福善原來是個跛子，蘇老財在生時為他娶了個鄉下老婆，生得又醜又粗魯，見弟婦劉氏嬌美，就有心想勾引她，但這樣大逆不道的事，哪敢明來。蘇易揚探得二叔有此心，就有意安排三嬸跟他單獨會面。這個劉氏本是個風月場中人，貪錢得很，蘇福善答應給她很多錢，並當場送了她五百元的銀票。劉氏經不住引誘，半推半就便順從了蘇福善。這事蘇嘉善沒有覺察。雙人上手後約半個月，蘇易揚就刻意佈局，安排兩人在祥安客棧幽會，看兩人已經入局，便去報信給蘇嘉善捉姦，並事前將一把短刀放在近處，算好蘇嘉善趕到時正好是兩人巫山雲雨最激烈的時候。蘇嘉善最擔心自己的老婆，也是最容不得別人碰自己的老婆，一聽說劉氏去了祥安跟男人幽會，叫自己戴綠帽，立即火遮眼，大吼一聲：『你這賤人！姦夫淫婦！』不知已中了侄子的詭計，隨手就抄了刀，衝上祥安。蘇易揚看他上了客棧二樓尾房，立即去叫上幾個街邊癟三，本來以為他兩兄弟會有一番搏鬥，叫來巡捕就剛好，誰知蘇嘉善一刀劈了老婆，又一刀就劈了蘇福善。巡捕趕來時他已下了樓，從側門出去了。」

「這條計也真夠毒辣。」杜月笙陰陰地冷笑，「那蘇福善死了沒有？」

「照蘇嘉善所說，他的兄長應該是死不了的！他逃了後，蘇福善就被送進了醫院搶救。到了第三天，突然休克，搶救無效死亡。蘇嘉善斷定，這是蘇易揚做了手腳，殺了蘇福善，迫走自己，再名正言順便奪了福嘉土行。」

「蘇嘉善聽了蘇小二的話後有沒有去跟蘇易揚拼命？」

「拼什麼命!那不等於自投羅網?逃還來不及哪!」張鐵嘴看杜月笙一眼,「蘇小二告訴蘇嘉善,血案後蘇易揚一直在暗中派人找他,說是誰報信並找警察巡捕捉得蘇嘉善,就賞二百個大洋。小二要蘇嘉善趕快逃出上海灘。蘇嘉善聽了,吩咐小二千萬別說見過自己,當即就逃回縣城。」

「以後他就想打花會發筆財買凶報仇了?」

「可惜他輸個精光。最後用一個大洋打發走了黃廟祝,自己收三文錢投宿費來維持兩餐,並從此改名吳長恨,在烏曹廟一住住了這幾個月,看看實在長此下去也無法報仇,所以就另去他圖了。」

「張鐵嘴,怎麼這麼長時間也沒聽你說?說不定我杜月笙能給他幫上一手。」

「我說月笙,你自己都自身難保,貓在小西門的亭子間裡孵豆芽,你怎麼幫蘇嘉善?」張鐵嘴大不以為然,「再說,這些我也是前幾天蘇嘉善臨走時請我到鳳翔樓喝酒,喝得半醉了,我問他,他才說出來的。我怎麼告訴你?」

「他真的沒說去哪兒?」

「我問他,他說自己也不知道,總之是不能再這樣貓在烏曹廟了,要出去找機會,誓報這血海深仇。」說到這裡,張鐵嘴頗感慨地嘆了口氣。

兩人沉默了一會,杜月笙站起身,拍拍張鐵嘴的肩頭:「多謝你這十來天的照顧。我現在回老北門去,後會有期!」說完,大步而去。

回到老北門小平房,一切依舊,沒有被人破門而入的痕跡。大睡了一覺,已是黃昏,正想出去吃碗陽春麵當晚飯,突然袁珊寶衝進來,一見杜月笙就大叫:「月笙哥!你總算回來了!這一個多月你跑哪去了?」

「別嚷嚷!坐。」杜月笙把袁珊寶按在條凳上,把如何虧了國生店的錢,又如何虧了花會賭客的錢簡略說了幾句,問:「王國生還有沒有找我?」

「今早我才見到國生哥,他要我告訴你,虧了的錢就算了,他不會追究,你不必去外面逃難,搞到要睡屋簷下，孵鹹魚桶。他只勸你別再去賭了！」

「他真的說不再追究？」

「天地良心，王國生對你月笙哥真的不錯。他再沒有派人到這裡來找過你。」

「哈哈！我杜月笙運氣不錯，又逃過一劫！」

這白相人竟笑起來，正在得意，卻聽袁珊寶問：「月笙哥，王國生雖說不追究，但國生店你還是回不去的了，其他水果行也不會請你的了。那你以後怎麼辦？總得找銅鈿吃飯啊！」

杜月笙即時沒了得意勁，右手用力梳了梳已一個多月未洗過的髮辮，道：「像我現在這個樣，有什麼以後不以後，不過我杜月笙說起來也算是青幫悟字輩，就不信會餓死在黃浦灘！」

袁珊寶看他那咬牙切齒的模樣，不知該說什麼好了。

沉默了一會，袁珊寶突然問：「月笙哥，知不知道小腳阿娥？」

「小腳阿娥？」杜月笙又搔搔頭，「圓潤院的老鴇？」

「正是。前幾天我到她開的堂子去快活，完了事下樓，在門口遇到她，她問起你，說為什麼這麼長日子沒見萊陽梨來？是不是跟杭州阿發打架被打跑了？我說不是，月笙哥跟杭州阿發無冤無仇，怎會打架。月笙哥是有事離開了上海灘，過兩天就會回來的。她說如果萊陽梨回來了，就叫他到圓潤院來做護院，她願意每月出工錢十五個大洋。我一聽就跟她開玩笑，說我來做好啦。她說你這個袁大頭，沒有萊陽梨的聲望，壓不住陣腳。月笙哥，橫豎你現在沒事幹，何不就到小腳阿娥那兒幹幹？一個月有十五個大洋呢！」

「那是不錯，」杜月笙心想自己的「聲望」竟然也有些用處，心中不覺又得意起來，「聽說這個小腳阿娥還是虞洽卿的乾女兒，曾當街打了瘦猴堂，是個厲害的角色，怎的還要找我萊陽梨為她壓陣腳？」

「說她是虞洽卿的乾女兒，我想不過是她自己打出來的牌頭罷了，好嚇嚇那些想在圓潤院佔便宜的癟三朋友。至於打瘦猴堂，那是不假。」袁珊寶說著哈哈一笑，「不過女人總歸是女人，小腳阿娥雖有強盜金繡和洪老五等人相助，但畢竟在小東門的根基還不算深，找你月笙哥去壓壓陣腳，也是正常得很的事。」

「珊寶哥，我知道你是風月場老手，經常出入圓潤院，肯定知道不少有關這個小腳阿娥的風流事。聽說她曾拳打嫖客，再自開堂子。」杜月笙說著一拍小方桌，「珊寶哥，把其中詳情說來聽聽。」

袁珊寶看這個杜月笙如此感興趣，自己也興奮起來，拿起小方桌上的茶壺猛灌了一口：「這也可算是上海灘風月場中的趣聞，不過我也是聽人說的。」抹抹嘴，把他的江湖見聞慢慢說出來。

第三十章　巾幗女淪落風塵

清末年間黃浦灘小東門、大東門一帶，如裡鹹瓜街、外鹹瓜街、悅來街、新街、典當弄等鬧市中，有近百戶的「寧波堂子」。這些堂子規模有大有小，卻大多是由寧波人開設的。上海為五方雜處之地，很多旅滬商人便在這些堂子裡尋歡作樂。其中有間小堂子名叫「幽蘭」，在外鹹瓜街跟老太平的相交處，內中有一個頗有豔名的粉頭，便是小腳阿娥。

阿娥是甚姓氏，江湖上已失傳。這女子原籍便是寧波，出身書香門弟，家中有幾畝田產，稱得上是個小富之家。小時裹過腳，長大後，那對金蓮雖非三寸，卻也確是顯得比一般婦人為小，因而得了個「小腳阿娥」的綽號。哪料天有不測風雲，在她十五歲那年，母親患了急症，延醫月餘，藥石罔效，她父親與妻子感情甚篤，現在愛妻病逝，悲痛莫名，以至大病一場，又延醫診治，時好時壞便拖了年餘，後來竟臥床不起，先變賣田產，後變賣家藏書畫，到最後，連所居住宅也典押了出去，結果還是魂歸天國，尋妻去了。可憐阿娥，本來是個富家女，現在卻成了一貧如洗的孤兒，只好到窮親戚家棲身。住了半年，生活實在貧苦，又覺得親戚越來越討厭自己，一咬牙，經人介紹，在十八歲那年進了「幽蘭」為娼。這間堂子是一對四五十歲的夫婦開的，鴇母人稱二嬸，龜公人稱二叔，無兒無女，當年手下則養了六個粉頭，年紀從十六、七歲至二十來歲不等，除小腳阿娥外，其中三個是從蘇北災區買來的，另兩個則是自己到堂子裡來賣身掙錢還債的。

當年開堂子，要領營業執照，否則就是違法；而粉頭出賣皮肉，也得有執照。這種執照，載明粉頭的姓名、年紀、籍貫、來歷，左上角還貼上粉頭的半身照片。領得這種執照的女人，就可以公開「營業」，而且每月在固定日期要去衛生局檢查身體，若驗出有性病，便沒收執照，停止其賣身。又按規定，未滿十八歲是不准操淫業的。不過條文雖然寫得清楚，龜鴇們照樣買十六、七歲的少女來做生意，而且，往往瞞報粉頭人數，以減少租稅。反正有錢能使鬼推磨，不時孝敬孝敬那些花捐班的稽查人員、管治安的巡捕，大家就成了一家兄弟。萬一真被查出了，只要將一筒大煙錢往這些人的口袋裡一塞，就可讓他們笑嘻嘻的出門。煙酒煙酒，平安無事。

且說小腳阿娥中等身裁，生得胸隆腰細，臀圓腿長，眼大嘴小，膚白如雪，相貌可人，嬌美端莊；從外表看，猶如一朵溫溫柔柔的嬌花兒；初來堂子時，還羞羞答答，後來便深諳了風月場中三昧，懂得如何討嫖客的喜歡，漸漸竟至豔幟高揚。外人沒有誰看得出，這女子曾苦學過拳擊劍術，若掣劍在手，頓顯颯颯英姿，令人生畏。說來也算得上是一位非等閒之輩的巾幗，只因家道中落，不得已在堂子裡謀生。

大概在阿娥來到幽蘭的三個月後，有一次來了個身材健壯的中年嫖客，動作十分粗魯，開始時阿娥還忍著，後來見他狠命的又抓又捏的，簡直是不把自己當人，就喝令他停手。這嫖客以為自己出得起錢，就可以為所欲為，左手一扯她的長髮，向後一拉，嘿嘿地笑：「小妞兒，讓老爺慢慢弄你，最多完事後另賞你一只銀洋。」

阿娥氣往上衝：「一只銀洋你留著去玩你老婆！」一把撥開他的手，自己後退兩步，再手一指，嬌喝一聲：「你出去！」

那男人仍嬉皮笑臉：「你這小妞兒果然好玩好玩！」撲過來想把她再按到床上。

阿娥一閃身避過，再順勢一拖，這男人根本沒提防，便來了個狗吃屎。唉呀的一聲叫，跳將起來，破口大罵：「你這賤貨！想必是身癢討打！」揮拳就上，於是這對一絲不掛的男女就在房中過了三招，隨著「唉呀」的又一聲怪叫，這男人被踢出門外去了，以後沒敢再來。

兩人對打時，二叔夫婦已衝到房前，看這小腳阿娥如此威武，不覺雙眼發直，事後說了阿娥兩句，看她仍杏眼圓睜的模樣，不敢對她來硬的，以後凡事也不敢太勉強她。當然，他們對阿娥客氣，還有更重要的第三點原因，那就是這阿娥有豔名，能夠招客，為堂子掙了不少銅鈿，是棵搖錢樹。

——他們之間的契約是：嫖客付給堂子的錢，二八分成：二嬸夫婦佔八，當然，這也不能全佔，還得拿點兒出來孝敬管轄這小東門一帶治安的巡捕頭；阿娥佔二。不過客人私下的饋贈，全屬阿娥。

阿娥在幽蘭堂子裡就這樣做了幾年，私下得過不少客人的饋贈，存下了一筆錢；其間雖曾患了幾次淋病，幸好都治癒了。現在看看積蓄不少，便想離開堂子，但這女子既不想回鄉下農作，又不願意在工廠店鋪打工謀生，當然更沒想過進尼姑庵。對男人，她是又愛又恨：愛他們的錢，恨他們只把自己當成個玩物。來嫖過她的男人不少，大多是旅滬的寧波商人，也有個別的可以稱得上是達官貴人，此外還有留學生、公校老師、私塾先生，有為小報寫鴛鴦蝴蝶小說甚至是黃色小說的作家，有為兩餐日夜奔波的小商小販，當然，也有少數是販伕走卒，但這些人中竟沒有誰願意出錢為她贖身，更沒有誰願意名正言順地娶她做老婆。儘管這些人在跟她做愛時嘴裡常常如夢囈般的喋喋不休，讚她簡直是傾國傾城。這令她多少有點傷心，從而也越發覺得這世上最靠得住的是錢財。

這天是阿娥二十二歲生日，她掏出私房錢，當晚在幽蘭堂子裡擺了一桌，請二叔公夫婦和堂子裡的所有姐妹大吃大喝了一頓。大家乾了幾杯，胡扯亂扯的，又唱又叫，不覺已將近到二更天，陸續有三幾個嫖客前來尋歡。

二嬸就對大家道：「有好些客人來了，今晚也算盡興了，就到此為止。」說著轉過身，正要對站在門口侍候的使媽道聲：「撤了席吧。」

話尚未說出口，卻聽阿娥道：「二嬸，今天是我阿娥的生日，你就當給我個面子，讓各位姐妹暫時歇了生意，樂一夜，可好？」

那幾個賣了身的姐妹覺得這當然是好，另兩個來寄身堂子裡掙錢的也不哼聲，只有二叔當即很不高興：「阿娥，白相歸白相，事體歸事體，哪能歇了生意？」

「這有什麼不能？」阿娥在興頭上，又喝了兩杯，話就說得沒顧忌，「不就是少掙幾個銅鈿麼！姐妹們一天接多少客，被那些臭男人又壓又騎，做都給做死了！就歇一夜，大家樂一樂，有什麼了不得！」

「今天你生日，就讓你樂一夜！」二叔臉孔一板，對使媽叫道，「趙家三嫂，你把酒席撤到阿娥姑娘的房裡去，讓她自己去樂！」

阿娥霍地站起來，那雙本來就圓的眼睛瞪得更像對小燈籠，正待發作，二嬸已一把攬住她的肩頭：「阿娥，你喝醉了，回房裡歇歇，自個兒樂吧！」不容分說，把個也不知是氣紅了臉還是因酒精衝紅了臉的阿娥半拉半推的弄上樓，塞回尾房去。

阿娥坐在椅子上，看使媽拿個大托盤把菜餚美酒端進來，猛然覺得全沒了興緻，一擺手叫道：「不要了！都倒了吧！拿盒水果沖壺濃茶進來！」

趙家三嫂連說是是是，過了一會，濃茶水果送進來。這時小腳阿娥的氣也緩下來了，吃了水果喝了濃茶，酒意漸消，人也覺得清醒多了。往床上一倒，一股悲涼感湧上心來：他媽的！想在生日裡好好樂一樂都不能夠！你這兩個鴇母龜公，欺我阿娥在你們這裡寄身！他媽的，我不幹了！心中罵了幾句，覺得有些睏，模模糊糊的似睡非睡，突然聽到有人在外面敲門：叩叩叩！

「誰？」阿娥沒好氣。

「阿娥！」是二嬸的聲音，「有個大好佬特意來請你出局呢。」說著已推開門，走了進來。

「什麼大好佬？今天我生日，現在我累得很！」阿娥仍躺在床上。

「生日也得去！累了也得去！」二嬸到床邊，將阿娥拉起來，「你不去，白送走個財神爺呢！」

「什麼財神爺？」阿娥斜她一眼。

「他一出手就是二十個大洋呢！」二嬸興奮得豎起兩隻手指，「聲明十個歸你，侍候得好，另有打賞！」說著就把十個大洋往梳妝台上一放，「你怎能不去侍候這樣的財神爺喲！」

「你要我去，就為賺那十個大洋！」阿娥心裡罵一聲，不過自己也有十個大洋，還另有打賞，這生意哪裡去找？當即也來了精神，一屁股坐到梳妝台前，先把十個大洋放進抽屜裡鎖好了，再一邊往臉上抹粉一邊問，「果然是個財神爺。人在哪？在大廳嗎？」

「大好佬自己沒來，是他的帳房來了，街口停著很漂亮的綠呢官轎等著你呢！」
「是嗎？」阿娥一聽，不覺臉上飛彩。（註十二）
現在她對著鏡子三下五落二化了個淡妝，頗感滿意，便跟著二嬸下了樓，一個穿著名貴紗綢長衫，似個帳房先生模樣的中年人正在那裡恭候，一見阿娥下來，由衷讚了一句：「真是國色天香啊！」上身稍稍一躬，右手斜斜一伸，「姑娘請。」
名花出局，一般當夜便回，但這次阿娥出局，直到第二天日上三竿時分，才由另一頂綠呢官轎抬回幽蘭來。二嬸看她走進來，垂了一對新耳環，左手無名指上多了一只鑽戒，紅光滿臉，喜氣洋洋，自己便也堆出一臉笑來，嘴上說著：「唉喲喲，姑娘可是回來了。」一路便跟上樓，進了尾房，低聲問：「阿娥喲，那是個什麼財神爺啊？」
「不知道哦。」阿娥笑笑，在靠背椅上坐下來，「他沒告訴我，我也沒問他。」
「是個很有福氣的大富翁吧？」
「那倒不是，高高瘦瘦的，也沒什麼特別。」
「我想他一定給你打賞不少呢。」二嬸笑得曖昧。
「老鴇母，你休想勒榨本姑娘！」阿娥心裡罵道，嘴上卻仍是笑盈盈的說：「二嬸，你老人家眼見的啦，就一對耳環，一只戒指。」說著把左手舉了舉，把個螓首輕輕搖了搖。
二嬸沒奈何。本以為阿娥說出財神爺打賞了多少銀兩，自己也可以趁機分點兒，哪知這阿娥不鬆口，心中便罵了句：「看你這個小妖精的得意勁！」又閒聊了兩句，便退出房去，下了樓，把趙家三嫂拉過一邊：「昨夜那位財神爺是誰？給阿娥打賞了多少？」
趙家三嫂也說不清楚：「名花出局，是陪人喝酒唱曲；昨晚姑娘出局，直接就到了公館馬路的大華酒店，我送她進了一個裝潢很豪華的房間，那個帳房先生就叫我出來了，睡到另一個小房間裡。到了今早，吃過早點，一個四十來歲的中年人陪著姑娘出來，送姑娘上轎。下了轎簾，我只聽到那個中年人對帳房先生說：『你的好介紹，確實叫人樂胃。』那帳房就說：『德哥，何不就認了她做乾女兒？以後隨時都可以來侍候您老人家呢。』那中年人就笑了兩聲，說好好。擺擺手，就起轎回來了。至於姑娘得了多少打賞，我真的不知道。」

二嬸這時倒沒在意阿娥到底得了多少打賞了。她一下子似乎來了靈感，要從中找到一條生財之道，腦袋就在猛打轉：「德哥？高高瘦瘦的？四十來歲？這是個什麼大財神？」閉著眼睛想了一會，突然揮著手帕兒大叫起來：「唉呀！趙家三嫂，這德哥就是四明銀行的老闆虞洽卿呢！海上聞人、著名大亨，總商會會長呢！阿娥做了他的乾女兒，這是多高的身份啊！我幽蘭堂子還用愁沒客上門嗎！還用怕白相人癟三來搗亂嗎！」

這邊廂二嬸興奮得幾乎要跳起來，趙家三嫂對著她連稱恭喜恭喜，那邊廂阿娥看著從懷中掏出的那五十個大洋的銀票子，臉上的表情是既滿足又有點說不出的哀傷。

昨夜在那個豪華套房裡，一個說話斯文沉穩的中年人先繞著阿娥轉了個圈，再輕輕托起她的下巴，看了一會，道：「果然名不虛傳，上品。」便把這張銀票放在梳妝台上，說，如果侍候得他滿意，這就是賞銀，五十個大洋。高興得阿娥一陣心跳。然後，中年人又拿了一對新耳環和一只鑽戒出來，對著阿娥晃了晃：「如果你完全順從我的意思，就再加賞。」也放到梳妝台上，興奮得阿娥更連點了幾下頭。

中年人就微微笑了，從酒櫃裡拿出一杯酒來，要阿娥喝了，再三幾下將她剝得一絲不掛，後退一步，做個手勢，要阿娥自己舉手挺乳，慢慢轉圈，他則好像在欣賞一件藝術品。三圈轉完，把她往床上一推，又像面對一隻馴服無比的羔羊。接下來，便是一個有點兒變態的中年男人如何玩弄一個服了春藥的貪財女子的事了。阿娥也搞不清被他玩了多少花樣，自己變換了多少姿勢，腦中只是記著要順從，才可以得到這大筆打賞，就一邊刻意奉迎，一邊拼命克制住心中湧起的那種任人宰割的悲哀。同時感到一種不可遏制的痙攣潮湧般襲來，一波又一波的襲來，那是一種痛感融合快感的滋味，令她無法遏止地呻吟嘶叫。看這男人，像瘋了似的在又抓又捏，又咬又舔，手口並用，神情激昂，越玩越狂，以至齜牙咧嘴，喘氣低吼，渾身大汗淋漓。阿娥只覺自己猶如置身於連天波濤之中，搞不清這類男人何以會花費這麼大筆錢來玩女人卻同時讓自己處於如此痛苦的亢奮狀態；她只管拼命扭動軀體，竭力嘶叫。

如此持續了大約個半鐘頭，那男人終於幾聲長嘯，然後往床上一倒，不一會兒，就睡過去了。到了將近黎明時分，他又爬起來，開始另一輪的「遊戲」，再度把個已累得夠嗆的阿娥弄得死去活來……銀票、耳環、鑽戒，「我是人嗎？」阿娥昏昏糊糊，只知道一切順從，任由擺佈，其他的就搞不清了。

阿娥的哀傷感還未全然消散，二嬸夫婦及趙家三嫂在當天已經向前來光顧的嫖客及外面的其他堂子大肆宣揚：我家阿娥姑娘是大亨虞洽卿的乾女兒！這風聲一放出去，來光顧幽蘭堂子的客人果然遽增起來，大都是衝著阿娥而來。這不外是男人的一種陰暗心理：你虞洽卿名震上海灘，我能夠嫖你的乾女兒，把她玩個顛三倒四，那是多榮耀的事！況且這粉頭也確實是風月場中的上品！哪怕你二叔二嬸把她的身價提高了兩倍，還是值！

小腳阿娥可不願像以前那樣沒日沒夜地幹，她聲明一天最多接三個客，誰想一親香澤，排隊等著吧，你二叔二嬸只管把奴家的身價往上提。二叔二嬸當然希望她不停地幹，但不敢勉強她，怕把她逼急了，一拍屁股走人，豈不雞飛蛋打？

如此過了十來天，這天午飯後，小腳阿娥睡了一覺醒來，有點朦朦朧朧，心中還在想著離開這堂子後該往哪兒去，二嬸突然輕手輕腳地走了進來：「阿娥，有個貴客要找你呢。」

「誰？又是那個什麼虞洽卿？」

「不，他姓羅，人稱羅大個，也是個大老闆、有錢佬呢。他是慕名而來，專誠到幽蘭來找你的呢。晚飯後就要乘船去南通的。你侍候得他好，也是會有不少打賞的，可能比那個虞洽卿還要多呢。

不知你願不願意接他？」

「我下午就接一個客，那就接他唄。」阿娥覺得有點奇，「二嬸，你老人家這次如此鄭重其事的問我，這人可是有什麼不妥？」

「也沒有什麼不妥的。」二嬸笑了笑，揮了揮手上的手帕兒。

過了一會，二嬸便帶了個中年男人進來。阿娥一看，果然是個神高馬大的大塊頭，氈帽一頂，長衫一襲，藍布鞋一雙，看上去都是上乘的料子，價值不菲的。右手提了隻小皮箱子，圓頭圓腦的像個商人，對著自己微笑，看來還挺和善的模樣。

羅大個看著阿娥，一直微微的笑著，沒說話。待二嬸出去了，他才走過來，把阿娥拉起來，站好了，再慢慢剝光她的衣服，輕輕撫摩起來。這屬於嫖客的「正常動作」，阿娥由著他。生理本能反應，也是「娼業道德」，很自然地便發出輕輕的呻吟。

這羅大個是風月場中的老手，他很快就找準了阿娥的敏感區、要害部位，再慢慢加力。漸漸使她由呻吟而喘息，而怪叫，當羅大個把她抱起，往床上放時，她原來的戒備心已鬆懈下來。

遊戲在繼續。約半個鐘頭，羅大個停了手，從小皮箱裡掏出包香菸，遞一支給阿娥：「人傳阿娥姑娘是風月場中的女皇，果然國色天香，傾國傾城，我羅大個得以一親香澤，可謂三生有幸。這是我從英國帶回來的煙中上品，姑娘給個面子試試，能叫人如登天國。」

阿娥這時微張著嘴，半瞇著眼，正為慾火煎熬得有點兒神志不清，諸如此類的甜言蜜語雖是聽過不少，但總是百聽不厭，哪想得到這其中有什麼陰謀，看這大塊頭彎著腰如此恭敬地給自己遞煙擦洋火，心中既得意又滿足，接了煙便吸起來，開頭幾口感覺很亢奮，接下去便漸漸覺得頭腦有點模糊，面前出現了一片雲霧，越來越濃，自身如同陷入了一種飄飄欲仙般的幻影中。朦朦朧朧間，好像看見羅大個從皮箱裡拿了一捆繩子出來，陰陰的笑著，張開了自己的雙手，綁在了床框的兩根立柱上；然後，又分開雙腳，也綁固定了。阿娥突然想掙扎，但不知啥搞的，卻身不由己。一種恐懼感驀地湧上來，把口中的香菸吐了出去。不過這時一切反抗都已經遲了。
羅大個看著這個四肢已不能動彈的裸體美人，仍然陰陰地笑，先欣賞一會，再含上一口水，走上前，對著阿娥的面猛噴過去。阿娥抖了抖，眼前幻影消散，慢慢清醒過來，一看自己竟已陷入如此境地，心中叫一聲這回完了！怒目圓睜，拼命大叫：「羅大個，你要幹什麼！你快放了我！」
羅大個不答她，仍在笑，抽出支煙點上，吸一口，慢慢吐出來，然後從皮箱裡拿出把小鉗子，在阿娥面前晃了晃，「嘿嘿」冷笑了兩聲，語調陰森陰森的：「小妞兒，我叫你做虞洽卿的乾女兒！」接下來阿娥遭受了煙燙鉗夾的折磨。手腳動彈不得，她武功再好也沒用，只能把頭亂擺，發出一聲聲尖叫並大喊救命。羅大個聽如不聞，只管一下下夾下去。他似乎要在這個女人赤裸的嬌軀上發洩一種莫名的仇恨。
如此持續了三兩分鐘，早已等候在外面的二嬸自認為時候已到，猛一腳踢開房門，手持剪刀直衝進來：「羅大個你住手！」
羅大個一下別過頭來，愣了愣：「二嬸，你來幹什麼?說好了給你三十個大洋，發生了什麼事你都不能進來！」
「放屁！」二嬸一聲暴喝，兩步衝到床邊就剪繩子，「我家阿娥姑娘豈止值三十個大洋！傷了姑娘身子，你給我三千個大洋我也不幹！」
「那你剛才為什麼應承我！」羅大個眼一瞪，也叫起來。
這時繩子剪斷，小腳阿娥三幾下解開了綁著手腕的繩子，再三下五落二解開被捆綁的雙腳，一跳下地，順手抄起床頭櫃上的煙灰缸，對著羅大個的臉門就猛擲過去。羅大個看她跳下床，還以為這隻如同玩物的小羔羊是想趕快穿衣服，然後捂著臉哭著跑出去，萬沒料到這小女子如此暴烈，一看她突然揚手，猛一愣，急忙一閃，煙灰缸擦著他的面飛過。這一愣還未完全清除醒過來，阿娥已直撲過來，右手突發，就是一招「金鷹鎖喉」。

羅大個比阿娥高出一個半頭，身材的壯實更不知優勝多少，雖是稍稍吃驚，但也不把這小娼婦放在心上，急忙一揮手擋格，嘴上竟然笑罵：「哈哈，小妞好玩哉！」話音未落，便「呀」的一聲慘叫，雙手捂了下體——阿娥一見他出手，左腳往下一紮，右腿順撲勢猛然一蹬，不偏不倚，正中羅大個陰囊。這一招實在要命，痛得羅大個一聲慘叫，腰就彎了，緊接著，鼻樑上就中了一招掛拳，又是一聲慘叫，整個大塊頭就滾到地上了，鼻血直淌而下。

這不過是兩三分鐘的功夫。二嬸嚇壞了，大叫：「阿娥停手！」

阿娥根本當沒聽見，對著羅大個的臉門又起一腳：「我叫你不把女人當人！」踢得這大塊頭連滾兩滾，差點滾到了門邊。

二嬸撲上來，一把抱住阿娥：「別打啦！要出人命！」

阿娥這時正火遮眼，心想你這老鴇母，竟跟這畜牲合謀來算計我！雙手肘向後就是發勁的一撞，正中二嬸雙肋，痛得這老鴇母也是一聲慘叫，向後連退兩步，仰面就倒，很不湊巧，後腦就正好碰著了床頭櫃的邊角，再也沒哼一聲，仰八叉般，倒地上了。

阿娥沒管這鴇母，一手抄起梳妝台上的一瓶香水，兩步上前，對著正齜牙咧嘴地掙扎想爬起身的羅大個的百會穴就猛扣下去：「畜牲！」啪！畜牲又倒了，這回倒得像個仰八叉，雙眼仍睜著。

「不好！真要出人命！」阿娥驚叫一聲，怒火沖昏的意識猛地回復過來，別頭再看二嬸，也昏在了地上。心中如條件反射般猛叫一聲：「快走！」

從二嬸衝進來到現在，不過七八分鐘的時間。接連的幾聲慘叫尖叫，本應早已驚動了幽蘭堂子裡的人。但那些女子，有客在房裡的，自然不會管這麼多，只顧繼續出賣自己的皮肉與銷魂之音；沒生意的，也不管閒事，只管躺在床上閉目養神，候客上門。趙家三嫂和她的鄉下姪女在做廚房活，只有二叔坐在樓下廳堂品香茗，抽大煙。當他聽到阿娥的尖叫聲時，並不以為意，因為相類似的尖叫聲在幽蘭裡並不是第一次。當樓上傳來打鬥聲時，他懶洋洋地抬頭向上望瞭望，也不當回事，嫖客揍娼婦，又或娼婦跟嫖客耍花槍，不是什麼新鮮事。當傳來羅大個的一聲慘叫時，他才覺得有點不對了，站起身正想上樓看看，這時剛好一個打扮得斯斯文文的青年嫖客踏進門來：「二叔，小弟又來找金桃姑娘了。」

二叔不得不上前相迎：「唉呀！黃老弟大駕光臨，請坐。」轉過頭向樓上大叫一聲：「金桃！你的老相好來了！」

金桃二十來歲，是寄身幽蘭掙錢的，應聲從房中衝出來，倚著木欄杆向下就是一聲嬌啼：「唉喲！原來是黃相公啊！想死小妹我啦！請上樓來啊！」這時，正是阿娥一香水瓶扣在了羅大個的百會穴上。黃相公施施然上了樓，挽了金桃的腰便進房間。他們的房門一關，阿娥有點衣衫不整地躥出尾房，穿過走廊，衝下樓去。

這時二叔正急步上樓，一見這女子神色驚惶，背上還有個包袱，立即雙手一攔：「阿娥，你上哪兒？你房裡發生了什麼事？」

阿娥一怔：「唉呀！二叔，不得了！那個羅大個跟二嬸在房裡打架，把二嬸打昏了！你快上去看看！」

二叔大吃一驚：「什麼？」往樓上衝，衝了幾步，猛然收住腳，向已衝到廳堂的阿娥大叫：「你去哪裡？回來！」

阿娥不管他，回應一聲：「二嬸要死了！你還不上去看看！」腳步不停，出門而去。

第三十一章　巾幗流氓齊聚首

小腳阿娥快步走出幽蘭堂子，朝北直奔。不覺便來到陸家石橋附近。回頭看，後無追兵，心裡定了些；抬頭望，前面不遠處有間「仁和客棧」，門柱兩邊掛一副木刻對聯，寫的是：「相留燕趙齊梁客，借寓東西南北人。」已甚殘舊。心想也不知那個羅大個或二嬸死了沒有，管他什麼客什麼人，先躲起來避避風再說，於是一頭急步走了進去，租了間二樓的頭房，暫且棲身。阿娥當時真沒料到，自己會由此找到同道，後來竟在上海灘混出了點市面來。

話說在這間仁和客棧裡，住著一位在陸家石橋小東門一帶的下三流社會裡頗有點名氣的婦人，名叫史金繡。當年的仁和客棧是私娼經常出入之地。有些無賴嫖客嫖了女人卻想賴帳，又或少給錢，甚至有的還想敲詐這些可憐女人。遇到這檔子事，史金繡往往就為被欺負的娼婦出面，雙手一扠腰，怒目圓睜，手指直戳這些無賴癟三，大口一張，就是一頓冷嘲熱諷，羞辱臭罵，說你這無賴子，死癟三，沒錢就別學人家嫖女人，嫖了女人掏不出錢來，算什麼男人？簡直是鑽到了乞丐的褲襠底！鑽到了老鼠出沒的下水道！比垃圾還低賤！不如去跳黃浦江算啦！或者就撞牆死了算啦！諸如此類，罵起來滔滔不絕。有時竟至來個無比大撒潑，說你這個臭男人，沒錢又想嗅女人味，來啦！老娘就讓你嗅！你現在就脫光了，讓我老娘來嫖你，完事後我給你兩文錢，買你的鳥兒！總之是什麼叫男人丟面子的話都說得出來。

史金繡的嗓門大，她這樣一輪嘲罵，有時罵得精彩倫絕時，仁和客棧立即就會圍上一大堆人來軋鬧猛，有的還跟著起鬨。那些無賴癟三，在如此眾目睽睽、大庭廣眾之下，遭這潑婦如此嘲諷辱罵，哪還有什麼顏面，大多就只好掏錢出來，然後在一片噓聲中狼狽而逃。也有繼續撒無賴的，罵這史金繡不過，就想拔腿走人，這時史金繡便如雌虎一般，撲上前一把拉住：「你休想開溜！」把最損男人的話繼續源源不絕地揮灑出來，直至這個癟三掏夠錢出來才放手；又或有實在沒帶夠錢的，就只有苦著臉求饒，於是史金繡幾乎每戰必勝，名氣也就漸漸出來了，以至後來不少暗娼受了委屈，都會私下裡向她求助。她儼然成了不少私娼的倚靠。

使史金繡一時名聲大噪的，則是由於她竟敢當街追打流氓。

一天，有個叫白進的流氓白相人想勒榨張德成，要他交五個銅元的保費，否則就要拆他的成衣攤。這個張德成手藝不錯，因而生意很好，可惜沾上了大煙癮，吸得腰弓背駝，瘦骨嶙峋，七分像人，三分像鬼，再加個頭矮小，又生性怯懦，看著眼前這個生得高高大大的白進，竟害怕得愣著雙眼呆著，不知所措。這時正好史金繡從房裡走出來，一看這情景，便知是什麼回事，當即怒目圓睜，二話不說，順手就抄起一條板凳，直衝過去，對著這白進當頭便劈！

當時白進看著張德成膽怯的模樣，以為這回定必得手，正在得意，哪料到突然會殺來個，出手就想要他命的潑婦來，嚇得一轉頭，連叫都來不及，便把頭一偏，板凳沒敲開他的腦袋，但已狠狠地劈在了他的右肩上。痛得這小子一聲慘叫，滿眼發黑，轉身就跑。

史金繡高舉板凳在後面狂追，同時嘴裡大罵：「癟三！你敢來惹老娘，簡直找死，我劈死你！」正所謂好佬怕爛佬，爛佬怕潑婦，尤其是三四十歲的巾幗撒起潑來，奮發雌威，真足可令鬚眉膽怯，可況是這個跟各式人物打慣交道，對男人毫不畏懼的史金繡！白進竟不敢回頭跟她開戰，只知落荒而逃。

史金繡直追了兩條街，才算罷休，嘴裡還不乾不淨地咒罵：「流氓癟三，誰敢來惹我我就把他劈開兩塊！割他的鳥兒！」一路罵回去。當時站在路邊看熱鬧的人不少。自此後這婆娘就不單在仁和客棧，而且在陸家石橋小東門一帶也有了名氣，不但再沒流氓敢來惹她，還有些街邊小癟三來喊她師娘，如此一來，她自己不知不覺的竟成了這些小癟三的小頭目。

小腳阿娥在仁和客棧裡住了十日八日，除了日食三餐要到飯店茶樓走走外，一般就留在客棧裡不外出。開始時跟史金繡只是點頭打招呼，不過一回生兩回熟，彼此便聊起來，覺得挺投契，後來小腳阿娥乾脆搬張椅子到天井來，跟史金繡閒話。兩人天南地北的胡扯，竟越談越投機，十分賞識對方。當史金繡聽阿娥說自己生於武術世家，在鄉下曾把個採花賊打到屁滾尿流時，更是高興，一拍大腿：「妹子！露幾手來看看！」

阿娥正在興奮處，也不客氣，就在天井耍了幾套拳腳，倒也似模似樣，有威有勢，颯颯生風，使史金繡又連拍了幾下大腿：「阿娥，果然好身手！」

「金繡姐過獎！」阿娥一個收式，雙手抱拳。這兩個白相人嫂嫂就算是真正交上朋友了。

這天阿娥到外面吃過早餐，心裡仍記掛著羅大個與二孀的事：不知到底鬧出人命沒有？雖然這十天八天在酒樓飯店沒聽人議論幽蘭堂子打死人，但始終是放心不下。因為如果真的出了人命，自己最好還是逃出上海灘。越想心中越牽掛，一咬牙：溜回去看看！

阿娥出了小食店，沿途買了頂草帽戴上，繞著里弄回去，十來分鐘便來到老太平，遠遠望向路口的幽蘭堂子，外表一切如常，並無異樣。正猶豫著該怎樣去打探消息，突然看見趙家三嫂挽了個菜藍子出來，扭著那肥臀向南走。阿娥料想她是到豆市街買肉菜，便悄悄尾隨。走過了整條外鹹瓜街，便轉入豆市街菜場。看菜場裡，人山人海，嘈雜喧譁。阿娥掃一眼四週，沒有熟人，便上前輕輕一拍趙家三嫂的肩頭。

趙家三嫂當時正彎腰買菜，別頭一看，大吃一驚：「唉呀！阿娥姑娘……」

阿娥輕輕拉著她的手臂，走出菜場：「趙家三嫂，別聲張，我們找個茶館，慢慢說話。」

兩人來到毛家路一家小茶館，上了二樓落座。阿娥看看旁邊兩張桌子沒人，低聲問：「趙家三嫂，當天我走了後，堂子裡怎麼樣？」

「唉呀！那可熱鬧了！」趙家三嫂喝口茶，一抹嘴，「當時二叔衝進了尾房，一看二孀和那男人倒在地上，就大叫：『來人啊！救命啊！』我當即也衝上去，看到二叔正扶起二孀，二孀後腦流了一些血，已經醒過來了，在齜牙咧嘴的叫痛。不過那男人還躺著，一臉血跡，頭頂也破了，還在慢慢的浸血。我想把他扶起來，但那男人重得很，托不動，嚇得我也大叫：『來人哪！』不一會，金桃、紅香、小蘋和她們的客人先後走進房來，大家七手八腳把他抬起來，放到椅子上，那時候他還未醒呢。我還以為他死了，嚇得手都抖起來。」說到這裡，趙家三嫂神情顯得很亢奮，又喝一口茶，「阿娥你知道的，聽老人家說，新死的人誰碰了他，他會追魂的！要是他追我的魂，那不要我老命！」

阿娥聽到這裡，心中大定，右手一舉茶杯，笑起來：「趙家三嫂，這麼說，那男人並沒死？」

「沒死！」趙家三嫂簡直是斬釘截鐵，「那個黃相公，你記得嗎？金桃的相好呢，是懂醫術的，他一下拔了金桃頭上的銀簪，就去刺那男人的上唇，後來我聽他說，那是個穴位，叫『人中』，這麼刺了兩下，那男人就睜眼了。頭上的血和鼻血也沒流了。我就給他擦乾淨血跡。他喝了碗參茶，頭腦也清醒了，就咬牙切齒的說要找你。二叔說你背了個包袱走出去了，可能是畏罪潛逃了，他就大罵『賤人』、『婊子』、『娼婦』，金桃叫他收口，說你罵什麼人！你這樣弄得阿娥尖叫，阿娥是懂武功的，不打你才怪。那男人又罵金桃臭婊子，兩人就吵起來了。二嬸這時也沒什麼事了，也在氣頭上，一手拿起只茶杯，往地上一擲，喝一聲：『你們都閉嘴！』兩人真被她嚇住了，就沒哼聲。二嬸瞪了金桃一眼，說你再出聲，就滾出去，別在幽蘭裡做了！又瞪那男人一眼，說：『你為什麼要這樣傷姑娘的皮肉？上次你這樣弄小笑芳，是因為小笑芳幫年就要完了，我才由了你。你這樣弄姑娘，以後幽蘭堂子裡的姑娘還有人要嗎！』那男人就說：『你二嬸讓我弄小笑芳，他媽的不就是為了那三十個大洋？至於這個小腳阿娥我要弄她，因為這婊子是虞洽卿的乾女兒！』二叔問他：『你跟虞洽卿有仇啊？』那男人可能是火遮眼，就說了，說去年他的錢莊一時手緊，求虞洽卿幫忙調些寸頭救急，虞洽卿竟見死不救，致使錢莊最後關了門。他就要在姑娘身上報復呢！……」

「原來這種事也會跟這些有錢佬間的恩怨有關！」阿娥一聽，怒火上衝，手中茶杯啪的一聲往桌上一放，「竟拿我小腳阿娥來出氣，做替死鬼！」趙家三嫂一看她這怒髮衝冠的模樣，嚇得收了口。

阿娥看她一眼，臉色緩下來，笑了笑：「趙家三嫂，別見怪。那些臭男人不是人！喝茶。」自己拿起茶杯喝了一口，又問：「他們有沒有找巡捕報案？」

「那倒沒有。那男人跟二嬸又吵了幾句，看來也沒什麼事，就氣沖沖的走了。可能也沒有給錢，二嬸二叔大概見他受了傷，又氣成這樣，也沒問他要。這男人走後，二叔就說要找巡捕去捉拿你，說在堂子裡做，就要順從客人，怎可以跟客人打架，一定要把你捉回去懲罰。」

「他真的去找巡捕了？」阿娥竟是笑著問，心想你這個龜公，以後有機會我阿娥揍你一頓！

「照我所見，他其實沒有找。這事傳出去對幽蘭有什麼好的？二叔這樣說，我看不過是想嚇嚇紅香、小蘋她們就是了。」

兩人又聊了一會，阿娥塞給趙家三嫂一個大洋：「趙家三嫂，我以後再不會回幽蘭的了，你回去後，也別說見過我。」

「多謝姑娘。多謝姑娘。」趙家三嫂接了銀洋，躬了躬身，「我不會說的。只是姑娘以後在哪裡安身呢？」

「哈哈！上海灘風雲際會，難道會餓得死我小腳阿娥！」告別趙家三嫂，阿娥步履輕快走回仁和客棧。這時她的心情輕鬆多了：既然沒有死人，巡捕、捕快就不會找上門來，一切平安大吉，不必擔心了。至於那個龜公二叔，如果敢來惹自己，哼！就給他吃生活！

小腳阿娥就這樣想著，櫻桃小嘴歡快地哼著《十八摸》，走進仁和客棧，剛一進門，猛聽得史金繡一聲怒罵：「觸那！我老娘找他算帳！」阿娥暗吃一驚，收了口哨，定睛一看，只見史金繡正顯示出她的潑婦本色，雙手扠腰站在天井中間，一臉的怒氣。在她前面，是一個十七、八歲的小個子少女，肩頭一抽一搐的動，在用袖子擦眼淚。阿娥認得她，這是個從蘇州流浪到上海灘來的暗娼，有好幾次看見她帶了男人來這仁和客棧裡過夜。

「金繡姐，什麼回事？」阿娥急步上前。

「這個小紅，被個男人睡了一夜，今早那男人走了，竟不給一文錢！」史金繡似乎義憤填膺。

「什麼男人這麼霸道？」阿娥盯著小紅。

「他叫阿堂，」小紅邊抽泣邊道，「自稱是黃金榮的徒弟。他說自己睡女人從來不給錢。」

「豈有此理！」阿娥咬牙切齒。

「嘿嘿，」史金繡冷笑兩聲，「這個阿堂，我在如意茶館見過他！生著一張猴面，十足是個無賴地痞！」一擺手，「小紅，你回去！我老娘會為你出頭！」

小紅又擦了擦眼淚，躬了兩躬身：「多謝金繡姐！多謝金繡姐！」轉過身，扭著那圓臀，走出仁和客棧。

阿娥看了一眼這小紅的背影，轉過頭問史金繡：「金繡姐，你真的準備找阿堂算帳？」

「當然！」史金繡一臉豪氣，「阿娥，來，進我房裡再說。」

史金繡租的房就在樓下，兩人進了房，還未坐下，史金繡就道：「這回我非得為小紅出頭不可！否則來這仁和開房的私娼還有誰會孝敬我？那個阿堂實在太可惡，一文錢不給，那個小紅還要為他倒貼的！」

「什麼倒貼？」阿娥問。

「這是客棧旅館的例規啊。女人在這裡做生意，除了付房租給老闆，還要按所得『夜香錢』跟老闆分拆。此外，客棧裡的其他伙記還會向這個女人討小帳的。如果這女人不給或給得太少，她以後就很難在這裡做下去了。你想這個阿堂，他一文夜香錢不給，小紅還不是要自己掏錢出來給老闆和伙記？而且這地痞還說自己嫖女人從來不給錢，這還得了！在別的地方我不管他，在這仁和客棧他也這樣幹，那不是分明不把我史金繡放在眼內？我非得跟這地痞算帳不可！」邊說邊在房中走來走去，右手握著拳頭揮舞。

「金繡姐果然英雄！」聽得小腳阿娥的豪氣也湧上來，轉念一想，還是多了一個心眼，「不過，金繡姐，小紅說，這阿堂自稱是黃金榮的門徒，他的牌頭可是硬得很的呢！」

「什麼硬牌頭！」史金繡眼一瞪，坐下來，「硬牌頭也要碰！他黃金榮身為探長，我想他還不至於竟會這樣放縱門徒，破壞江湖規矩，那一定是阿堂恃著老頭子的勢自己横行！我就揪住他，看黃金榮敢不敢出面保他！」看一眼阿娥，「你敢不敢跟我一起去？」

「當然敢！」阿娥直視對方的眼睛，「只是我覺得兩個人是不是有點過於勢單力薄？最好能多找個有點勢力的姐妹。」

「這主意不錯！」史金繡低著頭想了想，「對，找洪老五！」

阿娥以前聽過洪老五的名聲，這是個以幹「開條子」相架聞名的潑辣貨色。什麼叫開條子呢？那就是拐賣女子為娼。

小腳阿娥也知道，這幾年幽蘭堂子就曾從洪老五手中買過一些姑娘，但現在是要跟黃金榮的門徒「講開」，那就不是只會開條子就行的，於是很認真地問一句：「金繡姐，這洪老五到底有多大能耐？」

「我想你也知道，洪老五是開條子相架的大阿姐。」

「這我知道，但現在是跟黃金榮的門徒算帳，不是開條子。」

「這洪老五豈止是開條子！」史金繡看阿娥一眼，「她可稱為這一帶么二堂子的『抱台腳』呢！」

「這麼了得？」

「這可不是隨便說的。遠的不說，就講件最近的事。怡紅院你知道吧？半個月前，怡紅院老鴇請洪老五在家吃晚飯，飯後開了牌局，正打得高興，突然一個老媽子上氣不接下氣地跑上樓來，對老鴇說：『不好了，樓下來了個穿號衣的，看來是個暗差巡捕，正挾著姑娘動手動腳的，想乾翹姑娘哦！』洪老五一聽，就一把推開竹牌，霍地站起來，蹬蹬蹬下樓。果然看見一個身穿巡捕號衣的男人，滿臉通紅，也不知是不是喝醉了，正摟著一個姑娘亂摸。洪老五就走過去，一句話沒說，就啪啪！給了這小子兩巴掌，打得他暈頭轉向，眼都直了，嘴就這樣的張著，卻說不出話來。洪老五就指令大家把他架到後堂去，親自審問，果然是麥蘭捕房的暗差小巡捕。洪老五喝令他拿出門檻規矩錢來，誰知那小子竟身無分文，洪老五就衝過去，剝了他的號衣，要他第二天拿兩元錢來贖，『否則挽人前來攏一句閒話』。說完就踹他一腳屁股，把那小子轟出了怡紅院。據說那小子回到巡捕房後就把這事告訴了同伙，想鼓動大家一起去怡紅院鬧，哪知他的同伙聽了是洪老五打他的耳光，都不敢出面，還勸他吃口悶心湯丸算了。那小子第二天就真的拿了兩元錢來贖號衣，躬著身，半句話不敢說。阿娥，你說這洪老五有沒有能耐？」

「好！果然了得！」阿娥把手中茶杯往桌上重重一放，「金繡姐，這麼說現在是不是該去找洪老五？」

「沒錯！」史金繡也把手中杯一放，「事不宜遲。走！」兩人興沖沖出了仁和客棧，直奔小東門蔑竹街，來到一幢二樓一底的寬敞的新式房屋前，啪啪啪打門。

這時洪老五正坐在樓上自己的臥室裡喝酒生悶氣。

第三十二章　潑辣婆娘鬧江湖

洪老五聽說史金繡來，便把酒杯一放，走出房，下樓來。阿娥抬頭看，只見這洪老五個頭不小，身材沒有史金繡那麼肥胖，倒顯得結實；五官沒什麼特別，眼神卻有一股霸氣，也不知是不是平日作威作福那些可憐的姑娘造成的。

三人在客廳落座，史金繡先給洪、娥兩人作了介紹，然後半開玩笑地問：「老五，太陽曬屁股了，怎麼沒出去白相？」這時林嫂已獻上茶來，輕手輕腳地退出去。

「白什麼相！」洪老五沒好氣。

「誰敢得罪我們老五？」史金繡看她臉色不對。

「什麼事？」洪老五眼一瞪，「找男人打架？」

「那個瞓女人不掏銅鈿的阿堂你知道吧？」

「瘦猴堂？知道！上兩個月那小子在夜來香客棧瞓女人，完事沒給錢，被那小娼婦哭哭啼啼的纏著，我剛好進去，就一把將他揪住，幾乎跟他幹起架來，碰巧又來了個巡捕，甩了他一巴掌，他才老實。搜了他全身，哪知這傢伙身上就只有一個銅元，當制錢十文的！這瘦猴實在是欺負女人！」

「那好，現在我們就一起去揍他！」史金繡把小紅的事略說了一遍，「不教訓教訓這無賴，他就不把我們姐妹放在眼內！小東門一帶的老鴇娼婦也會瞧不起咱們的！」

「走！」洪老五霍地站起，領頭走出門去。三個潑辣婆娘氣沖沖奔去如意茶館。路途不遠，一會就到了。

說來也巧，阿堂今早離開仁和客棧，便上了如意茶館，灌足皮包水，現在正好搖身搖勢，一副流氓相的從茶館樓上下來，一出門口，往左拐，與這三個婆娘撞個正著。走在前面的洪老五正在一股惱火沒處發洩，兩步上前，一揚手就對著阿堂那副瘦猴臉甩過去。不過這跟兩個月前的情形不同了，那時阿堂是被個小娼婦兩行鼻涕滿臉眼淚的纏著，隨後又進來個凶神惡煞一心想在女人面前擺威風的巡捕，阿堂才老老實實的被洪老五揪著搜身，現在他一見這婆娘揚手打來，立即應戰，舉左手一擋，右手就給洪老五一拳。洪老五在江南女人中個頭算是不小，但卻並不比這個瘦猴高，這時只在氣頭上，沒料到對方突然揮拳打來，結果那巴掌沒打到對方，自己的鼻樑卻中了一拳，呀的一聲尖叫，連退兩步，兩行汙血便流到了下唇。

說時遲那時快，洪老五的腳步還未站定，小腳阿娥已如雌虎一般，猛撲上前，對著阿堂的鼻樑就是一招直衝拳。這時阿堂看打得洪老五怪叫，正在心中得意，猛看衝上來個怒目圓睜的美女，不覺一怔，右手一格，頭一偏，鼻樑沒被打中，腳步卻已浮了。阿娥哪讓他反應過來，那隻小腳已對著這小子的左腳猛蹬過去，不偏不倚，正中上五寸下五寸處。要是一般女子踢這一腳，阿堂還可能挺得住，現在卻是武功不俗的阿娥，那就要命了，呀的一聲慘叫，脛骨雖然沒斷，但已痛得他眼前一陣發黑，當場蹲到地上。

史金繡一看阿娥得手，立即兩步上前，啪啪！就在那剃了前半截的光頭上狠敲了兩下，這時阿堂眼前的發黑還未完，這兩下又打得他暈頭轉向，同時聽得史金繡扯開嗓門的一聲暴喝：「你還打不打！」瘦猴堂呀了一聲，就被人扯住辮子拉起來了，就只知兩眼呆直著，把頭亂搖。

如意茶館位於小東門鬧市之中，左右商鋪相連，門前人來人往。阿娥一拳一腳，已令路人全停住腳步觀望——女人當街打男人，這情景可不是容易碰上的；史金繡再一扯開那大嗓門，人們立即就擁過來，不用一分鐘，圍了個裡三層外三層。

史金繡這下更得意了，把頭一揚，對著這些軋鬧猛的人大叫道：「各位看看這個瘦猴堂！他自稱是黃金榮的門徒，依仗老頭子牌頭硬，竟嫖完女人不給錢，拍拍屁股一走了之！」邊說邊一手拿著阿堂的胸口，「你說，是不是昨夜白瞓了小紅！」

阿堂現在總算比剛才清醒了些，看著眼前這史金繡和阿娥，知道不是人家的對手，就瞪著那雙三角眼，還想賴：「沒有！沒有！」

這時洪老五已用衣袖擦了兩下鼻血，弄得臉上一塌糊塗，血還在留，她也不管了，一邊怒罵著「死瘦猴」一邊就撥開圍觀的人群擠進來，大家看她這副怪相狠樣，自然讓她。她就撲過去，還是給阿堂甩出一巴掌。阿堂舉手要擋，但手還未抬起，就被阿娥一把抓住，向後一扭，痛得他又一聲怪叫。於是洪老五這巴掌沒甩在他的臉上，卻拍在了他的後腦上。隨即有圍觀者起鬨：「揍他！摑他！踢他！」這下子如意茶館門前真是熱鬧極了。

說來也是巧，這時如意茶館的二樓雅座裡，正坐著黃金榮。洪老五發出一聲尖叫時，程聞已三步併作兩步衝出雅座，倚著樓上的欄杆往下看；當史金繡扯開嗓門叫「他自稱是黃金榮的門徒」時，程聞已什麼都看明白聽明白了，立即返身回雅座，這時黃金榮正一臉怒氣的站起來，邁步就要出去，被程聞一把攔住：「黃老闆，請息怒。」

「觸那娘！」黃金榮真的是動了氣，「誰敢在法租界欺負我黃某人的門徒！坍我的台子！」

「黃老闆，不是您老的門徒。」程聞字清句楚。

「那是誰？」黃金榮金魚眼一瞪，語氣逼人。

「那是經常白睏女人的阿堂，鬧天宮徐福生的結拜兄弟，他不過自稱是黃老板的門徒。」

「可惡！」黃金榮罵一聲，頓了頓，「但也不能讓他們在下面胡鬧！」這時史金繡的大嗓門又傳上來，「這是個什麼婆娘？」

「黃老闆您坐，不要下去。」程聞躬著身，拿著黃金榮的手肘，輕輕按在大靠背椅上，然後低著頭，沉著聲調道，「黃老闆，下面有三個婆娘。這個大嗓門的叫史金繡，仁和客棧一帶的私娼都叫她師娘的；另一個婆娘叫洪老五，是幹開條子行當的大阿姐，小東門一帶的堂子老鴇對很她客氣的。這兩個都是有名的潑婦，一般白相人碰上她倆也得讓三分的。老闆下去了，不大好收拾呢。況且那個史金繡還是跟黃老闆以前那位阿桂姐相識的，鬧起來，面子上不好看呢。還有第三個婆娘，叫小腳阿娥，原是老太平幽蘭堂子裡的，前幾天我聽那老鴇說，她是虞洽卿的乾女兒，更是個潑辣貨，夠膽把嫖客打昏的。剛才阿堂就是被她一腳掃到了地上。黃老闆下去，難道把她們帶到捕房不成？各條路上的朋友都不好說話的。」

程聞說得頭頭是道，黃金榮想了想，自己確實不便出面：現在滿街都是人，自己下去了，捕人不是不捕人不是，反而尷尬，有損探長的威嚴；便對程聞一擺手：「你下去叫叫開。給這些婆娘幾個銅鈿，打發她們走。」對站在身後的兩個保鏢打個眼色，「順便把阿堂帶上來。」

程聞一躬身：「是，黃老闆。」轉身出門，身後跟了這兩個殺氣騰騰的漢子，下了樓，對著門口那大堆人就是一聲暴喝：「都讓開！」

猛聽得這一聲喝，史金繡別頭一看，只見眾人已讓出一條路，程聞邁著師爺步踱進圈來，同時還拱了拱手：「金繡姐真是巾幗不讓鬚眉啊！佩服！」

史金繡認得這個黃金榮的親信隨從，立即變了聲調：「唉呀！原來是程先生！」

程聞走上前，眼睛一瞪阿堂：「你這小子怎麼膽敢自稱黃探長的門徒！」隨手從上衣袋裡掏出幾個銀洋，往史金繡手中一塞：「這事就算了吧！」

史金繡也不愧是個師娘級的，便學著幫會中人那樣一拱手：「好說！」看洪老五和阿娥一眼，「我們走！」三個潑婦揚長而去。

瘦猴堂得了自由，轉身就想溜，被程聞身後的兩條漢子撲上前一把揪住：「跟著來！」不容分說，扯上如意茶館。

黃金榮從雅室走出來，迎上前對著這個瘦猴就是狠狠一巴掌，「啪！」破口大罵：「以後休得再亂打我黃金榮的牌頭！」樓上眾茶客連同擁上來看熱鬧的人，當即個個噤若寒蟬，只知雙眼發直。

當天小東門的特大新聞就是：三潑婦怒打瘦猴堂，黃金榮發威如意樓。此後，史金繡在癟三圈中就得了個綽號，叫「強盜金繡」，也不知是誰給她起的，卻就慢慢叫開了，而史金繡自己竟不覺得這綽號有什麼不好，別人叫她，她照應不誤，也可稱得上是流氓本色。

自從在街頭大發了這輪雌威，流氓姐妹的名聲果然漲了不少。小腳阿娥發覺自己現在完全可以獨當一面，橫豎以前存下的積蓄不少，足夠開個門口，自己來當老鴇，弄出個市面來。想了幾天，便找史金繡和洪老五商量：「我小腳阿娥以前倒霉，在幽蘭堂子裡做么二，幸得兩位姊姊的提攜，在這小東門一帶也算有了點名氣。現在我想自己來開個堂子，也做做他媽的七十鳥！兩位姊姊覺得好不好？」（七十鳥，舊上海行話：妓院老鴇。鳥，音「叼」。）

史金繡一拍大腿：「好！阿娥妹你有志氣！也是好機會來了！」

「什麼好機會？」洪老五問。

「就是蘭芳堂子那件死了個小娼婦的血案啊！」

「什麼血案？」洪老五這幾天沒出門，悶在家裡喝酒，沒心情管外面的事。

「怎麼這樣的大事你都不知道？」史金繡看洪老五一眼，「仁和客棧右邊百來步有條弄堂，叫蘭芳里，內有一間二層樓房的堂子，就叫蘭芳，以前也跟你買過姑娘的。大約半個月前，蘭芳堂子的一個十六七歲的小娼婦也不知犯了什麼事，被老鴇萬二打得半死，就自己去跳了黃浦江。有人把這事密報了巡捕房，巡捕房就逮了萬二，並查封了蘭芳。原來堂子裡的小娼婦走的走，調頭的調頭。萬二出重金請了律師，最後以二千洋銀作擔保，獲准暫時保釋在外候審。現在她正急著要籌錢買路呢，這就是機會哪！阿娥你去把那堂子買下來，正是時候！」

「哈哈！確是好機會！我怎麼一時沒想到。」阿娥一拍桌子，「金繡姐，那就拜託你助小妹一臂，一同去找那隻七十鳥辦辦交涉！」

「好說！」三人又商量了一些細節，最後拍掌大笑。

洪老五還一拍胸口：「阿娥你若開堂子，我就選些好姑娘給你，保證你生意興隆！不過到時可別忘了我的好處！」高興得這個前么二連連拱手道謝，又說當然當然。

這邊廂商量設計妥當，史金繡就與阿娥同去蘭芳找萬二；那邊廂，老鴇萬二正惶惶不可終日。她得知激起眾怒，本已嚇得三魂飛了二魄；又遭苦主勒榨，更加焦頭爛額。看看囊中幾空，更自知罪孽深重，正在房裡踱來踱去，百思無計之際，強盜金繡與小腳阿娥登門造訪來了。

「萬二姐，風聲緊哪！」史金繡坐下，接過茶，看這老鴇的臉色就猜得出她心中的驚惶，不緊不慢的便拋出這一句。

萬二苦笑。這婆娘五十歲未到，大概是造孽多了，眼睛凶狠而又氣色一片晦暗。如此一咧嘴，臉上頓顯皺紋縱橫。這個老江湖，深知自己現在是戴罪之身，沒搞清對方來意，就不搭嘴。

「這堂子是做不下去的了，」史金繡見她不哼聲，繼續道，「不如就把它盤了吧。把銀洋捏在手裡，那才是實在呢。」

萬二一聽，正中下懷：「金繡姐，你來盤？」又翹了翹嘴角。

「大家姐妹一場，萬二姐你有難，我史金繡哪會不管呢。」指了指坐在左側的阿娥，「這位是我義妹，前幾天把瘦猴堂打得趴地的就是她。她出得起銅鈿。」

「那就開個價吧。」萬二不想管什麼瘦猴堂，也不想問，瞟一眼阿娥，說得倒誠懇。

「就一百個大洋吧。」阿娥看著她，微笑，說得一點不覺得難為情。

「什麼？」萬二一愣，眼一瞪，要是在案發之前，她可能立即就要破口大罵，把阿娥打出去，但她現在不敢，只是惱恨交加地盯著阿娥，「你，你，這叫什麼價？一百個大洋只夠買個么二！」

「做生意嘛，你情我願。」史金繡說，「在以前，萬二姐當然是不會賣，但今時不同往日呢，一百個大洋在手，節儉點，也可以過三幾年日子呢。難道你寧願這堂子被官府白收了充公？」

「那也不能這個價呀。」萬二的語氣軟了些。

「那萬二姐要多少？」史金繡往椅上一靠，氣定神閒。

「五百大洋。這已經夠便宜了！」萬二的語氣十分肯定。

阿娥大笑起來：「萬二姐，你以為現在是太平盛世啊？哈哈！」

「那，那，」萬二一陣尷尬，她沒料到這婆娘如此厲害，一咬牙，「好吧！就四百個大洋！」

「算了吧！」阿娥一擺手，站起來，「金繡姐，走吧。萬二姐不想賣，這生意看來談不成呢。」

史金繡瞪萬二一眼：「火燒眉毛的節骨眼上，你還這般計較。」說著也站起來。

「兩位等等！」萬二慌了，現在不賣，難道坐以待斃等別的買主上門？還未等到就被逮進監牢裡了！「就三百個大洋吧！這位妹子，你真的撿了個大便宜呢！」

「這樣吧，」阿娥說得似乎勉為其難，「我就再加五十個大洋，那就一百五十個大洋吧！」

「不行！這太低了！」萬二鼓起「勇氣」。

兩人爭論了幾句，史金繡一擺手：「別爭了！我強盜金繡來主持公道，各退一步，就二百個大洋！阿娥，你認為怎樣？」

阿娥稍一猶豫：「好吧！金繡姐說的，我就認了！」這都是事先商量好了的，心裡直發笑，不過臉上還顯出三分無奈來。

「你覺得怎樣？」史金繡看一眼萬二。

萬二「勇氣」未衰：「不行，金繡姐，這太低了！」

史金繡竟笑起來：「這生意沒說了。」對阿娥打個眼色，「走吧。」

萬二愣在當地，看著兩人出去，雙眼發直，一動沒動。

史金繡將近走到門口，見萬二仍不說話，便一個轉身，使出最後的一招來：「萬二姐，既然生意沒做成，那我現在就得到巡捕房報個信，說你變賣堂子，想必是畏罪潛逃呢。」臉上微笑，「到時你是一文銅鈿也得不到了。」

萬二一聽，如惡夢初醒，大叫一聲：「你這個強盜……」兩手直伸撲過來，大概是想扠史金繡的脖子。幾乎是同時，阿娥已兩步迎上前，舉手一撥，同時五指一扣，捏住這婆娘的手腕，反後一擰。萬二下面的話還未叫出，就已痛得呀的一聲慘叫，幾乎跪地。

「阿娥，你就看著她，我去報巡捕房！」史金繡高聲道。

「別！別去！」萬二痛苦地弓著身，掙扎著叫，「我賣！二百個大洋，賣！」

阿娥鬆了手：「好吧，大家都得了便宜，這不挺好？」

萬二只得在心裡恨哪！但她已無路可走。地產契據拿出來，寫了典買契約，按了指模，一手交銀票一手交貨，雙方交割清楚，已近黃昏。

「萬二姐，三天後我可要裝修房子了……」阿娥笑道。

「我不會礙你！」萬二怒睜雙目，沒好氣，同時心中狠狠的罵：「強盜！」她不想想自己歷來造的孽，她更沒料到，長年累月積下的造孽錢一下子便幾乎煙消雲散。

當夜萬二就潛逃出上海，不知所蹤。之後，小腳阿娥就把蘭芳堂子上上下下裝修了一番，並改名「圓潤院」，同時雇了兩個四十來歲的使媽，透過洪老五買進了幾個體態豐腴的姑娘，又請個風水先生回來胡指亂道一番，便在大門兩邊掛上紅燈籠，裝上玻璃燈，擇吉開張，正式當她的七十鳥。開頭那十天八天，生意一般，隨後來了個富商，竟掏出三份嫖資，一下子要了三個姑娘，在房裡哼呀唉喲的弄了幾乎一個鐘頭，才心滿意足地出來，坐到樓下的廳堂抽大煙，笑問阿娥這堂子何以改叫圓潤院，阿娥說，圓潤就是珠圓玉潤，這院子養的都是珠圓玉潤的姑娘。聽得富商開懷大笑，連道不差不差，這堂子特別特別。

阿娥後來才知道，這富商不是別人，而是聞名上海灘的地產大亨經潤三，於是這話隨後就被人傳了出去，竟使這圓潤院堂子有了點特別的名聲。小腳阿娥不覺得意，但隨後還是遇到了麻煩。

這白相人嫂嫂雖在下三流社會中有點名氣，又被人傳說是虞洽卿的乾女兒，但畢竟出身煙花，在流氓圈中「根基」不深，再加堂子新開，在小東門一帶的各式流氓癟三中，有些人就欺她是個女流，來堂子裡搞小動作，有些還是結伙而來：這些人中有的是杭州阿發手下的兄弟，恃著有點牌頭，便敢放肆。

小腳阿娥恃著自己拳腳乾淨俐落，又有史金繡、洪老五及其手下的一些男女流氓的支援，以及其他堂子老鴇的聲援，對故意來搗亂或膽敢賴帳的流氓癟三，堅決揪住不放，甚至不惜武力解決。三幾個月之內，發生過三幾次衝突。一般的街邊癟三，不是她的對手，往往都是撒了幾下無賴，看看勢頭不對，這隻雌虎確實厲害，就乖乖收斂，掏足銅鈿了事。經過這樣幾個回合，小腳阿娥的名聲也就在小東門一帶的堂子圈裡響起來，

這天阿娥起了個晚，梳洗畢，在後院子裡耍了幾套拳腳，便回到樓上吃早餐，突然聽到使媽戴三娘在樓下叫：「兩位先生，請在廳堂坐，不能夠自己上去的。有什麼相好的姑娘，我叫她們出來招呼先生。」

一個男人的聲音：「我們第一次來，有什麼相好不相好！就上樓堂走走，隨便看看姑娘，又有什麼了不得的！」

接著又有另一個喝道：「讓開，老虔婆！我們就來參觀參觀你這間新開張的堂子，看看有哪個粉頭樂胃的，就樂樂。生意上了你門，你不多謝大爺，還敢擋道！」

阿娥一聽，這分明又是些街頭癟三來放肆撒野，筷子往桌上一放，急步走出房來，向樓下一看，只見兩個流裡流氣的青年正推開攔在梯口的戴三娘，要往樓堂上闖。

現在阿娥便雙手一扠腰，向樓下叫道：「兩位在下面用茶，不得壞了生意門檻！姑娘……」

阿娥下面的話本來是「姑娘自會下來招呼兩位」，哪料其中一個癟三一看認出了阿娥，以為她是這裡的姑娘，阿娥的話未說完，他已高聲嘻笑起來：「唉喲！原來是小腳阿娥，我以前在幽蘭堂子見過你呢！越發叫人看了心動喲！我祝富貴現在就來跟姑娘樂樂！」邊說邊奔上樓來，另一個癟三也怪笑著跟上。

阿娥一聽，怒火上衝。她現在是堂堂的七十鳥，可不是過去的窯姐兒。這小子如此給她挖臭，

怎能不柳眉倒豎，杏眼圓睜！不覺就雙手揑了拳頭，看這小子兩眼淫淫的剛一步跨上梯口，就突發一拳，當面打去。這祝富貴正慾火焚身，以為阿娥在等他上來樂呢！毫無防備，待舉手要擋時，印堂上已被擊個正著，唉喲一聲叫，身體就向後倒，本來還不至於就倒下去的，哪料胸口即時又中一腳，這一腳才要命，當即整個人往後翻，嘴裡便叫：「崔祥接住我啊！」但緊跟在他後面的這個小癟三個頭比他小，一看他向著自己後翻下來，就已嚇得怪叫，腳沒站穩，自身難保，哪還接得住，於是兩個癟三就如滾冬瓜般一前一後從樓上滾了下去。

阿娥蹬蹬蹬下樓來，手中已拿了根木棍，雙眼冒火瞪著這兩個唉唉喲喲掙扎著爬起身的流氓癟三就是一聲暴喝：「滾出去！我小腳阿娥是這裡的老鴇！以後再敢來搗亂就打爆你們的頭！」

兩個癟三現在雖沒斷筋折骨，但也已滾得身上多處瘀傷，更滾得昏頭轉向，哪還敢應戰，只知你攙我扶，齜牙咧嘴的走出圓潤院，嘴裡沒說，只在心中大罵：「死婆娘，你等著，一會就來拆了你這間窯子！」

兩個癟三一走，戴三娘有點急起來：「小姐喲，這下惹來禍事呢！」

「什麼禍事？」阿娥眼一瞪，餘怒未消，「他倆再敢來，我叫他倆吃生活！」

「不是他倆來，是會有一大幫人來的！」

「什麼！」阿娥暗吃一驚，「兩個小癟三，哪來一大幫人？」

「唉呀！小姐喲，我認得的，他倆是杭州阿發的手下呢！幾天前我在十六鋪碼頭看見他倆跟在杭州阿發的屁股後向船家收保費呢！小姐你這回把他倆打到滾了樓梯，他倆肯定會回去告訴杭州阿發的，那大幫人就會來了！」

阿娥一揮手：「三娘你與五嬸娘好好在這裡看著，我去去就回來！」急忙直奔仁和客棧。

強盜金繡聽阿娥說了一通，怔了怔，再一拍大腿：「娥妹，不用驚慌！阿桂姐在發跡前，跟我是好姐妹，現在對我還是客客氣氣的。我抬出這個牌頭來，諒這個阿發也不敢亂來。」強盜金繡看上去十足一個潑婦，但也有心細的時候，「不過，要是這個阿發不是阿桂的表弟，那可不好辦。」想了想，「還是叫上洪老五，帶上幾個人才穩妥。」

於是兩人立即到竹蔑街找上洪老五，又叫上幾個相熟的女流氓，一同回到蘭芳里，找來幾根短棍木棒放著，一幫潑婦，嚴陣以待。

第三十三章　梟雄屈身煙花地

今早杭州阿發在望江樓上過完茶癮，這時正和五六個手下蹲在十六鋪碼頭，東張西望的看能夠硬做些什麼生意，遠遠看見祝富貴與崔祥你攙我扶的走過來，似乎十分狼狽，便高聲問：「怎麼啦？跟人打架啦？」

「發哥，我們是叫個婆娘打的！」崔祥先叫起來。

「哪個婆娘？」阿發眼一瞪，站起來。

「就是那個小腳阿娥！」祝富貴叫道，走到阿發面前，添油加醋的把經過說了一遍，「那婆娘是不把發哥你放在眼裡啦！」

立即有兩個站在阿發身後的小癟三七嘴八舌的也叫起來：「是啊，上次我去圓潤院，被那個婆娘揪著，想少給半文錢也不行。我說自己是發哥的兄弟，她說皇帝老子來了也得掏足銅鈿。那婆娘看上去樂胃得很，誰料她的力氣又大得很，聽說是會武功的。她真是不把發哥你放在眼內呢。」

阿發聽人說過阿娥跟強盜金繡、洪老五當街怒打瘦猴堂的事，知道這幾個婆娘都不是好惹的，但她這樣動手打自己的手下，實在有損自己的面子，不覺心中來氣，臉色就有點變了。

祝富貴就等這個大哥冒火，一看時候到了，立即道：「發哥！這婆娘實在是囂張得很，發哥應該去教訓教訓她，否則她還以為發哥怕了她呢！」

其他兩個癟三也跟著起鬨：「對！對！發哥一定要去教訓教訓她，要讓她知道發哥的厲害！」

杭州阿發在流氓堆裡算是一個比較冷靜的人，他知道這些手下肯定是到了人家的堂子裡放肆，打不過那婆娘，現在就想用激將法，鼓譟自己去為他們出頭。但手下們這麼說，自己做大哥的若不出面，說出去可不好。猶豫了一下，心想小腳阿娥你這婆娘，不管你有多大本事，如何撒潑，若我阿發帶了眾兄弟去，難道你真的夠膽跟我開打？自己確實也應該去要回個面子，不能在這些手下面前失威。想到這裡，便一揮手：「好！這婆娘如此可惡，我阿發就去幫你們出口氣，要她服了。不過說好，我不叫打，誰也不得動手！」

「是是是。一切聽發哥的！」祝富貴連連點頭叫好，其他幾個沒到過圓潤院的，心想到窯子裡搗亂，隨便去摸摸那些粉頭，真是好玩的事，況且有阿發領頭，就算被巡捕逮著也不礙事，當即也乘興，大叫「拆那婆娘的窯子」。於是一行七八人，個個解開上衣鈕子，成群結隊，擺身搖勢的向南走來。剛走出十六鋪碼頭，來到江津路口，小東門城門處突然傳來一聲：「阿發！」

阿發別頭一看，只見程聞正從小東門走出來，後來還跟了兩個小帳房，立即拱手應聲：「程先生！」他對這個黃金榮的親信師爺歷來敬畏。

程聞剛在縣衙裡辦完事，準備去十六鋪找個朋友，一看阿發這伙人如此招搖過市，大概又是要到什麼地方鬧事，便把阿發叫過一邊，低聲問：「阿發，這麼大幫人，上哪去？」

「小腳阿娥欺負了我的兄弟，我做阿哥的，得為兄弟爭口氣，去教訓教訓她！」

程聞一聽，輕輕一瞪眼：「阿發，小腳阿娥在蘭芳里開圓潤院，平時就貓在自己的堂子裡。一個女流之輩，怎麼會到這十六鋪來欺負你的兄弟？還不是你的兄弟到人家的堂子裡放肆，被這個婆娘打了出來？」

「有可能是這樣。」阿發有點不情願地道，「但就當是這樣，我也得到她堂子裡坐坐，跟她講講開，為兄弟出口氣，也為自己爭個面子！」

「出什麼氣，爭什麼面子？你不能去！」程聞語氣立即重了，「你以為這個小腳阿娥一見你阿發就會服服貼貼？就會向你認錯，叫你大哥？你以為要對付的就是這婆娘一個人？不是一個人，那裡是一伙白相人嫂嫂！她們是扭成一團的！其中的那個強盜金繡跟你那個遠房表姐阿桂還是姐妹，這伙潑婦跟你糾纏起來沒完沒了，設窯子開條子的，哪裡沒個巡捕看著？你一幫人去人家處搗亂，巡捕就會來，逮進捕房去，那不是給你自己和黃老闆添麻煩？你想過沒有？」

阿發聽得一怔一怔，這程師爺果然厲害，不覺連點了幾下頭：「是，是。程先生說的是。」

「那就回去吧。」程聞一擺手。

即將爆發的一場小東門男女流氓大戰，就這樣被程聞一舉手間，平息了。小腳阿娥避過了跟杭州阿發的大衝突，但想想以後還不知又會惹來什麼麻煩事，總不能動不動就去找強盜金繡和洪老五來幫手，心裡不覺便有點忐忑不安。這潑婦恃著自己拳腳乾淨俐落，本來不想請男人來做什麼護院，現在看看這情勢，還是請的好，有什麼流氓癟三來搗亂了，由個也是流氓癟三的男人來出頭，總較自己這女流之輩的出頭為穩妥，那找誰好呢？考慮了兩日，想起水果月笙來。年前圓潤院新張不久，那也就是惠根和尚在十六鋪突襲李阿三之前、經潤三讚圓潤院的姑娘不差不差的話被傳出去之後，那時杜月笙跟打不死阿三可算是十六鋪一霸，曾穿著得光光鮮鮮的來光顧過圓潤院。小腳阿娥看他高高瘦瘦的身材，似乎是斯斯文文的樣子，又聽人說這小子仗義疏財，救急濟難，手下有一幫子人，在十六鋪碼頭做生意的，大家都叫他月笙哥，心裡就記住了。現在想來，覺得此人挺合適，於是托袁珊寶做說客，願高薪雇這個萊陽梨來做護院。

袁珊寶根據道聽途說，再加上自己的想像，雜七雜八的把小腳阿娥、強盜金繡、洪老五等白相人嫂嫂的奇聞怪事說了一通，看一眼杜月笙：「月笙哥，就給這個小腳阿娥打打工，撈她那十五個大洋，說書佬說的，意下如何？」

「這個婆娘也可以算個人物，不妨跟她交個朋友！」杜月笙一拍小方桌，隨後又暗嘆一聲，「唉！半年之前，我杜月笙在小東門也稱得上是個小老頭子，但現在，成孤家寡人了！」

「管他什麼孤家寡人！月笙哥你的聲望還在，為圓潤院壓壓陣腳，小東門一帶的朋友還是要給你面子的！」

「好吧！」杜月笙站起來，「走，出去吃碗陽春麵，填填五臟廟，再去找馬世奇。」

「找馬世奇幹嘛？」

「要他跟我一起去圓潤院，有什麼事，也多個幫手。」

「阿娥只說找你萊陽梨，沒說別人……」

「他媽的，如果這個小腳婆娘吝嗇得連多雇個男人都不肯，那我也不幹！」

馬世奇一聽杜月笙要拉上他到圓潤院當護院，每月至少有五個大洋，心想說不定還可以跟院裡的粉頭快活，不覺高興得幾乎想給杜月笙叩頭。

第二天，杜月笙與馬世奇來到蘭芳里圓潤院，小腳阿娥挺高興：「月笙哥肯來屈就，圓潤院就天下太平了。」

「我盡力。」杜月笙道，「不過一個人人手不夠，阿娥姐得一同雇了我這兄弟馬世奇才好。」

小腳阿娥稍稍一猶豫，再一揮手：「好說。世奇哥就每月領十個大洋！」

馬世奇一聽，高興得一連躬了幾躬身：「多謝阿娥姐！多謝阿娥姐！」

杜、馬二人就這樣當了勾欄護院，小東門一帶的流氓癟三聽說杜月笙成了小腳阿娥的保鏢，又暗傳他跟這婆娘有「路」，果然便不敢再到圓潤院來討便宜，這一來是知道萊陽梨打起架來夠膽玩命，為討點便宜而跟這諸葛亮鬧翻面，那是很不值的；二來也「敬仰」他的「仗義疏財」的名聲。於是圓潤院平靜了一兩個月，小腳阿娥心中高興，覺得這萊陽梨果然有點名望，每月十五個大洋花得物有所值；杜月笙自己現在手中有了個錢，穿得似模似樣，在院裡吃好住好玩好，也心中得意。

這天睡醒午覺，護送個粉頭小麗娘去裕富酒店出「堂差」，得了那個有錢佬一個大洋的打賞，心中高興，跟戴三娘打了招呼，讓她留在酒店接回小麗娘，自己便悠悠閒閒的逛回圓潤院，還未走到半路，突然看見馬世奇氣急敗壞地從遠處跑來，衝到面前已是上氣不接下氣：「月，月笙哥……」

杜月笙站定：「什麼事？慢慢說。」

「瘦，瘦猴堂帶，帶了四個人來，來了圓潤院……」

「走！邊走邊說。」杜月笙拉著馬世奇往回趕，在路上搞清楚了：自己送小麗娘來，出門一會，瘦猴堂突然帶了四個人闖進了圓潤院。阿娥當時正在樓下客廳，一見這瘦猴堂帶了這麼多人衝進來，嚇得一時手足無措，想找強盜金繡來幫手也來不及。瘦猴堂等人大大咧咧地往椅上一坐，要阿娥把所有粉頭都叫下來。叫粉頭下來跟嫖客見面，這並沒違反堂子的規矩。阿娥只好忍著，瞪著那雙杏眼，讓使媽五嬸娘把樓上的粉頭都帶下來。

瘦猴堂瞇著那雙三角眼，對著六個粉頭嘻嘻地笑，一擺手：「都脫光了，讓老爺我來慢慢挑，看看怎樣的珠圓玉潤。」

這分明是故意挑釁。阿娥一下子就被逼到了懸崖上：若照了瘦猴堂的話做，自己以後在堂子圈裡還有什麼面子？圓潤院也不必開門口了！情急間霍地跳起，一指瘦猴堂：「你現在看清楚，要哪一個，交錢來！」

瘦猴堂也霍地站起來：「你這個小腳婆娘，開個什麼圓潤院的門口，老子今天就要看看你這些粉頭是不是一個個珠圓玉潤！好讓我的兄弟好好樂樂！」其他四個人就靠在椅子上對著阿娥和這些粉頭嬉皮笑臉。

「你當時在幹什麼？」杜月笙一邊急急腳走一邊問。

「我當時站在阿娥身邊，我認得瘦猴堂，瘦猴堂不認識我。我當時也不知該怎麼辦，便看到阿娥看了我一眼，那肯定是要我到外面搬兵。我還能找誰？偷偷溜了出門，就跑來找你！」

這時兩人已走進蘭芳里，杜月笙低聲道：「一會如果我叫打，你就得拼命！」

「是，月笙哥。」

這時圓潤院裡可混亂了，不是鶯歌燕舞，而是鶯啼燕叫。阿娥面對瘦猴堂的挑釁，也明白自己的處境——寡不敵眾，暗暗咬牙切齒，卻是不敢動手。她不動手，瘦猴堂帶來的流氓可動手了，淫著雙眼，各人上前摟了一個粉頭，就坐在客廳的椅子上亂摸。那些粉頭被摸得有些嘻笑有些怪叫，有些想掙脫又掙不脫，便亂喊亂嚷。

看得小腳阿娥緊握雙拳，氣得柳眉倒豎，圓臉泛紅，銀牙緊咬，一股衝動猛地湧上心頭，就要給這瘦猴堂一傢伙，正在這一觸即發之時，杜月笙急步走進客廳來，同時對著那幾個流氓暴喝一聲：「全部停手！」

整個客廳驀地靜下來，那四個正摟著粉頭上下其手的流氓是認得這個十六鋪有名的軍師爺的，雖然未曾跟隨過他勒榨商船，奉他做大哥，但不覺也都叫了一聲：「月笙哥。」

瘦猴堂愣了愣，他也識得杜月笙：「諸葛亮，也來樂樂？」

「我是這裡的護院！」杜月笙高聲道，上前一把拉住他的手肘，「堂哥你來，我有話跟你說。」瘦猴堂又一愣。

兩人出了門口，杜月笙語氣低沉：「我是這裡的護院。大家給個面子，別在這裡白相。」

「真想不到堂堂諸葛亮竟做了個七十鳥的護院。」瘦猴堂語氣輕蔑，斜了杜月笙一眼，「你應該聽說過，這小腳婆娘曾當街坍我的台子！」

「癟三一個，你有什麼台子？還敢罵我！」杜月笙心裡罵道，不過他壓住怒氣，嘴上說的是：「你要她觸霉頭，我不管，有本事，你也可以當街跟她打一場，不過不能在這圓潤院鬧。」

「你是要擋我的道了？」瘦猴堂冷冷一句。

「不說這話。裡面四位朋友，是我以前的兄弟。我說自己是這裡的護院，他們就不會動手幫你，但你可以跟這小腳婆娘單打獨鬥。」杜月笙的語氣比他還冷，「要不要我把她叫出來？」

瘦猴堂不知那四人是不是杜月笙以前的兄弟，但從他們剛才的神情語氣來看，對這個杜瘟神似乎很尊敬，不覺就膽怯了。他知道若沒有幫手，自己可不是小腳阿娥的對手；只得怨毒地瞪了杜月笙一眼，從齒縫裡擠出一句：「好！算我碰上你杜月笙！」轉頭就走。

杜月笙兩步上前，右手一把搭在他的肩頭上：「且慢！你五個人來摟了四個粉頭亂摸，雖然沒上樓堂，但也不能分文不付，否則圓潤院的粉頭不是太低賤了嗎？」
瘦猴堂一聽，氣哪！我走了還不行嗎？但他一看杜月笙那雙陰森陰森的眼睛，後面還跟著個氣狠狠的馬世奇，就知道自己現在可動不得手，也撒不得賴，只得強壓住怒火掏出十個八個銅元來。
杜月笙看了一眼這小子惱恨交加的背影，冷冷一笑，轉身回到圓潤院，向仍站在那兒的四個癟三拱拱手：「各位朋友，阿堂走了，各位也就到此為止吧。真要樂，帶個相好上樓堂，掏得出銅鈿就行。」
這四個癟三本是準備來白睏女人的，哪有錢，一聽阿堂走了，這諸葛亮又是這裡的護院，還留著幹嘛？一個個也拱拱手：「月笙哥，以後再來，以後再來。」前腳跟了後腳溜出去。
杜月笙把幾個銅元交與小腳阿娥：「阿娥姐，此事了結了。」
「月笙哥，真有你的！」小腳阿娥終於舒口氣，露出個美麗的笑來，「這幾個銅元，你與世奇去上茶館。」
此後幾個月，圓潤院大致平安，生意不錯，出現的小麻煩，如嫖客醉酒撒野、癟三妄圖賴帳之類，都讓杜月笙一一擺平。阿娥正心中得意，哪料突然來了一件大麻煩事，這回可不是一般流氓癟三來騷擾，而是官府來勒榨。
這天阿娥一早便去了找洪老五，看可有什麼好姑娘，準備再多開個門口。兩人在茶館喝完茶，又推了幾圈牌九，看看已近中午，阿娥才回圓潤院來。一進門，使媽戴三娘便遞給她一封官府信函：「小姐，今早來了官差，送了這東西來。」阿娥愣了愣，心想自己花捐交足，從不拖欠，又沒得罪過官差捕快，何至要縣衙給自己發函？難道縣太爺要加稅不成？拆了封套，抽出函件一看，立即愣在當地：原來官府要搬遷堂子！上面寫的是：照得本縣管轄城外陸家石橋小東門一帶，乃商肆集中之地，實不應有青樓朱箔隔雜其間，致成花街柳巷，有礙雅觀。限期在兩個月裡，盡行搬遷，不得有違，否則以抗官命論處，吊銷執照，勒令停業。云云。

「這不是要斷我們的生路！」阿娥大叫一聲，本來打算再多開個門口的，現在看來也不用想了。吃過中飯，悶悶不樂，躺在床上，輾轉反側，正有些模模糊糊，突然聽到樓下吱吱喳喳，人聲鼎沸，隨後戴三娘來到房前敲門：「小姐，何三姑她們來找你呢，說有事要商議商議呢。」

何三姑她們，就是附近的寧波堂子和其他煙花寨的老鴇，這伙七十鳥今早都接到了官差送來的搬遷文書，一個個急得六神無主，聚到一起商議對策，最後公推何三姑、李六嬸等五個人來找阿娥——這小腳婆娘現在小東門一帶的名聲正響，商議如何應付。

何三姑看一眼阿娥，只見她上下嘴唇閉得緊緊，皺著眉頭，那雙杏眼兒又惱又恨，便問：「阿娥，這一帶的鴇兒數你最年輕最有膽識，你認為該怎樣辦啊？」

「不搬！」阿娥一拍放在太師椅前的八仙桌，「各位姊姊嬸娘，我們不搬！」瞪著杏眼兒掃了大家一眼，「各位想想，這些堂子在這一帶都多少年啦？現在才來說什麼致成花街柳巷，有礙雅觀，放屁！那是想勒詐我們的錢財呢！我們平時又要交花捐，又要孝敬那些捕快、巡捕，如果官府一紙文書來我們就要上貢，縣衙啊，可不是某個捕快，上貢少了他們還不滿意呢！我們哪來那麼多銅鈿啊？還有，第一次他們看這麼容易，很快就會有第二次的，有所謂慾壑難填呢！你們說是不是？」一伙老鴇看她這個雌老虎樣，連連點頭說是。

只有李六嬸低聲道：「說是說慾壑難填，但官差如果真來吊銷執照，那可怎麼辦啊？」

「所以我們要齊心合力，一起對抗！」阿娥威武地一揮拳頭，「幾十間堂子，大家都不搬，都不上貢！看官府能怎樣！所謂法不治眾呢！他們真把堂子的執照都吊銷了，還哪來花捐啊？官府才不會這麼傻呢！各位姊姊嬸娘回去跟其他堂子的人說，大家要一起對抗，誰也不准搬！誰搬誰混蛋！」

阿娥這回確是看得不錯，官府是想敲詐堂子的錢財。不過挑起此事並出謀劃策的不是縣太爺，而是縣太爺手下的那幫師爺幕僚。

清末時，隨著上海經濟的發展，越來越多人來滬經商，小東門商市更趨繁盛，給這一帶的花街柳巷招來興隆生意，縣衙裡那些官吏們眼看著四面八方的富商大賈們懷著白花花的銀洋，一封封送進了這些堂子裡去，不覺饞涎欲滴，眼紅病發作，但又沒理由去搶去奪，幾個人商量一番，由紹興師爺任大年出面，先向知縣說了一番那煙花巷如何的好賺錢，然後獻計：加倍收堂子的花捐。這時是辛亥革命的前夕，全國政局動盪，革命黨到處舉事，清政權風雨飄搖，縣太爺覺得這時突然加倍收花捐，師出無名，而且入了帳，又不便公開飽入私囊；更主要的是，縣太爺可不想在這時候搞出什麼亂子，於是斷然否決。任大年眼珠一轉，又出一個餿主意：那就下文書要堂子搬遷。縣太爺眼一瞪：「為什麼要她們搬，她們搬了豈不還少了花捐？」

「唉呀，大老爺，」任大年那雙師爺眼在眼鏡片後又眨又閃，「那不過是立個名目罷了。小東門是那伙龜鴇們的老巢，搬出去，他們到哪裡找這樣的生意旺地啊？他們不會搬的。但他們又不敢違抗官命呀，那自然就得來向大老爺求情呢……」說著「嘿嘿」乾笑了兩聲，其中含意，自在不言之中。不過這老師爺心中更明白的是，如果龜鴇們真的來求情，那首先就得透過我任師爺，你大老爺自然有油水，我們幾個師爺幕僚也不會白幹的。

縣太爺微微笑了，捋捋頷下那小撮山羊鬚，慢慢開啟鼻煙壺的蓋，用手指輕輕沾了點，送到鼻孔處，抽了兩抽，再斜任大年一眼：「那你說怎麼要他們搬啊？」

「如果大老爺能夠出張告示，貼到小東門陸家石橋的花街柳巷……」

「這可使不得！」縣太爺一揮手，「這都什麼時候了，本縣不想張揚。」

「那，」任大年察顏觀色，「那就蓋個縣衙的印，發個文書吧。就那些堂子龜鴇知道，別人也不會管。」

縣太爺想了想，這還差不多。便微微點點頭，不過他還是重重地加上一句：「任師爺，可別搞出事來！」

「唉呀，大老爺，一伙龜鴇，哪會搞出什麼事呢？」

於是一紙官府文書便發到花街柳巷去。任師爺與其他幾個幕僚耐著性子待龜鴇們來「情商」，連向某堂子榨取多少銀兩的數目都已擬定好了。哪知文書發了個多月，竟沒有動靜，沒人來向他求情。任師爺不覺有點急火了：你們這幫狗膽包天的龜鴇竟敢藐視官府文書，簡直豈有此理！你們是不見棺材不流淚啦！立即召來十多個花捐班的警察，如此這般吩咐一番，要他們即去催遷。十多個警察一聽，這真是多妙的美差！既可以耀武揚威，又可以撈刮油水！立即雄赳赳分赴陸家石橋一帶的堂子，吆五喝六起來。那些龜鴇們一看這些穿著號衣的凶神惡煞般闖進來，倒也被嚇得一時手忙腳亂，看樣子是要翻桌掀椅，擲杯倒盤，鬧個一塌糊塗叫人做不了生意方休，嘴裡就連忙說著「就搬就搬」，同時一個個無可奈何的掏出銅鈿，塞到這些花捐警察手中，哈腰躬身說著好話，才總算把這伙瘟神打發走。警察們一走，這伙老鴇們便哭喪著臉，互相訴苦，最後又是來找小腳阿娥商議。小腳阿娥自己也是才把兩個警察打發走，正心中慌亂：若長此下去，如何是好？一看又來了這伙人，吵吵嚷嚷的擁進來，頓感頭皮發麻。

大家先你一言我一語傾訴各自的不幸，然後才商討對策。有人提出推舉幾個人出來向縣太爺求情，破費些銀兩也是沒有辦法的事了。隨即有人表示附和，也有人反對，也有人不哼聲。

何三姑看看阿娥：「阿娥你說這怎麼辦啊？」

阿娥這時是又氣又惱又恨，圓瞪雙眼，再拍八仙桌：「不能開這個頭！開了就沒個完！」掃大家一眼，看到很多人的臉色是不以為然，跟上次不同了，自己也不得不放鬆語氣，「各位，那些警察今天得了好處，這三幾日是不會再來的。大家再等三幾日，看看誰能想出個穩妥的應付辦法。真的想不出來，再去求縣太爺不遲！」

大家一聽，也有道理，看現在亂哄哄的，你嘈我吵，也商量不出個什麼辦法來的了，有人便想溜，阿娥一擺手：「各位先回去吧！要大家不搬，是我阿娥的主意，我阿娥一定會想個辦法出來！各位，今晚再來商議。現在我先去找個能人問問。」

眾人便吱吱喳喳的走出圓潤院，有人抱怨，有人詛咒，也有人向小腳阿娥豎大姆指表示讚賞的。阿娥吩咐馬世奇、戴三娘好好看著院子，自己隨後便急急腳出了蘭芳里，直趨仁和客棧。

已半個多月沒見過史金繡了，阿娥想問問這個女強盜可有什麼奇謀妙計。

仁和客棧裡的成衣攤不見史金繡，只有張德成在躬著身裁衣服。這個大煙鬼現在瘦得背更駝了，眼更近視了，更不像人樣了。

「德成哥，金繡姐在哪？」阿娥邊衝過去邊高聲問。

張德成抬起頭來，看是小腳阿娥，臉上便露出一種無奈的苦笑，搖了搖頭：「不知道呢。」

「什麼？」阿娥叫道，「她是你老婆呢！」

張德成又搖了搖頭：「我真的不知道。」便又低頭裁衣。阿娥突然發覺，這大煙鬼的雙眼含著混濁的淚水。

「金繡姐怎麼啦？」阿娥搖他的肩頭，心中顫了顫：這傢伙瘦得簡直是皮包骨！

張德成不再抬頭看她，只管搖頭，繼續做自己的手藝，不知是怕淚水掉下來丟人，還是不想說這個強盜金繡。

阿娥又問了幾句，見這個張德成頭都不抬，心裡沒好氣，也沒法子，只得轉身走人，想去找洪老五，剛跨腳出客棧，迎面碰著老闆錢有財。

「唉呀！錢老闆，你可知道金繡姐去哪了？」

錢老闆怔了怔：「都跟人走了十多天了，你不知道？」

「跟人走了？走哪了？」阿娥這一驚吃得不小，「跟誰走了？」

「烏木開泰，聽說過嗎？」

第三十四章　娼婦請願大奇聞

「烏木開泰？什麼東西？」阿娥愕然，「沒聽說過。」

「烏木開泰本名范開泰，是個做烏木買賣的掮客，三十來歲，腦後拖條又粗又長的辮子，樣子生得也算端正。聽說溫州和福建木商運來的烏木，不少是經過他的手轉賣出去的。又聽說他是個青幫通字輩……」

「唉呀，錢老闆，我管他什麼輩。我只想知道他把金繡姐拐哪去了？」

「你的金繡姐三十多歲的人了，還是有名的強盜，怎麼說人家拐了她？」錢老板笑起來，「你也知道的，這一帶住了不少木商，烏木開泰便常到這裡來跟這些客商應酬，有時打麻將，有時逛堂子，有時帶上兩個粉頭就在仁和客棧裡樂。也是有緣，他在這裡進進出出的，就看上了你的金繡姐，你的金繡姐也看上了他，兩人眉來眼去，不就成了？上個月，烏木開泰還在棧裡開了間房，兩人就在裡面樂啦！那個大煙鬼張德成，看著自己的老婆當著自己的面竟就這樣跟了人啦，唉！」錢有財看來十分感慨。

「這個大煙鬼也是自己窩囊！活該！」阿娥心時罵一聲，問：「那他倆現在去哪了？」

「聽說烏木開泰本來就在城隍廟附近租了個小店面，雇了幾個烏木作匠，專門製作烏木筷子、硯匣、果盒、茶盤。生意很不錯的。大約半個月前你的金繡姐就沒再回仁和來，肯定是跟了這個烏木開泰了。」

「城隍廟附近，確實在哪裡？哪條弄堂？幾號？」

「這沒聽說，你自己去找吧。」錢老闆說完，拱拱手，進客棧裡了。

城隍廟是上海灘最富盛名的古蹟，上海道教正一派主要道觀之一，位於方濱路，東界安仁街，北通福佑路，西至舊校場路，地面大得很，附近一條條的里弄胡同，去哪裡找？阿娥走出仁和客棧，不覺雙眼茫然。想了想，罷，去找洪老五吧！走不多遠便來到竹蔑街，敲洪老五的門。那時洪老五正在對鏡梳妝，準備赴約。阿娥來了，看她這臉生桃花，喜滋滋的模樣，便開了句玩笑：「五姐，找到個什麼相好了吧？」洪老五笑而不答。

阿娥見她不願說，自己也再沒心情說笑，便把官府催遷堂子一事說了一遍，問：「五姐見多識廣，可有什麼妙計幫小妹解解這趟危難？」

洪老五現在赴約心切，慾火焚身，哪有心情想什麼妙計！她本來就聽得心不在焉，心想你們的堂子就算全搬了，我的開條子生意一樣有得做，關本姑娘屁事！只是礙著面子聽聽就是，一聽阿娥這麼問，她就說了：「唉喲，娥妹啊，我能有什麼妙計啊？那是官府要遷呢，跟官府作對？我洪老五算什麼啊？頂不過，那就搬唄。」看看牆上的掛鐘，「唉呀，娥妹，我今天約了人，失陪失陪。」說著便挽了個小皮包，起身走人。

小腳阿娥只得悶了一肚氣回蘭芳里，在圓潤院客廳的太師椅坐下，心中像壓了一塊大石，連平時喝起來覺得甘香甘甜的參茶也好像變得苦澀了。發愣了一會，正是無計可施之際，看見杜月笙送了粉頭出堂差回來。

阿娥突然衝口而出：「月笙哥，人人叫你諸葛亮，跟你商量個事。」

「什麼事？」杜月笙坐下喝茶。

「就是官府要搬遷堂子的事，你知道的。幫我小腳阿娥出個主意。」

杜月笙是知道這事，但這是龜鴇們的事，他沒想過要怎樣應付。現在阿娥一問，便愕了愕：「阿娥姐也對付不了嗎？」

「唉！原來以為可以死頂，但不行呢！今早那些花捐警察來催遷了！那可怎麼辦？你是諸葛亮呢，給出個主意。」

「好，好，讓我想想。」

杜月笙對商戶搞搞敲詐勒索確能想出不少詭計，但現在要應付的是官府衙門，那就大不相同。他想了半日，可就是沒轍。吃完午飯，睡醒午覺，梳他那條短辮子，猛然想起一個人來，不覺一拍大腿：哈哈！沒錯，找他問問！

這小子想起誰來呢？他想起張鐵嘴！已有一個多月沒去找過這個算命佬了，就當是探探老朋友也好。出了門沿著阜民路直奔大南門，遠遠看見張鐵嘴仍是在大南門附近的里弄口擺攤，正跟個婦人算八字，嘴裡嘮嘮叨叨的說個沒完。杜月笙慢慢走過去，那婦人也算完了，只扔下個當制錢十文的銅元，面無表情起身而去，也不知是不是認為張鐵嘴算得不準。張鐵嘴露出微微的苦笑，收起銅元，抬起頭，正好看見杜月笙。

「張鐵嘴，別擺攤了！我請你上茶館！」杜月笙一拍他的肩頭。

兩人於是就上了附近的明月樓，寒暄幾句，張鐵嘴喝了口茶：「月笙，看你現在穿得光鮮，氣色不錯，想必要發達了。」

「發什麼達，只是夠吃夠穿。」杜月笙稍稍得意，話題一轉，「只是我的老闆要觸霉頭了。」

「又有什麼人去堂子搗亂，不給你軍師爺面子？」

「這回不是什麼人，是官府！」把縣衙催遷堂子的事說了一遍，「小腳阿娥若搬了堂子，又或停了業，我杜月笙也得跟著倒霉，故特來向你張鐵嘴問計。」

「哈哈！想不到你諸葛亮也來問我張鐵嘴！」算命佬得意一笑，然後就眯了雙眼，慢慢品茶，想了足有大半個鐘頭，突然又笑了，問：「不知小腳阿娥在龜鴇圈裡有多少號召力？」

「她現在名氣不小，龜鴇們有事也多找她商量的。她原來叫龜鴇們頂著不遷，果然就沒有人遷。只是這回頂不住了，花捐警察來催遷，這才真的慌了。」

「那好那好。不知阿娥和其他龜鴇們怕不怕丟臉？」

「嘻！張鐵嘴你說的什麼風涼話啊？你以為他們是開商行設店鋪的？他們都是開門檻的，幹出賣皮肉生意，還有什麼丟臉不丟臉。」

「那好，計策是有，而且十拿九穩，不過我張鐵嘴近來生意不好，那些龜鴇們拿什麼謝我？」

「唉呀！你張鐵嘴不愧是生意人本色。來，由我謝你！」杜月笙說著就掏出五個銀洋來，往桌上一放，「小小敬意，多謝你以前相幫。這回如果你真能讓圓潤院不用搬遷，那你就去白睏粉頭，一個月有效！小腳阿娥絕對同意！」

張鐵嘴大笑：「杜月笙我說你有前途，就因為你不是個守財奴！那好，一言為定！」收了桌上的銀洋，身體向前一俯，「你回去告訴阿娥，要她糾合了收到官府搬遷文書的堂子老鴇，拉上堂子裡的粉頭，全都要打份得光彩鮮豔，能夠惹得越多人來軋鬧猛就越好！然後一齊去縣衙請願，要求撤銷搬遷，收回成命。如果縣衙不答應，就賴在衙門前不走，這叫為生活而抗命，保證官府……」

「唉呀！這是條什麼計！」杜月笙未等他說完，就自己低聲叫起來，「那是官府衙門啊！你以為是煙花巷？一大幫人去請願？被全拉進去審問打板子怎麼辦？」

「我說老弟，這個你放心。現在什麼時候了？清政府在講立憲，說要還政於民呢！報章在大吹大擂，革命黨在到處鬧事，縣太爺最怕的就是出事，一大幫人去，有意鬧得沸沸揚揚，必定會聚上一大堆人看熱鬧，這還不把他嚇的？你再想想，堂子若真的全搬遷到租界去了，又或真的停業不幹了，對他縣衙有什麼好處？花捐沒了，那可是縣衙財政的大筆收入呢！那些花捐警察的油水也沒了，他們願意？縣衙裡從上到下都不願意的！」頓了頓，「還有所謂法不治眾，他哪敢硬來？況且這些老鴇粉頭，又沒去偷又沒去搶，縣太爺能定她們什麼罪？哪敢無緣無故捉人？」哈哈一笑，「這類女人厲害就厲害在不怕丟臉，撒起潑來，縣太爺不頭皮發麻才怪！你放心，回去就這樣對阿娥說，只要她有本事使其他堂子的老鴇都聽她的，糾合上一大幫女人來，我張鐵嘴保證沒事！」

杜月笙看這老頭說得頭頭是道，似乎也不無道理。再想我這條計也出了，你小腳阿娥聽不聽是你的事，如果你真的被縣太爺捉了去打板子，也跟我無干。就這樣得了！」一伸手拍拍張鐵嘴的肩頭：

「薑還是老的辣，張鐵嘴，好計！」

杜月笙回到圓潤院，已是下午四五點鐘，把張鐵嘴這條計當成是自己的，對小腳阿娥說了一遍，並且把張鐵嘴說的理由加上一通發揮。阿娥開始聽時，愣著那雙杏眼，聽著聽著也覺得有道理，而且事到如今，還有什麼計好想？要戴三娘出蘭芳里口把在那兒擺攤代人寫信的屠老頭叫進來，給了兩個銅元，要他寫了一份「請願稟文」。吃過晚飯，其他二十多間堂子的老鴇們陸陸續續的來了，坐滿了圓潤院的客廳。

大家吵吵嚷嚷商議了一會，終沒個萬全之策，阿娥才高聲道：「各位，我已想出一條妙計，但大家一定得齊心，一起乾，才能成功。」

「什麼妙計？你快說！」何三姑急不及待。

「這條計就是，帶上所有人，一起去縣衙請願！」阿娥眼一掃，「誰都得去！」把如何如何做說了一遍。客廳頓時喧譁起來，有人拍案叫好，說果然妙計！有人愣著，鴇母粉頭請願？簡直有點反應不過來。有人嘮嘮叨叨的擔心：得罪官府會惹來什麼禍事喲？你一言我一語，有人是商討這行不行，有人就在高聲爭論。

阿娥大叫一聲：「各位請聽我說！」把「保證沒事」的理由說了一遍，最後一拍胸口：「明天各位把堂裡的粉頭全打份得漂漂亮亮的，上午九點在蘭芳里口集合，都別做生意了，一起列隊去請願！我小腳阿娥領頭！有什麼事，我首先承當！」說著怒瞪雙眼，「誰也不准不去，誰不去誰是混蛋！我們大家一齊去拆她的堂子！」

老鴇們看這隻雌老虎的凶狠樣，又聽她說她來領頭，有事她來承當，原來擔心的也不敢哼聲了。接著便又推舉了何三姑、李六孀等幾個人為代表，負責向官府上呈請願稟文。再商議了一些細節，互相叮囑對方「你明天一定要來哦」後，才各自散去。

第二天可就熱鬧了，小東門一帶還從未有過這樣的熱鬧。二十多間堂子集合起了手下的窯姐兒，一個個塗脂抹粉，打扮得花枝招展，九時未到，便吱吱喳喳的陸續來到蘭芳里口。外人不知，還以為這上海灘如此鶯歌燕舞，娛樂昇平。

阿娥這天有意脂粉不施，還特別穿了一套黑衫黑裙，配上她的嬌俏容貌，有點像個古時的夜行女俠。八點半鐘不到，她就已守候在蘭芳里口。到了大約九時十分左右，收到搬遷文書堂子的老鴇粉頭都到了，看上去一大片人，把個蘭芳里塞得水洩不通，清點人數竟達三百餘人。如此之多招蜂引蝶的煙花同聚一處，這場景就真的不是那麼容易看到的。

小腳阿娥看自己竟能召來這麼多人，心中不覺得意。看時候已到，便叫大家盡管大喊大嚷，大笑大叫，然後抖擻精神，領頭向西大步走去。後面跟了十來個老鴇，再後面是這三百餘位煙花，最後又有十來個老鴇押陣。如此隊伍何時出現過？簡直是上海開埠以來的第一遭，未出發前就已引起四周的轟動，聚了一二百個市民來看熱鬧；隊伍一出發，看熱鬧的人大多就跟在左右兩邊或後面，喧譁嘈吵，更有小孩如過喜慶節日一般，在四周亂走，大呼小叫，又引來更多的市民圍觀。這支煙花隊伍真可謂浩浩蕩蕩，向西走不多遠便穿過小東門，進入老城廂，沿著方濱路走過城隍廟，再轉到縣前街，便來到縣衙門前。妓女請願，本已是亙古未有之奇聞，何況還是一支如此聲勢浩大的隊伍？又是一個個爭芳鬥豔的粉頭？又有這麼多人圍觀起鬨，即時就震動了整個縣城。一路上加入看熱鬧的人越來越多，當隊伍來到縣衙門前時，竟已達近千人。弄得縣衙前的那大片空地如開了廟會集市，道路立時為之阻塞。這還不算，繼續有人不斷從四面八方擁來軋鬧猛，而縣衙內的官吏差役，在隊伍還未到縣衙門前，就已出來看熱鬧了。

「大家就在這裡等候！」小腳阿娥幾步上了台階，回過頭來向這黑壓壓一大片人頭振臂一呼，三百餘煙花果然就住了腳步，只管嘻嘻哈哈，吱吱喳喳，有些還向圍觀者擠眉弄眼，見著有相好的，竟也拋上三五秋波。阿娥穩定了隊伍，雙手拿著請願稟文，後面跟了何三姑、李六孀等五個老鴇代表，昂昂然走進威嚴森森的縣衙門裡，向門房執事官奉上稟文，照了昨天寫信佬屠老頭的吩咐，說上一句：「為縣衙搬遷陸家石橋一帶堂子事，上呈知縣大人，請求收回成命。」門房執事是個老頭，笑吟吟接了稟文，還不忘說句調皮話：「煙花向大老爺請願，實千古奇聞第一遭也。各位娘子請肅靜等候。」站起身，親自向後堂送遞。

煙花隊伍剛從方濱路向縣前街這邊拐過來時，一個小吏就已飛奔進縣衙向任師爺稟報：「任師爺，有三百多粉頭正向縣衙來了！此外還有好幾百人跟著來軋鬧猛呢！聽領頭的那個老鴇說，她們是要來向縣太爺請願，請求收回成命，不搬遷小東門陸家石橋一帶的堂子！」

任大年當時正坐在花廳裡，瞇著雙眼在謀劃如何來進行第二次催遷，心中發著狠：非得逼到這些龜鴇們來「情商」不可！猛聽這一稟報，登時吃驚得兩隻昏花老眼發直：縣太爺一再吩咐不要搞出事來，這豈不是搞出事來了！急急腳走出縣衙門口，已聽到一片喧譁嘈吵聲，向北一望：唉呀呀！一大群人正向這邊擁來，領頭的正在舉臂大叫：「請求大老爺收回成命！不能搬遷小東門一帶的堂子！」跟在後面的粉頭也跟著嚷嚷，有如鶯啼雀叫，吱吱喳喳，一片混亂。任大年頓時眉頭緊皺，心中叫一聲：「大事不好！」轉身回覆衙內，急急向縣太爺稟報。

縣太爺一聽來了一千幾百號人，遊行請願，即時急得搓手跺腳：「唉呀呀！任師爺！我一再叮囑你不要搞出事來，一千幾百人擁到縣衙門前，這還不是搞出事來了？還是一幫煙花女、一幫老鴇潑婦，這成何體統！成何體統！還不知有沒有亂黨混雜其中！若他們趁機發難，那可就要了命囉！」連連揮手，「快！要她們離開！立即離開！就說不搬遷了！不搬遷了！」

任大年看大老爺急成這樣，原來想好的什麼緩兵之計也不敢說了，連忙躬身說是是是，轉身出來，正碰著執事老頭，雙手將請願稟文高舉過頭：「任師爺，小東門堂子的請願……」

「知道了！」任師爺一把接過，抽出來一看，寫的是「生活艱難，搬遷花費甚巨，無力支付，恕難從命。請求縣太爺開恩，收回搬遷成命」云云。任師爺邊走邊看，看完了，人也已走到門房處，阿娥和幾個鴇母正等候在那兒，門房老頭躬著身介紹：「這些是請願堂子的代表，這位是縣衙的任師爺。」門房話音剛落，任師爺已對著阿娥等人一揮手：「稟文已收，大人自會斟酌。你們立即把粉頭們帶回去，休得再在縣衙前喧譁！」

「任師爺，這可不行！」阿娥挺身而出，語氣堅決，「我們一定要得到縣太爺的確切答覆，不再要我們搬遷堂子！」

「你是誰？」任大年的三白眼一瞪。

「我是代表！代表大家向縣太爺請願！」阿娥年少氣盛，並不膽怯。

「我要你們回去！大人以後自有答覆！」

「那我們就在縣衙門前等！」阿娥向其他幾個老鴇掃了一眼，「走！在外面等！直等到大老爺給予確切答覆為止！」幾個婆娘也不管任師爺如何反應，就轉身走出縣衙，現在縣衙大門前聚合的人越來越多，已達一千八百。三百餘粉頭被市民們圍在中間，不愧是做慣了出賣皮肉的生意，這還有什麼怕丟臉的？一個個旁若無人，有人在說笑，有人在怪叫，有人在吱吱喳喳嘻嘻笑。

阿娥出了縣衙大門，在台階上一站，對著老鴇粉頭們大叫一聲：「大家都不要走！等知縣大人的答覆！大人給了答覆才能走！」

任師爺跟著阿娥後面走出來，定著那雙近視眼一看，如此人山人海，聲勢浩大，頓感頭皮發麻，心中連連叫苦。本來以為用緩兵之計把這伙婆娘打發走，再想其他的計謀，現在看這伙煙花婊子，分明是要賴著不走了，正打算作最後努力，大叫：「我是縣衙師爺，你們先回去，知縣大人自有答覆！」但運運氣還未叫出口，縣太爺的貼身隨從已急匆匆從裡面跑出來，貼在他耳邊低聲道：「大老爺要任師爺快叫她們走！這事若被道台大人知道，那就要命啦！」

任大年一聽，知道如果縣太爺倒霉，那自己肯定也要跟著倒霉。這下子也不敢作什麼最後努力了，便向著這伙老鴇粉頭們扯開喉嚨大叫：「下面聽著！縣太爺開恩，已經批准了大家的請求，保持原狀，無須搬遷！無須搬遷了！大家立即回去，各自營業。如再逗留此地，嚴懲不貸！」

小腳阿娥首先叫起來：「大老爺已經批准不用搬遷啦！那大家就走吧！」說著一揮手，跳下台階，又是領頭，向北走。其他老鴇歡天喜地，手舞足蹈，紅紅綠綠的手絹兒在上下翻動，緊隨在後。粉頭們有叫有笑，也有在心中暗暗抱怨的。如此隊伍又是浩浩蕩蕩而去。穿出小東門到了城外，才作鳥雀散，各回自己的秦樓楚館、枇杷門巷。

辛亥革命推翻了滿清的統治，黃龍幡換了五色旗，再剪了腦後的辮子，除此外，對一般平民來說並沒有多大的改變。黑道白道、各行各業如常運作。這天傍晚時分，杜月笙又是送一個粉頭去出堂差，地點在英租界福州路的一間大客棧，交差後出來，沿著四川路向南走，慢慢逛，不知不覺已走過了外洋涇橋，這時天已暗下來了。時近隆冬，從黃浦江刮過來寒風呼呼，路上行人稀少。

杜月笙東張西望，在想著是不是到鄭家木橋下面的鹹水妹那兒樂一樂，還是找間飯館飽餐一頓，然後到哪間賭檔去推牌九。還未拿定主意，突然看到東面外灘方向有一個人扛了箱東西，狂奔而來，後面不遠處緊追一人，手舉木棒，同時高聲叫罵：「放下箱子！放下箱子！否則打死你！」一眨眼間兩人已跑得近了，杜月笙突然發覺追殺者有點面善，唉呀！這不是「四大金剛」之一的顧嘉棠嗎！立即衝出去對著被追得喪魂落魄的那傢伙就是一聲大喝：「站住！」

這傢伙跑得上氣不接下氣，已是三魂走了二魄，一見前面又衝出個人來，嚇得幾乎肝膽俱裂，自知難已逃脫，隨勢便把肩上的箱子往地上一甩：「我不要啦！好漢饒命！」一個轉身奔向側面一條弄堂。杜月笙見他已放下了東西，自己又赤手空拳，怕逼狗入窮巷，這小子發狂拼命，對自己可沒好處，稍稍一怔，不敢衝過去攔他。

那人狂奔進弄堂時，顧嘉棠已衝到杜月笙面前，木棒往地上一扔，喘著氣一拱手：「原來是，是諸，諸葛亮！久，久違！久違！多謝相助！」

「嘉棠哥，不客氣！」杜月笙也拱拱手，「什麼回事？怎會遇劫？多時沒見，在哪兒發達？」

「發什麼達。」顧嘉棠笑笑，壓低聲音，「小弟是為同昌行運土，剛才一走神就被那小子套箱。

杜月笙輕輕「呀」了一聲。這時有一輛黃包車從遠處而來。「月笙哥，今晚多得你出來一攔一喝，使小弟押運的貨失而復得，無以為報，明早請上聚寶樓，小弟做東，跟月笙哥好好敘敘。現在小弟得趕回去交差，失陪！」顧嘉棠說著，右手一把扛起木箱，左手拿起木棒，向路上一伸，截停了走近的黃包車，便跳了上去，向杜月笙舉舉手：「明早聚寶茶樓見！」再對黃包車伕喝一聲：「去英租界福州路！」

「四大金剛」在當年上海灘的下三流社會裡稍有名氣。這是四個以性情凶狠，打架夠膽拼命而聞名的流氓。

第一個是顧嘉棠。此人個頭雖然不高，身體卻甚壯實，而且精通拳術，脾性屬於火爆類，敢衝敢打。在廁身上海灘流氓幫之前，他曾做過哈同花園的花匠。哈同花園在靜安寺附近，是著名猶太地產大王哈同的私人花園，佔地達一百七十多畝。顧嘉棠因而得了個「小花園」的綽號。

第二個叫葉焯山，此人在美國領事館當過車伕，綽號叫「花旗阿根」，此人後來以槍法準而聞名，相傳有人將銀幣拋向天空，他可以一揚手發槍，便把銀幣打飛。不過這是後來的事，那時候杜月笙已整天穿著長衫扮了斯文強盜。而他是杜月笙手下幹將之一。

第三個是高鑫寶，此人小時候曾在洋人開的網球場裡專為洋人撿球，後來又擔任過上海大西餐館的侍應生領班，認識不少洋人，能夠說日常的英語，而且身手敏捷。他在上海灘流氓中最出名的傳聞是曾憑一把利斧做了趟綁票買賣，得了八十萬元。曾有人向他驗證此事，他笑而不答，問得緊了，就要嘛反臉，要嘛顧左右而言他。當時就有不少人對這個傳聞嗤之以鼻，因為這小子若真得了這麼一筆鉅款，哪還會去做刀鋒舔血的劫匪勾當？

第四個是芮慶榮。此人世居上海漕河涇，祖父輩以打鐵為業，他自己也生得腰闊臂粗，一身蠻力和牛脾氣，相傳曾用門閂把自己的老婆活活打死，其為人之凶殘不難想見。

這「四大金剛」當時並非糾合一起，也非從屬於某個團伙，他們在社會上各自胡作非為，哪樣好撈錢就幹那樣。販運鴉片，勒索商戶，攔路打劫，偷拐矇騙，無所不為。他們後來都奉了杜月笙做大哥，成了這個萊陽梨手下的得力幹將，而杜月笙在黑道斂財發跡，沒有他們也幹不成。

第三十五章　俏潑婦施媚逼親

第二天一早，顧嘉棠在聚寶茶樓雅室點了幾樣菜，要了一瓶洋酒，獨斟獨飲，等候杜月笙。一直等到將近十點，才見杜月笙上來，顧嘉棠看他的臉色似乎有點不大好。兩人互拍肩頭，一輪寒暄。

「月笙哥，喝一杯！」顧嘉棠熱情有加，斟上一杯，「一年多沒見，有沒有再扯起一幫人馬打天下？」杜月笙跟李阿三一起橫行十六鋪時，曾跟這個顧嘉棠一起勒榨過船商。後來打不死阿三被打死了，杜幫散了伙，相互再沒通訊息。昨晚重逢，實在非常偶然。

「打什麼天下，」杜月笙苦笑，「我現在是空頭大哥。」舉舉酒杯，「你怎麼樣？似乎很長時間沒聽人說起你老哥了，開花鋪了？」

「開什麼花鋪！」顧嘉棠笑笑，「我到杭州混了大半年，上兩個月才回來。」一轉話題，「月笙哥，你好像跟人嘔氣？誰敢得罪你諸葛亮啦？」

「那個小腳婆娘！」杜月笙其實不大能喝酒，也猛灌了一口；本來不想說，也不知是不是酒精的作用，便把自己做了堂子護院的經過略說了幾句，「昨晚你走後，我就去了斬鹹肉，又去推了牌九，回去得晚了，被個小腳婆娘埋怨個沒完。今早起來準備上這裡來，又被她攔住，硬要我送個粉頭出堂差。觸那！沒好氣，跟她吵了幾句。」

「唉！」顧嘉棠嘆口氣，「真是說書佬說的，龍遊淺水遭蝦戲，虎落平原被犬欺！你月笙哥，堂堂男人漢，諸葛亮，軍師爺，竟要給這個小腳婆娘做保鏢！要是我，我就不幹！」

杜月笙「嘿嘿」笑了兩聲，心中儘管有點不好受，氣反而平了。他知道這個顧嘉棠向來有話直說，口不擇言，也不見怪，只是又舉了舉酒杯：「嘉棠哥果然是英雄本色，不過我杜月笙還是信奉一句話：大丈夫，能屈能伸。時候未到，便只能待機而動。」頓了頓，「況且，一個月十五個銀洋，這婆娘還不算太小氣。」

顧嘉棠把手一揮：「月笙哥，你若出來再扯起一幫兄弟幹，一個月哪止十五個大洋！我現在為鴻泰行押一趟貨，也不止這個數！」

「那可是刀刃上舔血的勾當！而且不是為自己拼命，而是為人家賣命。當然不止這個數。」杜月笙心裡道，不過他沒說出口，而且臉露微笑，又把手中杯舉了舉。

兩人閒話了一會，聊聊各路江湖朋友如何，堂子裡粉頭的滋味怎樣，不覺已近上午十一點了。顧嘉棠把手中杯一放：「月笙哥，如果做得不開心，就出來找我顧嘉棠，一起幹！好不好？」

「好！」杜月笙輕輕一拍餐桌，「到時候了，我會出來。」

其實杜月笙這時候考慮的不是「出來」，而是不出來，留在圓潤院。他想娶了小腳阿娥做老婆，名正言順做圓潤院的龜公。

阿娥身材惹火，相貌上佳，手腳乾淨俐落，性情直爽，在白相人嫂嫂中有名聲，杜月笙覺得她挺「樂胃」，並不在乎這婆娘曾做過幾年婊子。這個流氓頭後來娶了五個老婆，其中老三、老四都是他發跡後娶的，便都是煙花出身；而他現在只是個無財無勢的癟三，哪有資格去娶個有如此容貌身材的正經女子？小腳阿娥若肯委身於他，算他三生有幸了。但他只是在動腦筋，在等待時機，平日裡有時就用些言語、眼神向阿娥挑逗，卻是不敢明白開口，說要娶人家做老婆；更不敢對這個老闆娘動手動腳。

阿娥是歡場老手，不會看不出杜月笙在打自己的主意，但這婆娘瞧不起這個癟三護院，對他的挑逗視如不見，聽如不聞。她看中的是豆腐阿六。

這個豆腐阿六姓張，排行第六，因他為人謙和忍讓，便得了個豆腐阿六的綽號。年約三十，寧波人，跟阿娥是同鄉，自小就已來滬謀生，在一家包飯作裡當學徒，滿師後升做了燒菜廚師。此人頗有點經商頭腦，他看到小東門一帶的寧波堂子裡每晚吃花酒的酒筵數量很大，有的是由堂裡自燒，有的包給了酒菜館，便靈機一動，向親朋戚友借了些資金，租了間房屋，雇了幾個伙計，開了間阿六飯店，自己當起老闆來，專門承辦寧波堂子的酒筵。他的手藝不錯，做出來的菜餚適合寧波幫的口味，要價又比其他酒菜館的低廉，很快就招到了不少生意，而且越做越旺。圓潤院有酒筵，也由他來承包。如此一來二往，日子久了，小腳阿娥跟這個豆腐阿六便相熟起來。看這個小酒家老闆，中等身材，結結實實，長相尚可，難得的是為人勤勉，整天就顧著做生意，沒有像杜月笙這類流氓癟三那嫖賭飲蕩吹的惡習；這就叫阿娥慢慢動了心。而尤叫這婆娘感到樂胃的是，這個阿六怕事老實，以後自己不管如何胡作非為，他也不敢管的，不像杜月笙這種流氓，自己在外面玩女人，卻絕不容許自己的老婆稍有差池，連出門口也得提心弔膽。再想想自己既開門口，也該找個男人作敞頭才好，免得街坊鄰里、三姑六婆在背後說三道四，指指戳戳的；於是就花起心思來了。旁敲側擊一打聽，豆腐阿六竟尚未聚妻，不覺暗裡叫聲「正中下懷」。

阿娥主意打定，接著便施展出她的歡場手段，不必三幾下功夫，結果就把個送酒菜來的豆腐阿六迷得昏頭轉向，一時低著頭不敢看他，一時又愣著看得短時間內喪失了眨眼的功能。阿娥看男人多矣，知他已入彀中，不覺心中得意。

今早阿娥說了杜月笙幾句，硬逼著他去了送粉頭出堂差，自己坐在客廳喝茶。正是女人例假後的時期，性慾特別的旺盛，情不自禁便想起了這個豆腐阿六，越想越心動，對戴三娘道：「你去阿六飯店把張老闆請來，說我小腳阿娥有事要找她。」頓了頓，「他來了，帶他上我的房。」

戴三娘是四十來歲的女人，看看阿娥的眼神也猜得出個八九不離十了。連應幾聲是是是，出門去。阿六飯店也在小東門，隔蘭芳里兩條弄堂，一會兒就到了。豆腐阿六昨夜為幽蘭堂子辦夜筵，很晚才睡，現在剛起床，梳洗畢，準備出門上茶館，戴三娘來了，微微一躬身：「我家小姐請張老闆到圓潤院裡有事商量呢。」

豆腐阿六一聽，也不知有什麼事，想起前兩晚阿娥對自己拋媚眼的樣子，挺惹人心動的，便跟了來。戴三娘也不讓他在客廳坐了，便直上了樓堂，到了阿娥的房門口，輕輕的「篤篤篤」敲了三下：「小姐，張老闆來了呢。」

從裡面立即傳來嬌嬌的一聲：「那請張老闆進來喲。」

戴三娘輕輕一推門，門自開了，做個手勢：「張老闆請。」

豆腐阿六舉步便進，戴三娘順手就把門關了。

隆冬時節，外面冷得很，不過阿娥房中，卻是極之暖和。豆腐阿六一進門，就已覺熱氣撲面。一看房中，燒了兩個大炭爐，爐上放了兩隻大水煲，正燒得撲撲撲的猛冒水蒸汽。更叫這個小飯店老闆一下子心跳燥熱的，是正向他邁著小碎蓮步走過來的小腳阿娥，這女子本就生得容貌嬌俏，現在還化了個恰到好處的淡妝，頭上梳了個愛司髮髻，長長的柳葉眉，紅紅的小櫻唇，兩隻杏眼兒神采飛揚，顯得既豔麗又端莊；穿一件粉紅色的絲絨旗袍，下襬的衩開到了腰上，挺拔的雙乳連同兩條雪白的大腿，使本已誘人的身材顯得更加惹火，晃得豆腐阿六一陣目眩，愣在當地。

「唉喲，張老闆，有勞你大駕光臨小院，請坐請坐。」小腳阿娥現在的神態語氣跟怒打癟三時簡直判若兩人，嬌嬌嗲嗲的十足一個溫順可人的俏嬌娃。說著已走了過來，先除了豆腐阿六頭上的氈帽，掛到帽架上，再雙手拉了豆腐阿六，走過一邊，輕輕按在一張雙人沙發上。自身散發出來的香氣飄飄氳氳的在四處瀰漫。

豆腐阿六原來仍愣著眼，現在才如夢方醒，連說：「阿娥姑娘客氣了，阿娥姑娘客氣了。」沙發前面的茶几上放了幾樣小菜，暖了一瓶酒。阿娥看這小老闆的模樣，心中是說不出的暢快，臉上更顯燦爛，挨著他便坐下來，拿起酒瓶，給兩只高腳玻璃杯都斟滿了，遞一杯給豆腐阿六，自己舉起一杯，一笑百媚叢生：「張老闆，外頭天寒地冬，此處暖和如春，人生能得幾回醉？來，我倆乾一杯！」豆腐阿六接過酒杯怔了怔，跟阿娥碰了碰，口張了兩下，卻沒說出話來，就是那個癡樣，便呷了一口。

「唉喲，張老闆，這可不行呢。」阿娥把自己的杯倒過來，「我都乾了，你哪能只喝一口啊？也得乾了呢。」秋波連拋三五個過來。這個豆腐阿六，已被阿娥挨得渾身燥熱，又被她身上的香氣熏得昏昏糊糊，哪還能經受得住這秋波連擊，正所謂美色現行，酒不醉人人自醉，一舉杯，仰頭一飲而盡，還情不自禁說了一句：「好酒！」

「是好酒就再乾一杯！」阿娥立即又給他斟上一杯，自己也斟滿了，兩杯一碰，「乾！」

於是第二杯又全下了肚。阿娥斟上第三杯，舉了舉：「張老闆，古人云：『一路野花開似雪，但聞香氣不知名。』你知不知小女子身上這香是什麼香呢？」

豆腐阿六也是讀過些古文詩詞的，再加酒精上衝，精神亢奮，一聽這婆娘竟會吟誦古詩，不覺大感驚嘆起來：「唉呀！姑娘好文采呢！可惜小生真是但聞香氣不知名喲。」

「那就該罰了！」阿娥又把酒杯一碰，兩人於是第三杯下肚。

阿娥那雙杏眼現在已成了銷魂眼了，慾火熏蒸，淫淫的盯著豆腐阿六：「太熱了呢，張老闆把衣服脫了吧。」

豆腐阿六早就燥熱難耐了，先去馬褂，再脫長袍，同時一股慾火無法遏制的湧上來，只覺喉頭發乾，心如鹿撞。融在酒中的春藥藥性在慢慢發作。阿娥知道時候到了，悠悠站起身來，臉上百媚叢生，雙手便輕輕地解開了旗袍的釦子。二十五六歲的美女，正當最嬌豔又最成熟的時期，不難想像那一抹酥胸，一對隆乳裸裎出來時是何等的勾魂攝魄，看得早已雙眼發直的豆腐阿六發出情不自禁的一聲怪叫，雙腳順著沙發的邊際便跪了下去，雙手一把抱住了眼前兩條豐腴的玉腿，口半張著，仰面看這尊對他來說現在是無與倫比的女神。春色無邊。一會兒，楠木大床便發出了吱吱啞啞的聲音，混和著一對男女天翻地覆般的呻吟與嘶叫……。

一個鐘頭後，阿娥送豆腐阿六出門，紅著臉輕輕叮囑：「張老闆明天再過來。」

「多謝姑娘，多謝姑娘。」豆腐阿六想不到竟會如此突然的天降豔福，簡直喜不自勝，這時杜月笙正好走進來。一看兩人這般親熱勁，不覺一愣，心中大感不是滋味。

午飯後，杜月笙悄悄向戴三娘打聽：「張老闆今早來幹什麼？」

「聽說是小姐有事找他商量。」

「在小姐房裡？」

「唉呀，月笙哥，我們做下人的，哪會注意老闆娘的事啊？」

杜月笙沒奈何，心中不覺悶得難受。第二天上午，豆腐阿六又來了，杜月笙愣著眼看著阿娥挽著這個飯店老闆的手進了自己的房間，他終於明白，自己想當圓潤院龜公的希望沒有多大了。

以後的日子，豆腐阿六幾乎是天天過來，在阿娥的房中逗留上一兩個鐘頭，阿娥每次都把他送出門，再殷殷話別，其親密情狀，看得杜月笙氣惱交加。

不覺便過了新年，這晚圓潤院又擺酒筵。散席後，阿娥輕輕拉了拉豆腐阿六的衣袖：「你今晚就別回去了。」

當夜阿娥使出她在歡場中的渾身解數，把個豆腐阿六弄得舒暢無比，難以形容的滿足；完了事，阿娥輕輕扭著他，撒著嬌道：「阿六，跟你商量個事。」

「唉呀，什麼事啊？」豆腐阿六說著就在那紅紅的桃花臉上親了一口，「姑娘請講。」

「別再姑娘姑娘的。」阿娥撇一下小嘴，「要商量的事就是，你來我這裡已差不多一個月了，我們該成親啦。我要你日日夜夜在這裡陪著我呢。」說完嘻嘻笑起來，同時用手刮刮阿六的鼻樑。

「什麼？成親！」豆腐阿六大吃一驚，嚇得幾乎在床上彈起來。阿娥的身體令他銷魂，阿娥的媚態叫他舒心，但那只是男人跟女人的事，他可從沒想過要跟這煙花老鴇成親。

「怎麼啦？」阿娥一把將他按著，收起笑容，她聽得出阿六口氣裡的不願意：這傢伙似乎受了驚嚇，「講相貌我有相貌，講身材我有身材，講叫男人快樂的本領我更不比其他女人差！說到錢財，我也不比你少！我有什麼配不上你？」

這可算是歡場女子的本色，話說得直白，而不像大家閨秀那般猶抱琵琶半掩面，聽得個豆腐阿六雙眼發直，嘴裡便囁囁嚅嚅：「唉呀，不，不是配不上，只是，只是……」張口結舌。這小子是男人，男人的毛病跟女人一樣多，而在性事上猶為自私。比如，他恨不得跟天下女人都睏上一覺，卻絕不願意自己的老婆被其他男人睏一覺，更何況豆腐阿六知道這個小腳阿娥是煙花出身，不知被多少男人睏過，這在心理上實在難以忍受。更叫他無法忍受的是，他自己的父親就嫖過阿娥，這是他父親在一次跟朋友喝醉酒時說出來的，說嫖幽蘭堂子的那個小腳阿娥，雖嫖資不匪，卻物有所值云云。自己若娶了這個女人，在父親面前這有多尷尬！還有，肯定要遭親戚朋友的議論恥笑；還有，哪知這女人在背後有多少相好？還有……

「只是什麼！」阿娥一聲怒喝，剛才的溫柔嬌俏一瞬間已消散無蹤，變得柳眉倒豎，杏眼圓睜，一隻雌老虎的模樣，「只是以為你可以白睏我？」

「不，不是，這……」豆腐阿六愣著雙眼，飄散的魂兒終於收回來，「我……」

「既然我配得上你，你也沒有以為可以白睏我，那我們就成親！」阿娥說得斬釘截鐵，「似我這麼漂亮，這麼懂得討你歡心的女人，你到哪兒去找？」說著臉色緩下來，那誘人的媚態又出來了，語氣又甚嬌柔，「阿六，這幾十天來我還侍候得你不舒服麼？你看你，跟我在一起時，簡直如登天國，如進天堂。這樣的好事你還不滿足？阿六，你娶了我，這一帶的寧波堂子的酒筵就全由你包了！我在這一帶堂子裡的聲望大得很呢！老鴇們有誰敢不給我面子？那可是一筆長期的大生意呢！還有，我做了你老婆，就出資給你開間大酒樓，你可以做大老闆呢，好不好？」

阿娥一邊說一邊就用舌頭在豆腐阿六的胸膛上舔，兩隻豐滿的乳房就在他的腰臍處揩來擦去，整個人溫順得像隻小波斯貓，「阿六，還有呢，你為人又老實又怕事，這在上海灘是吃不開的呢，娶了我，有我這個老闆娘，你就可以安安心心做大老闆啦，其他事就不用操心了，有誰敢欺負你？我踢他落黃浦江！」

聽著阿娥這一番剛柔相濟的「甜言蜜語」，豆腐阿六仍然愣著。他承認，阿娥說得坦白，是實話，是江湖人士的本色。他不能否認自己喜歡這個女人帶給自己的激情、興奮、樂趣，但自己終歸是一個正經商人，又怎能娶這個白相人嫂嫂為妻？除了家人、親戚方面恥笑，還有行家呢。不覺又是猶猶豫豫的：「阿，阿娥，我們……」

「我們成親，這事由我操辦。」阿娥看豆腐阿六雖是仍然愣著，但語氣比剛才是「好聽」多了，「現在不是什麼都提倡文明嗎？我們也來個文明結婚。我無父無母，也不要你什麼三書六禮媒人婆的。我查過黃曆了，十天後就是好日子呢，到時你就坐了馬車過來，我們就在圓潤院裡擺酒席，請賓客，這個就是我們的新房。」說著櫻桃小嘴兒又撇了撇，顯得很嬌羞的模樣，而兩隻黑眼睛則如寒星，如寶珠，神采飛揚，「我才不要去你的飯店做新娘呢。」

豆腐阿六哭笑不得：我的姑奶奶啊，我還未答應跟你成親呢！猶猶豫豫的輕輕撥開這個像蛇一樣纏著自己的一絲不掛的女人，慢慢爬起身，嘴裡仍是囁囁嚅嚅的：「阿娥姑娘，我，我得回家跟父母商，商……」

「量」字未說出，小腳阿娥一把將他按回床上：「商量什麼！」剛剛重現的嬌柔溫順又沒了，臉容再次板起來，「我問你，你自己願意不願意！」

「我……我……」豆腐阿六又大吃一驚，這女人做愛時溫柔得像隻小羔羊，隨你弄，現在怎麼力氣大得嚇死人？相傳她懂武功，曾怒打癟三流氓，這看來並非虛言。自己可不是這女人的對手。

「我什麼！」阿娥又是杏眼圓睜，「男子漢，有話直說！你就說自己是願意，還是不願意！」邊說邊把雙手就卡在豆腐阿六的脖子上，「你敢說不願意，我就扠死你！」

我的媽呀！豆腐阿六這回真給嚇壞了。看這個女人的模樣，她會說到做到的，自己可逃不了，雙眼又直了：「我，我願意，願意！」心想先逃了性命再說。

「那好。」阿娥鬆了手，臉色又緩下來，「那你回來跟你父母商量，你要說服他們同意。你是個大男人呢，你要娶誰做老婆，你的父母怎能攔你？他們攔你你一樣可以跟我成親，結婚時我不在乎你的父母家人來不來。如果你不跟我成親，就是你答應了不算數！我小腳阿娥最恨這種人！」說著臉容又板起來，「你敢這樣做，我就帶上一幫兄弟姐妹去拆了你的阿六飯店！」

豆腐阿六聽得呆了，看著這女人變化無常的神情，眼更直了。他突然覺得自己簡直搞不清楚到底身在哪兒：是在溫柔鄉呢，還是陷於爛泥沼裡？

阿娥還有更絕的。她看著豆腐阿六這個呆樣，竟一眨眼便掩臉哭泣起來：「嗚嗚嗚！我阿娥對你這麼癡情，什麼都給了你，什麼都順著你，你竟然說不要我，不跟我成親！嗚嗚嗚！你不要我，我就殺了你！殺了你，我就跳黃浦江，嗚嗚嗚！我不要活了！我們一起去死！嗚嗚嗚！」

完了，豆腐阿六覺得自己已全然手足無措了，完蛋了，別說還手之力，連招架之功也沒有。這女人說怒就怒，說火就火；說嬌就嬌，說媚就媚。怒火一發，凶得像隻雌虎，狠得似頭豺狼，張牙舞爪的要吃人，嚇得你肝膽俱裂。嬌媚起來，則溫柔得叫人心中陣陣發癢，不知該去如何疼她，捧在手中都怕化了；看她現在，又是另外一景，裸著的雙肩一抽一搐的，臉上如梨花帶雨，叫哪個男人見了都要生出憐憫之心。對這種女人，豆腐阿六根本無法抵擋，情不自禁雙手向上一攬，把這美人便擁入懷中，只覺軟綿綿的，撫摩著這微微顫抖的嬌軀，那種令人陶醉的感覺立即猛湧上來，心想罷了罷了，這女人是有名的白相人嫂嫂，她說要拆飯店，說要殺人，那可不是嘴上說的。難道自己為了躲避她，竟至要歇了辛辛苦苦才創下的飯店，逃出上海灘不成？唉，這女人除了曾做過煙花外，這相貌身材、這嬌姿百媚，這性情膽識，其實都真是巾幗上品，而且，她真會出錢給自己開間大酒樓呢……柔柔地撫摸著那充滿性感的肉體，嘴裡說的也不知是不是跟心中想的完全一致了：「阿娥，別哭呢，別哭，我願意，我一定跟你成親，不管家人親戚朋友怎麼說，我都一定娶你做老婆。」

阿娥當場破啼為笑，兩行清淚猶掛在圓圓的桃花臉上，就開始親嘴，親得個豆腐阿六氣喘，接著又是一場天翻地覆，幾乎沒把那張楠木大床蹬得散了架。當兩人都隨著幾個狼吼般的嘶叫癱倒床上時，已是半夜兩三點了。

第二天醒來時已是日上三竿。梳洗畢，美美地吃了一頓早餐，阿娥左手挽了豆腐阿六的手臂走出房來。兩人並排站在樓堂的欄杆前，阿娥是興奮莫名，右手中的粉紅絹帕在空中亂揮，高聲向圓潤院裡所有的粉頭、護院、傭人宣佈：「我小腳阿娥要招張老闆入贅！十天後就在這圓潤院成親！」

戴三娘與幾個粉頭堆出一臉的笑，躬著身向阿娥祝賀：「唉喲！真是恭喜小姐！賀喜小姐！」

當時坐在樓下牆邊太師椅上發呆的馬世奇仍愣著，他覺得那樣向人道賀很肉麻，是婆娘才會這樣做的；但他又不知該怎樣做，不覺手足無措，看一眼坐在客廳八仙桌旁邊喝茶的杜月笙，這時杜月笙正啪的一聲把手中的茶杯往八仙桌上一放，抬頭瞪一眼小腳阿娥與豆腐阿六，一言不發，轉身就向門口走去。這個青年流氓覺得心中如壓了一塊大石，悶得發慌，走出蘭芳里，無法遏制的便對著藍天吼起來：「我要去賭銅鈿！我要去玩女人！我要去……」他突然發覺路人全望過來，「看什麼？有什麼好看！」十足一個隨時準備跟人大打出手的拼命三郎。看他的路人急忙走路。

對杜月笙來說，這是瘋狂的一天。

第二天直到將近吃午飯時，杜月笙才昏昏糊糊的回到圓潤院。一進門，就看到小腳阿娥坐在客廳的太師椅上等他。馬世奇坐在牆邊，在津津有味地看一本連環畫。

「萊陽梨，你一日一夜去哪啦？」小腳阿娥放下手中的茶杯，話說得很不客氣。

「去賭了！去嫖了！」杜月笙的語氣更不客氣，幾乎是吵架般的叫，「怎麼啦？我杜月笙要你來管？」這時候他正在一肚怨氣，最氣悶的是這個小腳阿娥竟瞧不起自己，而要招個小飯店老闆入贅！

「不是管不管。說過多少次了，白相歸白相，事體歸事體。你在這裡當護院，就得照規矩來做。」以阿娥的脾性，豈是省油的燈，說著說著便站起身來，盯著杜月笙的雙眼睜得圓圓的，「你平時一去半日，又或二更三更天才歸，我阿娥不過說你兩句，也不計較了，算了，現在你竟……」

「是又怎麼樣！」本已坐下來的杜月笙也霍地站起來，「大不了，我杜月笙就不當你這個護院，自己出外闖世界！」

「那我也不勉強你。」小腳阿娥打蛇隨棍上，她知道雙方已難繼續相處下去，一個轉身上了樓，過了一會，提了兩只小布袋子下來，往八仙桌上一放，「這裡兩袋子銀洋，每袋二十個。多上工錢的銀洋，算是我阿娥的心意。」看一眼杜月笙和正愣著站在杜月笙身後的馬世奇，「兩位一人一袋，我們主雇一場，大家好聚好散。」

杜月笙別頭看了一眼馬世奇：「走吧！」隨手抄起兩袋銀洋，轉身大步而去。

馬世奇看了一眼阿娥：「阿娥姐……」

小腳阿娥笑了笑：「後會有期。」

這小癟三便一個轉身，跟在杜月笙後面走出了圓潤院。

第三十六章　毒霧瀰漫上海灘

小腳阿娥看了一眼杜月笙和馬世奇的背影，微微一笑。十天後，圓潤院大宴賓客。小腳阿娥依照傳統婚儀，頭戴鳳冠，肩披霞帔，身穿大紅禮服，正式把自己嫁出去。豆腐阿六坐了馬車來，照傳統規矩，新郎本要身穿蟒袍，頭戴公帽，足登粉底履，但豆腐阿六卻是穿了一套西服，結了領帶，皮鞋擦得晶亮。陪他來的是幾個窮親戚、幾個要好的朋友和幾個同行。他的父母兄弟姐妹沒一個來。阿娥對此不但不在乎，而且還心中暗喜。這省得她向家翁家姑叔伯獻茶敬酒，更省得鬧不好時弄出尷尬來，大家都不好看。她請來的賓客可比男方的親朋戚友多得多了，附近寧波堂子的龜鴇大多都來赴宴，還有十來個打扮得嬌豔欲滴的煙花粉頭；此外，又有十多個穿著便服的巡捕警察，其中五六個是管小東門十六鋪一帶治安的，其他的就是過來白吃，順便看看能否搞上個煙花樂樂——這些吃卯糧的斷定，老鴇婚宴，自然少不了樂胃的粉頭。賓客中同樣引人注目的還有幾個在下三流社會中頗具名氣的白相人嫂嫂：強盜金繡、金鋼鑽阿金、阿桂姐、洪老五、李寶英、陳寶姐、沈扣珠、丁寶英等人，而她們又各自帶來了三幾個流氓姐妹、兄弟癟三。

這大伙人擠得圓潤院滿滿的，有人西裝筆挺，有人長袍馬褂，有人一套便服，有人腦後還拖著長辮，那堆窯姐兒則個個花枝招展。酒筵還未開始，巡捕警察與流氓癟三就已向塗脂抹粉的夜度娘們擠眉弄眼，悄悄做下流動作，而這些窯姐兒只要有錢到手，管你何許人也，也悄悄的撇嘴掩臉，搔姿弄首，扭捏作態，暗還秋波。

小腳阿娥見人客到齊，挽了豆腐阿六的手肘，在樓堂欄杆前一站——一中一洋的服飾，倒也相映成趣——高聲宣佈自己與張老闆「鴛鴦情結，百年好合」云云，然後還大言不慚地吟了兩句「且看淑女成佳婦，從此奇男已丈夫」，聽得本已呆若木雞的豆腐阿六嘴角向上撇了兩撇，兩眼朝天，哭笑不得，而逗得他的同行幾乎笑倒。

阿娥只顧自己神采飛揚，也不理會別人是在暗裡嘲笑她，嬌滴滴再一聲招呼：「承蒙各路朋友光臨小院，務請開懷暢飲，不醉無歸！」

這熱鬧的酒筵就算正式開場。

豆腐阿六本來就不勝酒力，再加這幾天為娶這老鴇兒的事跟父母兄弟吵架，心情悶得要命。現在他面對這為自己擺設的豐盛喜筵，看到那些男女「貴賓」在如此眾目睽睽之下又摟又抱的羞態百出，又吵又鬧的穢語飛揚，有的眼看就要大打出手，心情真是古怪得難以言說：搞不清自己到底是喜是悲，是哀是樂，是怨是愛；搞不清在自己娶老婆這樣的人生大喜筵上，怎會跟這類狐鼠同伍。正在硬裝笑臉跟賓客應酬，阿娥走過來，便拉著去四處敬酒，敬了這桌敬那桌，三杯酒下了肚，豆腐阿六便覺眼前濃霧升起，接著是雲遮霧障，人也就開始昏糊了。再加三杯，就得靠個懂武功的嬌妻來攙扶。

阿娥看他這個窩囊樣，嘴巴一張一合的，眼皮一眨一翻的，不覺又惱火又心疼，心想你可別說出些難聽的話來坍老娘的台，向戴三娘、李六嬸打個手勢：「老爺醉了，你倆扶他回房裡歇歇。」

這婚筵直鬧到將近天亮時才算完全散席，而豆腐阿六趴在那張楠木大床上，嘴裡嘮嘮叨叨的也不知說什麼，賓客全散了，他還沒有起來。

娶了阿娥做老婆，豆腐阿六的感覺是酸酸甜甜苦苦澀澀的說不清，而他的阿六飯店卻是真的越加興旺起來了。看在小腳阿娥的面子上，小東門一帶寧波堂子的龜鴇們幾乎都把自己堂子的酒筵交給阿六承辦。阿娥看這生意旺的，那間小飯店已經無法承接了，倒也實踐諾言，拿出一大筆款子來，在小東門裡馬路租了一間三層樓房，經過一番大規模的裝修陳設，便成了一間頗具規模的酒菜館。但用什麼招牌呢？阿娥想了好幾個名稱，什麼春意濃、醉裡香、幽桃源之類，可謂三句不離本行，聽得豆腐阿六連連搖頭。

阿娥不覺就嗔怪了：「阿六，那你說用什麼招牌？」

豆腐阿六說得篤定：「何必傷腦筋呢？我們的酒樓是做甬菜的，就叫狀元樓嘛！現在就裝潢佈置成這樣子的呢。」（註十三）阿娥一聽，也就不哼聲了。

狀元樓甬菜館的一大特徵，是它的裝潢佈置古色古香。桌椅傢具一應為琥黃色，樣式古老，氣氛殊異。豆腐阿六在裝修自己這個酒樓時就已著意如此，阿娥也算通情達理，不哼聲也就表示同意。不過過了兩天，她又對丈夫道：「阿六，只是狀元樓，別人哪知道是我們開設的呢，在前面加上兩字，叫『寧波狀元樓』，那才好讓別人記住呢。」

阿六說好，隨後又請了位私塾先生撰寫了一副對子，寫的是：「浩歌不覺乾坤小，酣酒方知日月長。」均刻木燙金，掛了出去。相傳上海灘的「寧波狀元樓」招牌就是豆腐阿六夫婦首創的，那對子還得過一些所謂文人雅士的讚賞。

這邊廂阿娥夫婦過得也算滿意，那邊廂，杜月笙可是又被打回街邊癟三原形了。這個青年流氓與馬世奇離開了圓潤院這煙花柳巷，各得了二十個銀洋，如無意外，節儉些兒慢慢花，夠花三幾個月的，但馬世奇要醫治長期患病的老母親，銀洋不久就花得差不多了，而這個杜月笙，苦惱氣悶，拿了銀洋去賭去嫖，農曆年過後，還未到元宵節，他又已窮得叮噹響，幾乎身無分文了。貓在民國里小平房裡孵豆芽，突然想起顧嘉棠來。自幾個月前在聚寶茶樓一別，再沒見過和聽過這小子的訊息。現在既然無所事事的孵豆芽，何不也去加入販煙黨！

杜月笙跳下床，緊緊身上的棉襖，迎著寒風走出民國里，向北走穿過法租界，打算到英租界四馬路鴻泰行找顧嘉棠。縮著脖子往前走，在界路拐角處，幾乎與一個人碰個滿懷，定睛一看：「唉呀！原來是你啊，阿銘！」兩年多前李阿三死，杜月笙受傷，杜幫散了伙，江肇銘先是跟著杭州阿發混了一段日子，然後便自己出來走單幫，仍然是幹些偷矇騙搶的勾當，不過混來混去沒混出個市面來。兩人多時未見，互拍肩頭，顯得挺親熱。

寒暄幾句，杜月笙問：「阿銘，什麼事這麼匆忙？」

「月笙哥，我正想去民國里找你呢！」江肇銘叫道：「前幾天我碰到馬世奇，說你不做那煙花護院了，想你大概在民國里，就去找你。」

「什麼事？」

「這兩年，原來的兄弟東流西散，有的跟了杭州阿發，有的還在做街邊癟三，我江肇銘東蕩西闖，總是人單力弱，做不出個場面來。有一次在碼頭做生意，幾乎被人打落黃浦江。想來想去，還是應該大家兄弟聯合起來一齊幹才好。你看看現在的十六鋪碼頭、小東門一帶，多興旺。你月笙哥是有名的諸葛亮、軍師爺，能夠服眾，如果你出面再找上一幫兄弟，還怕掙不到養命的銅鈿？總比這樣大家流流蕩好。」說著一陣寒風刮來，吹得這個衣衫單薄的江肇銘連打兩個寒噤。

杜月笙一伸手把他拉到路邊，自己脫了棉襖，披到這小子身上。然後兩人都蹲下來，縮頭縮腦的，看上去十足是兩個無家可歸的窮癟三。

杜月笙又問：「就為這事？」

「這還不夠嗎！」江肇銘搓一下手，「還有更大的生意。你看現在各處的燕子窠，似乎是越開越多，煙土當然也是越進越多了，這真是一筆大生意呢！如果月笙哥你出面叫上幫兄弟，搶他一兩箱土，那比向商船要銅鈿又肥多了！」

「阿銘你也真夠膽，」杜月笙笑笑，「搶土，那是用命去換來的銅鈿！」

「那當然！我自己就想去做，不過不知路數，既不知煙土從哪兒來，在哪個碼頭上岸，又不知運哪兒去。而且就一個人，太危險了，打死了也沒人知道。如果月笙哥你叫上一幫人，那就不同了，說書佬說的，人多勢眾呢！我們做不了水老蟲，但我們可以套箱。月笙哥你人面廣，一定有路數，我就跟你幹。」

杜月笙笑起來：「我現在想去幹的，不是搶土，而是護土。」

「什麼？護土？」江肇銘愣了愣。

「顧嘉棠你還記得吧?」

江肇銘想了想:「記得,那小子功夫不錯。」

「他就是為鴻泰行護土的,亦即負責運土回行裡。我現在就是想去找他,也幹上一份。」

「月笙哥,其實那跟搶土差不多。人家來搶土,你就得跟人家打,也是會要命的。」

「那可不同。護土的人公開拿刀拿槍,人多心齊,打死人不用填命。搶土的人比他們就危險得多。」說到這裡,杜月笙深沉地笑了笑,「這樣吧,阿銘,我們先去護土,摸清門路了,掉過頭再去搶土,那就容易得多了!」

「唉呀!月笙哥不愧是諸葛亮,果然好計!」

杜月笙這條計確是夠詭詐深沉的,不過他暫時還用不上,因為他與江肇銘來到鴻泰行找顧嘉棠,行裡的伙記很不高興地看他倆一眼,說顧嘉棠不在。

「他在哪?」杜月笙問。

「不知。」伙記說完,轉身去辦自己的事,不再理睬。兩人只得走人,面面相覷,一籌莫展。

第二天,兩人又去鴻泰行問,伙記乾脆一揮手:「他走了!」

「去哪了?」

「我哪知道!」伙記顯得很不耐煩,「以後不要再來!」低聲再加一句,「走吧!若被老闆看到,對你們沒好處!」這似乎是善意的警告,杜月笙立即拉了江肇銘離開。

「顧嘉棠去了哪裡?」江肇銘也不知是問自己,還是問杜月笙。

杜月笙不哼聲,只管往回走。回到小平房,往床上一躺,嘆了口氣:「顧嘉棠可能沒再為鴻泰行押運煙土了。」

「可能是那個伙記見我們問得煩,騙我們的!」

「不!顧嘉棠如果還為鴻泰行押運煙土,那伙記就不會這樣,也不會警告我們,要我們走。」

「那怎麼辦？就這樣算了？」

「不，我一定要查清楚。」杜月笙爬起來，「這是一條很好的財路。」

「怎麼查？找誰查？」

「聽我的，山人自有妙計。」

第二天日上三竿時分，兩人又來到英租界福州路，不過這次不再問鴻泰行的伙記，而是蹲在鴻泰行附近的一條弄堂口，在凜烈的寒風中縮著乾瘦的脖子，像兩個無所事事的小癟三，眼睛卻看著鴻泰行。

第三十七章　小頭銳面找財路

「就在這裡乾等？」蹲了幾乎兩個鐘頭，已中午了，江肇銘忍不住問。

「只好這樣，才能搞清楚顧嘉棠到底在不在。」杜月笙說得漫不經心，眼睛仍盯著鴻泰行。不過兩人終歸失望。從太陽爬到頭頂，再墜落西山，直到二更天將盡，鴻泰行關門打烊，既沒見顧嘉棠從行裡出去，也沒見他從外面回來。店面很平靜，顧客不多，引起杜月笙注意的是有三幾個人坐了黃包車來，提著皮箱進了店，過了好一會兒才出來，然後又坐上黃包車或馬車走了。杜月笙依稀認得，這是花煙間或燕子窠的人，大概是來批些煙膏回去做生意。

「走吧！」江肇銘冷得上下牙齒打戰，看著鴻泰行正關門，霍地跳起來。

這時候，漆黑的夜空悠悠飄下雪花來。兩人是既沮喪又氣惱，卻又無可奈何，冒著寒風呼呼，縮著脖子，豎起領子遮了臉，走出福州路，瞄一眼路上，沒有幾個行人。雪越下越大，前面的路面已經顯得有點白茫茫一片了。往東走了一段，往南轉入界路，越往南走燈光越少，路面越暗，看前面遠處有間小食店，急急腳就走了進去，坐下要了兩碗陽春麵，來一番狼吞虎嚥，突然聽到「三茅閣橋」那邊傳來了一聲馬嘶，在寂靜的夜晚顯得非常響亮，同時，的的篤篤，一陣馬蹄聲急驟而來。杜月笙抬頭向外望去，正好看見一輛馬車匆匆而過，車上兩邊坐了三幾個人，駕車者手揚馬鞭，好像有點面善，不過根本未及細想，馬車已過去了。

杜月笙愣了愣，猛地跳起來，衝出店外，向北望去，只見馬車已在飄飄飛雪中越變越小，越來越模糊，最後融進了夜幕裡。

江肇銘隨後衝出：「月笙哥，看見誰了？」

杜月笙搖搖頭：「想不起來。」

吃完麵，兩人回到民國里小平房，杜月笙躺在床上，輾轉反側。一直在想著那個趕車人到底是誰。直想到凌晨兩三點，朦朦朧朧間，才猛然想起，不覺霍地從床上坐起來，江肇銘被他一下弄醒，揉揉雙眼：「月笙哥，什麼事？」

「我想起來了，那趕車人是四大金剛之一的高鑫寶！」

「高鑫寶趕車？不會吧？不是說他綁票撈了八十萬？」

「那是胡說！真撈了八十萬他還不躲起來？早去風流快活了！」

「是他又怎麼樣？跟我們有什麼關係？」

「我肯定剛才那輛馬車十之八九是運土車，否則半夜三更的幹什麼，還要那麼多人保護？高鑫寶一定是為土行押運煙土，若能找到他，就一定可以知道顧嘉棠在哪裡，說不定我們也可以跟高鑫寶一道幹。」

「對，」江肇銘興奮得大叫，「找到他就可以找到販土運土的門路！」

不過江肇銘想得太簡單了。以後幾天，兩人在界路跟福州路的十字路口乾等，等了幾晚，卻沒再見高鑫寶。隨後找些江湖上的朋友打聽，大多都說不知道，只有幾個說聽說他是為土行運土，但究竟為哪間土行，不知道，看來行蹤飄忽。其中一個說，前兩天在帶鉤橋附近的明月茶館見過他。

第二天，幾日來的寒風漸息，陰雲也隨之消散，當一輪旭日慢慢爬上黃浦江面時，杜月笙與江肇銘便上了明月茶館，在臨窗處找了座位。

兩人坐下好一會，茶館便漸漸熱鬧起來。杜月笙一邊喝茶一邊東張西望，突然看到兩個十七八歲的小青年走上樓來。

「丁迅！」杜月笙大叫一聲。

其中一個小青年望過來，也叫一聲，「唉呀！原來是月笙哥！」拉了另一個人急步走過來。

「兩位坐！這頓茶，我做東！」杜月笙挺熱情，「這位是……」

「梁浦，我的好朋友。」丁迅拉梁浦坐下，「梁浦，這位就是我跟你說過的月笙哥，十六鋪一帶有名的諸葛亮、軍師爺！」

梁浦看來比丁迅的年紀還小，躬躬身堆出笑來：「月笙哥！」

「什麼諸葛亮！」杜月笙哈哈一笑，寒暄幾句，一轉話題，「阿迅，怎麼在法租界很長時間沒見你了？在哪兒發達啊？」

「發什麼達啊。」丁迅笑笑，「月笙哥，這一年來我和梁浦在英租界嚴九爺的大賭場裡當小開，給人斟茶遞水。」

「哦，對了，阿迅，以前我們在十六鋪撈銅鈿時，曾跟顧嘉棠、高鑫寶合作過，你可知這四大金剛中的兩個現在哪裡？」

「顧嘉棠怎樣不知道，只是那個高鑫寶可能跑了。」

「跑了？」江肇銘急不及待，「他怎麼啦？」

「你們沒聽說嗎？」丁迅瞪瞪他的小眼睛，「他昨天幾乎劈死人！」

「什麼？」杜月笙吃一驚，「他跟誰打架？」

「唉！不是打架。我們九爺的賭場在雲南路，北面不遠處就是三馬路，那裡有條鴻旺弄，弄裡有間鴻旺賭檔。昨天下午，高鑫寶在那裡賭大小，賭到晚上，輸了不少，他就孤注一擲，把自己的所有銅鈿全部押在小上，結果開出了大，就清盤了。當時他雙眼血紅，突然一把揪住了鴻旺的老闆田老大，說有錢大家撈，可不要做絕了。田老大氣壞了，但掙了幾下沒掙脫，這時鴻旺的巡場就衝過來。高鑫寶突然從腰裡拔出一把利斧，架在田老大的脖子上，喝令賭場裡的人都站住，否則就要劈了田老大的腦袋。嚇得眾人不敢上前。高鑫寶就這樣一邊挾住田老大一邊往門口退，同時大叫：『扔一袋銀洋過來！』賭場裡的人怕他真的劈了老闆，就扔了一袋銀洋過去。高鑫寶蹲下去撿，田老大趁機一把掙脫，幾個巡場立即撲上前。高鑫寶就狂了，知道一交手肯定吃虧，於是一斧頭向田老大擲過去，同時抄起那袋子銀洋就跑。」

「那斧頭把田老大劈了？」江肇銘聽得津津有味。

「沒劈中田老大，田老大一閃，避過了，但卻劈中了那個在後面軋鬧猛的賭客，劈在了大腿上，痛得那個賭客一聲慘叫，就倒在地上，隨即被他的朋友抬了去醫院。地上留下了大灘血，也不知把腿骨劈斷了沒有。」

「阿迅，你說得挺逼真的，」杜月笙笑起來，「當時你在場？」

「我是聽他說的。」丁迅指指梁浦。

「昨晚吃過晚飯，我去鴻旺玩兩手，親眼見的。」梁浦道。

杜月笙想了想，問：「兩位可知高鑫寶住哪裡？」

「聽說是住法租界桂平路。」梁浦道，「昨晚幾個巡場去追高鑫寶，這時鴻旺賭場裡全亂了，田老大臉色發青，叫大家不要慌不要慌，繼續玩繼續玩，然後咬牙切齒地大叫了一聲：『我明天就去桂平路劈了這個小癟三！』後來那幾個巡場就回來了，說追了幾條里弄，天又黑，有些里弄又沒燈，結果沒追上，被高鑫寶跑掉了。田老大就說他過得了今日過不了明日，一定要劈了他。看田老大那個怒火衝天的樣子，他看來一定要叫高鑫寶觸霉頭。」又胡扯了幾句，丁迅與梁浦便起身告辭，說要回九記賭場了。

兩人前腳剛走，杜月笙給明月樓的伙記塞了兩個銅元，對江肇銘叫聲：「走！」急急腳也下了樓，向西便走。

江肇銘從後面追上來：「月笙哥，走這麼快幹什麼？說不定高鑫寶還會上明月樓呢！」

杜月笙稍稍放慢腳步：「你也不想想，高鑫寶昨晚在英租界裡劈了人，他還敢上這英租界裡的明月樓？找死啊？」

「那現在我們去哪裡？」

「去救高鑫寶！」

「田老大真要劈他？」

「我以前在鴻旺玩過幾手，見過這個田老大，四十來歲，中等身材，瘦瘦的。他開那個賭檔，沒十年也有八年了，可見他在江湖上也是有點名氣的。現在高鑫寶這樣給他搗亂，太叫他丟臉了，而且他又在這麼多人面前說要叫高鑫寶觸霉頭，在這氣頭上，他說得出就肯定會做。哪怕不是劈了高鑫寶，至少也要叫他吃生活，揍到他趴地才罷。而那個高鑫寶，一身牛脾氣，肯定沒想到田老大會找人到法租界來找自己。現在去我還擔心不知來不來得及哪！」

「但是，月笙哥，那桂平路好長的一條馬路呢，我們怎樣去告訴高鑫寶？」

「阿銘，這個反而不用擔心，自然會有人告訴我。」杜月笙說得篤定，「一會兒到了桂平路，你不要哼聲，跟著我就是。」

江肇銘嘴上應是，心裡卻有點不相信：「有人告訴你？難道你真是諸葛亮？」

兩人邊說邊沿著洋涇濱北的孔子路向西急走，過了鄭家木橋，來到東新橋，過了橋，便到了濱南岸，沿著松江路繼續往西走，不一會便來到桂平路的北端。

杜月笙一邊拐向南，一邊低聲對江肇銘道：「不要走得太急，留神路兩邊的弄堂口，看有沒有三幾個青年人聚在一起的。」江肇銘應聲是。

兩人沿著桂平路向南逛去，過了寧興街，杜月笙突然收慢了腳步。

「怎麼啦？」江肇銘低聲問。

杜月笙的眼神瞥去右前方的一條弄堂口，低聲道：「看見了嗎？那弄堂叫和福弄，弄口站著的那三個青年人告訴我，高鑫寶就住在這條弄堂裡。」

「什麼？」江肇銘暗吃一驚，「他們告訴你？」

「這還看不出來嗎？他們的眼神不時就往弄堂裡瞧。我認得其中兩個是鴻旺賭檔裡的人！」

「哦？他們在等高鑫寶？」

「肯定是。而且我敢斷定，這和福弄八里橋路的那一頭，還有鴻旺賭檔的人在等著。高鑫寶現在若出來，嘿嘿，在劫難逃。」

「那怎麼辦？我們又不知道高鑫寶住哪號。」

「看來田老大也不知道，所以才布兵在弄堂口等他出來；也可能他知道，但不敢公然打家劫舍，進屋殺人，否則被巡捕逮著，他也麻煩，於是就只好在弄口等，下手後好逃脫。不管怎麼說，現在我們就悠悠閒閒的進和福弄裡，就當什麼事也不知道。」

兩人邊說邊慢慢向前走，轉入和福弄。杜月笙在法租界的十六鋪癟三圈中有名氣，在英租界裡沒誰知道他。或蹲或站在弄口的三個鴻旺賭檔的人更不認識他，只顧著不時瞧瞧弄內。

沿著和福弄向西走了一段，杜月笙看見前面一座石庫門住宅前坐了個老頭，在百無聊賴的曬太陽，便走上前去，躬著身，臉上堆滿恭敬：「老伯您早。我是大自鳴鐘巡捕房的包打聽，要找一個叫高鑫寶的人，請問他住哪號？」

老頭看一眼杜月笙，又看一眼江肇銘：「你們是包打聽？」

「是。」杜月笙又哈了哈腰，臉上的微笑顯得更恭敬了。

「這樣懂禮貌的包打聽倒是少見。」老頭嘮叨了一句，用手向西面指了指，「前面三十五號那間小平房就是。」慢慢站起身來，「你可別說是我說的。我可不住這裡。」說完便向弄堂口走。

「這老頭怎麼啦？」江肇銘看一眼這老頭的背影。

「高鑫寶在這和福弄可能威風八面呢，弄得街坊鄰里都怕了他。」杜月笙笑笑，「走吧。」向前再走大約二十間房屋，就是三十五號。杜月笙掃一眼四週，沒有可疑的人，便上前打門，手剛舉起，門自開了，與正要一步跨出門來的高鑫寶剛好打個照面。

「諸葛亮？」高鑫寶先自怔了一怔，「宣統皇帝？」

「鑫寶哥！別出去！」杜月笙低叫一聲，與江肇銘一同進了門，反手把門關上。

「兩位有何急事？」高鑫寶顯然不知自己身處險境，「坐。」

「田老大派了幾個手下在兩頭弄堂口等著你！」江肇銘邊說邊一屁股在太師椅上坐下來，神情頗得意，「你現在出去就死定了！」

「什麼？」高鑫寶大吃一驚。

「我有個朋友昨晚在鴻旺賭檔親眼看到鑫寶哥你大戰田老大……」杜月笙邊說邊坐下來，把梁浦的話略述一遍，「我得知田老大聲言一定要叫你觸霉頭，所以立即拉上阿銘過來告訴你。幸好來得及時，否則你現在出去，不突然給你一斧頭也至少在背後給你兩刀！」頓了頓，「再少說點也給你幾下悶棍，狠揍一頓。」

「險啊！」高鑫寶心中叫一聲，嘴裡喃喃，在一張木椅上慢慢坐下來，然後又霍地站起身，對著杜月笙一拱手：「多謝月笙哥相救！」

「鑫寶哥何必客氣！」杜月笙還了一禮。不再哼聲，看著這個高鑫寶。

高鑫寶氣恨恨的再坐下，臉色鐵青，沉默了一會，拿起八仙桌上的茶壺就灌了一口，眼看杜月笙：「你是諸葛亮，給我出個主意，現在該怎麼辦？」

杜月笙神態篤定：「你就貓在這小平房裡，別出去。記得把門閂了，誰來敲你也別管。田老大現在正在氣頭上，過了三幾日，氣也就慢慢消了，自會收兵。」

「什麼？要我整天貓在這裡？豈不悶死！」高鑫寶叫起來。

「那也沒辦法，」杜月笙一點不激動，「這總比突然被人從背後捅一刀或敲幾下悶棍好吧？除非你離開上海灘。」

「我確實想離開上海灘。」高鑫寶道，「昨晚去鴻旺大賭一場，本想撈一筆錢；如果輸了，就劫一筆財，然後走路。現在總算撈了二十來個銀洋，沒有白走一趟，想不到田老大竟想放倒我！」

「鑫寶哥，大約七八天前的一個三更天，大雪紛飛，我在三茅閣橋附近看見你駕著馬車向北直奔，車上兩邊還坐了好幾個人。」杜月笙微笑，「如果我沒看錯，鑫寶哥應該是為煙行運土。」

「月笙哥果然是諸葛亮。」高鑫寶竟笑起來，剛才的怒恨似乎就消了。

「既然有這麼條好門路，那為什麼要離開上海灘呢？還有，大約兩個月前我見過顧嘉棠，他說在為鴻泰行運土，但前幾天我去找了他幾次，卻都沒找著。不知鑫寶哥可知他去了哪裡？」

「月笙哥，你把兩件事都問在一起了。」高鑫寶嘆口氣，「關於這運土的事，說出來就惱火！沒錯，顧嘉棠是為鴻泰行運土的；我呢，是為鄭洽記。月笙哥你想必也知道，這兩間都是老資格的大土行。你在三茅閣橋看見我的那次，已經是最後一次為鄭洽記運土了；至於顧嘉棠，就我所知，他在一個月前就沒幹了。」

「你倆都不幹了，是因為運土太危險？」

「我和顧嘉棠都是光棍，沒有家室拖累，爛命一條，怕什麼危險？最要緊的是銅鈿。有錢才能快活，運土也算來錢，玩，嫖……」

「那為什麼不幹？」江肇銘可沒耐性聽他講經。

「因為被大八股黨搶了生意！」高鑫寶憤憤不平。

「大八股黨？」江肇銘把那雙小牛眼一瞪，「什麼東西？」

「英租界裡的八個有名的白相人。他們叫沈杏山、季雲青、楊再田、鮑海濤、郭海珊、余炳文、謝葆生、戴步祥，手下各有一幫人，原來是專門幹搶土生意的，搶得鄭洽記、鴻泰行等土行老闆心驚肉跳，發生了幾次血戰，不分勝負。現在可好，倒過來了，這伙人一齊聯手，跟英租界的土行老闆商議，轉而由他們來保護運土，鴻泰行……」

「唉呀你等等，」江肇銘又打斷話頭，「那個沈杏山，好像是英租界巡捕房的探目呢！」

「那才叫厲害！」高鑫寶拿起八仙桌上的茶壺又猛灌了一口，「他搶土撈了錢，聽說就用錢買通了巡捕房的總監，當了巡捕，最近又升了做探目，就糾合了季雲青等人，轉做押運煙土生意。你想想，他手下的巡捕都拿著槍！誰敢去搶？不被他的手下打死？還有，據說水警營、緝私營也都成了他的盟友，煙土到了吳淞口外，煙商給他們奉上大筆孝敬，就可以一路暢通運到英租界來，大八股黨再把煙土運到土行，暗裡大家劈把分肥……」

「這真是條大財路啊！」杜月笙心中暗暗驚嘆，也沒聽清高鑫寶下面還說了什麼，便打斷他，問：「你剛才說什麼鴻泰行怎麼樣？」

「一個多月前，鴻泰行的老闆聽了沈杏山的承諾，最後雙方拍板商定，該行的煙土押運就交由大八股黨來承包。顧嘉棠等幾個原來為他押運的就被歇了生意了。」

「你也一樣？」

「沒辦法，鄭洽記也把押運權交了給沈杏山，弄得我只得在這裡孵豆芽，他媽的那大八股黨！」

「照你所知，大八股黨有沒有失過風？」

「至今還未聽說過。倒是前幾天有三個劫土的被種了荷花。」（種荷花，上海黑話：把人的手腳捆著扔進黃浦江淹死。）

「這麼厲害？」江肇銘一愣。

「巡捕在暗裡押土，你卻來搶土，不等於公然來撞巡捕的槍口？打你不死把你捉住，也不必拿回捕房裡審，就水葬了，乾手淨腳，誰敢告他？」高鑫寶嘿嘿冷笑兩聲，「鴻泰行、鄭洽記等大煙行，接二連三的讓沈杏山承包這煙土押運權，據說保費要佔到煙土成本的百分之十五，比零散雇人押運要高得多，但這些老煙販還是這樣做了，為什麼啊？就為了安全。這些老煙販大概是錢賺多了，寧願跟大八股黨分肥，也不願跟搶土的江湖兄弟打得血肉橫飛，相互結仇了。」頓了頓，「而且，零散雇人押運，如果失風，負責押運的人哪賠得起？那些大煙販就算剁了他的手指，那土還是失了。雇大八股黨來押運就不一樣，這伙人財雄勢大，賠得起，而且據說還是按失土值的倍半來賠償，亦即失了一箱要賠箱半。這可是命呢！誰敢劫土，他們還不往死裡打？今天江湖上大都知道大八股黨執掌了英租界的煙土押運了，一時間竟風平浪靜了很多。」

說到這裡，高鑫寶停下來喝水，杜月笙與江肇銘也閉了嘴。過了一會，杜月笙問：「鑫寶哥，據你所知，法租界裡有沒有大八股黨這樣的人馬稱雄煙土押運？」

「沒聽說過。只是有過傳聞，說法租界華探長黃金榮就暗中幹這個事，到底是不是，不知道。」

「鑫寶哥可知顧嘉棠去了哪裡？」杜月笙轉了話題。他的打算是，如果找得到顧嘉棠，他熟門熟路，說不定能夠在法租界搞點劫土生意。

「不知道。」高鑫寶道，「聽說他已離開了上海灘，可能又去杭州了吧。」站起來踱了幾步，右手拳頭一擊左手掌心，「唉！這回跟田老大結了仇，罷！我也南下先避避風再說！」

「到半夜三更你看清楚了才好走，可別現在出去。」杜月笙提醒一句。

「這個當然。」高鑫寶拱拱手。

又胡扯了一會，杜月笙與江肇銘便離開了高家，一路上誰也沒哼聲。回到民國里小平房，杜月笙往床上一躺，閉目養神。

「月笙哥，這怎麼辦？」江肇銘沮喪極了，「顧嘉棠、高鑫寶都跑了，沒門沒路，搶土押土都沒得幹啦。十六鋪碼頭又有杭州阿發，其他碼頭又各有霸主。我們還可以做什麼生意？」

杜月笙好像沒聽見，仍躺著一動不動，連眼皮也沒眨一眨，心裡卻在狠狠地罵：「觸那！差不多十年都過來了，我就不信上海灘能夠餓得死我杜月笙！」

第二天，江肇銘還睡得像條死蛇，杜月笙便起了床，走出民國里，進了縣城，從小東門穿出去，來到協興街錢莊會館附近的橫濱里，找范長寶。兩年前李阿三與杜月笙兩幫人糾合一起在十六鋪胡作非為時，范長寶與闊嘴巴怡生是李阿三的好朋友，也可以算是李阿三手下的得力幹將。李阿三死後，這幫人散了伙，范長寶又做回他的街頭流氓癟三，一時去給人打散工，一時又去做些偷矇騙搶的勾當，跟江肇銘一樣，混了兩年沒混出個樣子來。他的一個遠房叔伯看他這樣流離浪蕩，於心不忍，就在三個月前擔保他到老太平弄的一間雜貨店裡做了學徒，哪料這小子手腳不乾淨，竟偷了店裡的一把銅元去賭，輸個精光。老板一怒之下，立即歇了他的生意，還害得他的遠房叔伯為他賠錢。這小子遭了親戚的一頓責罵，灰頭土面，貓在家裡孵豆芽，一看是杜月笙來找，興奮得大叫一聲：「唉呀，原來是諸葛亮！」

兩人寒暄幾句，杜月笙問：「闊嘴巴怡生現在哪裡？」

「可能在明德弄裡跟何野鯉他們賭銅鈿，我帶你去。」

兩人出了橫濱里，一邊聊一邊向東走，走不多遠就到了明德弄。從弄口往裡一瞧，只見遠處路邊蹲了一堆人，不知是在賭什麼花樣。

杜月笙收住腳步：「長寶哥，我不進去了，你去把他叫出來。」

不一會，一個長得高高瘦瘦的青年人跟著范長寶出來，此人長成一副怪相：頭顯得很長，嘴巴卻甚大，大到好像沒了兩頰的肉，鼻頭扁，兩個圓眼卻像是儘量要突出來，還未走到弄堂口，就已高聲大叫：「諸葛亮！又想扯旗造反啊！」

「哈哈！怡生哥，果然是英雄本色！」杜月笙笑笑，「走吧，到我的小平房去聚聚。」

小平房裡，江肇銘正向來找杜月笙的馬世奇講述自己這兩年來在江湖上的「壯舉」，說自己有一次單槍匹馬去斬鹹肉，跟個黃包車伕爭一個粉頭，兩句不合，一個掃把腳，「就將那老傢伙掃到地上，嚇得開鹹肉莊的老鴇跪在地上叫壯士手下留情」；又說有一次在賭場裡連賭三日三夜，賺了三百個銀圓，「其他賭客一個個向我豎大姆指，賭場老闆恭恭敬敬的請我到外面去玩到外面去玩」。

聽得馬世奇笑起來：「阿銘哥啊，你這不是欺我年紀比你小嗎？吹牛也得有個譜吧？三百個銀圓？夠你娶老婆開店鋪做老闆啦，還用在街邊孵鹹魚桶做癟三啊？」

「唉呀！我說你這個馬世奇，怎麼這樣胸無大志。」江肇銘不但不臉紅，還滿瀟灑地一揮手，「江湖上賺來的錢，要在江湖上花，這是規矩呢！三百個銀圓，快快活活的過他媽的一頭半個月不就是了？放在枕頭下面過世啊？我江肇銘人稱宣統皇帝，哼！以後何止賺三百銀！」

「果然是宣統皇帝！有志氣！」范長寶推門進來，後面是杜月笙與闊嘴巴怡生。

這幾個兩年前散了伙的流氓癟三，現在又聚在一起了。

一番稱兄道弟後，杜月笙看一眼馬世奇：「世奇，過來有什麼事？」

馬世奇有點不好意思：「月笙哥，家裡什麼都光了，沒什麼好當了，我媽……」

杜月笙一擺手：「我知道了，不用說了！觸那！不過我現在也光了！」坐下來，掃眾人一眼，「你們自己喝水！」再看一眼馬世奇，「不用擔心，過一會兒就有銅鈿！」

「月笙哥，想出什麼辦法？」江肇銘立即來了興趣。

「我剛才跟長寶哥和怡生哥說了，搶土太危險，不知會撞在哪個大好佬的槍口上，死了太不值；運土又沒門路，那暫時就不幹這門子生意。倒是燕子窠可以下手。照我所知，不少燕子窠是各自為政，並沒有什麼有頭有面的大好佬撐腰，他們或者直接去批膏店進貨，或者去十六鋪一帶的碼頭買生鴉片回去自己熬膏。一個燕子窠也就是十個八個人，有的甚至只有那麼五六個人，我們大家同心協力，完全可以跟他們分肥！」

「怎麼分？」江肇銘幾乎是從條凳上跳起來。

「喝完水，跟我來！」

第三十八章　勒索綁票樣樣來

五個人離開民國里，走出十六鋪，一路上杜月笙低聲吩咐：「到了碼頭，我們只向來買貨的燕子窠裡的小伙記下手，注意不要得罪杭州阿發那幫人，否則打起來肯定要吃虧，記住了。」

馬世奇曾經跟隨過杭州阿發做小嘍囉，便連連點頭：「杭州阿發的人我認得，月笙哥你放心。」

五個人東張西望，遊遊蕩蕩的逛，找尋下手的目標。約半個鐘頭，闊嘴巴怡生突然低聲道：「諸葛亮，前面那個小癟三是城裡阜民路源慶里的一家燕子窠的！我認得他！」

杜月笙順著怡生所指的方向望過去，只見兩個二十歲左右的小青年，身穿棉襖，頭戴頂黑呢船形帽，腳穿圓口緞布鞋，正走下碼頭，走向一艘正好泊岸的商輪。

「我們就等他倆出來。」杜月笙低聲下令。五人來到出口等著。

過了半個鐘頭，兩個小青年提了個布袋子走上堤岸來，轉向南，走了沒多遠，杜月笙輕輕一揮手，五個人便圍上去。只聽得杜月笙聲音緩慢低沉：「兩位兄弟，俗語說，靠山吃山，靠水吃水。你們都是背了招牌的，有店家的依靠，我們可是日吃太陽，夜吃露水的。識相點，大家都好過。」

兩個小青年突然被這五個人圍著，已大吃一驚，再一聽這陰森森的話，再看看這伙人的神情，個個陰沉著臉，尤其是江肇銘和范長寶，更是眼露凶光，不覺越加心慌：「幾，幾位好，好漢……」

「廢話少說。」闊嘴巴怡生的大嘴一開，又別是一種怪相，活像頭河馬，「不過要幾個銅鈿花花。」眼睛卻盯著那個布袋子。

兩個青年愣著，江肇銘眼一瞪：「少磨蹭，快點！一動手就大家的面子都不好看！」江湖道，最通行的法則就是弱肉強食。兩個小青年害怕了。幾個銅鈿不是大事，回去可以向老闆交差，但這伙人如果動手搶了手中這個布袋子，那可要命。你眼望我眼，沒奈何，只得從口袋裡掏出一把銅元來，遞給杜月笙：「這位大哥，請讓個路吧。」

「哈哈！好！多謝多謝！」杜月笙接了，「兩位慢走。」向其他人打個眼色，意思是：放行。

兩個小青年出了包圍圈，驚惶而逃。江肇銘看看兩人的背影，幾乎想跺腳：「月笙哥，就這樣算了？他倆的口袋裡肯定還有銀圓呢！」

「這我知道。」杜月笙道，「但現在是要大家都好過，不是搶劫！以後我們還要在這裡撈，要分肥的不是一家。事情做過分了，各個燕子窠聯手起來，我們這幾個人就別想再這樣撈下去了！這叫得不償失！」一揮手，「走吧！」

江肇銘不再哼聲。馬世奇低聲問：「月笙哥，燕子窠的人會不會來報復？」

「難說。」杜月笙臉色陰沉，看了大家一眼，「所以我們不能只向一家下手，不能食窩邊草，亦即不能向十六鋪小東門一帶的燕子窠下手。最好找華界的或英租界的下手，而且下手不能過重。燕子窠能賺錢，破費小小，做老闆的不會因而拼命，他們就算知道是我們幹的，但這裡不是他們的碼頭，一家燕子窠的人不多，要到這十六鋪來打架，他花不來，可能就忍了。但如果惹惱了他們一伙，他們聯手起來，那就壞了！我們鬥得過互不相關的燕子窠，但若跟他們一伙人鬥，那輸定了。所以下手時必須認清他們是哪間燕子窠的，不能貿然行動！」江肇銘沒哼聲，這個以宣統皇帝自居的流氓對這番「溫和」的言論看來不以為然，不過看在大哥的份上，沒加反駁就是。

范長寶與怡生點點頭：「諸葛亮說得不錯！」

正說著，江肇銘突然叫起來：「又是一樁生意！」右手向前一指，只見有一個青年上了剛才的那艘商輪。「我認得那小子，他是法租界殺牛公司一帶的一間燕子窠的！」

「好啊，幹！」范長寶叫道。

「這個不能動。」杜月笙說。

「為什麼？」江肇銘眼一瞪。

「殺牛公司一帶是洪門鄭子良的地盤，那裡的燕子窠十之八九會向鄭子良納貢孝敬，而鄭子良不久前才收了關橋碼頭的霸主黃勝做門徒，這樣，南面不遠的關橋碼頭就是他的勢力範圍了。如果我們動這個燕子窠的伙記，他肯定回去向老闆稟報，而他的老闆肯定會上報鄭子良，那我們就等於跟鄭子良為敵，那是很不利的！不能動他！」

「月笙哥說得對！」馬世奇立即咐和，除非不得已，這小癟三可不願意動刀動槍。

「那怎麼辦？」江肇銘的語氣是很不願意。

「等機會。」杜月笙道，掃一下這幾個手下，「大家不要走散了，要幹就得一起幹。」

再等了一個鐘頭，沒見單身的或只是兩個一伙的燕子窠的人，而被搶的那家燕子窠也沒人來碼頭報復。看看已近中午，五個人就用搶來的銅元在十六鋪南面的方濱路邊吃陽春麵，眼睛仍不時瞟瞟碼頭。那碗陽春麵剛下肚，杜月笙突然霍地站起來。

「看見誰？」范長寶問。

「你們分散跟在我後面，不要走在一起。」杜月笙說著，自己便出了小吃店，向北走。

四個人就分成了兩組，邊走邊聊的在後面跟著。杜月笙一直走到法蘭西外灘的北端，也就是洋涇濱南岸的松江路口，慢慢回過頭，只見范長寶幾人已走上來，走在前面的馬世奇低聲問：「月笙哥，幹什麼？」

「你們聽著，頭別向後望，」杜月笙急速而沉聲道，「現在從你們身後遠處走過來的兩個小癟三，是英租界北山東路仁樸弄裡面一間燕子窠裡的人，那裡離十六鋪遠啦！剛才我看見他倆從那艘商輪走出來，身上一定有貨。一會他倆要從這裡拐到外洋涇橋過英租界。現在大家分開向前走，就當互相不認識，一看我靠近過去你們就上來包圍，狠狠劫他一票！」

兩個燕子窠的小癟三正在一邊往前走，一邊嘻嘻哈哈的說著玩粉頭的滋味，也沒怎麼注意杜月笙這伙人，現在將近走到松江路拐彎處，看前面這幾個人已各散東西，似乎並不相識，就更沒在意，只管拍肩頭攬腰的往西轉。走了沒幾步，在他倆前面篤悠悠慢慢逛的杜月笙突然一個轉身，迎著他們走前幾步攔住去路，雙手在胸前一交叉，站定了，臉上露出微微冷笑。兩個癟三一看，這才發覺不妥，但已經遲了，只見前後左右已有人圍過來，想跑可跑不脫。「你們，你們想幹什麼！」話剛說出口，已覺腰間好像被什麼硬東西猛地一頂，也不知是槍，還是刀。時當正午，路上只有三幾行人，想叫救命是沒有用的，一般人看見這麼七八流氓癟三聚在一起，不但不會管這等閒事，而且還恨不得快步走過。

「兩位朋友，」杜月笙語氣陰沉，「我們不幹什麼，只想借些銅鈿花。江湖道，有錢大家撈。有多少銅鈿，識相點，都拿出來！我們可是餓了整日了！」

其中一個癟三膽子大些的，儘管驚魂未定，心裡怦怦怦的跳，嘴上還是硬挺：「朋友，大家同道，這是什麼意……」

「思」字還未說說出口，腰間已被狠狠一頂，背後的人甩出陰森森的一句話：「動一動就叫你吃勿消！」

「我知道你們身上有貨！」杜月笙的話冷冷的，「我們只想要銅鈿，識相點就拿出來，我們如果動手，那就貨也要，銅鈿也要！」

范長寶手中的匕首向前一頂：「連命都要！」

這一句足叫兩個癟三臉如土色，上下牙齒不覺就打起架來：「是，是！好漢手下留情！手下留情！」顫抖著雙手乖乖的把身上的銅鈿掏出來：五個銀洋，還有十來個銅元。

杜月笙一把全拿過來，往懷中一揣，轉頭看一眼，心中一緊，一手就搭在其中一個癟三的肩頭上：「大家好朋友，我們送兩位過英租界。」同時向江肇銘、范長寶他們打個眼色。

這些流氓作姦犯科多了，他們已瞥見從外洋涇橋那邊正走過來兩個穿號衣的持槍巡捕。杜月笙的一個眼色，幾個人當即心領神會，搭肩頭攬腰的就擁著這兩個已嚇得幾乎靈魂出竅的癟三，迎著兩個巡捕向前走，手上的匕首用身上的破棉襖遮住，卻是一點沒放鬆，江肇銘還惡狠狠地低聲警告一句：「一哼聲我就捅了你！」

兩個癟三哪敢哼聲，向前挪著腳步，眼光光看著兩個巡捕跟他們擦肩而過——人家只以為是一伙白相人在閒逛逛隨處白相——走了不一會，就真的被杜月笙他們「送」過了外洋涇橋，亦即從法租界走到了英租界。

杜月笙站在橋腳，笑嘻嘻地拍拍兩個癟三的肩頭：「兩位慢走！後會有期。谷得拜！」向江肇銘等人一揮手：「阿拉走啦！」

兩個癟三愣在當地，看著這五個「同道中人」走過橋回到法租界，揚長而去，卻只能乾瞪眼。

以後幾個月，杜月笙這伙人繼續在十六鋪一帶「侍候」來「辦貨」的燕子窠的伙記，瞧準機會，有時就在十六鋪碼頭附近下手，有時則躲在這些伙記必經的路上，找個僻靜的地方下手。以多欺少，先行威逼，若然不從或反抗，就動手強搶。正如杜月笙所預計的，由於被搶的燕子窠都不是在十六鋪一帶，大部份的更是在英租界或華界，十六鋪不是他們的勢力範圍，而杜月笙卻是十六鋪有名的白相人，所以這些老闆們不敢，也不願意為一千幾百個銅元班兵到十六鋪碼頭跟這伙地頭蛇公開開戰，因而杜月笙屢屢得手。

除了向燕子窠伙記下手外，杜月笙還故伎重施，運用他那軍師爺的詭詐，幹些勒榨商販的勾當。一般商販都怕事，寧願花些銅鈿，就當破財擋災送瘟神。如此幾個月過去，杜月笙這伙人也撈了不少錢財，不過流氓癟三的劣性難改，有了錢就去嫖去賭，常常是三更富來四更窮，一窮又窮到響叮噹。

不覺已是夏去秋來，由於袁珊寶不時跟著杜月笙胡作非為，終於被張恆大水果店的老闆歇了生意，於是也正式加入了杜幫。這天日上三竿之時，杜月笙與他這幾個手下幹將上完茶館皮包水，便又在十六鋪碼頭一帶篤悠悠的閒逛，找機會硬做生意。東遊西蕩的過了差不多兩個鐘頭，但見偌大的碼頭貨上貨落，四週人來人往，熙熙攘攘，卻找不到合適的下手目標。江肇銘便嘮嘮叨叨的發牢騷，提議乾脆下碼頭直接到商輪上去勒榨，范長寶與闊嘴巴怡生也蠢蠢欲動，杜月笙一擺手：「阿銘，不行！我們才六個人，上了商輪成什麼氣候？況且，這等於向杭州阿發那幫人挑釁，他們有幾十人，一動手就足可以把我們全部踢落黃浦江！」

「那今天整個上午不等於白來了？」江肇銘氣鼓鼓，「早知這樣，還不如去賭兩手！」

「現在去賭也不遲！」小東門方向傳來一個人的高聲相應，江肇銘別頭一看，只見一個中等身材的中年漢子大步向自己走來，後面跟了七八個青年人，其中兩個在前幾天見過，當時強搶了他倆百多個銅元。

「你是誰？」江肇銘頓感來者不善，擺出應戰的架勢。

「宣統皇帝何必緊張。」中年人的話說得沉穩，走上前卻是對著杜月笙一拱手，「諸葛亮，久聞大名，如雷灌耳。」

杜月笙認得，這是八仙橋附近同福弄裡一間燕子窠的老闆，名叫鄭潮。這幾個月，他派來十六鋪辦貨的手下被自己勒索過幾次，大概損失了約二千個銅元。今天傾巢而出到這十六鋪來找自己，絕對不會是什麼好事。不過杜月笙在上海灘已打滾了十年，也算得上有資歷了，臉上不露聲色，拱手還禮：「鄭老闆過獎。到十六鋪來找小弟，不知有何貴幹？」

「軍師爺不愧是軍師爺，佩服佩服！」鄭潮的手仍拱著，臉上的神情是既恭敬又莊重嚴肅，「大家同道中人，吃的是同一列的飯，也無須轉彎抹角。直白說了，這幾個月，諸葛亮你帶著一家兄弟在這裡硬做生意，搞到不少燕子窠的老闆怨氣衝天。小店單薄，也遭了幾次暗算。有所謂好兔也不吃窩邊草，你諸葛亮做了英租界的、華界的，大家離得遠，也就罷了，卻竟做到自己所在的法租界地頭，這是不是有違江湖上的道義？」

杜月笙看著鄭潮振振有詞的說，臉露微笑，但不哼聲。他知道除了袁珊寶、馬世奇外，江肇銘、范長寶、闊嘴巴怡生都會「挺身而出」的，現在自己用不著開口。

范長寶果然一步跨出來：「鄭老闆，你說的什麼江湖道義？江湖道義就是有錢大家花，有飯大家吃！你的煙檔一日賺多少？你們有店鋪豎招牌，我們可是日吃太陽，夜吃露水的，就算借那一千幾百個銅元來花花，用得著你來教我們什麼叫江湖道義？」

鄭潮一聽，臉色陡變，不過他沒發作，只是冷冷地看著范長寶。

「你賣什麼野人頭！」江肇銘雙手扠腰，「阿拉就這樣幹了，你又怎麼樣！」（賣野人頭，上海行話：虛張聲勢；誇大事實來嚇人或矇騙人。）

鄭潮的臉色更難看了，但他還是壓住怒火，眼睛不看范長寶，也不看江肇銘，而是盯著杜月笙：「諸葛亮，你是他們的阿哥，你說是不是這樣？」

杜月笙當然得說是這樣，否則他這個阿哥以後不用當了。不過他說得更詭滑，他不但不直接回答，反而竟笑著反問：「鄭老闆，你說應不應該是這樣？」

鄭潮愣了愣，眼露凶光，盯著眼前這六個白相人，不哼聲，雙手慢慢捏緊拳頭，心中在急劇盤算能不能夠動手，可不可以來個突然襲擊。

杜月笙看著他的神態，猜得出他在想什麼，繼續冷冷笑道：「鄭老闆，我勸你以和為貴，別以為可以在十六鋪撒野。現在人數上你多三個，但在氣勢上你的人可就差遠了。你不過就為那一千幾百個銅元打架，我們可是為了吃飯活命。還有，你別忘了，這十六鋪不是你的地頭，我們卻是在這裡打滾大的，真要幹起來，我的人不會比你的少。」話說到這裡，跟在鄭潮手下的人不覺向四週掃了兩眼。不過鄭潮仍死盯著杜月笙，捏緊的拳頭並沒有鬆開。

「還有，」杜月笙說得深沉篤定，「你手裡捏著間賺大錢的燕子窠，家中又是大老婆賢惠，小老婆嬌嫩，子女等著你來養活。我們呢，光棍佬，爛命一條。正所謂有命上梁山，沒命摔下來的便是，死傷無所牽掛。你想想，你怎麼能夠在這裡動手？不怕我們這些爛缽頭撞碎你的江西碗啊？」

這幾句話，說得鄭潮愣在當地。自從上幾個月手下的伙記遭了杜幫勒索後，鄭潮就想著要怎樣

「治治這伙小癟三」，他本來的打算是，自己人多，杜幫總不能不有所忌憚，在心理上壓過對方，那就好辦。就算你杜月笙不賠錢，那就認句失禮了，可以的話，雙方交個朋友，也就當了結，所以開頭的那幾句話鄭潮說得還算客氣，哪料這伙人不但不賠錢，不但不說句得罪得罪，反而是一副爛鉢頭不怕跟任何東西碰的架勢，這直叫鄭潮心中的怒火一股股的往上冒，但他不得不承認，杜月笙說的是實話，尤其最後那番話，更令鄭潮捏緊的拳頭慢慢鬆開來。是啊，就算打贏了，把這伙人暫時打散了，那又如何？不就是出了口氣而已？以後還是要派人到這十六鋪來辦貨的，除非整間燕子窠的人一齊出動，就像現在這樣，否則肯定要遭這伙人的報復，那就連貨都辦不成了。更要命的，自己有妻妾兒女，打起來難免不有個三長兩短，那如何是好？確實花不來！想到這裡，鄭潮不得不把繼續往上湧的怒氣壓下去，狠狠地瞪了一眼正在陰陰笑的杜月笙，向手下掃一眼，手一揮：「走！」帶頭轉身而去。江肇銘、范長寶等人得意地放聲大笑，杜月笙看著鄭潮等人走遠了，反而慢慢收起了笑容。他擔心鄭潮如果糾合起其他燕子窠的人來跟自己算帳，自己這幾個人可就招架不住了。

以後差不多一個月，倒是風平浪靜，鄭潮沒有再來，其他的燕子窠老闆也沒有來。這天中午，杜月笙在外面吃過飯，回到國民里小平房，往床上一躺，準備大睡一覺，正朦朦朧朧的，突然聽到外面有人用力打門。

「誰？」

「是我。月笙哥，開門！」

杜月笙睡眼惺忪的下了床，赤著腳走過去把門一拉，看到的是馬世奇一張神色興奮的臉，紅紅的，不覺怔了怔：「你喝酒啦？什麼事這麼高興？」

「月笙哥，我們可以發筆財呢！」馬世奇跨進門來，順手拿起小方桌上的茶壺，灌了一口。

「你一路跑著來？」

「嘻！我從福州路趕著來！」

「到底什麼大喜事？」

「月笙哥，你聽我說。」馬世奇一下子蹲在木條凳上，「前兩年我跟杭州阿發的時候，認識一個朋友，叫鞠術，年紀跟我差不多大，住在楊樹浦的。去年我沒跟杭州阿發了，也沒再見他，哪料他今早卻到家裡找我，拉我去了英租界福州路的大明樓吃飯，點了幾樣菜，還要了瓶花雕酒。我說阿術你發達啦，他低聲說最近劫了一票，是發了筆小財。東拉西扯的，我們把那瓶酒喝完了。阿術看看四週沒人注意，就低聲問我，有個發財機會，敢不敢去做。我問什麼機會，他說上個月鹽碼頭街新開了間如歸客棧，東主叫辛行，原來是住楊樹浦的，是個大有錢佬，在老家跟人結了仇，就跑到法租界來做生意。他有個獨生子叫阿昌，是個花花公子，每天晚飯後，他就會偷偷溜去陸家石橋一帶玩粉頭或賭兩手。如果找個僻靜處綁他一票，一定可以勒索一大筆贖金。他想我跟他一起幹。」

「如歸客棧？」杜月笙搔搔頭，「沒錯，是上個月開張的，當時我還特意去看過，本來想撈點什麼油水，但一看那客棧，小得很，裡面也沒有什麼裝潢，那東主四十來歲，穿得也不是很奢華，怎麼會是大有錢佬？」

「鞠術說他在楊樹浦是販鴉片煙的，賺了很多錢，不過歷來不事張揚，裝窮罷了。上個月跑到法租界來，開間小客棧棲身，是想隱退江湖。」

「那你怎樣回答阿術？有沒有答應他？」

「我當然沒有答應，答應了我還跑來告訴你幹嘛？我說考慮考慮。」

「那他怎麼說？」

「他說明天一定要答覆他，如果我不敢幹，他就另找人幹。幹了這一票，他就離開上海灘去外面快活了。」

「你倆這麼長時間沒見面，他怎麼會找你一起幹？」

「過去我們一起撈過銅鈿，他說我講義氣，又夠膽，又老實，一起幹，放心。」

「大明樓裡四週都是人，這小子怎麼敢在那兒講綁票的事？」

「他當時喝得半醉了，不過他說話時聲音不高，也沒有人注意。」

杜月笙往床上一躺，不哼聲了。

沉默了一會，馬世奇問：「月笙哥，幹不幹？」杜月笙仍然不哼聲。

「月笙哥，要幹就得快！鞠術明早在春風得意樓等我，如果我不幹，他自己就找人幹。拖不得的呢！」馬世奇急起來。杜月笙從床上爬起來，慢慢灌了口水。

「這是樁大生意呢，月笙哥！你想想，辛行離開老家楊樹浦，來到鹽碼頭街，他在這一帶沒根基的。至於那個阿昌，鞠術說他才十六七歲，綁了他，辛行哪會見死不救？把老底挖出來也得救獨生子啊！狠狠撈他一票，比在十六鋪小打小鬧好多啦！不快活一世，至少也可以快活半世呢！」

杜月笙已把馬世奇的話從頭到尾又想了一遍，想不出有什麼值得懷疑的地方。鞠術講的可能未必全對，但現在是綁票，又不是要查辛行的家底，只要這個如歸客棧老闆真的有錢，那個十六七歲的小傢伙又是他的獨生子，那就可以了，至於其他，無須深究。

「世奇，你跑來告訴我，是準備就我倆一起幹？」

「當然！那個阿昌不過十六七歲，我倆從背後給他一棍，甚至拿把刀指著他，就足可以把這小傢伙綁了。嘻嘻！綁了後，就向辛行要贖金！唉呀，那要多少好呢？」馬世奇越說越興奮，也不知是體內的酒精還在起作用，還是已經把幻想當成了現實，雙眼竟放出光來，「要十萬銀圓！對！要十萬！一人一半，各五萬！五萬哪！阿拉做大亨啦！這生人不用幹事了，只管快活啦！」

「這麼容易啊？簡直把夢當真！」杜月笙心中罵一句，不過也下了決心：「好吧！現在好好睡一覺，今晚就綁了他！」

下午四、五點鐘，杜月笙穿了長衫，腰間藏了短刀，戴上氈帽，腳上一雙藍布鞋，走出民國里；馬世奇穿一套短工裝，腋下夾一個捲成條狀的麻袋，內藏一根短棍、一捆麻繩，雙手插在褲袋裡，跟在杜月笙的身後，像個跟班，十分恭順的樣子。兩人一前一後的穿出大東門，來到鹽碼頭街，向西走不多遠，抬頭看前面的茭白院弄口，有一幢兩層樓房，一塊「如歸客棧」的木匾高掛在屋簷下。匾下門面不大，兩邊木柱上掛了一副木刻長聯：隨地可安身，莫訝乾坤為逆旅；現行堪適意，且邀明月作良朋。字型肥厚壯實，深得蘇（東坡）體真髓。門內櫃面坐了個中年人，正側著身跟兩個少年在下棋。杜月笙認得，此人就是辛行。也不知是不是因為新開張，還未為人所知，客棧廳堂安靜，並無客人出入。

杜月笙悠閒閒的逛，眼睛盡向四週亂瞄。他在想該怎樣下手，下手後又如何把肉票弄回小平房。不覺便已走過了如歸客棧，在斜對面的和順里口，剛好有一間小吃店，杜月笙以前曾來光顧過，便施施然在門口的座位坐下來。

馬世奇遵照杜月笙事前的吩咐，一路上只是在後面亦步亦趨，不哼聲，現在杜月笙身邊坐下，終是忍耐不住，低聲問：「月笙哥，我們不認得那個辛昌，一會怎樣下手呀？」

「來兩碗陽春麵。」杜月笙似乎並沒有聽到馬世奇的問話，向店裡一個胖胖的中年婦人招招手。他認得這個便是老闆娘。一會兒，老闆娘親自捧了兩碗陽春麵上來。

「謝謝，」杜月笙看著婦人笑道，「老闆娘，可能不認得我囉？」

婦人愣了愣：「先生是……」

「朋友介紹，說老闆娘你這裡的陽春麵味道特別好，去年我出洋前，特意來光顧過……」

「唉呀！先生是留洋的啊？我說呢，先生是浦東口音呢，不是本地人吧？」

「老闆娘好眼力。不過浦東的親戚都走光啦。這回我到上海灘來做生意，想在這裡先找個地方歇歇腳。」杜月笙說著用手向斜對面指指，「那間如歸客棧是新開的吧？好不好？」

「那間客棧上個月才開的，小店呢，沒幾個客人，不合你先生的身份呢。」

「哪裡，我只要安靜就行。怎麼那個老闆竟跟兩個小癟三下棋呢？」

「唉呀，先生，什麼小癟三啊？下棋的那個是老闆的兒子，在旁邊看的那個是住客呢。」

「哈哈，」馬世奇笑起來，脫口而出，「謝謝老闆娘。」

吃完陽春麵，兩人走進如歸客棧，辛行一看來了客人，立即起身相迎：「先生可是住店？這裡房間舒適，價格低廉……」

「不，我們來找個朋友，他叫丁迅，不知是不是住貴店？」

辛行拿出登記簿來，看了一遍：「沒有。」

這時候，杜、馬二人已把下棋的小子認清楚了。

離開如歸，二人向東走了一段路，看對面是一間花煙間，杜月笙低聲道：「過去等著，等那小子出來。」

第三十九章　大散錢財收門徒

不覺天色漸暗，華燈初上，街道慢慢熱鬧起來，杜月笙與馬世奇站在花煙間門口側邊的一個陰暗角落，眼睛一直盯著如歸客棧。這一等等到八點多鐘，馬世奇急得直想跺腳，正在心裡大罵鞠術你這小子是不是胡說八道，只見辛昌從如歸客棧走出來了。

「跟著！」杜月笙低叫道。

辛昌這小子根本不知大禍臨頭，捏緊口袋裡那幾個銀洋，心裡甜滋滋地想著小東門寶玉堂子裡那個妙齡粉頭的滋味，沿著外鹹瓜街便向北走，這時街道兩旁早已路燈照耀，那些小堂子、鹹肉莊、茶館、劇院等已家家掛上彩燈，又或點了燈籠招客。越往北走就越近十六鋪小東門，也就越加繁華，只見人頭洶湧，車水馬龍。

不覺已到了江津路，馬世奇看看四週，人群熙來攘往，摩肩接踵，心裡越發急了，低聲在杜月笙的耳邊叫：「月笙哥，快下手啦，他一進了堂子，還不知會不會玩到天亮的！」

杜月笙點點頭：「你左，我右，把他挾住，帶到碼頭小貨棧！」

從前面不遠處的里弄口一拐進去，就是寶玉堂子，辛昌慾火焚身，興奮得加快了腳步往前趕，突然聽到身後側響起一聲：「阿昌哥！」收住腳步回頭一看：「你，你是……」

他還未反應過來，杜月笙的左手已用力搭在他的左肩上，右手的刀尖已頂著他的腰；馬世奇已從左邊雙手把他箍住，同時在他耳邊一聲低喝：「你一哼聲就捅死你！」

辛昌還未滿十七歲，生得又瘦小，被個二十歲的漢子箍著，更被個比自己高出幾乎一個頭的人用刀頂著腰間，頓即嚇得兩眼發直，口半張開，上下牙齒劇烈打顫：「好，好漢，漢……」

「你不出聲，就沒事！」杜月笙臉上露出親切的微笑，聲音卻是陰冷陰冷，「乖乖跟我們走，就沒事！」辛昌哪敢哼聲，馬世奇的右手箍著他的脖子，想哼也哼不出聲，就這樣被人挾著，向東面走。在外人看來，還以為是三個好朋友在拍肩頭稱兄弟。不一會，便將近走到了黃浦江邊，雖然附近還有些少行人，但已把小東門一帶繁華的燈光鬧市甩在了身後。望北面江邊不遠處，朗朗月輝下有一間廢棄的貨棧，也就是水老蟲范高頭不時在此埋伏人馬再行撓鉤劫土的藏身之所，今晚這裡則成為杜月笙實施綁票之地。

辛昌這小子現在已經嚇得不會叫了。杜月笙手中的匕首穿過了他身上的兩件毛衣，碰著了皮膚。杜月笙的一再警告更叫他肝膽俱裂：「動一動哼一哼就捅死你！」這小子幾乎是被架著拖進了小貨棧裡。

杜月笙此時才總算舒出一口長氣，與馬世奇三下五落二把這個幾乎已被嚇傻了的辛昌捆了個結實，嘴裡塞了布團，再把長長的大麻袋一套，往肩頭上一扛，準備出去攔輛黃包車，回民國里小平房去。「哈哈！辛行，明天我就要你三萬銀洋的贖金！」杜月笙心中得意極了。

正要開步走，一道強烈的手電筒光突然從貨棧門口射進來，同時響起一聲暴喝：「舉起手來！我們是法租界捕房的包打聽！」

這回輪到杜、馬二人嚇得呆了：門口站著一高一矮兩個穿便服的人，臉容沒看清，但他們手中的槍則清清楚楚，槍嘴正指向自己，不覺雙手就往頭上舉，肩頭上的麻袋啪的一聲跌落地下，幾乎沒把袋裡的辛昌摔得昏過去。

「綁票殺人，嘿嘿，該當何罪！」

「我們沒殺人！」馬世奇大叫，「我們只是綁票！沒殺人！」

身材較矮的包打聽走上前來，「喀嚓」一聲，就把杜月笙的右手跟馬世奇的左手銬在了一起。再抽了麻袋，為辛昌鬆了綁，這小子剛才幸好是屁股先著地，倒無大礙，只是仍然雙眼發直，布團拔去，上下牙齒立即又劇烈地打起架來，全身抖得像篩糠一般。「我們是包打聽，你現在沒事了！」包打聽看他嚇成這樣，便對著他大喝一聲，「不過你要跟我們回巡捕房，指證這兩個綁你票的人！」

辛昌總算驚魂稍定：「是，是，是。」猛點頭。

「走！」包打聽一推杜月笙，左輪手槍在手指上得意地打了三個轉。

「包打聽大哥！包打聽大哥！」馬世奇猛躬身，開始苦苦哀求，「我們是第一次做的，以前從沒做過，真的，以前從沒做過！求你放過我們一次啦！放過我們一次啦！下次再不敢啦！再不敢啦！」

話未說完，屁股上就被狠踹了一腳：「廢話少講！有話到巡捕房裡慢慢講！哼！還有下次！」

杜月笙沒哼聲，他知道現在怎樣哀求都沒有用；被人推了兩下出了小貨棧，拖慢著腳步向前走，走了一會，心中猛然省悟：這整件事很可能是個圈套！否則包打聽為何來得這麼巧！自己這是中局被擒了！唉！到了巡捕房，還不被揍個半死！綁票罪，這回完了！杜月笙懊悔極了，他想逃，但自己的右手跟馬世奇的左手銬在了一起，怎麼逃？心中猛打轉，不覺已走到了繁華的小東門鬧市邊際。眼前人山人海，車水馬龍，熱鬧得如鄉間的集市，杜月笙心中叫一聲：「拼死也得搏一搏！」向馬世奇打個眼色，但這馬世奇已嚇得臉色青灰，愣著眼；杜月笙只得把右手輕輕動了動，馬世奇才算精神一振，卻被個包打聽一把抓住衣領，大喝一聲：「想跑？我一槍打斷你的腳！」

「完了！」杜月笙心中叫苦，咬咬牙，微微閉上眼睛，卻突然聽到嬌嬌的一聲：「萊陽梨？」猛睜開眼一看，幾乎愣住：竟是小腳阿娥與強盜金繡！兩人正從一輛黃包車上下來，打扮得珠光寶氣，儼然像兩個貴婦人。

小腳阿娥今晚與強盜金繡去赴一個流氓大亨的宴會，人傳這個大亨便是英租界大賭場老闆嚴九齡。席散之時，一個師爺模樣的老頭走到小腳阿娥身邊，低聲道：「我們老闆聽說貴院裡有個玉如姑娘很樂胃，今晚就叫她來出個堂差吧。」說著便塞過來一張五銀圓的票子。阿娥一聲多謝，與強盜金繡出門坐了黃包車回來，哪料車子將到蘭芳里口，卻看見自己這兩個前護院臉色驚惶，被包打聽抓著衣領子，便下車來。

「阿娥姐！」杜月笙與馬世奇幾乎是同時叫一聲。

阿娥點點頭，她一看這架勢就知道他倆惹了官非，很隨意地把手中的小紅手帕兒對著兩位包打聽輕輕一揮：「唉喲！黃偵探、何偵探，這麼晚還出更啊？什麼回事啊？」

黃偵探咧開大嘴便頗為自豪地笑起來：「這兩個癟三竟然學人綁票，被我黃某逮個正著！」

「唉喲！兩位果然是英雄呢！」阿娥笑起來甜極了，「圓潤院就在旁邊啊，兩位請先到小院去白相白相，喝杯茶好格？也不急著要回巡捕房呢。」說著就上前挽了黃偵探的手肘，把頭輕輕靠過去，同時笑瞇瞇的看著何偵探。

矮小的何偵探看黃偵探滿臉笑容的模樣，自己也笑了：「阿娥姐相邀，豈有不從之理呢。」右手仍然揪住馬世奇的衣領，左手一推杜月笙：「走！」

走了沒幾步，阿娥回過頭來對強盜金繡打個眼色：「金繡姐請先回吧，小妹還有事跟兩位大偵探聊聊呢。」眼神同時一瞟走在何偵探旁邊的那個小辛昌，下巴向上挑了挑。

同是江湖道上的白相人嫂嫂，強盜金繡對阿娥這兩個眼神一個動作可謂心領神會，這時剛好拐進蘭芳里，四週都是行人，強盜金繡不失時機，一步上前輕輕拉拉辛昌的衣袖，辛昌猛回頭，只見這個鼻大眼圓的婦人一臉嚴肅，低聲道：「小朋友，你快跑吧！拉到巡捕房，跟那兩個流氓無賴關在一起，他們會把你揍死的！」看這小子仍愣著，不得不破費點錢財，隨手掏了個銀洋出來，往他手上一塞：「去樂樂，以後別跟人說這個事！」辛昌回過頭想找救了自己命的兩個偵探，但他生的矮小，被熙來攘往的人擋住了視線。

強盜金繡可火了，一把抓住他的手肘，暴喝一聲：「快走！」辛昌又一別頭，只見這女人現在簡直成了隻雌老虎，雙眼凶光畢露，咬牙切齒的惡相：「再不走，我叫你吃生活！」

嚇得辛昌急忙說：「是，是。我走！我走！」兩步鑽進人群，向江津路方向便躥。

強盜金繡看他嚇成這樣，心中大笑，這時何偵探正要跨步走進圓潤院，突然發現不見了辛昌：「咦？那小子哪去了？」

「我看著，你去找找。」黃偵探道。

何偵探於是又跑出鬧市，找了半個鐘頭，哪裡找得到，只得回覆圓潤院。戴三娘引領他上了樓堂阿娥自己的房間，一進門，只見杜月笙與馬世奇站在牆邊，垂手恭立，不過已沒有驚惶神色；黃偵探則悠悠閒閒地靠在沙發上，嘴上一支雪茄煙，在享受地吞雲吐霧——阿娥暗塞進來的十個大洋的銀票子，確實是一筆不錯的收入。阿娥一副媚態，斜著身子靠在黃偵探的旁邊，那件鑲金絲的紅色旗袍的高叉幾乎開到了腰上，露出的兩條雪白大腿晃得人心跳。

「老黃，壞了，那小子不知跑哪了！」何偵探的雙眼從雪白的大腿上移開，向上司急急稟報。

「連他自己都跑了，沒原告了，那就算了吧！」黃偵探把燒剩無多的雪茄從嘴上拿下來，往煙灰缸上狠狠一撳，站起身，走到杜月笙和馬世奇面前，沉著聲道：「今天我看在阿娥的面子上，放你們一馬。不過你們要記住，以後不得再到十六鋪碼頭一帶胡鬧。明白講，我受人錢財，替人消災！」

杜、馬二人連連躬身：「是，是，多謝黃偵探！多謝黃偵探！」

「你來給他倆開了銬子。」黃偵探看何偵探一眼。

「這，這，」何偵探猶豫起來，心想若是自己開的銬，那就是自己的責任，「老黃，他倆是綁票劫匪啊！」

小腳阿娥已站起身，滿臉笑容，邁著蓮花步走過來，三個銀洋暗暗往何偵探手裡一塞，秋波連拋五六個：「唉喲！何偵探，這可是黃偵探說的呢，還會有錯嗎？」

這色之迷人，利之誘人，何偵探也不堅持了，上前「咯嚓」，開了手銬。

「記住了！」黃偵探又瞪杜月笙與馬世奇一眼，再對何偵探一揮手，「走吧。」

兩個包打聽下樓而去，杜、馬二人對著小腳阿娥深深鞠躬：「多謝阿娥姐相救！」

阿娥頗有點巾幗英雄的風度，淡然一笑：「兩位以前也曾救過圓潤院，古人云，投桃報李，不必客氣。不過，黃偵探的話你們可記住了，否則再被他逮住，我再認你們是我的同鄉遠親，可能也救不得的了。」

杜、馬二人又躬了兩躬身：「是，是。」

至於這次何以中局被擒，杜月笙後來也搞清楚了。事情原來是這樣的：鄭潮在十六鋪碰了杜幫的釘子，心中發誓必報此辱。隨後，他約了兩個也是遭過杜幫勒榨的燕子窠老闆，一同去找跟自己有點交情的黃千藝，也就是那個高高大大的包打聽，把杜月笙等人如何在十六鋪一帶勒榨的事說了一通，意思要想黃千藝「秉公執法」，將這伙流氓癟三「法辦」。才有這次的劫難。

再說杜月笙逃過了這一劫，但以後不敢再糾合馬世奇等人在十六鋪勒索燕子窠的伙記了，便只能不時幹些偷騙勾當。後來，袁珊寶提議糾合一幫兄弟去搶奪東昌路碼頭，經過一番籌劃商量，終是由於害怕鄭子良出面而猶豫不敢動手，就在這時候，馬祥生來了，要杜月笙幫忙捉拿越獄殺人的廣東桂林。杜月笙發覺黃公館的路竟鋪到了自己的小平房來，確是非常興奮，卻也沒料到以後幾個月時間會如此福星高照，竟贏得了林桂生的信任，黃金榮的刮目相看，在十六鋪白相人中名聲鵲起，現在跟老正娘娘走了一趟公興記賭場，竟為自己贏回了二千大洋！

現在杜月笙正躺在床上，手中捏著這二千大洋的一疊銀票，睜著雙眼癡癡回想往事。正如林桂生說的，二千大洋對一個窮癟三來說，大得像太陽，可以稱得上成了暴發戶。「這筆錢財該怎樣花？」杜月笙在心裡一次又一次地問自己。這一夜他幾乎沒睡，在回想往事的同時決定怎樣運用這筆錢財。不知不覺間黎明降臨，不一會，天色大亮，他也下了決心：「上個月法師在九曲橋說我大運將至的話可能就應在這回了！就這麼辦！」興奮得一拍床沿坐起身，雙眼炯炯有光。就在這時，馬祥生推門進來。

「月笙哥，這麼早就起床啦？」馬祥生施施然走過來，突然覺得這杜月笙眼神有異，又一看他手裡竟拿著一大疊銀票，不覺吃了一驚，「月笙哥，哪來這麼多錢？你又去綁票？」

「綁什麼票，」杜月笙淡淡一笑，抽出張票子來，看了看，遞給馬祥生，「這是你的。」

馬祥生接過一看，雙眼睜大，口動了兩動才叫出聲來：「什，什麼？一百個銀洋！給我的？」

「沒錯，你的。」

「月笙哥，」馬祥生吃驚得有些呆了，「你哪來這麼多錢？」

「跟老闆娘走了趟公興記賭場，贏回來的。」杜月笙把跟隨林桂生賭牌九的經過略述一遍，「嘿嘿，老闆娘也可說慷慨了。」

「她算什麼慷慨？你為她奪回來的那麻袋煙土，就遠不止這個數啦！你自己窮成這樣，才叫慷慨！」馬祥生心裡叫道。照馬祥生的心意，當時如果是他把那麻袋煙土奪到手，就不回這黃公館了！找個地方躲起來，慢慢把煙土出手，哪怕賺不到「巨萬」，也賺他媽的五六千個大洋，然後逃出上海灘，享清福。當然他這番話沒有說出口，現在他仍然盯著杜月笙：「月笙哥，那你準備怎樣用這筆錢？娶老婆，開店鋪，做老闆；還是批點煙膏，開燕子窠；又或開間小賭檔？」

「不！什麼也不開！這筆意外之財，我決定把它散了！」

「什麼！」正想坐下來的馬祥生吃驚得幾乎整個跳起來，「把它散了？散給誰？」

「散給那些可以為自己揚聲立名的人，散給那些願意跟隨自己闖江湖打天下的人！」杜月笙興奮得雙目炯炯，這個白相人後來得以名震上海灘黑白兩道，很重要的一點就是他的所謂「仗義疏財」，「大家好兄弟，我直白說了，散財是為了收買人心！上海灘，只要有真正願意跟隨自己的人手就可以打天下！如果花二千個大洋能夠買來一幫忠實的門徒，值得很！」邊說邊站起來，不停地踱步，然後把手一揮，「二千個大洋算得了什麼？我為黃公館奪回的那麻袋煙土就價值巨萬！看看黃探長這間巨宅、那種派頭，二千個大洋還不知夠他幾天的開支呢！這才真正是個大亨的樣子！如果死抱著錢財不放，那只是守財奴，在上海灘永遠出不了頭，做不了大亨！我杜月笙，要嘛餓死，要嘛就做出個市面來！」

馬祥生呆呆地看著這個杜月笙，發現這傢伙怎麼突然如此豪氣干雲，氣勢逼人。沉默了一會，輕聲問：「散了財後又如何？」

「散了財，收買了人心，然後收門徒，」杜月笙說著站定了，右手狠狠一拍小方桌，「有了一幫敢衝敢打的兄弟，就去搶奪東昌路碼頭！要幹，就幹大的！」眼神炯炯看著馬祥生，「祥生哥，你說，在上海灘，哪門生意是最大的？」

馬祥生愣了愣：「你說佔碼頭？」

「不！」杜月笙雙眼閃出陰陰的光來，「最賺錢的是煙業、賭業！佔碼頭，不過是找個地盤，立住腳跟，以後一定要跟煙業賭業連起來，才能夠真正發達！你看那些只是霸住一方碼頭收保費的江湖人，他們的財力勢力哪能跟那些大煙行比？哪能跟黃探長比？哪能跟嚴九齡比？以後真要幹，就得如同這類大亨那樣幹！」

「月笙哥，果然英雄！」馬祥生捏緊著手中那張百元銀票，也興奮得雙眼放光，同時大叫一聲。

當天中午飯後，杜月笙穿上灰長衫、外罩黑馬褂，胸袋放一只鍍金殼懷錶，垂下一條金鍊，頭上一頂氈帽，腳上一對擦得晶亮的皮鞋，看上去十足一個闊亨的模樣，從後門悄悄出了黃公館；後面跟著馬祥生，穿一襲黑香雲衫褂褲，袖口微微翻起，露出裡面一小節白袖，對襟紐扣，板帶寬厚，腳上一雙藍布鞋，活像個打手保鏢的模樣。兩人邁著大步，走向十六鋪。

現在，杜月笙與馬祥生沿著公館馬路向西走去，過了天主堂街，還未走到十六鋪，在馬路邊、弄堂口或蹲或站或亂逛的百無卿賴的那些流氓白相人們，看到他這個「闊亨」模樣，不覺一個個走上前來點頭哈腰的叫「月笙哥」、「諸葛亮」，有些更是如蠅逐臭的跟在後面。這些人中，有的本是兩年前的杜幫中人，有的是自己打流的小癟三，有的還是杭州阿發這伙人中的小嘍囉。杜月笙只管微笑拱手答禮，馬祥生則高聲叫：「過來過來都過來！跟月笙哥去十六鋪白相白相！」

來到法蘭西外灘，往南走不多遠，便來到十六鋪碼頭，這時杜月笙的屁股後面，已跟了十多二十個流氓癟三，如在招搖過市。時正中午，是休息的時候，碼頭上起貨落貨的都停了工，行人也不多，不過也有十來個流氓癟三無所事事，在曬初春的太陽。一看來了這麼大幫人，領頭的是名聲正盛、一副闊亨模樣的杜月笙，不覺紛紛站起來上前恭迎，「月笙哥」、「諸葛亮」的叫聲響成一片。杜月笙仍然微笑拱手，不過他沒有收住腳步，而是繼續向南走，只有馬祥生在不停招呼：「各位兄弟，要想發達，跟月笙哥來！」

杜月笙走進了幾個月前他綁辛昌票的那個已廢棄的貨棧。走到貨棧的盡頭，杜月笙一步跨上一張靠牆斜放的跛腳條凳上，再轉過身來，高高瘦瘦的身材挺得板直，俯視著跟隨在自己身後擁進來的這一大群流氓癟三，心中暗暗一數竟有三十餘人，大多都已經在十六鋪一帶混了多年，有的以前曾跟自己打過架，有的則是曾追隨在自己的屁股後面跟別人打過架。大多都衣衫襤褸；天氣已漸暖和，卻仍穿著棉花多處露在外面的破棉襖；有的更是臉呈菜色，可能有一段時間沒有吃過飽飯。

杜月笙看著這伙窮困不堪的同類，一股自豪感不覺從心中湧起來，舉手一揮，高聲叫道：「各位兄弟！以前我杜月笙跟大家一樣，為了幾個銅鈿打生打死！今天我杜月笙算是有了兩個錢。江湖道，有錢大家撈，有飯大家吃！江湖上的錢財江湖上散！現在我就把這筆錢財散給各位兄弟！」看看站在自己前面的馬祥生，「祥生哥，你給每位二十個大洋！」

「譁！發啦！」杜月笙話音剛落，這伙窮癟三們當即發出震耳欲聾般的狂呼大叫。二十個大洋，對他們來說猶如一筆鉅款，尤其對於那些窮得餓肚皮的癟三來說，簡直如久旱逢甘雨，有三幾個感動得當場跪倒給杜月笙叩頭：「多謝月笙哥！多謝月笙哥！」

一切都是按著事前商量妥當的步驟進行的。馬祥生應聲是，很快就把銀票分了，然後一跳跳到一個爛木箱上，向著眾人叫道：「各位兄弟！我們月笙哥是十六鋪小東門一帶有名的軍師爺、諸葛亮！足智多謀！同時又是水滸傳裡的及時雨宋公明，仗義疏財！他現在黃公館裡做事，深得黃探長的賞識，名聲響遍上海灘！今天月笙哥把錢財散給各位，一是要周濟急難，叫各位有飯吃，有衣穿；二是要聯合起各位一起打天下，撈銅鈿！各位說好不好！」

「好！」眾人同聲大吼，驟然間得了一筆橫財，沒有誰會說不好。

更有十來人七嘴八舌地叫：「我們聽月笙哥的！」

「那好！今天在上海灘，要想吃得開，混出個場面來，就得成為幫會中人！我們月笙哥是青幫中的悟字輩！後天晚上，他要在南市關帝廟裡開香堂，到時還會請上海灘幾位著名的大好佬來！各位得了月笙哥的周濟，就入青幫拜月笙哥為師，以後大家一起打天下，好不好？」

「好！」眾人又同聲大叫，儘管那聲勢比剛才差了些。

「那就記住了！各位在後晚八點到南市關帝廟趕香堂！你們也不必找引見師，我馬祥生跟月笙哥是同門，也是悟字輩，就做你們的引見師。備一張帖、一封贄敬就行。入了幫，以後大家就是同門中人，月笙哥將帶領我們撈銅鈿，打天下！」

「好！」眾人幾乎又是齊聲叫。

吵吵嚷嚷了一會，杜月笙在眾人簇擁下走出小貨棧，在十六鋪碼頭附近又跟其他一些流氓聊了幾句，宣講了自己要開香堂帶領各位撈銅鈿的「遠大理想」，然後又散發了三幾十個銀洋的銀票子，贏得一片歡呼聲多謝聲，然後才和馬祥生離開十六鋪，向北走了一段路，別過頭低聲對馬祥生道：「祥生哥，你現在去民國里，找上江肇銘、袁珊寶和馬世奇，上春風得意樓雅室，我們共商大計。」

第四十章　梟雄從此崛地起

江肇銘和馬世奇這時就在袁珊寶租住的亭子間裡，這三個白相人無所事事，便聚在一起瞎說亂道。先胡扯了一番嫖經賭經，很自然地便談到了他們的大哥杜月笙，說了幾句月笙哥現在黃公館不知是不是做了林桂生的跟班了呢，還是跟了黃金榮去應酬？江肇銘順著話題便提出自己的建議，說月笙哥進了黃公館幾個月，成了黃金榮的門生，在法租界一帶的白相人圈中名聲越來越大，卻很少出來會會以前的兄弟，以後很可能就做了黃金榮的助手，不會出來獨當一面的了。既然如此，那倒不如我們自己幾個趁早聯手，再叫上過去的兄弟，利用月笙哥的名聲，去佔個碼頭，真正做些生意。黃金榮是探長，看在月笙哥跟我們的情份上，他手下的巡捕雖不至於幫我們的忙，但也至少不會干涉我們。利用這個時機，才可以多撈些銅鈿，否則長期這樣的靠小打小鬧，怎可能混出個市面來？

馬世奇和袁珊寶都表示反對，說月笙哥歷來仗義疏財，他現在黃公館裡少出來，那是因為要靠牢了黃金榮這棵大樹，同時結識各方面的人物，並不是忘記了以前的兄弟，等時機成熟了，他就會出來帶上以前的兄弟一起幹。講名聲，我們這些人中誰也不及月笙哥，是拉攏不來其他人的。江肇銘承認杜月笙比自己有本事，有名氣，但他不相信杜月笙會離開黃公館，於是三個人就你一言我一語地爭論起來。

吵了一會，江肇銘的牛脾氣又開始發作，乾脆一擺手：「算了！算了！你倆要等月笙哥出來，我也不勉強，那我就自己先出去拉起一幫人幹！幹得成，佔個碼頭；幹不成，走人，離開上海灘！」

說著一下就跳下床，卻見小木門被人一把推開，馬祥生走進來：「阿銘，果然英雄！」

「哈哈！原來是祥生哥，你這個黃公館裡的小廚師怎麼在大白天裡跑出來了？」江肇銘打趣道。

「我說不定很快就不當那個小廚師了！」馬祥生一臉興奮，「三位兄弟，走吧！現在月笙哥在春風得意樓雅室開了茶位，等我們去。」

三人當即發出大呼小叫，跟著馬祥生走出民國里。江肇銘第一個衝上春風得意樓，直闖雅室，一看杜月笙正神閒氣定，在慢慢飲茶，面前餐桌上放了一支紹興老酒。急步上前一拱手：「月笙哥仗義疏財，果然好漢！」袁、馬等人跟著擁入。

杜月笙對著這幾個難兄難弟起身相迎：「各位兄弟，坐，喝酒！」眾人落座，不斷說著恭維話，杜月笙微微笑著，也不答話，在馬祥生給大家斟酒之時，從懷中掏出三張銀票來，在江、馬、袁三人面前各放一張：「聊表心意，有福同享。」

三人拿起一看，驚喜再加興奮，那樣子就如同今早馬祥生剛看到銀票時的神態，雙眼圓睜：「月笙哥，一百大洋！」馬祥生剛才只說杜月笙用二十個大洋來收買人心，卻沒說自己已得了一百。

「如果以後大家同心協力，何止一百。」杜月笙淡淡一笑。

「月笙哥，你說我們以後怎樣幹？」江肇銘霍地站起來，「我們兄弟聽你的！」

「對，我們聽月笙哥的！」袁珊寶與馬世奇也同聲大叫。

杜月笙先把手指放在嘴前輕輕噓了一聲，意思是別大喊大叫，然後再往太師椅上一靠，沉著聲道：「我與祥生哥商量好了，先佔個碼頭，再圖進取。不過這先得有一班敢揮刀上陣的手足，於是我決定後晚就開香堂收徒。」說著目視江肇銘和馬世奇二人，「你倆後晚就入幫門吧！入了幫門才好打世界！輩份上雖是低一些，實際上我們是兄弟，不論輩份！」

「好！」江肇銘猛灌一杯酒，「我就做月笙哥的大徒弟！」

馬世奇也叫一聲：「好！我也要做月笙哥的大徒弟！」

「那好！」杜月笙把酒杯一舉，「乾！」這時幾味佳餚送上來了，大家邊喝邊吃邊聊如何開香堂，需要請哪些大好佬，最後確定就請黃金榮與陳世昌。

大體上商量妥當，杜月笙放下五個銀洋，吩咐這幾個難兄難弟負責開香堂的事，「我今天下午還有事要辦，先走一步。你們繼續，開懷暢飲。」拱拱手離座，下了春風得意樓，再一個拐彎，走不多遠便來到小東門的旺記銅匠鋪，找萬木林。

照規矩，做學徒的不能在工作時會客，更不能跟客人到外面去，但旺記銅匠鋪老闆早聞杜月笙的名聲，傳他現在是華探長黃金榮公館裡的台柱，自己一個小小商人哪敢開罪這樣的流氓頭，對著這一副「亨」樣的杜月笙便點頭哈腰，然後堆起一臉笑容讓萬木林跟他出去。

杜、萬二人走不多遠便上了附近的著名飯莊德興館，杜月笙往太師椅上一靠，情不自禁便想起三年前在這飯莊給馬祥生餞行，準備送他去黃公館當廚師，兩杯剛下肚，惠根和尚突襲十六鋪碼頭，致使李阿三傷重而死，自己也養傷三個月……想著想著，氣往上衝，心中大罵一句：「此仇還未報哪！」一拳擊在餐桌上。

萬木林看杜月笙一路上興高采烈，上了樓一坐下卻雙眼發呆，不知何故，自己不覺也直了眼，正忐忑不安；突見他以拳擊桌，更幾乎嚇了一跳：「月笙哥，發生了什麼事？」

這一問令杜月笙回過神來，輕輕搖搖頭，一擺手：「沒事。」喝口茶，定定神，然後笑了笑，「木林，在銅匠鋪裡可好？」

「老闆向來對我還算好的，自從聽說月笙哥你成了黃公館的台柱，對我就更客氣了。當然啦，做還是要做。月笙哥，你現在到底是不是成了黃公館的台柱？」

杜月笙哈哈一笑：「也算是吧。」把進黃公館後的經過略說了幾句，從懷中掏出一張銀票來，放在萬木林面前：「一百大洋，你的。」

萬木林一聽，著實愣了愣。這小子長這麼大，從沒有過這麼多的銀洋，拿著票子的手不覺興奮得抖起來，舌頭也像打了結：「月，月笙哥，你發，發達啦？這銀洋真，真是給我，我的？」

「當然！」杜月笙笑道，隨手又掏出三張銀票來，往萬木林面前一放，「這張四十大洋，給你父親的；這張四十大洋，給我老娘舅朱揚聲的；這張二十大洋，給我表哥杜金龍的。木林，你明天就回高橋鎮一趟，幫我分了這三張銀票子。記住，在高橋鎮好好住幾天，風光風光！跟鄉親們說說，就說我杜月笙在上海灘已混出個市面來了！」他本來還想說一句：「叫他們一直瞧不起我杜月笙！」終是沒有說出口，頓了頓，反而暗暗發出一聲長嘆：「唉！可惜外婆幾年前歸天了！」

萬木林沒聽清杜月笙感嘆什麼，他只是看著眼前這幾張銀票子高興得眼發直，嘴裡應著：「是，是，是。」

兩人又說了幾句有關家鄉的閒話，便結帳下樓。剛出門口，突然聽到有人高聲大叫：「月笙哥！」抬頭一看，遠處狂奔過來幾個人，跑在前面的是闊嘴巴怡生和范長寶，後面跟了幾個十六鋪的小癟三，是剛得了杜月笙二十個大洋打賞的。

「你先回去。」杜月笙拍拍萬木林的肩頭，自己站著等這伙人過來。

「唉呀！月，月笙哥！真，真叫我們好，好找！」范長寶在喘氣。

「月笙哥你，你真是宋公明啊！救了這，這麼多兄弟！」闊嘴巴怡生比范長寶叫得甜。

杜月笙對這兩個難兄難弟如此急著來找自己的目的立即心知肚明，拍拍兩人的肩頭，哈哈一笑：「兩位來得正好，我正要去找兩位呢！來，上樓喝兩杯！」對其他幾個小癟三一揮手，「我有事跟長寶哥和怡生哥說，你們回去吧，記得後晚去南市關帝廟。」

小癟三們點頭哈腰：「是，月笙哥。」一哄而散。

「月笙哥你現在真是黃公館的台柱啊！」范長寶還未坐定便叫道，「連林桂生都為你出面去公興記威風！」杜月笙靠在太師椅上，淡淡一笑。

「月笙哥，你昨天真的在公興記一下子就賺了二，二千四百個大洋啊？」闊嘴巴怡生說到這筆鉅款時，舌頭都有點不靈光了。

「果然消息靈通。」杜月笙又是淡淡一笑。

「想想幾年來在十六鋪混，去年又跟著月笙哥你向那些燕子窠分肥，但贏得了多少啊？還要被那些包打聽追捕，哪敢想能夠有這麼多銀洋哦！」范長寶似乎很感慨，眼睛瞟瞟怡生，又看看杜月笙。

「是啊，是啊，現在月笙哥真是要成大亨了，可憐我們還要在十六鋪混呢。」怡生似乎比范長寶還要感慨，拿起杯便喝了一口茶，似乎要壓壓心中的興奮，並找下面的話。

杜月笙仍然是淡淡的笑，慢慢從懷中掏出兩張銀票來，各放一張在兩人面前，「江湖道義，一人一張。」

「唉喲！多謝月笙哥！」兩人就等這一刻，話未說完，就已迫不及待拿起銀票來看：五十個大洋！不覺笑得一下子沒了眼睛，連連點頭躬身，「多謝月笙哥！多謝月笙哥！」尤其是闊嘴巴怡生的大嘴一張開，幾乎找不到腮了。

「二千四百個大洋，那是林桂生傳給我的手氣，算不得全是我的運道。」杜月笙現在才算真正開了口，話說得深沉，「要想真正發達，真正做大亨，還得靠自己出來闖。兩位如果仍然願意跟我杜月笙出來打天下，那就不必在十六鋪混了。大家同心協力幹，何愁一千幾百個銀洋！怎麼樣？」

「月笙哥這樣仗義，我願意！」范長寶稍一猶豫，叫道。

「我也願意！」怡生跟著叫。

「那好。」杜月笙拱拱手，「兩位在幫中跟我是同輩，後晚我就在南市關帝廟開香堂，就請兩位趕趟香堂如何？」

「月笙哥收徒，我們自然要來助興！」兩人同時也拱手。

又閒話了一會，三人作別。杜月笙現在是躊躇滿志，邁著方步進了小東門，獨自回民國里，打算繼續花錢「買名」。在民國里住了這三幾年，杜月笙欠下了很多債，到底欠了多少，連他自己都記不清楚。在這條小弄堂裡住著十多二十戶貧窮人家，全都是杜月笙的債主。他們心裡都認定，這些借出的錢如同肉包子打了狗，是收不回來的。哪想得到，這個流氓頭今天竟來「超額還債」。

杜月笙先進了隔壁張二伯的家。張二伯夫婦年邁，只有兩個女兒，都已外嫁，平時只靠張大娘為人洗衣度日，家境貧寒，現在張二伯坐在木條凳上看報紙，猛見走進一個穿長袍馬褂的人來，定睛一看，竟是杜月笙，不覺一時愣住。

「張二伯，你老可好？」杜月笙現在是神采飛揚，卻狀甚恭敬。

「唉喲，原來是月笙啊。」張二伯坐在木條凳上沒動，分明是敷衍的口氣，「好久沒見了，穿得這麼似模似樣，可是發達啦？」

「是掙了幾個銅鈿。」杜月笙不在意張二伯的語氣態度，這是早在他的意料之中的，仍然是一副微笑恭敬狀，同時慢慢掏出一把銀洋來，很瀟灑地往一張小几上一放，「張二伯，以前我借了你老多少銅鈿，也記不得了，這裡是十個大洋，算我連本帶息歸還，你老拿去花了。」

「唉呀！月笙，你哪有借那麼多銀洋！」張二伯叫道，霍地從條凳上站起來。這老頭原來是連「請坐」也不想說，因為他不知這個白相人是不是又想來借錢，儘管他穿得這麼光鮮，現在一看他竟放下這麼多銀洋，反而吃了一驚。

「張二伯，我杜月笙現在是半個大亨，十個銀洋算什麼？」一揮手，「你拿去花，我不會回來跟你要的！」說完轉身便走。

「唉呀！月笙，只是，只是這實在太多了呢！」張二伯躬著身往門外送。

「沒錢就是這麼可憐巴巴！」杜月笙心裡輕蔑地說了一句，別過頭看著張二伯，哈哈一笑，「張二伯，什麼多的少的？這條里弄，我一戶就送他媽的十個大洋！」說著也不管老頭一臉驚愕，出門而去。

這杜月笙果然就沿著這條小弄堂一家一家往下走，去「超額還債」，收買名聲。他知道十個大洋對這些窮人是一筆多大的數目。他進門的時候，沒有一家對他表示歡迎，只是對他穿成這個「亨」樣感到驚愕；他對此毫不在意，一臉輕鬆。到他離開時，幾乎家家戶戶都是躬身相送。有幾家窮得眼看就要揭不開鍋的，更是不斷的鞠躬哈腰：「月笙哥以後多回來看看阿拉啊，別發達了就忘了窮朋友哦。」

離開了民國里，杜月笙感到心情真是從來沒有這麼舒暢過，這樣得意過。這個自少失去雙親，歷來就被人瞧不起的白相人，第一次真真正正地、深深地感受到了金錢的魔力。民國里這些窮貧人家，很快就為他把名聲傳了出去，說杜月笙重情義，肯助人，慷慨大方等等。到這個流氓頭後來成了海上聞人，再進而成為商界大亨後，這個「疏財」的名聲便給他蒙上了一層光環，不知糊住了多少不明真相的人，為他「揚名」。這是連杜月笙自己當時也預料不到的。

這傢伙在鄰居們的一片道謝恭維聲中走出了民國里，這時已經是下午五點多鐘了，他仍然沒有回黃公館，而是沿著晏海路朝南走，去大南門找張鐵嘴。來到守署街口，向左一拐，正好看見張鐵嘴右手提著兩張小竹椅，左手拿著那捲寫著「鐵嘴神算，未卜先知」的看相大紅布，低著頭，躬著乾瘦的身軀走過來。看那神情步態，肯定是心情不佳，難道還未賺足今天吃飯的銅鈿？杜月笙輕輕笑了笑，故意耍一耍他，便邁著方步迎上前去，雙腳叉開一下站定，臉露微笑，俯視著這個算命佬。

張鐵嘴現在何止心情不佳，簡直是又氣又恨，突然發現有人驀地攔住自己的去路，一下子嚇得心中怦怦怦的跳，愣在當地，原來低著的頭慢慢向上抬，視線隨之向上移，從杜月笙的皮鞋到灰長衫，從灰長衫到黑馬褂，再從黑馬褂到臉容，定住了，情不自禁大叫一聲：「唉呀，月笙！」

「張鐵嘴，幾個月沒見，你的臉色怎麼這麼差？」杜月笙一看這算命佬仰起頭來的神態，自己反而吃了一驚。

「唉！」張鐵嘴一聲長嘆，現在他的心總算定下來了，「一言難盡哪！」

「走！現在什麼都別說，」杜月笙滿豪氣地一揮手，「上蓬萊閣吃飯，好好喝兩杯！」

蓬萊閣在北面不遠的蓬萊路，是老城廂中的一間小酒樓，杜月笙找了個臨窗的位置，在椅上一靠，瀟灑地點了幾樣有名的本地菜：竹筍鱔糊、松鼠黃魚、八寶全鴨等等，還要了一支紹興老酒。

等店小二一走開，張鐵嘴便道：「月笙，看你印堂發亮，神采飛揚，這身打扮，你是發達啦？開店鋪做老闆啦？」

「小弟看來是時來運轉了，」杜月笙哈哈一笑，「不過，我既沒有開工廠店鋪，也沒有開賭場堂子，只是跟了法租界華探長黃金榮。」把這幾個月自己的「光榮事跡」略說了幾句，「若想真要發達，我還得出來好好幹一場。」一擺手，「我的說完了，張鐵嘴，你怎麼樣？好像有點不妥？」

「唉，豈止不妥，」張鐵嘴苦笑，拿起店小二送過來的紹興老酒，給杜月笙斟了一杯，又給自己斟一杯，拿著那酒瓶子向上舉了舉，「月笙，如果你不幫幫我，我看來就得離開大南門，去別的地方擺攤了！」

「哦？發生了什麼事？」

「改朝換代，政局動盪，這一年半載，有不少人來找我算命看相，有些有錢人家，還特意請我去他家裡，好酒好肉的招待，看完相算完命，給個不薄的紅包。總的說來，生意還算不錯。哪料到上兩個月，在南碼頭一帶的那伙無賴地痞，竟到大南門來收保費，要收我每個月八十個銅元。」說著舉起酒杯，跟杜月笙的碰了碰，呷了一口。

「你給了？」杜月笙明知自己這句問的是廢話。

「唉！有什麼辦法？你想想，在大南門一帶我張鐵嘴還有點名氣，有些熟客介紹客人來光顧，如果去了別處，還不知會怎樣，那就忍了吧，給了。哪想到，這伙人得寸進尺，這個月就要我交一百個銅元，今天下午就來收了。唉！一個月加二十個銅元，這樣下去，還怎麼得了？我現在想，是不是該挪個地頭了。不過從命理上說，我擺攤的那個方位才合適我的啊。所以，月笙，我得求你幫個忙了。你在十六鋪小東門一帶也有點名氣，現在又跟了黃金榮，做了這麼幾件大事，名氣應該是更大了。雖然，這裡是華界，不是法租界，但是如果你肯出面幫我跟那伙人說說，我想他們也會給你面子的。」

「這是伙什麼人？在哪個碼頭？為首的叫什麼名字？」杜月笙沒答張鐵嘴的話，反而一連提出三個問題。

「我想你也聽說過，過去南碼頭的霸主是龍老官、六指頭阿二、趙大豹子等幾伙人，前年他們合伙想去搶劉蚯蚓的公和祥碼頭，結果中了俠誼社鄭子良那伙人的埋伏，被打得死的死傷的傷，便散伙了，南碼頭自此也就沒了大霸主，只有幾個白相人在那裡遊遊逛逛。大概是你做你的生意，我做我的生意，井水不犯河水吧。幾個月前，突然來了一伙人，為首的那個叫申盛，跟原來在那裡遊遊逛逛的兩伙白相人交上手，打了兩架，都打贏了，在南碼頭就站穩了腳根。據說他們平時就靠勒索販運水果來的商船硬做生意。唉，他們勒索商船也罷了，怎麼連我這擺地攤的也要來拿一筆！」說到這裡，張鐵嘴是連連搖頭，一臉無奈，舉起酒杯又喝了一口。

杜月笙不善酒，只是舉著酒杯在輕輕的搖，讓那半杯傻仔水在杯中蕩來蕩去，看了一回，好像是漫不經心地問：「申盛手下有多少人？」

「可能有十來個吧？」張鐵嘴眨眨眼，「不過在這南碼頭，也算一霸了。這南碼頭的生意不能跟法租界的碼頭比，人再多就可能要去做街頭癟三，或者得去打家劫舍才行。」

「那好！」杜月笙這才喝了一口酒，從懷裡掏出張銀票來，往張鐵嘴面前一放，「張鐵嘴，去年小弟落難，無路可走，你老人家在大南門給小弟看了一相，當時小弟說過，發了達，送你五十個大洋。現在我不算真正發達，但這五十個大洋還送得起！你拿去花！」

「唉呀！」張鐵嘴拿起銀票一看，真是喜出望外，「月笙！這真正多謝囉！」站起身來一連作了幾揖，「我張鐵嘴行走江湖幾十年，還未有過一下子就得了這麼大筆錢喲！真是多謝多謝！」

杜月笙一把將他拉回到椅子上，壓低聲音：「張鐵嘴，何必客氣！你看看那些大好佬，穿的綢吃的油，出入前呼後擁，五十個銀洋算什麼啊？別咋咋呼呼的，讓人笑話！」

「唉喲，月笙，我哪敢跟那些大好佬比啊？這些人發跡時，夠膽攔路搶劫，夠膽殺人放火，夠膽打家劫舍，夠膽走私販毒，夠膽白刀子進紅刀子出，我張鐵嘴哪樣敢啊？幾十年風雨走江湖，不過日求三餐夜求一宿，平平安安就算了，你看，結果連正正經經娶個老婆都娶不起。幾年沒回蘇北了，留在鄉下的老母親還不知在不在人世啦！唉，不堪回首，不堪回首啊！」張鐵嘴越說越感慨，舉起酒杯灌了一口，一抹嘴，把那張銀票小心翼翼的放入懷中，「這回真多謝你囉，月笙，有了這五十個銀洋，我就不怕到外頭擺攤了，省得被申盛這伙無賴勒索。」

「不，老張，你還得繼續在大南門擺攤。」杜月笙笑道。

「為什麼？」張鐵嘴一下睜大他的三白眼。

「因為我以後還要求助於你呢，有勞你擺攤時順便留意一下申盛他們的動靜。拜託拜託。」杜月笙說著拱了拱手，陰陰的微笑，「他們要多少保費，你照付，記在我的帳上好了。到我佔了南碼頭，加倍還你。到時你要走，我不勉強。」

「什麼？」張鐵嘴大吃一驚，「你要跟申盛爭南碼頭？這裡是華界！黃金榮可管不到這裡來！」

「嘿嘿，申盛這樣的小癟三，我哪用得著靠黃金榮。」杜月笙淡淡一笑，手中杯往桌上重重一放，沉聲道，「張鐵嘴，你跟人看相算命睇風水，可以騙人十年八年；我杜月笙說的這事，一個月內即見分曉。不過，你得守密，別江湖亂道！」

「這個我明白。」張鐵嘴看一眼杜月笙，「只是，老弟，你不管怎麼去搶去奪，可千萬別扯到我張鐵嘴身上。我都年近花甲了，手無縛雞之力，只想安安穩穩過了下半世，可不想惹來什麼災禍。」

「這就該你挨窮！」杜月笙心中笑罵一句，嘴上卻道：「放心放心！我只是在動手前向你瞭解一下情況便是，你自己不對外人說，就絕對扯不到你頭上。」邊說邊很瀟灑地一擺手。

兩人邊吃邊聊，不覺已是二更天將盡。杜月笙結了帳，分手時再次「拜託」了張鐵嘴，然後獨自穿過半個舊城廂，又出小東門回到法租界。面對繁華的鬧市，一街的燈火遊人，這個未來的上海灘流氓大亨愣愣地站了一會，只覺心中湧起一股豪氣：我就要在這十里洋場地混出市面來！

第四十一章　命中注定時運到

杜月笙白眼看鬧市，愣了好一會，才又踱著方步朝前走：他要繼續「還債」、「買名」。下一個目標是王國生。

這時王國生正準備出門去跟朋友喝花酒。抬頭一看，只見杜月笙穿著得如此光鮮，大步走進門來，不覺一愣：「唉呀，月笙！」

「國生哥，久違久違。」杜月笙一臉躊躇滿志的笑容，拱手為禮。

「月笙，好久沒見了，請裡面坐！請裡面坐！」王國生聽人說過這個白相人現在是黃公館的紅人，眼前又是這副「大亨」的樣，很自然就表示出自己的客氣。

兩人進了水果店的辦公室，一番寒暄，東拉西扯，王國生始終沒提眼前這個前師弟兼僱員仍欠著自己近二百個大洋的事。杜月笙心中暗暗感嘆：這個王國生對自己真可謂不計前嫌了。看時候不早，客套話也說得差不多了，便從懷中取出早已準備好的兩張銀票來，輕輕放在茶几上，向王國生拱拱手道：「國生哥，當年小弟得老兄相助在十六鋪碼頭賣水果，欠下一筆數；後來又挪用了店裡的公款，具體是多少小弟也記不得了。國生哥有大量，小弟銘誌不忘。這裡是二百銀洋的票子，小弟就把舊債還了。」

「唉呀，月笙，過去的事我已記不得了，你又何必耿耿於懷？」王國生連忙拱手還禮，嘴上說得客氣，但二百大洋這筆款子，對一個小小水果店的老闆來說，哪能不被撩得怦然心動。

「欠債還錢，應該應該。國生哥不怪罪，小弟已是十分感激。」杜月笙說得謙恭。

「但也沒有二百大洋那麼多。」王國生說得認真。

「這不過概數罷了。國生哥別客氣。」杜月笙說著站起身，拱拱手，「晚了，小弟先告辭。」

王國生滿臉笑容送杜月笙出門，拱手作別時還不忘再說幾句多謝。杜月笙昂然而去，但他仍然沒有立即回黃公館，而是拐了兩個彎，走進昇平里，去找黃文祥。

杜月笙在十六鋪碼頭附近擺水果攤時，曾得過寶大水果店帳房黃文祥的關照，背著老闆王家棟把店中較次的水果當爛水果批給杜月笙，這大約有半年左右的時間，使杜月笙得以掙夠每天吃飽肚子的銅鈿。但這小子當年賒下的帳一直沒還，結果令黃文祥私下先後為他填了幾十個大洋，現在杜月笙就來還這筆債。

黃文祥已年過花甲，早已安寢，正在大打呼嚕，突然被人搖醒，睜眼一看，是傭人阿七，便有點氣惱：「半夜三更的，什麼事？」

「有個青年富商一定要見老爺。」阿七畢恭畢敬。

「誰？」

「他不說。但確是穿得很整齊的。現在就坐在客廳上。」

黃文祥心中疑惑，嘴上還是客氣：「唉喲！原來是月笙兄啊？一年多沒見了喲！請坐！請坐！」

「黃先生，」杜月笙站起來拱拱手，「半夜打擾清夢，恕罪恕罪！」

「哪裡哪裡！」黃文祥不知有什麼事，心裡是說不出的滋味，嘴上卻說得甜，「月笙兄現在十六鋪名氣不小，屈駕光臨，令寒舍蓬壁生輝，實乃老夫之光榮也！」

「我的媽，什麼客套話！」杜月笙心裡笑罵一句，嘴上也很恭敬：「黃先生過獎，過獎。」

一番寒暄，讓座獻茶敬煙後。杜月笙把話題一轉，對黃文祥當年暗中相助表示了感謝，說著便從懷中掏出張銀票來，雙手遞了過去：「當年月笙落泊，多得黃先生相助，為月笙填了不少銅鈿，無以為報，這一百銀圓，聊表謝意。」

黃文祥當時心裡正盤算該怎樣開口，一聽這話，興奮得幾乎沒從太師椅上跳起來。站起身微顫著雙手接過銀票，嘴裡是千恩萬謝：「唉喲！月笙兄，這真是要老夫怎麼多謝你喲！老夫無功受祿，這真是要老夫怎麼多謝你喲！」好像不是杜月笙欠了他兩年的帳，反倒是他受了杜月笙的恩賜了。

「黃先生客氣了！黃先生客氣了！」看著這老帳房那驚喜交集，恭敬莫名的模樣，杜月笙心裡的那種滿足自豪感真是難以言說，輕輕鬆鬆地一揮手，「不過聊表心意。」又閒話了幾句，再裝模作樣地掏出胸口的金殼懷錶看一眼——本來牆上就掛了個古老大鐘，但他不看，「唉喲，都十一點啦。」站起身拱拱手，「黃先生，月笙先告退了。」黃文祥衷心挽留了幾句，看杜月笙執意要走，便躬著身直送出大門口，嘴裡仍是說不盡的多謝。

杜月笙得意洋洋出了昇平里，覺得自己今天真是出盡了風頭。昂昂然沿著公館馬路走回八仙橋，看馬路兩旁，仍然燈火通明，行人車輛雖然比八九點時少了些，但仍呈現出一派繁華景象。紅燈籠下，可見流鶯顧盼；劇院子裡，正在歌舞昇平。「所有這些都是用銅鈿墊起來的！有錢財，就有面子，就有尊嚴，就有勢力，就有人奉承你，給你拍馬屁。觸那，就有一切！」杜月笙橫著眼看這市面，心中情不自禁地叫。

不知不覺已走到了永泰路口，看前面一個弄堂口掛了一個大紅燈籠，上書「悅玉院」三字，一望而知是間么二堂子，心中猛然湧起了一種玩玩粉頭的衝動。一掏衣袋，銀票子已經沒有了，只有十來個銀洋，心中吃了一驚：「唉呀！我現在到底還有多少銀洋？」驀地站定了，雙眼茫然，心中默默計算：唉啊！總共花了一千七百個大洋。只剩約三十個大洋了，比袁珊寶等幾個叫自己做大哥的朋友要窮得多！幾乎打回了原形。他突然發現自己成了說書佬所說的那個什麼項羽：破釜沉舟；過河卒子，只有向前衝，不能往後退。

一種只有跟人拼命才能活下去的感覺湧上來，杜月笙頓時沒了玩粉頭的興趣。踱著步回到黃公館，馬祥生不在，不知是不是有了百個大洋，又去了風流快活。杜月笙倒頭便睡，這一睡直睡到幾乎第二天的中午才起來。

吃飯時，馬祥生對著這個大哥豎大姆指：「月笙哥，你現在簡直是十六鋪一帶的大名人，一大幫朋友在背後議論紛紛，都在讚你仗義疏財！」

杜月笙聽得心中苦笑，不過臉上卻像是開懷大笑。由著馬祥生講述了一通自己如何名聲大振，再一轉話題：「祥生哥，關帝廟的佈置怎麼樣了？」

「正在進行。世奇和阿銘在那裡坐鎮，沒問題。有十來個長期在廟裡過夜的窮癟三得了我們幾個洋，一個個爭著幫手佈置香堂，並且說甘願拜月笙哥你為師。」

「那好。」杜月笙默默點頭。

馬祥生看他神色凝重，輕聲問：「有什麼不妥？」

「我今天得設法請得動黃老闆才行。這是最大的難題。」

黃金榮這天整日在外面應酬，上午皮包水，下午水包皮，從手下的三光碼子口中已聽到了有關昨天杜月笙「散財十六鋪」的傳聞，回到黃公館吃晚飯時，又聽了程聞的詳細稟報，默默無言，心中覺得怪怪的，有種說不出的味道。吃完飯，回到書房，靠在太師椅上，慢慢品著香茗、剔著牙屑時，不禁便想起上個月在城隍廟的事來。

那天風和日麗，下午，黃金榮與杜月笙去逛城隍廟，兩個便衣保鏢遠遠跟在後面。這間城隍廟是上海十里洋場最富盛名的古蹟，可謂家喻戶曉，遠近馳名。這天下午兩人在城隍廟裡慢慢逛，有一句沒一句地說些閒話。看眼前樹木蔥籠，殿堂巍峨，山石饒有古意，黃金榮便想起自己小時候在這裡玩耍的情景，不知不覺走到逶池九曲的木欄石橋上；夏天時，這裡可見湖水碧綠、紅蓮盛開，現在冬末初春，顯得比較清冷了，行人也不多，顯出一派蕭殺景象。黃金榮心中有點感慨，便只顧默默邁著八字步向前踱。這時杜月笙走在黃金榮的左後側，見老闆狀似沉思，自己也不哼聲，小心翼翼的陪著，就在這時，突然傳來一聲佛號：「阿彌陀佛！施主真好福相啊！」抬頭一看，只見不遠處橋頭站了一個高高大大的和尚，大約四十歲開外的年紀，身穿淺灰色袈裟，肩掛化緣布袋，脖子上掛了一串念珠，寒風中、陽光下露著一個大光頭，雙手合十，正對著黃金榮躬身。

黃金榮笑笑，邁著方步走下橋離去，哪料這和尚跨前一步攔住了去路，又是深深一躬身：「施主非常人也，恭請報個八字，讓貧僧參詳參詳。說得對，隨意打賞；說得不對，不取分文。」

「算命佬竟扮了和尚來做生意，這世道好玩兒。」黃金榮心裡笑道，看他這副哈腰躬身的恭敬模樣，覺得有趣，便隨意把手一揮：「好吧，好吧。」報了生辰八字，「不必盡往好裡說。」

「施主放心，貧僧有話直說，不圖錢財。」和尚說得誠懇，然後就閉了雙目，默默推算起來，過了不足一刻鐘，再微睜雙眼，慢慢敘說起黃金榮的過往之事、目今境遇，居然談言微中，泰半不爽。黃金榮心中暗暗稱奇，哪想到這個相士事前已做了調查功夫，便問：「法師，那在下以後如何？」

「施主以後將名利雙收，為一時風雲人物。不過年過花甲之後，宜急流勇退，不可過於強求爭鬥，自可安富尊榮，壽登期頤。」

「真是風水佬騙人十年八年，這看來還不止，我離花甲之年還有十多年啦！至於會不會長命百歲，更加天曉得了！」黃金榮心裡笑道；不過不管怎麼說，和尚這「風雲人物、安富尊榮、長命百歲」的話還是叫人樂胃，便掏出一個銀洋，往和尚手中一塞：「承法師貴言。」起步便走。

和尚一聲「多謝」，把銀洋往布袋子裡一放，這時剛好杜月笙走過他面前，他就一伸手把杜拉住，露出一副阿諛討好的神情來：「唉喲！你這位小阿哥，我看你是神圓氣足、顧盼自如，很快就要大運道來了！難得難得！」說著輕輕瞟了一眼已走開兩步的黃金榮，「這位老闆的運道固然不錯，而你將來的好處更不知要勝過他多少倍呢！來來來！小阿哥，快把你的生辰八字報來，讓貧僧為你細推流年，講講你將來的大好處、大名聲！說得不準，分文不取！」

黃金榮一聽這話，猛轉過頭來，心中湧上來一股無名火，幾乎怫然變色，卻見杜月笙已狠狠地一甩手，把和尚的手甩開，再伸手一指和尚的鼻頭，聲色俱厲的一頓怒罵：「觸那！儂阿是瞎脫了眼烏珠！是哪處的禿驢！儂曉得我老板是啥人？敢拿我來跟老闆比？簡直有眼不識泰山！」

這和尚大既還未試過說人好話反被人如此怒斥的，被罵得一下子愣在當地，原來掌立胸前的左手也垂下來了，雙眼更是發直。黃金榮一看這門徒如此動作神情語氣，不覺轉怒為喜，臉呈得意之色，又邁開他的八字步，挺胸凸肚而去。走了七八步，回頭看看，只見杜月笙在左後側亦步亦趨，神態既恭且馴，不覺大感滿意。這個大把頭哪料得到自己是被這個得意門徒耍了。

杜月笙一聽和尚的話，當即是興奮得心裡怦怦的跳，差點兒就要喜形於色，但這個未來的幫會梟雄確有他的過人之處，同時心中就起了警覺：黃金榮聽了這話肯定不高興，自己以後還得靠著這棵大樹，豈能惹惱了這個黃老闆！於是當場作狀變色，對和尚一頓怒罵，果然就騙過了黃金榮。而在當晚，杜月笙躺在床上卻是輾轉反側，回味起和尚的話，不覺心癢難熬。第二天，他便悄悄離開了黃公館，獨自跑到城隍廟，又在九曲橋頭找到那個和尚相士，走上前去，恭恭敬敬的作了深深一揖：「法師您早。」

和尚正看著九曲橋那邊等合適的人來做生意，別頭一看，不覺愣了愣：「哦，這位小阿哥……」

「昨天小的多有得罪，實在是迫不得已。」杜月笙狀極謙恭，然後說了一番自己身為伙記，哪敢認運道優勝過老闆的道理，「請法師多多體諒。小的此來，務請法師花費心思為小的細細推算未來的運程。」

這個相士昨天為多得兩個銅鈿，情急之下才一把拉住了杜月笙，現在生意上門，當然「體諒」，不但不「怪罪」，而且眉開眼笑，裝出一副寬宏大量的樣子來：「唉喲，小阿哥客氣了。就聽剛才小阿哥的這番話，已可見你為人深謀遠慮，才智過人；再觀你這形相，將來必成大器！來來來！古人云，覺今是而昨非，把你的生辰八字報來，讓貧僧好好推算參詳。」

「謝法師！」杜月笙又作一揖，報出八字。

和尚就地盤膝打座，閉了眼睛，猶如老僧入定；嘴巴卻在一動一動的，似念念有詞。杜月笙在旁垂手恭立，嘴唇緊閉，一動不動。過了幾乎半個鐘頭，和尚才睜開眼來，音調低沉，語氣篤定：

「先生，這是風雲際會的命造。難得，難得。」

「風雲際會是什麼意思呢？」杜月笙恭恭敬敬地躬躬身問。

「就是時勢造英雄的意思。先生的這種命造，主將來飛黃騰達，天下揚名。我說你的老闆是一時風雲人物，而你的名聲更在你老闆之上。這個貧僧深信不疑。」

聽得杜月笙的心一陣狂跳，定了定神，壓住那種興奮，又躬了躬身：「請法師指點迷津，小的究竟該怎樣做呢？」

「命理玄機，重在指出將來大致的運程，而不重具體的細節；若著眼於你該開工廠還是開店鋪，賣水果抑或賣雜貨，那就是雕蟲小技矣！不過看你現在的神相氣色，我敢肯定，最近你要大運將至了！」說到這裡，和尚顯然是意猶未盡，突然一轉話題，「你知道三國演義裡面的那個諸葛亮吧？」

「當然知道！」杜月笙叫道，同時心裡還叫一聲：「我就是諸葛亮！」這當然沒有說出口。他哪能料到這和尚相士在打聽黃金榮的底細時，就已知道自己的綽號叫諸葛亮。

「諸葛亮的命造，年乃辛酉，月乃丙申，日乃癸丑，時乃丁巳，命宮乃壬辰。日元癸水，誕於立秋節後，白帝司權，金正當令，水得金生，正氣充足；再逢年乾辛金，年支酉金，及月支申藏庚金，又藏壬水，日支丑藏辛金，又藏癸水，疊疊生之助之，其為金白水清，那是顯而易見的了。維僅持月乾單獨丙火，不獨不能制金，且亦不敷濟水之用，況丙與辛合，同化為水，其火之成分，又復若有若無，沒有生時丁巳之二火，決不能制當令之旺金，濟有餘之相水。既得此為正式之用神，其為雨陽時，若天地順成即可知矣。」

和尚搖頭晃腦的說了一通，以顯示自己對命理是如何的深入研究，以此來嚇唬杜月笙，而杜月笙也真被他的「精通命理」矇得五體投地。他儘管一句也沒聽懂，但仍是畢恭畢敬的聽和尚說完，才輕聲問：「法師對八字命理的研究真是精深啊，但諸葛亮的命跟我有什麼關係呢？」

「這你還不明白嗎！」和尚對杜月笙這樣沒有「悟性」似乎很奇怪，「你的命造跟諸葛亮有相同之處啊！你想想，諸葛亮如果整天跟在劉備的屁股後面轉，什麼都聽劉備的，他還有什麼用呀？他要自己出來領兵打仗，那才顯出他的本事，才能夠建功立業，有後世的名聲，而且他的名聲比劉備可大得多啦！」頓了頓，「你有沒有去過成都看武侯祠？」

杜月笙這十年就在上海灘混，以前更是只在浦東鄉間，哪知道什麼成都武侯祠，不覺又愣了愣：「沒有，那是什麼啊？」

「那是拜祭諸葛亮的祠堂啊！而劉備的墓，卻放在這祠堂的偏角裡，諸葛亮比劉備風光多了！」

杜月笙突然像悟出了什麼，掏出兩個銀洋，往和尚手中一塞：「承法師貴言，後會有期！」轉身走出城隍廟，快步趕回八仙橋黃公館，免得黃金榮生疑。

黃金榮當時確實沒生疑，他根本沒想過杜月笙會偷偷去找這和尚，這件事也就無聲無息的過去了。而實際上，和尚相士給杜月笙推算出來的所謂運程則影響了這個未來的黑道梟雄在一個月後下了「散財買名，最後獨立門戶」的決心。

現在且說黃金榮靠在太師椅上，愣了大約十來分鐘，看一眼站在旁邊的程聞，既像是自言自語，又像是問這個親信隨從：「這杜月笙，那個法師說他近來有大運道，以後名聲大得很呢！就這樣亂花銅鈿去買名聲？」

程聞聽黃金榮的保鏢說過城隍廟九曲橋看相的事，一聽老闆說出這句沒頭沒腦的話來，眼珠一轉，躬了躬身，說得八面玲瓏：「月笙是老闆的門徒呢，他為人四海，也是為黃門添光的事呢。」

「現在十六鋪一帶的大小朋友都知道他的名聲。」黃金榮又瞟程聞一眼，口氣中似乎有點酸味，拿起茶杯輕輕呷一口。

「月笙始終是老闆您的門徒，沒有老闆您的提攜，他算什麼東西啊？不過是個街頭小癟三罷了！他這回把老闆娘打賞的銅鈿散了出去，他自己掙得了名聲，不也是為黃門掙了名聲？」程聞說著笑了笑，「黃老闆，月笙是個明白人，他哪敢忘了自己的身份呢？」

黃金榮的嘴角也向上掀了掀，露出些微笑意，剛才那種怪怪的心情消散了，放下茶杯，往煙床上斜斜一躺，舉舉手，立即進來個丫環，小心翼翼的從牆上取下鍍金的煙槍，雙手遞與黃金榮，再細細地打上煙泡。黃金榮十分滋潤地香了幾口，半瞇著那雙混濁的眼，看著面前煙霧繚繞……。

過足了癮，輕輕把煙槍向外一伸，丫環雙手接過，掛回牆上，躬身退出。黃金榮慢慢坐起來：「這個杜月笙……」

話未說完，一個年青的使媽走進來，躬躬身：「黃老闆，月笙哥想見您。」

黃金榮怔了怔：「什麼事？」

「他說有事要當面求黃老闆。」

黃金榮看一眼程聞，程聞點點頭：「讓他進來吧。」

「是。」使媽退出去。

一會兒，杜月笙大步走進來，站定了，對著黃金榮深深一鞠躬：「黃老闆。」

「月笙，」黃金榮嘴角掀了掀，「聽說你散財十六鋪，贏得了很大的名聲哦？」

「幸得老闆娘賞賜，使月笙得以一下償清舊債，實在是多謝老闆您與老闆娘呢。所謂名聲，都是朋友們看在老闆的面子上，哪是我杜月笙的名聲呢。」這兩句話，說得黃金榮露出笑意來。

杜月笙狀極恭敬，同時瞟了黃金榮一眼，立即不失時機又躬躬身：「老闆是月笙的爺叔，月笙想為爺叔招批徒孫，明晚就在南市關帝廟開香堂。斗膽想勞駕爺叔一趟，去撐撐場面，給那些徒子徒孫們一個見見祖師爺的機會。」說完，又深深一躬。

「哦？月笙你要收徒啦？」

「那都是多得老闆您的提攜。」

「這個……」黃金榮覺得自己身為法租界華探長，去趕這樣「低級」的香堂，是不是有失身份，有失面子，口氣便有點猶豫。

「各位兄弟都盼望能見見黃老闆，給黃老闆叩頭，做黃老闆的徒孫呢。」杜月笙說著，又是深深一鞠躬。

杜月笙的這種神態語氣，給了黃金榮很大的滿足感，隨手拿起几上的參茶輕輕喝一口，眼睛便瞟了一下程聞，只見程聞躬躬身：「這足可見老闆在江湖上的威望呢。」

「那好吧。」黃金榮輕輕擺擺手。

「多謝黃老闆！」杜月笙立即又是深深一鞠躬，「那月笙要趕緊給各位兄弟報個喜訊了，叫大家高興高興啦！先告退。」說完，轉身走了出去。

黃金榮看著杜月笙的背影，怔了怔：「這個月笙，走這麼快幹嘛？」

「他是怕老闆您反悔不去呢，果然是聰明伶俐。」程聞笑道，「老闆肯屈駕去給他撐撐場面，那是多大的面子！」

黃金榮哈哈一笑，心裡感覺滿足的同時，不知怎麼的又覺得有些不妥。與程聞閒聊了幾句，便上樓去找老婆林桂生，這個白相人嫂嫂一看黃老闆的面色，就知道這個大把頭碰上棘手的事了。

第四十二章　關帝廟獨立門戶

「黃老闆，晚上不出去應酬，難得難得。」林桂生坐在太師椅上，擺擺手讓貼身侍女沈月英出去，那雙圓眼睛看著黃金榮，語氣是不冷不熱，「看你的臉色陰陰沉沉的，出什麼事了？」

「桂生，有兩件事要跟你商量。」黃金榮儘管在外威風八面，而且不時眠花宿柳，把個林桂生忘到九霄雲外，但在家裡，對這個正宮娘娘卻歷來是豈憚三分，話也說得客氣。黃金榮懼內，這在上海灘的流氓圈中有不少傳聞。

林桂生把茶杯舉了舉，點點頭，意思是：「請說。」

「第一件事。你前天給了杜月笙二千個大洋的票子，他昨天把這大筆款子幾乎散盡了！這事你知道吧？」

「聽說了。」

「他明晚要開香堂收門徒，想我去為他撐場面。」黃金榮把剛才杜月笙來請求的經過說了一遍，「現在想來，他收那些街邊癟三為徒，我堂堂華探長卻去為他趕香堂，總覺得有點不妥當。」

「這有什麼不妥當呢？」林桂生淡然一笑，「前天我把二千大洋給了他，就是要看他怎樣花。他沒有拿去賭，拿去嫖，拿去花天酒地，也沒有拿去開店鋪做小老板，而是用來清還舊債，廣結人緣，收買人心，擴大名聲，這表示他是個人物。一下子暴富而能夠這樣做的，在今天的江湖朋友中，有多少人做得到？」

「這個不假。」黃金榮擺擺手，「但這跟我去為他撐場面有什麼關係？」

「他是個人才，而他又是你的門生，對這樣前程遠大的門生，做師父的應該把他收在身邊，而不應該把他排除出去。要想把他留為己用，那自然就要給他好處。你去為他撐場面，就是給了他很大的面子；而他收的門徒，也同樣是你的門徒。這樣的事，有什麼不妥當的？至於你說自己是華探長，但你在幫中是哪個輩份？背後有人說你是空子，你卻公開收徒，這分明是破壞幫中的規矩……」

「誰敢這樣說我黃某人！」黃金榮瞪大那雙金魚眼。

「這是背後議論，是幫會中人的議論。」林桂生神情平靜，慢慢放下手中茶杯，「黃老闆，你是華探長，表面上確是很威風；在法租界，跟某一個人相比，甚至跟某一伙人相比，你是大哥，人人都得看你臉色，但今天上海灘最大的下層社會力量是青洪幫，而不是只有一百幾十人的巡捕房。說白了，如果沒有這大群江湖朋友互相撐腰捧場，黃老闆，你哪來的銅鈿？哪來的權勢啊？今天月笙收門徒，開香堂，你去給他撐場面，看上去是給他面子，實際上，不也是同時加強了自己在青幫中的聲望？月笙是你的門徒呢！這種互惠互利的事，有什麼不妥當的？」

說到這裡，林桂生喝口茶，眼神瞥瞥黃金榮，見他像在沉思，又像想說什麼，大圓臉便又笑了笑：「黃老闆，你說的不妥當，大概是說太屈尊，有失面子。但你若認為杜月笙將來是個人物，那你現在屈這個尊就很值了！一朝為師，終身為父嘛！你永遠是他的師父！他混得出個市面來，也是你黃老闆面上的光！」

林桂生這番話，說得黃金榮暗暗點頭，心中不得不對這個正宮娘娘表示欽佩，拿著茶杯站起身來，慢慢喝，慢慢踱步，又聽林桂生道：「黃老闆，就當不說上面的話，只說兩個月前杜月笙為黃公館奪回被劫煙土的那件事，你也要屈尊去為他撐撐場面，否則這事傳了出去，你黃老闆在江湖上的名聲就不怎麼好了！還有，現在杜月笙已說了立即去跟他的兄弟說黃老闆明晚會去趕香堂，但黃老闆你若說了不算數，那也是關乎名聲的呢！」

聽得黃金榮不覺輕輕點了兩下頭：「說得不錯。」

又聊了幾句有關杜月笙的事，黃金榮一轉話題：「桂生，還有第二件事。這事可不好辦！」

「啥事體？」

「賭場的事。現在三間賭場的生意都不好，尤其源利俱樂部，客人越見減少，聽徐福生等人的推

測，可能是現在江湖上『剁豬玀』的事太多了，嚇得客人不敢來。」（註十四）

「沒有抓幾個來審審？」林桂生問。

「這類癟三白相人，缺衣少食又沒地方住，多得很，哪裡去捉？難道叫巡捕房裡的兄弟夜夜巡更啊？夜夜巡更也未必捉得了？況且，剁豬玀又不是什麼大事，捉到巡捕房後又如何？判不了刑，最多叫他吃生活，放出來後，還不一樣？他們要活命，就只有這樣行險僥倖，怎治得了的？」黃金榮說著喝口茶，嘆口氣，「而且，捉多了，惹惱了江湖上的各路朋友，對賭場可能更為不利。」

「為什麼不跟他們直接談談，嚇嚇他們？」

「唉，我說太太，怎麼談？公開說那賭場是黃公館開的？我黃探長才是真正的老闆？那怎麼行！這種事，被人知可以，讓人在背後議論可以，但不能公開宣揚。我堂堂華探長哪能這樣公開露臉的？況且，談也沒用，這幫癟三要吃飯，要活命，只好鋌而走險。他們哪怕不做這樣，也會做那樣的。唉！這類人會不會餓死我不管，只是客人不來俱樂部，那賭場利潤就少多了！」林桂生沉默不語。

「還有更頭痛的。」黃金榮顯然有些煩躁，在客廳上來回踱步，「聽說有人告狀告到上巴黎，說上海法租界烏煙瘴氣，煙賭橫流，亟待整治，否則有損大法蘭西的形象。那些總監領事就說要禁煙禁賭。對於煙，他們從中有好處可得，就開隻眼閉隻眼；對於賭，他們也有好處，但相對煙業少多了；況且又要應付上面，所以就下令要禁；而且還想出個捉狹的法子，把被捉住的賭客遊街示眾。這下子真要命，那些有錢來賭的，輸了錢還可以忍受，但若在大庭廣眾中被人指手劃腳，被小孩子跟在身後調謔哄笑，這個面子誰輸得起？法國佬訂下這規矩，我這個華人探長，又不能不聽；況且那些洋捕，又不是直接受命於我探長的，於是就真有客人被捉了去遊街。你想想，這賭場還有多少客人敢來？這樣搞下去，賭場沒多少賺頭了！」越說越氣憤，越沮喪，又無奈，只能走來走去。林桂生聽了，愣坐在太師椅上，苦思冥想，卻一籌莫展。

杜月笙一得到黃金榮的承諾，立即一聲多謝，再說要向眾兄弟報喜，轉身便走，這正如程聞所說，他是怕黃金榮左問右問，最後反悔。他本來已做了叩頭陳訴的準備，沒想到黃金榮就這樣答應了，簡直是喜出望外，只是臉上形跡不露而已。因為這個大把頭去不去趕香堂，對他的「江湖聲望」影響甚大。

杜月笙興沖沖回到灶披間，把正朦朧入睡的馬祥生一陣亂搖。

馬祥生睜開惺忪的雙眼：「月笙哥，什麼事？我瞓得很！」

「祥生哥，聽我說！黃老闆已答應明晚去南市關帝廟趕香堂！這事要立即通知袁珊寶他們，讓他們儘快通知其他朋友，那明晚將會有更多的人去趕香堂！」

「現在就去？」馬祥生一臉疑惑。

「對，立即走！」

兩人悄悄離開了黃公館，趕往十六鋪，分頭去叫馬世奇、江肇銘、袁珊寶、范長寶、闊嘴巴怡生，這幾個流氓白相人，有的去了嫖，有的去了賭，有的在家睡大覺，而江肇銘乾脆就在南市關帝廟打地鋪。召集到一起時，已是二更天將近了。

杜月笙把黃金榮已答應明晚會來趕香堂的「喜訊」說了一遍，然後一拱手：「各位兄弟！黃老闆願意來撐場面，這是個莫大的面子，試想他的門徒，尤其是所謂門生，在社會上都是有頭有面的，不是老闆就是把頭，像我們這樣低輩份的香堂，他哪會來出席的？因而我們得好好利用利用！拜託各位，明天一定要把這個訊息傳出去！說書佬說的，要大肆宣揚，告訴儘可能多的兄弟，鼓動他們明晚去趕香堂。人越多越好！這是我們將來打天下的基本力量！」這伙白相人昨天才得了杜月笙的大筆銀子，便一齊叫好。

「這事我不便出面，就拜託各位！」杜月笙再拱了拱手，「明天我把陳世昌也請去，務必叫香堂開得熱熱鬧鬧，各位也從中得個名聲！」掏出懷錶來看了看，「時候不早，」瞟一眼馬祥生，「祥生哥今晚就別回去了，明早跟各位兄弟傳傳訊息。我得先回黃公館去，別有什麼事沒人在。」說完起身，出門而去。杜月笙仍是擔心黃金榮會反悔，他得趕回去應急，他不知道這時林桂生已說服了黃金榮趕香堂，給他幫了一個極大的忙。

第二天，有關杜月笙要在南市關帝廟收門徒，到時黃金榮會趕香堂的訊息果然在十六鋪小東門一帶的白相人圈中傳開了，這些終日遊遊蕩蕩的流氓癟三，對杜月笙不禁既羨慕又敬畏。

吃過午飯，杜月笙的師父、人和棧老闆陳世昌跟心腹手下沈嘉福、范恆德等人在辦公室裡挑著牙屑，閒聊起這件事，你一言我一語，說著說著，沈嘉福便有點憤憤不平：「這個杜月笙，今晚就要在南市開香堂，竟至現在也不來跟陳老闆您說，簡直是不把師父放在眼裡了！」

范恆德好像很感慨地搖搖頭：「他以為靠上了黃金榮的牌頭就可以了，哪知道那個黃探長，只是個空子！」說完，討好地看看陳世昌，嘿嘿笑起來。

陳世昌好像沒聽見，只管繼續挑牙屑。

「陳老闆，」沈嘉福給陳世昌斟茶，「杜月笙若不來請您老去趕香堂，那是很不合規矩的呢。」

「簡直是欺師滅祖！」范恆德加一句。他和沈嘉福都不希望杜月笙這個師弟在十六鋪猛然躥起，成為一股強大的勢力，因為這對他們這陳家的「三十六股黨」沒有好處。

「我想他還不至於這樣吧。」陳世昌喝口茶，話說得輕鬆。

「如果他來請，師父去不去呢？」巡場梅武問。

「來了再說吧。」陳世昌終於把嘴裡的牙籤拔出來，向身後一扔。就在這時，賭場荷官任佳帶著杜月笙與馬祥生進來。

「陳老闆好。」杜、馬二人對著陳世昌就是深深一揖，又對著沈嘉福等人拱拱手，「各位兄弟久違了。」

「哈哈！說曹操，曹操到。」陳世昌作狀笑了兩聲，語氣卻是怪怪的，「月笙、祥生，半年多沒到人和棧來玩兩手了吧？跟著黃探長可是發達啦？把師父都忘了啦？」

「我們哪敢忘了師父呢？」杜月笙聽出了陳世昌語氣中的那點兒酸味，神情甚是恭敬，「有所謂一朝為師，終生為父，我們哪會忘了呢。只是這半年來在黃公館裡聽差，跟著黃探長上午皮包水下午水包皮，不是去見個什麼大好佬大老闆，就是在巡捕房裡忙得團團轉，又或在黃公館裡打點，這種生意那個應酬的，出來的時間就不多了。這兩天更是跟著黃探長去和一些大好佬講生意，中午吃了飯才能來拜見陳老闆，哪會忘了師父呢。」

「這回到人和棧來看老夫，是想玩兩手啦？」陳世昌看著杜月笙，裝作不知這個名聲越來越大的門徒也要開香堂收徒了。

「這回來是想請師父去為小徒撐個場面。」杜月笙的神態語氣恭敬極了，「月笙今晚在南市關帝廟開香堂，也就是師父收月笙為徒的地方。現在月笙收徒，師父的名望將會更加隆盛，並且又多了幾十個徒孫了。」

「恭喜師父，賀喜師父！」馬祥生按著事先商量好的，順著杜月笙的話頭就向陳世昌打躬作揖。他這一聲恭賀不打緊，倒是弄得沈嘉福、范恆德等陳世昌的門徒也得對著陳世昌拱手了：「恭喜師父，賀喜師父！」

這個陳世昌，本來還想在杜月笙的面前好好地擺一會架子的，以揚揚做師父的名聲，現在一看手下的門徒們如此恭敬，哪能不答理，連忙也向四面拱拱手，臉露微笑，算是還了禮，再眼看杜月笙：「今晚有誰去趕香堂呢？」

「月笙就請師父和人和棧裡各位師兄弟，以及黃金榮。黃探長已經答應今晚一定去，至於其他的大好佬，月笙沒有請。月笙覺得有師父與黃探長去撐場面，已經有足夠大的面子了。」

杜月笙這幾句話，聽得沈嘉福、范恆德等人十分興奮：今晚去受別人的叩頭，況且還是跟黃金榮並排一起！不覺連聲叫好。陳世昌沒哼聲，靠在太師椅上，慢慢地吞雲吐霧。以他原來的想法，如果杜月笙請了自己的同輩份的所謂大好佬，諸如某行業大老闆、大商家，又或某區巡捕頭目之類，那他真的不大願意去，免得把自己比低了，因為他除了開賭場人和棧外，其他沒有什麼好炫耀的，雖是開門做生意，畢竟是偏門，做不得自己是個人物的資本。但現在不同，黃金榮趕香堂，自己跟他並排，而手下還有大批的徒子徒孫，那可是很大的面子，以後足可以用來炫耀的，於是把手一揮：「好吧！月笙，如無別的事，我就去為你撐撐場面。」

「多謝師父！」杜月笙一鞠躬，「月笙回黃公館還有事辦，先告辭。」轉身與馬祥生退了出去。

兩人哪是回黃公館，而是去南市關帝廟找江肇銘，最後辦妥佈置香堂的事。

馬祥生道：「看來陳世昌不是很願意來趕香堂，現在都下午了，還說什麼如無別的事再來。」

「那是陳世昌故意擺擺師父的架子罷了。」杜月笙笑道，「我把他擺到了與黃金榮並排的地位，而且又沒有請其他的大好佬來插足其間。這面子哪找？他肯定會來的！」

當晚八時半還未到，陳世昌、沈嘉福、范恆德等人果然來了。過了十來分鐘，黃金榮才帶了四個保鏢，在馬祥生和程聞的陪同下來到南市關帝廟。陳世昌開人和棧賭場是給了黃金榮孝敬的，現在對著這個大把頭便打躬作揖，同時又送上一筆孝敬。黃金榮最喜歡的便是青蚨（金錢）飛入，不覺眉開眼笑，作狀說了兩聲「客氣」，倒是不客氣地收了，然後拍陳世昌的肩頭。再看陳手下的徒弟對自己又是如此恭敬地哈腰鞠躬，便越發得意，哈哈大笑。

杜月笙看神案擺好，上面的香爐、供果、祖師牌位、燭台、蠟燭等都已佈置妥當，時間正好，這香堂可以開了，便自己端坐在正中的一張大背靠椅上，作為新入幫者未來的「老頭子」、本命師，這主位由他坐，而法租界第一把頭黃金榮與杜的師父陳世昌則只能坐在他的兩旁，然後是被邀前來趕香堂的前輩「爺叔」，如袁珊寶、范長寶、闊嘴巴怡生、沈嘉福、范恆德等人，這些人同時擔任了分司執事的所謂「八師」。杜月笙端坐正中，神情肅穆，左右看一眼，霎時間他感覺自己在黃金榮與陳世昌之上。

這時，作為「引見師」的馬祥生正領著入幫的「空子」進門來，走在前面的正是江肇銘與馬世奇。杜月笙看黑壓壓人頭一片，心中暗暗一數，竟有三十六人之多，正是自己入幫時人數的兩倍，心中不覺得意。

接下來便是那一套入幫儀式：先「淨手」，後「齋戒」，再唱詩，然後是不斷的上香叩頭。整個程序在燭光閃閃如鬼域的廟中，在關帝聖君的怒視下「肅穆」地進行，杜月笙一點不感覺恐懼，心底反而不斷的豪氣上湧！

終於輪到身任傳道師的范長寶交代清幫的三幫九代，根據杜月笙事前的吩咐，他儘量講得簡略且快，一會就說完了。接著就是本命師杜月笙登台，這傢伙當時虛歲二十五，擺出來卻是一副十分老練的「江湖大哥」模樣。

只見他往壇前一站，俯視跪倒塵埃的三十六門徒，微微彎腰，厲聲問：「你們進幫，是自身情願，還是別人所勸？」

眾門徒同聲答：「自身情願！」跪在最前面的江肇銘尤其聲音洪亮。

「既是自動自發，就聽明白！」杜月笙的語氣比當年陳世昌的更為威嚴，「安清幫不請不帶，不來不怪，來者受戒！進幫容易出幫難，千金買不進，萬金買不出！聽明白了嗎！」

眾門徒又齊聲應：「是！師父！」同時紛紛從懷中掏出拜師帖和贄敬，雙手舉起呈上去——整個儀式事先都由引見師馬祥生講述並預演過的，杜月笙收齊了拜師帖和贄敬。他很看重這份贄敬，準備用來在法租界租間房子，獨立門戶。

接下來是傳授一幫三代歷史、十大幫規、各種「切口」，併發授「海底」秘本，杜月笙說得言簡意賅。他入幫時陳世昌滔滔不絕的講了近兩個鐘頭，而他只講了半個鐘，只是在最後加重語氣叫道：「各位記住了！進了清幫，必須嚴守幫中秘密！上不傳父兄，下不傳妻兒！不得欺師滅祖，不得江湖亂道！」

眾門徒雙手捧著「海底」，又齊聲應：「是！師父！」

儀式結束後，眾門徒各自歸家；無家可歸的，有的乾脆就留在廟裡。杜月笙則立即收斂起剛才的威風，與馬祥生一道，小心翼翼地陪著黃金榮回黃公館。剛才黃金榮在香堂上看著杜月笙那個威風樣所生出的一絲絲不快便因現在這小子的恭順而消散。

一個禮拜後，杜月笙就用收到的贄敬共八十個大洋，在離八仙橋不遠的金福里租了幢二層樓住宅，並置辦了傢俱。他沒有向黃金榮和林桂生「辭行」，仍是把名掛在黃公館裡；對外人說來，他仍是黃公館的人，但他沒再向程聞領「薪水」。這又是他的聰明處：若正式向黃金榮、林桂生明說自己要自立門戶了，對方肯定不高興。如果黃、林其中一個要他留下來，他不留，那就造成大家面子上不好看了。現在他就這樣悄悄離開，則相互面子還在；他既沒再在公館裡開支，又沒有妨礙黃公館的「運作」，這樣黃金榮也不好說他，只是在杜月笙「不辭而別」幾天後向林桂生發了幾句牢騷：「這個杜月笙，你說他是個人才，我去為他開香堂撐場面，他現在竟自己搬到外面去住了。」

林桂生一聽，卻笑起來：「黃老闆，他搬出去住，有沒有跟你說他從今以後要離開黃公館了？」

「沒有說。」黃金榮愕了愕，「他跟你說了？」

「當然沒有說。」林桂生仍然微笑，頓了頓，「他有沒有說自己不是黃老闆的門生了？」

「這也沒有。馬祥生還說他出去前吩咐，他要出去混個場面出來，為黃老闆面上增光。」

「這不就是了！」林桂生叫道，「這個人有本事，頭腦靈，他決不會說自己不是黃老闆你的門生，他絕不會得罪黃老闆你的！什麼時候他都會說自己是黃公館的人，是黃老闆的門生。既然這樣，就讓他在外面混出個場面，建立起一股勢力，而這股勢力卻是黃公館的附庸，為你黃老闆增添聲望，這又有什麼壞處？」說得黃金榮消了稍稍的不快，並暗暗點頭。

杜月笙就這樣離開了民國里小平房，離開了黃公館，住到了金福里，同時把江肇銘、馬世奇、袁珊寶也叫過來住。入住後第二天，吃過晚飯，四人圍坐在二樓的八仙桌旁，杜月笙掃眾人一眼，道：「現在我已經沒有在黃公館裡支薪水，各位也同樣沒有固定收入，這就如同說書佬說的那個項羽，破釜沉舟了，沒有退路了。這樣我們就得混個場面出來！十六鋪一帶，是杭州阿發的地盤，他是黃金榮的親戚，我們不能跟他爭碼頭。其他碼頭，也有霸主，要去搶奪，就會是一場血戰，影響一大，黃金榮也要出來維持治安，否則無法向那些法國佬交待，那就不好辦了。因此，我想好了，要先找個樹敵不多的地方下手，撈一大筆銅鈿再說。這個目標就是黃浦江東岸東昌路碼頭的獨眼狼！」一拍八仙桌，「各位認為怎樣？」

「為什麼不先搶南市的南碼頭？申盛的勢力沒獨眼狼的大。」袁珊寶聽杜月笙說過張鐵嘴的事，問道。

「搶南碼頭，油水不大。」杜月笙一副深思熟慮的模樣，「我先得讓手下的兄弟撈點甜頭才行。打走獨眼狼，樹樹我們的威風，下一步才是南碼頭。」

「月笙哥的意思不是要佔東昌路碼頭？」江肇銘問。

「浦東地方，佔了那個碼頭也不過向那些水果船勒榨些銅鈿吃飯，沒有什麼作為，除非我們像獨眼狼那樣收馬德寬的保費，但那樣肯定要被人背後恥笑，況且對我們來說更是得不償失，所以我不想在那裡費心思。」

「收他的保費，為什麼得不償失？」馬世奇問。

「世奇，我們現在要佔碼頭，不過是找個地盤罷了，真正要發達，要發展，得在英法租界、十里洋場，不是在浦東；而且，不是只做碼頭霸主，而是要做煙土這一行。馬德寬就是銷貨的。這次幫他一把，他自然要記住我們的好處。我們以後就跟他打交道，由他銷貨，那才是一條大財路。跟他結怨，絕無好處。」杜月笙說到這裡，看一眼這幾個手下幹將，「因此，這次我只打算讓馬德寬出一筆款子，就為他打走獨眼狼。然後我們再取南碼頭。路要一步步走。」

「月笙哥果然是諸葛亮，有遠見！」江肇銘拍桌子。

「打獨眼狼，會不會惹惱其他人？」袁珊寶舊話重提，「比如，俠誼社鄭子良那幫人。」

「這個我想過了。浦東是華界，現在各幫派勢力集中在浦西，東岸沒有真正強有力的大霸主，我們在那裡出手，正可以避免樹敵，至於原來一直擔心鄭子良會出面，現在不同以前了！我和他都是黃金榮的門生，他不看僧面也得看佛面。總不敢搬兵來這一帶跟我開戰。況且，為個獨眼狼得罪我們，我想他也未免願意。」江肇銘又拍桌子叫好。

杜月笙這伙人正在浦西商量如何打獨眼狼，浦東的馬德寬則正被獨眼狼逼得幾乎發瘋。

半年前，爛賭六來浦西求杜月笙過江與馬德寬一道打走獨眼狼，但杜月笙卻以要進黃公館當差為由拒絕了，並說不出半年他就會過江相幫。馬德寬聽了爛賭六的回報，無計可施。他不想也不敢跟獨眼狼開戰，只得忍痛交了一百個大洋的保費。哪知這個獨眼狼，得寸進尺，過了兩個月，又加五十個大洋，再過一個月，又進五十。結果到這年的三月，保費竟已加到三百。馬德寬心痛得幾乎得心臟病，但他不敢不給，因為獨眼狼手下現在有近三十人馬，而他仍只有原來的八九個手下。打是打不過的。馬德寬心中明白，這樣下去，自己納的保費越多，獨眼狼的勢力就越大，最終自己肯定要被他逼出東昌路碼頭的。左思右想，無可奈何，正是沮喪得很，突然想起杜月笙，半年已過了，聽說這傢伙在黃公館裡很吃得開，最近還開了香堂做老頭子了；禁不住一拍大腿，把爛賭六叫來，一揮手：「阿六，你現在過去找杜月笙，把我們的處境說說，探探他的口風，看他還有沒有意思過江來幫我。速去速回！」馬德寬的打算是，如果杜月笙不願意過江打獨眼狼，他就另找人，如果找不到，沒有什麼幫派的人願意幹，那就讓出金絲娘娘廟，避開獨眼狼，另找碼頭收貨。總之，要嘛放倒獨眼狼，要嘛避開他，不能再這樣被他勒榨下來。至於報仇嘛，「君子報仇，十年不晚！掙得到足夠多的銅鈿，我就不信沒有亡命徒願意效命！」馬德寬心中狠著聲叫。當然，這些打算沒有說出來。

爛賭六得令，應聲：「是，馬老闆！」出門而去。

第四十三章　不惜鉅資買人命

爛賭六當天上午過了江，在十六鋪碼頭上岸，走了沒幾步，遠遠看見杜月笙與馬世奇正走過來，便大叫一聲：「月笙哥！我正要找你！」

杜月笙當時正在考慮過江後該如何跟馬德寬講數，一看爛賭六這副神態，心中就高興了：這回可能又是生意自動上門來啦！低聲吩咐馬世奇：「別說我們準備過江找馬德寬。」然後對著爛賭六揮揮手，語氣非常親切：「阿六，久違久違！」

「馬老闆要我過江來找你……」爛賭六衝到杜月笙面前，有點迫不及待。

杜月笙這下更可以肯定爛賭六的來意了，滿臉堆笑地一拍他的肩頭：「阿六，這裡不是說話的地方。上得意樓，慢慢說。」

得意樓是一家臨江的小茶館，杜月笙三人坐下，開了茶，爛賭六已把馬德寬所面臨的處境說得差不多了。杜月笙舉著茶杯慢慢說：「那麼，馬德寬是想要我跟他聯手向獨眼狼開戰了？」

「月笙哥說的是！馬老闆現在是沒有辦法啊！每個月三百大洋保費，以後獨眼狼可能還要加，這怎麼得了？他分明是想把馬老闆逼出東昌路碼頭！其實，月笙哥你是貴人事忙呢，半年前你說過要過江幫馬老闆的，現在半年都過去了，你不過江，那是說了不算數呢！」爛賭六的口才比以前確是有進步。

「這半年我在黃公館裡忙得很，最近又開了香堂，收了三十六門徒。」杜月笙的神態是又悠閒又傲慢，哈哈一笑，「今天十六鋪誰不知道我諸葛亮的名號。」說著把手中杯往桌上重重一放，「阿六，獨眼狼有多少人馬？」

「二十來三十個。」

「都是他從浦西帶過來的？」

「從浦西跟他來的可能有七八個，其他都是浦東本地的白相人。」

「獨眼狼住哪裡？他的手下住哪裡？」

「三幾個月前獨眼狼在爛泥渡路北租了間大屋，開設了個齊齊發賭場。獨眼狼和他的十個八個手下就住裡面，當地的白相人多是回家住的。」

「你好像瞭解得很清楚？」杜月笙笑著問。

「馬老闆曾經想過公開跟他們幹，便要我暗裡去調查，我花了半個月的功夫，跟獨眼狼的手下呂影做了個半截子朋友，請他吃喝嫖賭，才瞭解到的，所以知道得清楚。不過，馬老闆終是不敢動手，才搞到今天這個局面。」

杜月笙想了一會，突然一轉話題：「馬老闆這個月的保費交了沒有？」

「十號前獨眼狼就會帶著人來收了。」

「一般帶多少人來？」

「十來個，都是他的得力手下。」

「在哪裡交？金絲娘娘廟，還是馬老闆的家？」

「金絲娘娘廟。馬老闆哪會願意讓獨眼狼這伙人進自己的家門。」

問答到這裡，杜月笙微微笑了，喝了口茶，想了一會，身體往太師椅上一靠，很瀟灑地對著爛賭六揮揮手：「好吧，既然我杜月笙有言在先，況且我跟馬老闆在青幫中又是同輩，而那個獨眼狼是洪門的，那我就一定幫馬老闆出了這口氣，說得到做得到！阿六，事不宜遲，你現在就回去告訴馬德寬，如果他是誠心找我杜月笙幫忙，那就請他現在過江來，我在這裡等他，請他吃飯，喝兩杯，共商大計！」

爛賭六猶豫了一下：「月笙哥，馬老闆是叫我過來探探你的口氣，不知他肯不肯親自過江來，是不是月笙哥你親自過江一趟？」

「我剛剛說了，如果他是誠心找我杜月笙幫忙，那就請他現在過江來。阿六，你就回去把我的境況跟馬德寬說說，再加一句話，就是我不過江，是免得引起獨眼狼的注意，這對下一步要做的事有好處，我想他會明白的，並且會跟你一道來的！」又擺擺手，「去吧！」

爛賭六看杜月笙這副神態，知道他是決不肯自己過江的了，只得站起來，拱拱手：「是，月笙哥。」轉身出了雅室，蹬蹬蹬下樓。

馬世奇看著他的背影，低聲問：「月笙哥，馬德寬比我們年紀長一大截，出道更比我們早得多，在白相朋友圈中名氣也大，你要他親自過江來，他可能不肯呢。這樣大的事，為什麼我們不自己去走一趟？萬一他不肯來，豈不壞了事？」

「以我杜月笙今天的名聲，他一定會過江來！」杜月笙一副篤定模樣，「要他過江來，有兩個好處，一，剛才說了，可以避免引起獨眼狼的注意，這一點理由夠充足了；二，做生意嘛，自己去求人家，那是被動；若人家來求自己，那就主動了。價碼不一樣。」

杜月笙把這種搶奪碼頭打架殺人的事也看成是做生意，聽得馬世奇也不覺愣了愣，拿起茶杯喝了一口，沉默了一會，又問：「萬一馬德寬真的不肯過江來，那怎麼辦？」

「我不考慮這種萬一的事！」杜月笙一擺手，臉上仍是篤定的微笑。

過了大約一個半鐘頭，已是吃中飯的時候了，馬世奇看見馬德寬與爛賭六急步走進雅室來，不覺輕輕「呀」了一聲，心中暗暗佩服杜月笙的推斷，正要站起身來，只見杜月笙已經離座，拱手向前相迎：「馬老闆，久違久違！」神態極是親切，剛才對爛賭六說話時的傲慢氣蕩然無存。

馬德寬一聽爛賭六說杜月笙要自己過江去細談，立感不快，心想你杜月笙還在浦東做小癟三時，我馬德寬已在上海灘混出個場面來了，現在竟要我親自過江求你？不過爛賭六說得誠懇：「今天的杜月笙哥是老頭子了呢，又是黃公館裡的台柱，在十六鋪名氣大得很；而且，他說不過江來，主要是怕獨眼狼看見，以後動手不好辦，所以請馬老闆您親自走一趟。」反反覆覆說了幾次，聽來也有道理。

「好吧！」馬德寬本來是喝著洋酒準備開午飯的，只得把酒杯一放，打扮成個大商家模樣，戴了氈帽，提了文明棍，過江來。現在看杜月笙如此親切，心中的那一絲絲不快反倒消了，也連忙拱手還禮：「月笙哥，有禮有禮！」

「唉呀，馬老闆別客氣，叫小弟月笙好了。」杜月笙很恭敬，「請坐！」

四人落座，一番寒暄，兩杯落肚之後，那瓶酒就完了。杜月笙自己不怎麼喝酒，只是湊興舉舉杯，廢話說得差不多了，便說些黃公館的趣聞，這個大好佬如何，那個大老闆怎樣，聽起來叫人覺得他在法租界很兜得轉。

馬德寬本來心情不很好，喝了兩杯，臉反而有點泛青，看杜月笙這悠悠閒閒的聊天模樣，心裡急了，把剩下的半杯酒一口乾掉，一抹嘴：「月笙哥，有關獨眼狼的事，阿六已經說了，你若有心幫小弟，請直說，什麼條件，怎麼做？」

「馬老闆，吃菜，吃菜。」杜月笙把一塊冰糖甲魚夾到馬德寬的碗裡，神態滿不在乎，「這樣的小事一樁，飯後再說。」

馬德寬這個專幹收贓、窩贓和銷贓勾當的賊頭，比杜月笙大十多歲。論外貌，他比杜月笙威風得多；論其流氓資歷，更在杜月笙之上，但現在他卻不得不聽這個晚輩的話，無奈地繼續吃菜，繼續聽這小子口水花亂噴的講十里洋場的趣聞。這頓飯終於吃完，上來水果、香茗。馬德寬吃了個萊陽梨，喝了兩杯濃茶，酒意慢慢消了，看杜月笙仍是那樣的悠悠閒閒，好像根本不把獨眼狼的事放在心上，而自己過兩天就得交保費，那可是三百個大洋！把茶杯往桌上一放：「月笙哥，你到底是不是有把握幫小弟放倒獨眼狼？」

「小事一樁。」杜月笙淡淡一笑，「馬老闆只要捨得花銅鈿，這件事就包在小弟身上。」

「月笙哥的意思是，打走獨眼狼這幫人，自己並不霸佔東昌路碼頭？」馬德寬看著杜月笙，他的擔心是，別趕走了個獨眼狼，卻來了個杜瘟神，那不等於打走了豺狼，卻迎來了虎豹？

「正是這個意思。」杜月笙笑笑，「我幫馬老闆打走獨眼狼這幫人，浦東的東昌路碼頭是馬老闆的，我仍在浦西混場面，不佔你馬老闆的地盤。」

「唉呀！那好！」馬德寬心中一塊石頭放下，「實際上你打算怎樣做？」猶豫了一下，再加一句，「月笙哥，明說了，如果公開動刀動槍，我馬德寬不想出面。」

「有了身家就保命！」杜月笙心中罵道，臉上表情卻很淡然，「小弟明白馬老板的意思，馬老闆你有錢財有家室，不想冒險，不想以後惹麻煩；更怕我杜月笙萬一打不過獨眼狼，獨眼狼轉過頭來要找你算帳。放心，如果你馬老闆願意出兩箱印度小土的價錢，不用你出面，我就幫你放倒獨眼狼，讓你佔了東昌路碼頭。」

馬德寬愣了愣，那雙小眼睛眨了眨，裝糊塗：「月笙哥說的兩箱印度小土的價錢，不知究竟是多少？」

「六千個銀洋。」杜月笙說得一點不含糊。

馬德寬又愣了愣，印度小土的價錢，一箱可以是二千銀洋，也可以是三千，按質訂價，現在杜月笙開出的是最高價，嘴裡不覺囁嚅起來：「這太多了吧？」

「不多。」杜月笙說得篤定，「你現在一個月要納三百個銀洋的保費，哪知到了下個月會不會是四百，到了年底會不會是一千？獨眼狼步步進逼，分明是要把你馬老闆趕出金絲娘娘廟！馬老闆，現在的關鍵是你不能跟獨眼狼開戰，因為你勢力不及他；而且，你現在家大業大，是只江西碗；而獨眼狼呢，他是爛鉢頭！你跟他明刀明槍的幹，等於江西碗跟爛鉢頭碰，碰碎了，你以前辛辛苦苦賺下的銅鈿全沒意義了，他這爛鉢頭碰爛了，還不是爛鉢頭？他是爛命一條，你的命可寶貴呢！因而你不能跟他幹。」杜月笙說著哈哈一笑，「夠膽跟爛命一條的人玩命的，也只有爛命一條的人！馬老闆你初出道時是，現在不是了！而我杜月笙正是！」

杜月笙喝了口茶，放下杯子，神情篤定得很：「開打既不行，馬老闆就只好走人，另找碼頭，從長遠來看，你想想，那損失又豈止六千銀洋？馬老闆，我幫你放倒獨眼狼，要擔多少風險我想你清楚。打獨眼狼本身就是一場血戰，死傷成敗全是難料，那可是玩命的！其次，就算勝了，獨眼狼與俠誼社的鄭子良是同門，鄭子良可能會出面，那將是一場更險惡的打鬥；第三，獨眼狼曾是英租界大好佬嚴九齡的手下，嚴九齡若出來『主持公道』，我杜月笙還要吃不了兜著走；第四，械鬥案警局要追查，死了人要填命；我杜月笙還得逃亡，你以為是鬧著玩的？還有，你以為我杜月笙能把這六千大洋吞了？我還得帶上幾十個兄弟過江去真刀真槍的幹呢！這六千個大洋攤開了，每人能有多少？你說是不是？」

過了一會，馬德寬終於放下茶杯：「月笙哥，六千大洋這筆數目實在太大了，五千如何？」

「不，在這樣玩命的事上討價還價，沒意思了。」杜月笙毫無商量餘地，頓了頓，「馬老闆，你想必清楚，這次你是坐享其成，不用擔任何風險的。我杜月笙勝了，你穩坐金絲娘娘廟，穩坐東昌路碼頭，沒人再來找你的麻煩；若我杜月笙輸了，甚至可能被人劈落黃浦江，獨眼狼事後也不會來找你的麻煩。你不過是出錢，我們可是玩命，哪個重哪個輕？何必在一千個大洋上討價還價？」

「那好吧！六千就六千！」馬德寬終於下了決心，很豪氣把茶杯往桌上一放，「月笙哥，你說，究竟怎樣做？」

「馬老闆請先付三千大洋的訂金，餘數事成後再付。」杜月笙靠在太師椅上，像是很隨便地一擺手，「山人自有妙計。」

郎濤這半年來可說得意極了。他走出殺牛公司，在英租界混了幾年，後來到嚴九齡的賭場裡做小開，跟人打架被戳穿了一隻眼睛，成了「獨眼狼」。嚴九齡討厭他給賭場惹事，歇了他的生意，這小子便只得做回街頭小癟三，又混了幾年，由於他功夫好，打架夠膽玩命，最後竟糾合了八九個願意奉他做大阿哥的人結成了一個團伙。看浦西英法租界十里洋場實在太多幫派，便來到浦東開闢地盤，打走了厲青，佔了東昌路碼頭，再收馬德寬的保費，接著又開賭場，手下癟三越來越多，地盤越擴越大，財源廣進，發展可謂一帆風順，心裡實在得意，同時就起了做販煙生意的念頭。這天賭場生意不錯，又從運水果來的商船老大那兒勒榨了十個八個銀洋，傍晚時分，正在後間臥室裡數銅鈿，親信呂影帶了爛賭六進來。

「喂，爛賭六，又來玩兩手？」獨眼狼抬起頭來，瞇起一隻眼。

「今早幾十個銅元都貢獻給郎哥你啦，還哪來銅鈿。」爛賭六苦笑。

「哈哈，有賭未為輸嘛！」獨眼狼一擺手，「拿兩個銀洋去玩，贏了，立即還；輸了，明天還二十個銅元的息口就是！」

「多謝郎哥。」爛賭六拱拱手，「不過現在不能玩，馬老闆要我過來請郎哥過去……。」

「哦，對了！後天就是十號，你的馬老闆該交保費了！請我過去怎麼事？」

「馬老闆做了單大生意，賺了不少，今晚特意請手下的兄弟在金絲娘娘廟大吃大喝，開懷痛飲，慶賀慶賀。明天他就要去南通市辦事，聽說要談一筆更大的生意，所以請郎哥過去，先把保費親手交了，免得走了後，郎哥以為他賴帳，大家產生誤會。」

「哈哈！你這個馬老闆講信用，落門檻！我正好有事找他！」獨眼狼一揮手，「你先回去，我立即過來！要你馬老闆多準備些碗筷，弄兩瓶好酒，我要跟他好好聚聚！」

爛賭六點頭哈腰：「是，郎哥，我立即回去跟馬老闆說！」轉身出去。

太陽墜落黃浦江，天色正慢慢暗下來。平時賭場一般開到二更天，今天提早打了烊，獨眼狼帶上十二個手下沿著爛泥渡路向南走到東昌路口，再折向西，走向在碼頭貨棧南面的金絲娘娘廟。從黃浦江面刮過來陣陣寒風，一推開廟門跨步進去，立即就覺得暖氣撲面而來。只見裡面原來供奉金絲娘娘的神案上點了一排蠟燭，兩邊靠牆處放了長桌，上面也點了十數支蠟燭，照得廟裡一片明亮，兩張大圓餐桌擺在神案之前，上面各放了一個大炭爐，爐火正旺，燒得爐上的大鍋蒸汽騰騰。桌上放滿了碗碟，盛滿了肉菜，還有幾瓶紹興老酒，看來今晚真如爛賭六剛才說的，是要大肆慶賀，不醉無歸了。

「哈哈！馬老闆！天寒地凍打火鍋，好雅興啊！」獨眼狼瞪著那隻獨眼，向著正望過來的馬德寬一拱手，滿豪氣地大叫。

馬德寬正與七八個手下在忙碌，一見獨眼狼帶了十多人進來，立即拱手，獨眼狼話音未落，他已急步迎上前來，叫道：「唉呀！果然郎哥過來助興，難得難得！請坐請坐。」一擺手，「各位請坐，喝兩杯！」其他幾個手下也拱手迎上前來。

接下來的一番寒暄可就熱鬧了。馬德寬的手下一個個非常熱情，招呼獨眼狼及其手下落座，然後斟酒，然後乾杯，然後大塊吃肉。一時間，金絲娘娘廟裡喧譁嘈雜，以前大概從來沒有這樣熱鬧過。馬德寬只管向獨眼狼勸酒，兩人你一杯我一杯，酒過三巡，臉色便都有些變了，而且酒能亂性，越喝就越興奮，話也越說越多，口水花亂噴，從賭經說到嫖經，比嫖經講到吹經，流氓行話源源不絕，流氓經歷講不勝講。

不覺已一個鐘頭過去。獨眼狼一抹嘴，突然問：「馬老闆，你到底做成了什麼生意，這麼好興緻請手下兄弟和我來喝酒慶賀？」

「在煙土買賣上賺了一筆。」馬德寬似乎已有些醉了，先是臉青，後是臉紅，「都是靠各方面朋友的提攜，手下兄弟效力，擺兩桌好好慶賀一下，值！」

「呀！對了，這個煙土生意是怎麼做的？」獨眼狼那隻獨眼定著，酒精已衝得它佈滿紅筋，盯著馬德寬，「馬老闆，指點指點！」

「這不過靠門路就是了。唉！這種事說來像一匹布那麼長！現在喝酒，不提江湖上的事！」說著給獨眼狼夾了塊大雞肉，再一舉酒杯，「乾！」

獨眼狼是有些醉了，把酒杯跟馬德寬的一碰：「乾！」一飲而盡。

這時，猜拳聲早已是此起彼伏，馬德寬也把右手一握拳：「來！郎哥！我們哥倆也來兩下！」「好！來！」獨眼狼把酒杯往桌上一放，握拳，出掌：「十！」「九！」

突然，寒風刮進來一個女人極其恐怖的尖叫聲：「失火啦！賭場失火啦！快救火呀！」隨即響起一片驚叫聲：「失火啦！……」

瞪著一隻血紅眼睛的獨眼狼愣了愣，猛地跳起來：「失火！賭場失火！」向手下大叫一聲：「快！快回去救火！」皮衣也不拿了，向著廟門方向衝過去。

獨眼狼這一聲吼先是令廟裡一眨眼間靜寂，隨即大亂。他的那十二個手下幹將，這時大多都已喝得醉熏熏的，先是愣了愣，隨後便腳步浮浮的跟著向外衝，原先脫下的棉衣棉襖也忘了拿了，跟著獨眼狼就衝出廟門。這時正西北風勁刮，看北面賭場方向，果然有火光衝起，並聽到人聲鼎沸，腳步聲一片雜亂，「賭場失火啦！快跑啊！」「要燒過來啦！快救火啊！」呼叫聲恐怖而混亂。

獨眼狼第一個衝出廟門，被寒風一吹，酒意醒了不少，隨即又是一聲大吼：「快回去救火！」向東面就跑，十二個手下在後緊隨，哪料才跑了二十來步，遠未到爛泥渡路口，只見陰暗月色下，在路的前方和左右兩面空地突然冒出二三十人來，一個個高舉木棒，直挺棍子，向著他們直撲過來，也不打話，只管當頭便劈，當胸就捅，打橫就掃。

獨眼狼一看這勢頭，先是一愣，也算是在江湖上打滾過十來年的，猛然醒悟自己是中了埋伏，嚇得失聲怪叫：「快打出去！快打出去！」

不過遲了，對方是二三十人，並且早已形成半包圍圈，他們卻只有十二三人，且酒意還未全醒，除了幾個帶了匕首之類的短刀外，多數人是手無寸鐵，遭此突襲，獨眼狼的話還未叫完，就已有三幾個中棍，哪還有招架之力，就只知抱頭鼠竄，緊接著就幾乎全部被亂棍打中，慘叫聲響成一片。伏擊者是早有預謀，堵住南北西三面，窮追亂打，而有意留下東面。獨眼狼這伙人只得回頭就跑，這一跑，沒多遠就跑到了黃浦江邊，想回頭抵抗，只見棍棒當頭劈下，當胸捅來，根本無法招架，收腳不住，一個個便「撲通撲通！」被打下江去。最後一個在江邊空手抵抗的是曾苦習過武功的獨眼狼。

獨眼狼正獨眼冒火，也打狂了，他自己已不知中了多少棍，只管拼著性命空手招架，邊後退邊不斷地大叫：「你們是什麼人？你們是什麼人？」但奇怪的是，對方沒一人答應，只管狠命的打來，眼看已到了江邊，領頭追打者手中的棍棒突然變成了大刀，撲上前對著獨眼狼就是一刀：「獨眼狼，該你命絕！」獨眼狼想向左右兩邊閃已來不及——來得及也沒有用，幾根棍棒已是同時又劈又掃過來，情急間右手向上一舉，身體向後一仰，雙腳已經踩空，向黃浦江仰面便掉下去。慘淡月色下，只見刀光一閃，獨眼狼的右手肘應聲而斷，汙血直噴而出，同時一聲淒厲的慘叫幾乎劃破了黃浦江上的夜空，隨後就是「撲通」的一聲，獨眼狼整個人仰八叉般進江裡去了，而那把帶血的刀也跟著他直落黃浦江。

一片慘叫聲全然消失，黃浦江上猛然回復寧靜，原來掉進水中還在大喊救命的聲音也很快聽不到了。在遠遠傳來的救火聲中，倒是響起了杜月笙一聲低沉的指令：「立即撤！分乘來時的舢舨，過江回浦西！」

杜月笙精心策劃的這一場東昌路碼頭突襲，靠的就是他最基本的力量：三十六門徒，這伙流氓白相人，在絕對優勢下，一個個是「奮勇爭先」。

爛賭六離開賭場時，馬祥生早已與手下五人分散在四週窺伺。獨眼狼帶著十二個手下出了賭場向金絲娘娘廟而去，爛賭六看得清楚，對馬祥生悄聲道：「現在賭場內就只剩下一個四十來歲的女傭了，放心動手。」說完自己也悄悄溜回金絲娘娘廟，以免獨眼狼起疑。到了大約八時半點，西北風勁刮，整個浦東一片漆黑，爛泥渡路也有如死般的靜寂，除了三幾家的窗戶露出了微弱的油燈光，其餘的都是烏燈黑火，大概已熄燈就寢，路上鬼影不見一隻。馬祥生根據杜月笙的吩咐，開始行動。只見他把手一招，五個手下提煤油桶的手下立即如鬼魅般從不同地方竄出，把煤油澆到賭場的牆腳，又潑向緊閉的門窗，然後一齊點火。霎時間，這間大磚瓦木房火苗竄起，隨即風助火勢，火借風威，一眨眼功夫，整個賭場便陷入火海之中。幸而那個女傭當時還未就寢，正坐在椅上打毛線，一見火光起，立即拉門衝出，大叫「救火」。隨後雖經鄰里盡力撲救，火勢沒有蔓延，但終是把個賭場燒個通透，最後轟隆一聲，屋頂塌了下來。這時候，被杜月笙一刀劈去右手的獨眼狼已沉入江底，與魚蝦為伍了。

獨眼狼這伙流氓勢力的主要骨幹就在這場血腥械鬥中全軍覆沒，這伙流氓勢力也就這樣完了，而獨眼狼至死也不知道此事因何而起，遭了誰的伏擊，他那逃得性命的三個手下，後來被警察局捉了去提審，也供不出到底事出何因，只能說是起於馬德寬設宴相邀。警察局又審馬德寬，馬德寬泰然自若，說我哪知郎濤等人跟誰結下如此深仇大恨。這事最後是不了了之。

眼看獨眼狼的勢力頃刻瓦解，馬德寬暢快極了。當他聽到獨眼狼這伙人的慘叫聲時，立即下令關緊金絲娘娘廟門，免得獨眼狼他們進來躲避求援。結果是誰也沒來敲門，因為杜月笙他們有意把獨眼狼這伙人向東稍北的方向趕，從而避開了南面的金絲娘娘廟。獨眼狼死，馬德寬果然成為東昌路碼頭一帶最大的霸主，這就讓馬德寬得以順順利利地繼續他的收贓窩贓銷贓勾當。只是在事後幾天過江送餘下的三千大洋給杜月笙時，還是有些心痛就是了。

東昌路一戰最得意的當然是杜月笙，一切如他事前所佈置的進行，並且逃過了浦東警察的追捕。回到浦西，他兌現事先的諾言，給參戰的手下每人發了一百個大洋，私下對馬祥生、袁珊寶、江肇銘等六七個骨幹另加賞了五十個大洋，叫這伙三十六股黨流氓興奮得哇哇叫，對他這個大哥越加欽佩。杜月笙自己表面上並不很興奮，捏著手中的二千大洋銀票，他的心中既洋洋自得又藏有絲絲隱憂。

這天從聚寶樓皮包水後，回到金福里，剛坐定，袁珊寶神色有點驚惶地走進來：「月笙哥，可能會有麻煩事。」

「什麼事？」杜月笙淡淡地問。

「以前寶大水果店的師兄貢學昌今早來找我到八仙橋南面的得福茶館喝茶，說他有個朋友是洪門中人，據說以前還是峪雲山的『江口九哥』，昨天大家在一起飲酒，無意中講起江湖上的事，他的這個朋友說杜月笙這幫人這回有難了。貢學昌知道我與月笙哥是好朋友，所以特地跑來告訴我。」

「哦，有什麼難？」杜月笙稍吃一驚。

「他的朋友說，前兩天，有三個獨眼狼的手下，我想大概就是馬德寬說的那三個被我們打落黃浦江卻沒淹死的傢伙，竟找到洪門大龍頭徐朗西，說十六鋪青幫的三十六股黨設計突襲了他們，死了十個人，傷了他們三個，是不把洪門的人放在眼裡了，請求徐朗西出來『主持公道』。當時剛好俠誼社大哥鄭子良在徐家，徐朗西對這樣的江湖爭鬥不感興趣，就指指鄭子良，說這是本山的心儀大爺，有什麼事跟他說，然後自己就避開了。鄭子良隨後就問了來報信的人，現在放出風聲，說為了洪門的面子，要找你月笙哥出來講斤頭。」

「怎麼個講法？」杜月笙反而鎮定下來了，神情很平靜。

「不知道。只是，月笙哥，我們只有三十來人，還不是個個打得的，俠誼社據說有一百多人呢！他們可是很早就已經稱霸殺牛公司一帶了，而這個金福里離殺牛公司又不遠，鄭子良如果真要出面管這件事，他背後還有個龍頭大爺徐朗西，這就不是鬧著玩的。月笙哥你一定得小心！」

「那幾個人，憑什麼說是我杜月笙幹的這件事？」杜月笙又開話題。

「貢學昌沒說，我想大概是我們有些人拿了銀洋後，就到處去又嫖又賭又吃又喝的，無意中便把事情說出來了；又或是在親戚朋友面前擺威風，就把事情擺出來了！」杜月笙點點頭，慢慢喝茶。

沉默了一會，袁珊寶問：「月笙哥，這事怎麼辦？鄭子良的俠誼社若真打過來，我們三十六股黨不是對手！」

「法租界維持治安的是巡捕房，巡捕房的華探長是黃金榮，諒鄭子良也不敢在法租界鬧大！況且我跟他都是黃門中人！」杜月笙一擺手，說得篤定，「珊寶哥，鄭子良要管這件事，只不過是衝著我杜月笙來，這就由我應付。你和江肇銘、馬世奇他們，立即通知其他兄弟，一百個大洋在手了，怎麼花也不愁沒飯吃，這一頭半個月裡誰也不得在外面胡鬧，誰若搞出事，就別再進杜門！」

第四十四章　宋教仁車站遇刺

以後兩天，沒有事發生，杜月笙心中稍定。這天睡醒午覺，打扮整齊，正準備出門去大南門找張鐵嘴，探探申盛這伙人的動靜，籌劃下一步如何搶奪南碼頭，突然，五十來歲的使媽沙家嫂嫂上樓來報：「樓下有位程先生要見先生呢。」

杜月笙一聽，心有所悟，趕忙下樓來，不出所料，正是黃金榮的親信隨從程聞，端端正正坐在客廳的太師椅上，微閉雙目，如氣功師在打坐，立即急步上前打躬作揖：「唉呀，原來是程先生！大駕光臨，月笙有禮！」

程聞睜開眼，拱拱手：「哦，月笙，打擾清夢了。」

「哪裡話，程先生客氣了！」杜月笙的表情是十二分恭敬，一轉頭，「上茶！」沙家嫂嫂應聲：「是，先生。」一壺香茗送上來。

程聞像在沉思，慢慢喝茶，過了好一會，才看一眼坐在八仙桌旁，一直沒開口，神情卻是很恭敬的杜月笙，語氣很平淡地問：「月笙，十來天前浦東東昌路碼頭發生了一場械鬥，黃浦江裡淹死了不少人，這事你有沒有聽說過？」

「聽說過！」杜月笙一點沒猶豫，「這事很多人都知道。怎麼啦？」

「是不是你做的？」

杜月笙愣了愣：「程先生，你這樣問是什麼意思呢？」

程聞看定杜月笙，神色凝重，不過語氣仍然很平淡：「昨天，浦東警察局給法租界巡捕房送來一份函件，說是你杜月笙在十來天前率數十人夜襲郎濤及其朋友，致十人淹死，請求巡捕房協助調查此事，並予緝凶。黃探長沒理睬，打算過幾天回他一個『並沒此事』的話就是，並吩咐我過來跟你說一聲。今早黃探長有事外出，午飯後我想過來，一出同孚里就碰著鄭子良帶了幾個人來拜訪黃探長，說的也是這件事，並且咬定是你做的，他非要等黃探長回來講清楚不可。」說到這裡，程聞有意停下來，又喝口茶，看杜月笙的反應。杜月笙沒什麼反應，他只是很恭敬地聽著，不說話。

「我就留他在公館裡，」程聞放下茶杯，繼續道，「現在過來跟你說。月笙，浦東警察局管不到法租界來，黃老闆可以不理它，禮貌上回個函件就可以了；但鄭子良現在法租界白相人圈中也算得上是個人物，更何況他又是洪門大爺徐朗西的門徒，他若向黃老闆提出請求，黃老闆可不能把他當成浦東的警察局。明白我的意思嗎？」

「月笙愚笨，請程先生明示。」杜月笙上身向前俯了俯。

「我的意思是，與其讓鄭子良在黃老闆面前先說了話，不如你現在就過去跟鄭子良公開說明。」

「多謝程先生！」杜月笙從太師椅上站起來，對著程聞就是深深一揖。看這個師爺一臉高深莫測的微笑，便輕聲問：「不知程先生有什麼吩咐？」

程聞心中叫一聲：「不愧是諸葛亮，聰明！」慢慢站起身，深沉地道：「月笙，不管這件事是不是你幹的，你要一口咬定，不是你幹的！記住，別意氣用事，別逞一時之勇，現在你不是俠誼社的對手，我不想你跟鄭子良公開爭鬥，黃老闆也不想；此外，別給黃探長添麻煩，黃探長很可能有重任在身，你得聽黃探長的！」

「是，多謝程先生指教！」杜月笙又是一揖。

程聞嘿嘿一笑，輕輕拍拍杜月笙的肩頭，「走吧！」

若論江湖上的名氣，過去鄭子良要比杜月笙大得多；但今天不同了，杜月笙自入黃公館當差後，名聲猛然躥起，他現在是青幫中的悟字輩，是手下有三十六股黨的老頭子，沒有進入門下的流氓癟三，碰到他也敬畏地叫聲：「月笙哥。」今天這兩個從未謀面的流氓頭在黃公館客廳相會，當四目相對時，杜月笙那陰森森的眼神向這個俠誼社大爺表明，自己並不是一個軟角色。

「子良兄！久聞大名，如雷灌耳！」杜月笙一進客廳，立即恭恭敬敬地雙手抱拳，走上前去。

「這位是杜月笙。」程聞介紹，神情很平靜。

「哦，原來就是月笙哥，久聞大名！果然是後起之秀！」鄭子良立時回到神來，不得不臉露笑容站起身，拱手還禮。他雖然是來「興師問罪」的，但這裡是同孚里的黃公館，不是光裕里的鄭宅，擺不得俠誼社大哥的威風，不管心中如何「義憤填膺」，也只好先裝出友善來。

表面上，兩人就這樣親親熱熱的一番寒暄，令好幾個呆坐在客廳上等著黃金榮回來「召見」的各式人物以為是兩人的友好會面。廢話說了一堆之後，杜月笙又不斷地稱讚鄭子良果然神武，名不虛傳，確是當今豪傑，令人欽佩等等；鄭子良本來打從心底裡瞧不起杜月笙，但他現在不得不改變看法，覺得此人別有一種陰森之氣，將來可能會是個人物。現在被他如此稱讚，自己不得不謙上幾句，同時也恭維對方幾句。程聞則坐在兩人旁邊，熱情招呼，不時插話，像是半個主人。

如此亂侃說些不著邊際的話，不知不覺便一個鐘頭過去，鄭子良看杜月笙的語氣神態，似乎根本不知道自己為什麼要進這黃公館來，腦袋不覺猛打轉。他本來的打算是，尊重黃金榮，先向這個大把頭陳述杜月笙殺死了他的十個師兄弟，請黃金榮出面要杜月笙賠償，如果黃金榮不肯出面，他就準備自己行動，親自找杜月笙「算帳」。總之他要管這件事，一是為了洪門的面子；二是要向同門人表明自己的江湖義氣，為朋友敢兩肋插刀，從而建立更高的威望；三是要狠狠敲杜月笙一筆，至少要撈個三五千銀洋。沒料到今天自己來這黃公館來得不是時候，黃金榮出去了，不知什麼時候回來。程聞卻讓他等著，把杜月笙叫來，雙方當面講清楚，說是不要同門兄弟產生誤會，給黃老闆添麻煩。話說得冠冕堂皇，鄭子良不得不從。

現在，鄭子良正不知該如何開口，這時程聞不知是有意還是無意，開始大談青洪幫本出一源，如兄如弟不分相互的話，鄭子良心中暗叫聲：「好！」突然插嘴，又出話題：「程先生說得不錯，青洪幫本來都是江湖中人，不應該互相爭鬥，但若一方無故挑起事端，埋伏突襲，竟一下子搞出十條人命，」目光一下子從程聞的臉上轉到杜月笙的臉上，「月笙哥你說該怎麼辦？」

程聞一聽這話，暗吃一驚，同時就瞟一眼杜月笙，擔心這傢伙可別說出什麼撞火的話來，令他這個「和事佬」難做。

哪料杜月笙回望著鄭子良卻臉露微笑，不但不答，反而是由衷地稱讚一句：「子良兄在這方面可算是前輩了。」

鄭子良即時怔住，竟然一下子不知該說什麼好。大家都一下子閉了嘴，你眼望我眼，過了大約兩分鐘，程聞正要開口岔開話題，卻聽鄭子良低沉地道：「月笙哥，你這樣說是什麼意思？」

四目相對，杜月笙的神態輕鬆自如：「我不過是稱讚子良兄的勇武罷了。十一年前，子良兄三兩下功夫便放倒了桃花眼，打走了獨眼狼，不過兩三個月的功夫，便成了殺牛公司一帶的大哥，這事有誰不知？及後又伏擊龍老官，智取陳大鼻，連得三碼頭，從腥風血雨中走過來，這又有誰不曉？子良兄如此英豪，自然是我杜月笙的前輩了！」把八仙桌上的茶杯當成酒杯，雙手舉起來，「以茶代酒，我杜月笙表示佩服！」臉露微笑，把杯中茶一口喝盡。

又是一陣沉默，鄭子良突然圓眼一瞪，死死盯著杜月笙，語調陰沉：「杜月笙，你做下的好事，以為就可以這樣算了？獨眼狼及其手下的十條性命，你以為就真的沉到了黃浦江底，不會有人過問了？」

杜月笙臉上的微笑也驀地消失，神色凝重：「子良兄，青洪幫相鬥，叫江湖人士齒冷；若同門相殘，就更叫人恥笑！獨眼狼在十年前跟你鄭子良結下冤仇，怎麼在十年後你還不願放手？非要置對方於死地不可？聽說還用了半夜伏擊的手段，嘿嘿，未免太不光明磊落了！」陰陰地迎著鄭子良的目光，「子良兄，有所謂冤冤相報何時了……」

杜月笙打算滔滔不絕的往下說，直到把這個大個子氣得發昏為止，果然這番話遠未說完，就已把個鄭子良氣得整個從太師椅上彈起，右手一指杜月笙，口舌竟有點不靈光起來：「你！你……」

「子良兄，何必衝動？」杜月笙靠在太師椅上，神色輕鬆，「好漢做事，敢做就敢承當。其實，事情已經過去。浦東發生的事，浦西的朋友也不計較，何必還要把事……」

「你這個杜月笙，發昏！」鄭子良自己是氣得發昏，幾乎要撲過去，他若真的出手，杜月笙可不好受，他不是人家的對手，但這傢伙看著鄭子良如此咬牙切齒的模樣，心中卻篤定得很：名震上海灘的黃公館豈容白相人搗亂！

果然，程聞一看勢頭不對，霍地跳起，把身在鄭子良面前一攔，聲色俱厲：「子良！這裡是黃公館！不得亂來！先坐下來，無論什麼事，等黃老闆回來，自有分曉！」回過頭一瞪杜月笙：「你也別哼聲！」

整個客廳一點聲息沒有，氣氛壓抑得叫人難受，就這樣過了大約五分鐘，黃金榮突然大步走進來，雙唇緊閉，神態十分嚴肅而凝重。杜、鄭和其他客人幾乎是同時站起來，躬著身恭恭敬敬地叫：「黃老闆！」

黃金榮感覺到了客廳氣氛的異樣，看一眼杜、鄭二人：「什麼事？」

程聞已急步迎上前去，在黃金榮耳邊說了幾句。黃金榮皺皺眉頭：「書房去。」也不管其他等他「召見」的客人如何對著自己點頭哈腰，大步向後間走，程聞向杜、鄭二人打個眼色，三人就在後面跟著。

進了書房，黃金榮往煙榻上一躺，先香了幾口，揮揮手讓侍女出去，再慢慢坐起來，掃杜、鄭二人一眼：「坐下吧，一個說完再一個說。」

「是，黃老闆！」兩人躬躬身，各坐一邊。程聞仍垂手站著。

黃金榮一瞟鄭子良，那雙金魚眼眨了兩眨：「子良，你先說，不要囉囉嗦嗦。」

「是，黃老闆。」鄭子良又微微躬躬身，「十來天前的二三更天，子良的同門兄弟在浦東東昌路碼頭附近遭了一伙人的埋擊，獨眼狼等十三個兄弟被打落黃浦江，結果十人淹死，只有三人逃得性命，這三人來到浦西，在酒樓裡聽到有人說，這件事是杜月笙帶領手下的門徒做的，並且說，這是杜月笙的門徒自己講出來的。這三人於是找到徐朗西，請求為死去的師兄弟報仇。徐大爺要子良處置此事。子良是黃老闆的門生，據說這杜月笙也是黃老闆的門生，因此子良來向黃老闆稟報，請黃老板主持公道，要杜月對此事作出賠償。」

黃金榮沒對鄭子良的話作出反應，而是看一眼杜月笙：「月笙，你來說。」

「是，黃老闆。」杜月笙站起來，深深一躬身，語氣神態都比鄭子良恭敬得多：「十來天前的浦東東昌路碼頭械鬥事，早已在上海灘傳開來了。以月笙的看法，這很可能是鄭子良對十一年前跟獨眼狼結下冤仇的最後了結。剛才鄭子良在客廳也承認了他跟獨眼狼結冤的事……」

「你！」鄭子良一指杜月笙，幾乎又要跳起來。

程聞拍拍他的肩頭：「既然黃老闆讓一個講完再一個講，你就讓杜月笙先講完。」

鄭子良氣得怔住，杜月笙向程聞微微躬躬身：「多謝程先生。」又望向黃金榮：「黃老闆，既然這件事發生在浦東，跟這裡法租界沒關係，而獨眼狼又已經死了，鄭子良的冤恨也應該消了，月笙覺得黃老闆就向徐朗西說明一下，這件事也就算了結了。」說罷又是躬躬身。

「黃老闆，他是殺了人不承認，還要血口噴人！」鄭子良終是忍不住，大叫起來，「黃老闆，請你一定要查清這件事。今天青洪幫共存於上海灘，共存於法租界，杜月笙這樣胡亂挑起事端，殺洪門的人，那是要引起幫派大戰的！黃老闆，你是華探長，那就等於是給你添麻煩！請你主持公道！儘早平息這種糾紛！」

只見黃金榮臉色稍稍一板，又掃了杜、鄭兩人一眼，沉著聲道：「子良、月笙，你們聽著。你們都說是對方挑起事端，殺死獨眼狼和他的手下，這是公說公有理，婆說婆有理。那個什麼獨眼狼是誰我不知道，我也不想知道，我更不想管浦東的事。所以，這件事到此為止！」看一眼鄭子良，「子良，今天陳其美都督請了我和徐朗西去都督府，徐大爺在我面前就根本沒提這件事，可見他根本沒把這件事擺在心上。你是他的門徒，自然不應該違背他的意思，那就不要再糾纏這件事了！」頓了頓，「你又是我的門生，月笙也是我的門生，我不想看見兩個門生互相爭鬥，給外人看笑話。以後誰也不要再提這件事，誰要是還在這件事上糾纏，甚至搞出其他什麼事來，那就是不把我黃某人放在眼裡，我就不當他是黃門的人！」

杜月笙連應三聲：「是，是，是！」

鄭子良愣住，儘管胸口氣得發脹，但不得不也輕輕應一聲：「是，黃老闆。」

「你們都是我的門生，」黃金榮再重複一次，「現在我吩咐你們辦一件事。我想你們也知道了，前天晚上，國民黨代理理事長宋教仁在上海火車站遇刺，兇手脫逃，現在無法破案。這件事牽涉到陳其美都督的聲譽。現在我對你們說了，陳都督召我和徐朗西到都督府，就說的這件事，他希望我和徐朗西能夠為他偵破此案，捉拿兇手。」說到這裡，黃金榮浮腫的金魚眼竟然目光炯炯，「你倆在上海灘白相人圈中都有點名聲，對各路朋友的情況比較熟悉，說說你們的想法，可有什麼辦法偵破此案？」

剛才說的浦東械鬥的事，隨著黃金榮這番話一出，霎時間煙消雲散了。杜月笙心中暗暗慶幸：這個宋教仁也死得真是時候，使黃金榮無心他顧，立即平息了自己跟鄭子良的紛爭，避免了一場極有可能發生的打鬥；同時偷眼看看鄭子良和程聞，都似乎在沉思，為黃金榮分憂。自己也立即收回思緒，想黃金榮提出的問題，無意間看到牆角的一個古董花座上，放著一個大魚缸，裡面有十多條色彩鮮豔的金魚，在悠悠閒閒的搖著長尾，游來游去，突然只覺靈感一動，對程聞拱拱手：「程先生，可不可以給我一些魚餌？」

程聞正想著黃金榮吩咐的事，一聽杜月笙這話，不覺愣了愣：「魚餌就在魚缸旁邊的小瓦杯裡，幹什麼？」

「餵魚。」杜月笙走過去，把一小撮魚餌放進魚缸裡，再轉過頭對黃金榮道：「黃老闆，這大既就是破案的方法。」

「什麼？」黃金榮吃了一驚，下了煙榻，走過來，看看魚缸裡的魚，再看看杜月笙，「這跟破案有什麼關係？」

「黃老闆，你看，這些魚沒有魚餌投進去時，各顧各的游來游去，親親熱熱，各不相犯。但魚餌一投進去，就互相爭奪起來了……」

「什麼意思？」黃金榮仍是不解，有點疑惑地看著杜月笙。

「黃老闆，是這樣。我想夠膽謀殺國民黨代理理事長的人，必是被人收買的亡命之徒，政敵一般是不會自己出手的，於是就買凶殺人，這樣可以避免萬一事情敗露，發生政敵之間的紛爭。而此類亡命之徒，多在幫會之中；若要找出這個幫會中人，自然得靠各路的朋友。這些朋友們，平時就像這缸金魚，沒有利益衝突時，相安無事，若是有餌投進去，那就顧不得什麼道義了；為了得到一份厚餌，說不定那個人就會被舉報出來。」

「你說的什麼餌？」黃金榮眨眨眼，若有所悟。

「俗話說，重賞之下，必有勇夫。換個說法，重賞之下，也必有舉報之人。」杜月笙淡淡一笑，「黃探長若捨得投下重餌，我想這件案也不致是無頭公案。」

黃金榮微微點點頭，在書房裡踱了幾步，站定了：「月笙、子良，你們回去對手下的兄弟說，並把我的話向各路朋友傳出去：誰若舉報出行刺宋教仁的兇手，並讓我法租界巡捕房把他逮住，賞銀五千大洋！」五千大洋對於一個白相人來說，其誘惑力是不言而喻的。

宋教仁遇刺案，是民國第一大血案，是當年的一場政治大陰謀，當案情大白於天下之時，震驚全國。宋教仁，他是中國近代史上赫赫有名的人物，被後人譽為是「民主革命的先驅」，當他成為「為民主憲政流血第一人」時，在黨人中的聲望大概僅次於孫中山先生與黃興。

宋教仁字遁初，號漁父。一八八二年生於湖南桃源縣，也就是西晉大文學家陶淵明的名著《桃花源記》所寫的那個地方。一九〇四年，年僅二十二歲的宋教仁就與黃興、陳天華等志士在長沙創立了秘密革命組織華興會，並任副會長，從事推翻滿清的大業。同年因起義事洩，先逃上海，再逃日本，創辦刊物《二十世紀之支那》，撰文宣傳革命，影響甚大。一九〇五年，華興會與孫中山先生領導的興中會以及光復會聯合組成中國同盟會，宋教仁成為其中骨幹，任司法部檢事長。一九〇八年，潛回遼寧，準備舉義，又事洩，再逃日本。一九一一年初，回到上海，任《民立報》主筆，文章雄肆，猛烈抨擊清廷，名聲大振。七月，組織中部同盟會，任總務幹事。

武昌舉義後，積極促成上海、江蘇、浙江等地起義並籌建臨時政府，輔助孫中山先生創建民國，任法制院總裁，功勳卓越。一九一二年元旦，民國建立。可惜，在帝國主義列強的經濟閉鎖與北洋軍閥的步步進逼下，南京臨時政府陷入重重困難，身為中華民國臨時大總統的孫中山先生無奈於同年二月十四日向參議院遞交辭呈，袁世凱篡位，並於三月十日在北京宣誓就職，隨後，這個野心勃勃的大軍閥借「王芝祥改委事件」公開破壞了革命黨人意圖制約他的《臨時約法》，致國務總理唐紹儀憤而辭職，宋教仁也不願再當其農林總長，便來個連帶辭職，掛冠而去。

宋教仁要維護共和，遏制袁世凱的狼子野心，他認定改革政治的首要之處，就是實行民主憲政，進行公開公平的政治競選，由議會中佔多數席位的政黨組織責任內閣。於是他主持改組同盟會，聯合其他幾個黨派共同合併為國民黨。一九一二年八月二十五日，國民黨成立，孫中山先生任理事長，並推薦宋教仁為代理理事長。同年底到翌年初，國民黨在國會議員選舉中獲得多數席位。宋教仁在家鄉聞訊大喜，隨即啟程赴上海，沿途發表演說，抨擊袁世凱把持的北京政府無能，並宣揚自己的政黨內閣主張，言辭激烈，發聾振聵，各地報紙競相轉載。一時間，宋教仁成為全國極為矚目的人物，公論普遍認定，他將出任總理，執政組閣。

第一屆正式國會定於一九一三年四月八日在北京開幕。袁世凱幾次打電報給宋教仁，邀他北上「共商國是」。宋教仁於是決定先乘滬寧快車到南京，再轉津浦線上京。臨行前，上海傳出風聲，說有人要陰謀加害於他，不少朋友便勸他暫緩北上，宋教仁淡然一笑，道：「光天化日之下，豈能容如此卑劣行徑！況我北上乃為調和南北，為國家統一大業，如此光明正大之事，哪怕有危險，我也不能放棄。古語云：『民不畏死，奈何以死懼之。』我宋教仁不畏死，奈何以死懼之！」不聽。

一九一三年三月二十日晚，在著名黨人黃興、于右任、廖仲愷等人陪同下，宋教仁來到上海車站。當晚十一點有一輛列車從那裡開往南京。十點四十五分，宋教仁與眾親友走出貴賓候車室，相互互道珍重後，宋走向檢票口，就在這時，突然「砰！」一聲槍響，緊接著又是「砰砰」兩聲。只見宋教仁身體一晃，踉蹌幾步，一下趴到了一張椅子上。槍聲一響，整個車站即時大亂，人們怪叫著亂躥。一個穿舊黃軍服的人乘亂在地上躍起，混進慌亂的人群中，在夜幕中消失了。

宋教仁隨後被送到離車站最近的滬寧鐵路醫院，雖然取出了子彈，並兩經搶救，但終於在三月二十二日凌晨四點四十七分不治。當時守候在床邊的都督陳其美眼看戰友氣絕身亡，不禁失聲號哭，拳擊床沿：「此仇不報，我誓不為人！」

凶案一發生，破案工作就已立即進行。但兇手已逃脫，隨後所知的情況只是：從宋教仁身上取出了一顆勃朗寧手槍的子彈、車站腳伕撿到了一個空彈殼，此外再沒有其他線索，這叫人如何破案？陳其美只得懸賞緝凶，他先致函公共租界巡捕房，懸賞萬元。滬寧鐵路局認為車站內發生凶殺案，事關路局聲譽，也出賞銀五千。江蘇省都督程德全、民政長應德閎也通電全省各地官吏協拿兇手，限期破案。一時間，緝凶之聲勢浩大，但兩天過去，破案工作毫無進展。

身為幫會大頭目的陳其美突然想到上海灘那些龍蛇混雜的三教九流人物。在宋教仁仙逝的當天上午，他把法租界華探長黃金榮、洪門大龍頭徐朗西、英租界探目沈杏山等人請到都督府，對著這幫吃通黑白兩道的人物一拱手：「事關重大，請助我陳英士偵破此案！」

貴為都督的陳其美屈尊以求，聞者無不動容。但是，儘管當局懸賞過萬，黃金榮也把五千銀洋的重餌放出去了，黑白兩道，可謂偵騎四出，但過了整整一天，卻仍然沒有線索。

三月二十三日下午，國民黨上海支部舉行了隆重的移柩儀式。將宋教仁遺骸盛殮，由滬寧鐵路醫院移往法租界的湖南會館停放。這是近代上海灘上悲壯的一幕。由青天白日旗作前導，隨後是軍樂隊、遺像、靈位、海軍樂隊、花圈，悲壯的哀樂催下了濛濛雨絲，各界人士組成了一支浩浩蕩蕩的送殯隊伍，簇擁著安放在紮滿花圈的馬車上的楠木靈柩，從醫院出發，十幾里的路上，不斷有人加入隊伍，人山人海，觀者如潮，盛況為上海空前。沉痛的哀悼氣氛更加重了都督陳其美心中的悲憤與無奈。他步履沉重地走進湖南會館，看著掛滿牆上的輓聯誄文，眼前只覺一片茫然：「無法破案，怎麼辦？怎麼辦！」

誰也沒有想到，轉機突然在夜幕降臨時出現。

第四十五章　殺人者難逃法網

就在移柩儀式結束的當天傍晚，黑白兩道偵騎四出卻對偵破宋案感到無從下手之際，轉機突然出現了。事情實出偶然，真是誰也料不到的，真是天網恢恢，疏而不漏。

話說這天移柩儀式結束，夜幕剛剛降臨，設在上海南京路通運公司樓上的國民黨上海交通部突然來了兩個操四川口音的小青年，說要會見國民黨負責人有要事報告。交際處主任周南陔立即把二人迎進屋裡，其中一人道：「我們是來滬投考的學生，住在四馬路鹿鳴旅館。隔壁房間住著一個衣衫不整的小個子，自稱姓武名士英，常到我們房裡聊天，說他以前在雲南軍隊裡做過管帶。前幾天，他向我們商借兩個大洋，說要坐車到西門外去，又說有人要提拔他，讓他幹大事情，事成之後可以大富貴，所借的錢以後十倍奉還。我們借了給他，他很高興，拿出一張照片給我們看，說這個人不好，該殺。又拿出一張名片，說這就是要提拔他的大人物，是上海的名人。我們當時沒把他的話當真。第二天，報上就登出了宋先生遇刺的訊息，附有照片，我們一看，正是武士英給我們看的那張相片的人，今天，看到有那麼多人給宋先生送殯，我們覺得他是個好人，特來報告。」

這番話聽得周南陔兩眼定住，急忙問：「兩位可記得武士英拿出來的那張名片上的名字？」

兩個學生想了半天，想不起來，其中一個道：「那名片上的姓說普通也不普通，說生僻也不生僻，似乎有長長的一撇。」

周南陔立即派人向陳其美報告此事，同時派人跟隨這兩個學生到鹿鳴旅館盯住武士英。陳其美得報，立即趕來，大家正在默默猜想那個姓氏有長長一撇的「上海名人」會是誰：虞？唐？廖？廉？周？方？不得要領。去旅館的人回來了，說武士英今早已結帳離開了旅館。

眾人一聽，急得跺腳，「不過在他房間裡發現了一張名片。」陳其美急忙接過一看，上寫「江蘇巡查長應桂馨，法租界西門路文元坊」。

「原來這長長一撇是個『應』字！」陳其美叫一聲，抬頭一看周南陔，「立即報告巡捕房，請求立即逮捕疑犯應桂馨！」

公共租界總巡、英國人卜羅斯聽到報告，立即親率五九號西探總目（探長）安姆斯特朗等人前去捉拿。這時天已經黑了。他們趕到西門外文元坊應宅，家裡人說應桂馨去了妓女胡翡雲那兒了。卜羅斯便留下二人監視，率其他人趕到胡宅，又說胡和應都到迎春坊三弄妓女李桂玉那兒赴宴了。於是眾人又追到迎春坊。

迎春坊在英租界的湖北路，卜羅斯趕到，先令手下十多名中西警探守住了迎春坊的出入口，自己另帶了幾名警探走進李桂玉的堂子，十分有禮貌地打聽：「請問應桂馨先生在哪裡？」

這時應桂馨就在樓上廂房裡飲花酒，聽見有人高叫：「應老爺，樓下有人找！」便醉醺醺的下樓來：「哪位朋友找我？」話音剛落，黑暗處閃出安姆斯特朗，一伸手「喀嚓」一聲，手銬已銬住了應的右手腕。應桂馨正要反抗，便被一擁而上的巡捕連打帶拖的推出了迎春坊，塞進停在街口的汽車裡，隨即急馳回南京路老閘捕房。

應桂馨是青幫的大字輩，上海光復後，曾在滬軍都督府參謀部下屬的諜報科中任過科長。南京臨時政府成立後，他又跑到南京，任總統府庶務科長，後因蠻橫不法被撤職，復回上海，籌劃將青幫、洪幫和哥老會公口三幫聯合組成中華民國共進會，該會在一九一二年七月一日成立，總機關部設在法租界維爾蒙路九十七號，成為上海幫會歷史上第一個聯合政團。他竟戰勝了徐寶山，出任會長。後來，他又當上了湖北偵探隊長，現在又是江蘇巡查長。在青幫裡，應桂馨的輩份不比陳其美低，名聲也響，在上海灘確是個頗有勢力、極有頭面的老頭子。

卜羅斯心裡很清楚，把這樣的人物關進牢房，就憑那張名片是根本不能指控這傢伙跟刺宋案有關的，除非自己能夠找到有力的證據，又或能夠找到兇手武士英作證，否則巡捕房將十分被動。

第二天天剛亮，卜羅斯就親率二十餘人前往應家搜查證據。卜羅斯先令幾人把守前後門，然後率其餘巡捕與幾個國民黨人一擁而入，隨後將宅裡所有人一律軟禁，再來個翻箱倒櫃，連鏡架也拆開了，就差沒有挖地三尺，卻未能找到跟刺宋案有關的片言隻字，這就把個卜羅斯急得吹鬍子瞪眼睛，像隻熱鍋上的螞蟻般在房子裡走來走去，因為若被應桂馨反咬一口，將令他名聲掃地。這時周南陔聞訊，立即匆匆趕來，一路上苦思如何能夠搜查到證據，卻想不出個萬全之策。不覺已來到應宅門口，無意中抬頭一看，看到門外高懸著「江蘇巡查長公署」、「共進會機關部」兩塊牌子，突然覺得靈感一動，便悄悄上了樓上，閃進軟禁女眷的廂房。這時應桂馨的妻妾們正嚇得縮在房中一角，就差沒有喊救命。

周南陔閃進房中，很神秘地對這伙女人低聲道：「我是應大哥的知心朋友，在巡捕房裡混事。剛才跟大哥接了頭，他要我回來告訴你們，不必驚慌，事情有眉目了，明天就會放出來。但有一些秘密文件，大哥吩咐你們交給我秘密轉移，否則查出來就壞事了！」

周南陔裝得很像，但這些女人一臉疑惑，沒人哼聲。周南陔著急起來：「快點！快點！若給他們翻出來，那就死定了！」

女人們終於中計，其中一個年輕的小妾站起來，道：「阿拉是曉得的，但外面有人守著，怎能弄出去呢？」

周南陔輕輕一跺腳：「唉，我是巡捕呢！你只說在什麼地方就行了，我會設法弄出去的！」

小妾沒說話，彎腰將她站著的牆角地板撥動了一下，地板竟是活的，掀開後，從裡面提出只小箱子，示意東西就在裡面了。周南陔高興得心中怦怦怦的跳，但表面上仍然平靜，拿過箱子，又問還有什麼要緊東西沒有，女人們搖搖頭。周南陔哪還敢逗留，提了箱就轉出門，下樓而去。把箱子在客廳的八仙桌上一放，與安姆斯特朗一道弄開了箱子，只見裡面藏有手稿、信件、密電碼本及其他文件。

這時陳其美已經來了，把其中幾份文件拿出來隨手翻了幾翻，即時吃驚得目瞪口呆，一下合上箱子，心中一陣狂跳，同時大罵了一聲：「觸那！」

現在應犯抓到了，證據也騙出來了，但殺人兇手呢？現在大家又想起那個武士英來了。說來真是很有戲劇性，這時不知是誰帶著戲謔的口吻，有意無意地對著那些被軟禁在西廂房，還未來得及審問的閒雜人大叫了一聲：「誰是武士英？」

客廳中誰也沒想到會有人答應的，哪知問話聲剛落，就聽到竟有人高聲應：「有！長官有什麼吩咐？」同時走出一個穿舊軍裝的小個子來，規規矩矩地立正，好像是剛出操的兵。大家反而大吃一驚。

陳其美盯著他：「你就是武士英？」

「是。」

「那好，要找的就是你。」說著一步上前，「喀嚓」，把他銬住了。帶回英租界巡捕房，要那兩個四川學生子來一認，沒錯，就是那個借錢的小個子。

這武士英是個什麼人呢？這小子是個無賴地痞。山西平陽龍門人，自幼不務正業，曾當兵，並任清軍標統。民國建立後，來到上海。此人有武功，槍法好，為了錢什麼都肯幹。於是有人把他引見給應桂馨。應桂馨當時正為找不到合適的刺宋人選而發愁。不知底細的，怕他壞了事；派心腹人去，又怕萬一被捉，惹禍上身。看這個武士英，槍法好而頭腦簡單，以前又跟自己沒關係，正是最佳人選，於是許以一千大洋的酬謝。武士英當時正落泊，一聽如此重賞，滿口應承，也不管要行刺的是誰。當晚便懷揣照片潛伏車站。第一槍擊中宋教仁，第二三槍是為阻嚇追捕，再一躍而起逃進人群，混出車站後就直接回應宅領賞金。應桂馨卻是只付了三十個大洋，說等到訊息被確證後再付餘數。第二天報紙登出宋負重傷，並未犧牲的訊息，應就大罵武士英亂吹牛皮，武士英得不到賞銀，氣得一連三天在妓院裡喝酒解悶，把些粉頭玩得顛三倒四。昨天下午看見送殯隊伍在大街上走過，確實宋教仁已死了，今早便又跑來應宅討賞錢，正好落入法網之中。

但是，當年社會上有第二種破案的說法。這個傳說使黃金榮成了英雄。

話說移柩儀式結束後當晚，英租界巡捕房突然來了一個身穿長衫、斯斯文文的中年人，說有要事舉報。辦事員立即把他請進房裡。此人自稱叫王阿發，是個古董商人，經常上門購銷古董字畫。大約一個星期前，他在應桂馨家中推銷字畫，無意中聽到應桂馨吩咐下人將照片中的人刺死，於是他就偷眼看了看相片中的人，留下了印象。到這兩天，報紙上天天登有關宋案的訊息，並附有照片，他認得出正是應桂馨說要殺的人，原來是個這樣重要的人物，所以前來舉報。

英租界捕房立即出動，前往英租界迎春坊妓女李桂玉的家中逮捕了應桂馨。當天深夜，一個電話打到黃金榮家裡，說已抓到宋案嫌疑犯，請黃金榮在明天一早到應桂馨在法租界的住宅中搜查。黃金榮一聽，睡意全消，興奮得連應三聲好好好，立即帶上幾個心腹手下，趁夜色直闖在法租界西門外文元坊的應宅。

這時應宅內燈火通明，好像有人在開會。黃金榮繞著應宅轉了個圈，發現整幢應宅為一道高牆圍住，於是令手下守住大門，然後率幾個手下破門而入，大喝一聲：「不許動！」嚇得屋裡的人愣住，其中一個矮小男子突然一躍而起，一頭躥進客廳後面的一條長長的走廊裡，黃金榮拔腿就追。小個子跑過長廊，穿出廚房，躍過天井，再拼命一跳，攀上天井外那堵丈許高的圍牆——圍牆外便是街道。

黃金榮當時奮力追趕，見嫌犯已翻過牆頭，縱身往下跳，於是自己也鼓勁躍上牆頭，不假思索，就整個人飛身對著那小子跳下去。這一招果然厲害，那個龐大笨重的身軀正好將對方壓個正著，少說也有百多二百斤的撞力，撞得那小子「唉喲」一聲怪叫，倒地不起。兩人隨即扭打一團，幸而幾個巡捕及時趕到，把這小子銬了，連同應宅裡的人，全部押回巡捕房。

黃金榮單獨提審逃犯，對著他就是一聲暴喝：「武士英！」

那人道：「我不是武士英，我叫陳勇南。」

黃金榮嘿嘿笑起來：「武士英你賴什麼？半年前你替人賣三枝玉桂，偷了兩枝，吞了一百元，結果被逮進捕房蹲了一個月的牢子。你這麼快就忘了？」武士英愣住，啞口無言，等於默認。

黃金榮神態輕鬆：「武士英，你如果老老實實招供，有你的好處，我保你沒事。如果抗拒，那就休怪我無情！」武士英仍愣著。

黃金榮突然一聲暴喝：「你說！指使你在車站行凶的人是誰？」這句話問得有技巧，他不問「是不是你在車站行凶殺人」，而是問「幕後指使人是誰」，等於已確定了武士英就是行凶的人。其實黃金榮這時心裡挺緊張，因為他根本不能確定這小個子是不是兇手，甚至不知道他是不是跟宋案有關。有頭有面的應桂馨自然不會招認，英租界方面也沒有說。

哪料武士英這就中了計，只見他眼一瞪：「我恨那個人，所以就殺他！」

黃金榮一聽，當即大笑：「哈哈！認了就好！認了就好！」臉色隨後一板，「武士英，你知道你行刺的是誰？他是國民黨代理理事長，全國聞名的宋教仁！現在應桂馨已經被捕，供出你了，你說，是不是他指使你做的！」

武士英愣著。黃金榮等了一會，仍不見他說，不覺大怒：「這裡是巡捕房，你不說對你沒好處！」一舉手，立即上來幾個巡捕，對著武士英就是拳打腳踢。

武士英一連慘叫幾聲，叫起來：「我說了！」巡捕房可以動私刑，把人打個半死，這點武士英是知道的，心想與其這樣被打死，不如招了再說，何況你這個應桂馨自己已供了出來，便道：「黃探長，是應桂馨指使我幹的。」

「你詳細說。」黃金榮示意書記員記錄。

武士英供出的大致情況是：應桂馨給了他一張宋教仁的照片、一支勃朗寧手槍、六發子彈，要他去上海車站行刺相片裡的人，殺人後立即逃走，被捕後不得說出指使人，賞銀一千元。「黃探長，我只是依據相片去殺人。」武士英可憐巴巴地看著黃金榮，臉上同時竟露出悔意來，不過他後悔的不是殺了人，而是：「唉！早知殺的是個聞名全國的大人物，我才不止只收一千塊錢！」

審訊結束，天已黎明，黃金榮與法租界總巡沙利、總翻譯曹振聲，率四名華捕、一名法捕前去應宅搜查，搜出勃朗寧手槍一把，槍膛有子彈三發，之後驗證跟從宋教仁身上取出的子彈一樣；並搜出信函及其他文件，同時拘捕了二十六人，所有這些人證物證全部帶回捕房。

不管破案的經過真相如何，總之現在是凶徒與幕後指使人均已被捕歸案，隨後引致全國上上下下沸沸揚揚、公論大譁的是那些從應宅中搜出的文件，其中最重要的有：

一九一三年一月十四日國務總理趙秉鈞致應桂馨的密函：「密電碼送請查收。以後有電，直寄國務院可也。」

二月四日國務院內務部秘書洪述祖致應桂馨密函：「冬電到趙處，即交兄手，面呈總統，閱後頗色喜，說弟頗有本事。既有把握，即望進行。」

三月十三日應桂馨致趙秉鈞密函中有：「《民立》記宋遁初在寧之演說詞，讀之，即知其近來之勢力，及趨向所在矣，事關大計，欲為釜底抽薪，若不去宋，非特生出無窮是非，恐大局必為擾亂。」等語。同時，洪述祖致應桂馨的密電提出：「毀宋酬勳，相度機宜，妥籌辦理。」

三月十四日應桂馨打電報給洪述祖：「梁山匪魁（以宋江代指宋教仁），頃又四處擾亂，危險實甚，已發緊急指令，設法剿捕，乞轉呈候示。」

洪述祖於十八日覆電：「寒（指十四日）電應即照辦。」十九日又去電催促「事速照行」。二十日，應桂馨密電洪述祖：「匪魁已滅，我軍無傷亡，堪慰，望轉呈報。」

以上所有這些證據都表明，指使行刺宋教仁的幕後主腦不是別人，正是那個嚴令緝拿兇手的中華民國臨時大總統袁世凱！代為出面的是國務總理趙秉鈞，居間聯繫的是洪述祖，接受指令的是大流氓應桂馨。事情明明白白，袁世凱為防止宋教仁出任總理組閣，為剷除自己稱帝的最大障礙，主使了這樁極為骯髒卑鄙的政治謀殺！

這時上海灘早已四處散播出北京政府是刺宋主謀的傳言。四月二十五日夜十二點，江蘇省都督程德全、民政長應德閎將調查結果及以上證據通電公佈。四月二十六日，《民立報》以「看民賊的手段，宋案證據之披露」為題，附上照片，把以上證據公之於眾，各界公論即時譁然，全國反袁之聲日起。宋案，主其事者最後都一個個橫死。

宋教仁死後，國民黨在上海滬寧車站以北約十里處購買了一塊約百畝的田地，作為宋教仁安息之處，名「宋園」。

嗚呼！為遏制獨裁野心而成仁之一代志士已逝，雖經歷了以後大半個世紀的風風雨雨，萬幸宋教仁墓今天仍存於上海閘北公園內東側，一九四六年五月十四日，宋公園改名為「教仁公園」。一九五九年擴建成閘北公園。墓呈半球形，墓前立有「宋教仁先生之墓」石碑。墓頂塑一展翅雄鷹，象徵這位民主革命先驅的凌雲之志。佇立墓前，你可知這裡埋藏了多少驚心動魄的故事、如斯風煙？

第四十六章　出奇招刺徐老虎

宋案完結了。

杜月笙當時真沒想到，此案的突然發生使自己避免了一場不利的爭戰：黃金榮為偵破宋案，堅決制止了鄭子良欲向自己發起的挑釁。鄭子良震懾於黃金榮的權勢，只得收斂。杜月笙不覺暗暗興幸，因為黃金榮就算不幫鄭子良，只是對此事袖手旁觀，那他真的要跟俠誼社幹起來，實在是沒有勝算的。這對剛剛建立起一個團伙勢力的杜月笙來說非常可怕。

更叫杜月笙想不到的是，儘管自己向黃金榮獻的那條放重餌釣魚之計在偵破宋案中並沒有起什麼作用，卻令黃金榮再一次對自己刮目相看；另一場暗殺緊接著進行，黃金榮對他「委以重任」。

這場暗殺在中國近代史上也是很著名的。目標是名震黑白兩道，現今更手握重兵的徐寶山。

徐寶山綽號徐老虎的凶殘人物，是鹽梟出身的大賊頭，既是青幫大頭目，又是洪門大龍頭，名震黑道；接受清廷招安後，搖身一變成了官軍將領，出任兩淮鹽務緝私統領，率領手下飛虎營捕殺以前的江湖舊侶，毫不留情；到了辛亥革命，所執掌的揚州軍政分府，不旋踵間便囊括揚州所屬各縣。農曆十月十二日，江浙革命聯軍攻克南京，清廷的南京守將江防軍統領張勳率部北逃，徐寶山由揚州西出六合，截擊其輜重，奪到幾千石大米，那便成了他參加革命的戰績。

徐寶山成了稱霸一方的軍閥，就向南京臨時政府不斷索械要餉，其手下部隊，多是十二圩的鹽梟，剽悍善戰，他又是幫會聯合組織中華民國共進會的大頭目、副會長，在有強大勢力的幫會中比以前更為名聲大震，南京政府不得不對他儘量敷衍。

徐寶山擁兵自重，日漸坐大之際，袁世凱篡奪了中華民國臨時大總統之位，在北京就職，其勢力盤踞在長江以北，徐寶山又見風轉舵，暗中投靠了袁世凱，其次子徐浩然，就在袁世凱的總統府擔任侍衛武官。

一九一三年三月，宋教仁遇刺，搜出的文件證明袁世凱已向革命黨開刀，孫中山先生等人開始籌劃軍事反袁，立即就有人提到這個徐寶山，由於他蟠踞揚州，為南北勢力相交的要衝，地理位置至關重要；又得情報，袁世凱已委派徐寶山為南下大軍倪嗣沖、張勳的前哨，準備向革命黨人進攻；緊接著，革命黨人自上海運赴安徽、江西的軍火竟被徐寶山在瓜步山下襲擊劫奪。很明顯，徐已投袁，形勢十分危急。革命黨人意識到，若要發動討袁之役，就先得掃除這個障礙，於是決定剷除這隻徐老虎。

徐寶山擁有重兵，明幹不行，那等於公開挑起戰爭，何況革命黨的軍事力量薄弱，戰事一起，對己不利；那就只能暗殺。年僅二十四歲的王柏齡最後向陳其美請纓，接受了這件玩命的任務。

王柏齡是江蘇江都人，其家族為揚州的士紳，世代書香，交遊甚廣，當時在滬軍第七師任軍官。此人長得風流倜儻，年紀雖輕，卻是老同盟會員，辛亥革命時參加過攻打上海、南京的戰役，曾見過徐寶山，也聽人說過徐寶山的事，不過相互沒有交情。

陳其美為壯其行色，當場從自己腰間拔出左輪手槍，遞了過去：「柏齡，為共和，馬到功成！」王柏齡啪的一聲敬了個軍禮，雙手接過左輪，再一個轉身出去。換上便服，當天便潛往揚州，著手多方調查，並暗中偵查徐寶山的行蹤，結果發現徐老虎平時深居簡出，防範甚嚴，其衛隊個個身手敏捷，武功高強，而他本人也是了得，等閒之輩根本無法近其身。看來若要行刺此人，不管用刀用槍，都希望甚微。但殺徐之事不能久拖，王柏齡不覺心急如焚，又煩悶又沮喪又無奈，百思無計。

這天回到上海，走進豫園散心，閒逛逛上了春風得意樓茶館，坐在雅室裡慢慢喝茶，心裡不停地苦思冥想：怎麼辦？在黨人中有誰可以助自己一臂之力？還可以找誰來幫忙？突然想到，黃金榮在上海灘是黑白兩道的大把頭，手下有大幫門徒，滲透三教九流各階層，我何不以陳都督的名義去找他共商大計！能夠除掉徐老虎，對他有好處，料他不致袖手旁觀！主意打定，在桌上放下幾個銅元，王柏齡便匆匆下了樓。到黃公館來，請教「做」掉徐寶山的辦法。

對待一般人，黃金榮是愛理不理的，眼睛如同長在額頭上；對軍政要人，他則是十分客氣恭敬。一看王柏齡的名片，立即請進書房密室。一番寒暄後，王伯齡說明來意，最後一拱手：「上海灘上誰不聞黃老闆的名聲！年前革命軍興，黃老闆掩護過黨人；上兩個月宋教仁遇刺一案，黃老闆也為黨人出了力。陳都督對此是念念不忘的。現在徐寶山投靠袁世凱，為虎作倀，助紂為虐，此事關係黨國安危，小弟就請黃老闆為共和出力，看看有什麼辦法能夠除掉徐寶山！」

黃金榮靠在太師椅上，金魚眼眨了兩眨。他早聽人說過徐寶山的名聲，惹不得；但眼前王伯齡代表都督陳其美等革命黨人來共商此事，那又是萬萬不能推拒的。想到這裡，對著王柏齡拱拱手道：「王將軍，此事黃某人一定盡力而為，但不能操之過急，且容我考慮幾日。」

又聊了一會，王柏齡告辭，黃金榮立即把程聞叫來，俯著身沉著聲把王柏齡來訪之事說了一遍，然後往太師椅上一靠，眼睛盯著這個親信師爺，不哼聲了。

程聞垂手恭立：「黃老闆，孫中山跟袁世凱，陳都督跟徐老虎，誰勝誰負還在未定之天，這事您最好別公開出面管。」

黃金榮微微點點頭：「聰明。但王柏齡親自登門來訪，我豈能拒絕？」

「且用李代桃僵之計。」程聞說得篤定。

「什麼意思？」黃金榮怔了怔，他沒聽懂這三十六計中的一計。

「那就是找個人來替代。」程聞笑笑，「那就應付了王柏齡，萬一殺徐不成，袁世凱又打敗了孫中山，徐老虎還不致來找黃老闆的麻煩。」

「好計！」黃金榮嘴角撳了撳，「不過，找個窩囊廢，那肯定殺不了徐老虎；找個有頭有面的大好佬，人家未必肯幹。」

「這裡有個最佳人選，」程聞微笑。

「誰？」

「軍師爺杜月笙。」

「什麼？月笙？」黃金榮愣了愣，「他有什麼本事，殺得了徐老虎？」

「這小傢伙是個人物。」程聞對黃金榮躬躬身，「看他以前單身前去奪回失土等作為，再看他這次放重餌破案的籌算，可以看出這個人有計謀，有膽量。而且，他是黃老闆您的門生，在各路朋友中有點名氣，但又不大。這回他若幹成了，算為黃老闆添了光彩；沒幹成，徐老虎也不會跟黃老闆結怨。王柏齡比杜月笙少一歲，黃老闆讓這兩個青年人去合謀去拼命，您老坐享其成，何樂而不為？」聽得黃金榮連連點頭。

這時杜月笙正坐在金福里的二層樓房裡籌劃如何搶奪南碼頭。這個流氓頭渡過了緊張的一個月。他雖然慶幸黃金榮出面制止了鄭子良對自己的挑釁，但他也不敢掉以輕心，一直在戒備鄭子良可能會發起的突然進攻。一個多月過去了，風平浪靜。杜月笙斷定殺獨眼狼這件事已經過去，該著手打擊下一個目標申盛，搶奪南碼頭。但是，這回用文取還是武攻？

他打算去找張鐵嘴先詳細瞭解一下情況。穿上長衫，下了樓，卻見使媽沙家嫂嫂引進一個人來：「杜先生……」

杜月笙未等她說完，自己已拱著手急步上前：「唉呀！沒想到程先生大駕光臨！」

程聞拱手還禮，微笑著問：「月笙有事要出去？」

「沒事，只是出去白相白相。程先生請坐。」

兩人寒暄幾句，使媽送上茶。程聞掃一眼廳堂，杜月笙會意，揮揮手要使媽出去，才低聲問：「黃老闆可好？」

「黃老有事要找你。」程聞看定杜月笙的眼睛，「月笙你可知道徐寶山此人？」

「徐老虎？」杜月笙怔了怔，「聽說過。」心想我這樣的無名小卒，跟這個大好佬有什麼關係。

「徐老虎現在是第二軍軍長，統領著一隻部隊，盤踞揚州，投靠了袁大總統。袁大總統要殺革命黨人，革命黨人要剷除徐老虎，找到黃老闆幫忙，黃老闆看你足智多謀，想委你以重任。」程聞說得很慢，眼神陰沉陰沉的看著杜月笙，「月笙，你覺得怎樣？」

杜月笙聽程聞說得如此嚴肅，就知有大事臨頭，一聽這一問，心中暗吃一驚，他的第一個反應是：此事非同小可！要殺的是大名鼎鼎的徐老虎，自己跟這個手握重兵的青洪幫大頭目相比，哪方面都沒得比。第二個反應是：此事是一個機會，如果做成了，就攀上了今天執掌著上海軍政大權的革命黨，在黃金榮的門生中更顯得高人一等，聲望地位都會飆升，對以後在上海灘的發展有著極大極深遠的好處。第三個反應是：說書人說的，富貴險中求……。

杜月笙看一眼程聞，這個師爺沒有什麼特別的表情，只是看著自己。心一橫：幹！想到這裡，回望著程聞，神態語氣都很平靜：「程先生，黃老闆如果這樣看得起我杜月笙，我一定好好幹。」

「那好。」程聞站起來，「現在就回黃公館。」

王柏齡正在黃金榮的密室裡等著，一見杜月笙跟在程聞後面走進來，便站起來上前握手：「這位想必是月笙哥，久聞大名！黃老闆已把月笙哥如何足智多謀告知小弟了！」

杜月笙還不習慣這個握手的禮儀，顯得有些手足無措，握著王柏齡的手亂搖一氣：「柏齡哥！久聞大名！程先生說柏齡哥是將軍，小弟欽佩！小弟欽佩！」

「兩位都是英才，共圖大業，定必功成！」程聞露出他的師爺本色，「請坐請坐。」

又是幾句寒暄後，黃金榮輕輕鬆鬆地靠在太師椅上，稍稍拱拱手：「王將軍，月笙是我黃某人的得意門生，你對他說也就是對我說了。」

王柏齡也不再說廢話，把為什麼要剷除徐寶山的原因說了一遍，最後強調：「此事必須秘密進行，不管是現在還是以後，都不得洩漏風聲，惹出麻煩。」拱拱手，「程先生想必也說清楚了，月笙哥準備怎樣做？」

杜月笙一直沒哼聲，只是聚精會神地聽，這時也拱拱手：「柏齡哥給我五天時間，自有答覆。」

當天杜月笙離開了上海，五天後，他回來了，直接到滬軍軍部找王柏齡。

王柏齡把他領進自己的辦公室，關死門，寒暄幾句後，低聲問：「情況如何？」

「無法下手。」杜月笙坦然相告，「我在揚州四日，哪兒都沒去，就等那徐寶山，在徐公館附近等，在揚州軍政府附近等。只見兩處地方都戒備森嚴，盤查得很緊，根本沒法混得進去。平時見不著他，到他露面時，一頭就鑽進汽車，四週全是提槍的衛士，想走近點都不行。我想，若靠一般的方法行刺徐寶山，很難。」

王柏齡暗暗稱讚這個流氓頭的細心，但說出的話卻有些不滿：「月笙哥，你打算就這樣算了？」

「我們不能就這樣算了，但也不能亂來，白把命賠上，徐老虎卻分毫無損。」杜月笙說，「柏齡哥，我不熟悉徐寶山，這次還是在別人的指點下才第一次看清楚這個人物。我的感覺是，此人名不虛傳。現在我來，一是向柏齡哥報告情況，二是想向柏齡哥請教，這個人物有什麼可利用的地方。比如，有什麼特別的癡好，有什麼特別要好的朋友，活動有什麼特別的規律等等。柏齡哥，你跟他過去是同僚，一起打過仗的，想必一定知道點。」

王柏齡想了好一會，站起身在房間裡踱了一會步，突然右手握拳朝左手掌心一擊：「對！這點可以利用！」

「有什麼可以利用？」杜月笙急急問。

「此人出身鹽梟，卻因襲了鹽商附庸風雅的習氣，喜歡古董字畫，聽說還收藏甚豐。如果利用一個古董商，或者我們自己人扮成一個古董商，說不定就可以靠近他，找到一個下手的機會！」

「那就有辦法了！」杜月笙叫道，想了一會，「不過得先找到跟徐寶山打過交道的古董商瞭解清楚情況才行。我聽說宋案的偵破，是因一個叫王阿發的古董商向英捕房舉報而捉住了應桂馨的。柏齡哥，請你向陳都督報告此事，由都督府出面，向英捕房查出王阿發住哪兒，剩下的事就由我杜月笙來做，我想會有辦法的！」

王柏齡點點頭：「這件事好辦！」

三天後，杜月笙得知王阿發就住在法租界桃源路華如弄十五號，是個高高瘦瘦的中年人，戴近視眼鏡，不覺心中暗喜，把江肇銘與馬世奇叫來，三人一齊到華如弄裡埋伏了三天，看清了這個總是穿著白長衫，一表斯文的中年古董商的容貌，然後吩咐江、馬二人如此如此。

王阿發是一個正正經經的古董掮客，哪料到會被人盯梢。這天懷中揣著一個卷軸，乃元代著名書畫家趙子昂的真跡，出了家門，準備過英租界向地產商經潤三兜售。突然感覺背後有人衝上來，別頭一看，還未反應過來，就已被兩個小青年一左一右夾住，同時腰間被刀尖類的東西頂了一下，耳邊響起陰沉沉的威脅：「打劫！一動就捅死你！」

王阿發整個愣住，口張著，真的不敢動，一個青年已把手伸進他的長衫裡把卷軸掏出來，就在這時，前面衝過來一個青年人，大叫：「流氓！竟敢光天化日之下剝豬玀！」直撲過來。兩個小青年大驚，拿著那卷軸掉頭就跑，青年人狂追，沒多遠便到了一個弄堂口，兩個小青年拐了進去，同時把那卷軸扔到地上。青年人撿起卷軸，也不再追，回過頭來，只見王阿發正喘著粗氣跑過來。

「先，先生，多，多謝，多謝你！」王阿發連連拱手。

「無須客氣。」青年人滿不在乎，把捲軸交還王阿發，別頭看了看那條弄堂，狠著聲罵道：「兩上小癟三竟敢當街行劫，碰上我算他觸霉頭，跑慢點我把他扭進巡捕房去！」

「先生真是好漢，英雄！」王阿發雙手接過捲軸，連連哈腰，「幸好遇上先生，否則，否則……」沒說下去。

青年人淡淡一笑：「先生視一個捲軸如珍寶，看來與在下是同行了。正好向先生打聽個人，聽說這附近有位王阿發先生，不知是住哪裡的呢？先生可知？」

王阿發怔了怔：「正是在下。先生是……」

「唉呀！本家前輩，幸會幸會！」青年人叫起來，拱拱手，「在下叫王良才，家住閘北。家父與先生是同行，做古董字畫生意的。來來來，請到香茗居茶館一敘，小弟有事請教。」不容分說，拉著就走。兩人上了二樓，找了個靠窗的位置坐下，王良才說了一番久聞大名，如雷灌耳之類的廢話，要了幾樣點心，連說請用請用。

王阿發得人搭救，本已心裡感激，現在又受人如此款待，簡直過意不去，終於耐不住，把茶杯舉了舉：「在下沒沒無聞，不知先生何以知道我王阿發？來找在下又有何見教？」

「前輩不知可否知道一位叫徐寶山的大好佬？」

「大名人，駐揚州第二軍軍長，當然知道。」

「聽說此人喜好古玩，不知前輩有沒有跟他打過交道？」

「打過，就在半個月前，我給他送過去一只明代的鼻煙壺，不知是我開的價高，還是他不喜歡那種東西，總之原貨退回，生意沒做成。」

「哦，那小弟就真是找對人了！」王良才神情認真而恭敬，「是這樣。家父是做古董生意的，有一只宋代瓷鈞窯硃砂紅的花瓶，是件奇珍，一直沒有出手。近來聽行家說，徐寶山徐軍長是個大好佬，又是個軍政要人，錢多得很，喜歡收藏古玩，就想把這個宋代花瓶給他過過目，看能不能賣個好價錢。不過所認識的行家都沒有跟徐軍長打個交道，後來就有位行家介紹我們過來找前輩。」說著拱拱手，「不知前輩能否給個面子，勞動大駕，介紹小弟認識一下徐軍長？」

「良才兄是想直接見徐軍長？」王阿發怔了怔。

「當然，我要親手把花瓶交給他讓他過目。」

王阿發慢慢放下茶杯，輕輕擺了擺手：「良才兄，這絕對做不到。」

「為什麼？！」王良才顯然大吃一驚。

「徐軍長不見任何人。」王阿發無奈地笑了笑，「老實說吧，我跟徐軍長打交道還是透過另一個行家的，那人叫艾初，在古董行裡是個老行尊，辛亥前，就與徐寶山是好朋友，專門為他收集珍奇古玩的。半個月前我經過行家的介紹認識他，說想請他引見徐寶山，賣我的鼻煙壺。艾初說，別說我不可能當面見徐軍長，這半年來，連他自己也見不到，徐軍長不見任何外人。」

「那艾初怎樣賣收集來的古董？你又怎樣能夠讓徐寶山看到你的鼻煙壺呢？」王良才急忙問。

「是這樣，」王阿發說，「艾初收購來古董，就把每件用盒子或箱子裝好，上鎖，另附上鑰匙和價錢，托徐寶山的親信衛士徐豹送進去給徐寶山過目。一般都要在徐府裡放一天。如果他覺得合適，就照著所開的價錢把銀洋送出來；如果不合適，他就讓徐豹把貨原件奉還，大家絕不討價還價。我的鼻煙壺就是由艾初陪著我到揚州徐公館這樣送進去，到了第二天的下午，徐豹原件送出來，我就只得走了。」頓了頓，「那次生意沒做成，如果做成了，我還得給艾初十個銀洋作酬勞，給徐豹五個銀洋作打賞的！」

王良才即時默默無言，陷入沉思，過了好一會，才拱拱手問：「前輩，如果家父願意把花瓶就這樣裝了鐵盒子送進去，不知前輩能否陪小弟到揚州徐府走一趟？那花瓶售價是二百銀洋，如果生意做得成，小弟就以二十個銀洋作為酬謝。」

「唉呀，那先多謝了！」王阿發連忙拱手：「徐豹認識我，那次生意雖然沒做成，我還是給了他兩個銀洋作酬勞。這回我若帶你去，他一定會把貨送進去的！」

「那拜託了。我回去找家父商量，再來勞煩前輩。」

兩人又聊了幾句，王阿發留下自己的住址，然後告辭，他要趕過英租界見經潤三。王良才仍坐著沒走，慢慢喝了半個鐘頭的茶，雙眼茫然，如魂遊天外，最後才施施然下樓，回滬軍軍部。

王柏齡等他可是等急了，一見他來，二話沒說便拉進自己的辦公室，急急問：「月笙哥，情況如何？有什麼進展？」

杜月笙道：「柏齡哥想利用古董商，或我們自己扮成古董商進徐公館行刺，看來都行不通了。」

「這個徐老虎防範如此森嚴，行事如此謹慎，那怎麼辦！」王柏齡急得幾乎要跺腳，像隻熱鍋上

的螞蟻在房中走來走去，右拳在空中揮了幾下，

「難道真要公開行刺，把自己的命也填進去！」

「這樣的行刺也未必能成功。」杜月笙淡淡說一句。

「那你說怎麼辦！」王柏齡猛地轉過頭來，只見這個諸葛亮似乎很篤定。

「用炸彈。」杜月笙輕聲道，「炸他個神不知鬼不覺。」

「怎麼炸？」王柏齡啪地站定，直了眼。

「徐寶山不是要這樣看貨嗎？」杜月笙又把王阿發所說的如何送貨進去的方法重述了一遍，「那就有可乘之機了！」把自己的計劃細說一番，「現在主要是能否控制炸彈爆炸的問題。如果能造出這種炸彈，事情就成功大半。革命黨人以前組織暗殺團，用炸彈炸清朝的大官，我想我們現在要用的這種炸彈是一定可以製造出來的！」

王柏齡低著頭又踱了幾步，看一眼杜月笙，臉上露出微微的笑意：「想不到月笙哥有如此妙計！好，我請陳都督去找黃復生，造個這樣的炸彈應該沒問題。」輕輕一拍辦公桌，「嘿嘿，徐寶山，這回要叫你死得不明不白！」

一九一三年五月二十三日，王阿發與王良才，也就是杜月笙，來到揚州徐公館的門房，求見徐豹。徐豹生得神高馬大，一身戎裝的出來，見是王阿發，咧開大嘴便叫道：「哈哈！原來是王老闆！請坐！」一轉頭，「上茶！」相當熱情。

兩人寒暄了幾句，王阿發介紹了王良才，然後從皮箱裡取出一個鐵盒子和一個信封，內裝開盒的鑰匙和報價，雙手遞給徐豹：「徐豹兄，這是一個宋代瓷鈞窯硃砂紅的花瓶，堪稱奇珍，請兄轉交徐大人過目鑑賞。明天下午我和良才再來恭候佳音。」

杜月笙不失時把個小布袋子往信封上一放——發出輕輕的銀洋磨擦的聲音：「拜託豹哥了。」

徐豹接過鐵箱，先把小布袋裡的兩個銀洋往懷中一揣，眉開眼笑：「好辦好辦。兩位明天下午來。」這就要了徐寶山的命和他自己的命，還加上一個冤魂。

第四十七章　詭計稱霸南碼頭

徐豹興沖沖把王阿發轉交的鐵箱子送到徐寶山的簽押房，徐寶山當時正值公忙，瞥他一眼：「什麼東西？」

「大帥，是件古董，宋代的花瓶。」

「誰送來的？」

「王阿發，就是大約半個月前送一個鼻煙壺來請大帥過目的那個古董商。艾初先生介紹來的。」

「放著吧。」徐寶山繼續忙自己手上的事，沒放在心上。徐豹不敢催他，便放在辦公桌上，躬身退出，哪料一直到第二天，也就是五月二十四日，吃過午飯了，還未聽到徐寶山招呼，心裡便有些急了：做成了這筆生意我好取那筆百分之五的酬勞啊！輕輕腳又到簽押房來，只見徐寶山的私人理髮師正在給徐寶山刮面，進了門，便站到旁邊，垂手恭立。

徐寶山當時正為袁世凱跟革命黨的事憂心，看他一眼：「什麼事？」

徐豹立即躬躬身：「昨天那個宋代花瓶，王阿發說是堪稱奇珍，今天下午……」

徐寶山抬抬手：「得了。拿過來。」

理髮師收了剃鬚刀。徐豹捧了鐵盒過來。徐寶山一臉傲態，背靠太師椅，接過鐵盒就放在自己的大腿上，再從信封裡掏出鑰匙，連報價也沒看，便往鐵箱的匙孔裡一插。

當他就要一擰的時候，突然聽到有輕微的滋滋聲，同時盒蓋縫飄出一縷黑煙。徐寶山為人機警，猛然驚醒，把鐵盒用力向遠處一拋，自己往地上就倒。不過也該他命絕，就在鐵盒離手之際，只見強光一閃，同時就是轟然一聲巨響，徐公館沒塌頂，只是徐寶山、徐豹連同那個理髮師全被炸得血肉模糊，當場斃命。這就是黃復生的傑作：鐵盒裡根本沒有什麼宋瓷鈞窯花瓶，而是滿貯炸藥，匙孔裡裝引線，鑰匙插入，即觸動機括，引線燃著，炸藥爆炸。

杜月笙暗中為黨人幹了這件大事，本來以為可以撈上點什麼好處，結果幾乎一無所得，因為黨人在緊接著的反袁中失敗了。上海反袁勢力雲散，杜月笙原想攀上國民黨軍政要人的希望暫時破滅，他繼續當他的流氓頭。在討袁之役打得如火如荼的時候，他在心中狠狠地罵：「你們開槍打砲的爭大地盤，我杜月笙就爭小地盤！」

那個小地盤就是他原來準備謀算的南碼頭。

這天睡醒午覺，穿上白長衫，搖把大紙扇，施施然踱著步朝南走，準備去大南門找張鐵嘴瞭解一下申盛那伙人的情況。時當盛夏，烈日當頭，上海熱得很。杜月笙來到大南門一帶，只見眼前是一片瓦礫殘牆。在附近轉了幾個圈，沒有找到張鐵嘴，只在三幾個弄堂口看到一兩個水果攤。

杜月笙便向一個老人家打聽：「原來在這一帶擺攤算命的張鐵嘴哪去了？」

老人家看他一眼，搖搖頭：「不知道，有好幾天沒見他了。」

杜月笙不覺十分沮喪。愣著想了一會，「莫非這算命佬在小西門的亭子間裡孵豆芽？」沿著黃家路便向西走。過了守署街，來到學府街小西門附近，拐進和祥里，走不多遠，來到「元泰紙菸店」，對著坐在櫃檯後面，正百無聊賴看街景的店主陶老伯拱拱手：「陶老闆，久違久違！」

陶老伯儘管已年過花甲，但還認得這個曾在店後小閣樓的亭子間裡住過十天八天的青年人，不過忘記了這小子叫什麼了，便稍稍抱拳還禮：「哦？是你啊，久違久違！」

「不知張鐵嘴是不是還住這裡？」

「張鐵嘴？張帆揚？走了。」

「走了？」杜月笙大吃一驚，他現在才知道算命佬名叫張帆揚，「什麼時候走的？上哪兒了？」

「今天中午前跟老夫結了帳，就走了。聽他說，在這老城廂幹不下去了，準備到杭州去混混。唉！那個杭州城，也不是……」

杜月笙抬頭一看牆上的掛鐘，再過十來分鐘就是下午三點，嘴裡低叫一聲：「還來得及！」也不管陶老頭下面說了些什麼，一轉身便衝出祥和里，來到學府街，剛好一輛馬車從遠處過來，幾步衝上前一躍而上，同時大叫一聲：「去十六鋪碼頭！快！」

馬車向東北方狂奔，來到十六鋪碼頭時，正正三點。杜月笙扔下幾個銅元，跳下車就往候船室衝。裡面聚了些人，扁擔籮筐放得一地都是。杜月笙喘了口氣，心中定下來：去杭州的船開三點半。

對著候船的人慢慢找尋，沒見張鐵嘴，杜月笙走出候船室，正東張西望，聽到遠處響起一聲：「月笙！」定眼看，正是張鐵嘴，躬著背，肩頭上掛了個包袱，從堤岸上走下來。

杜月笙迎上前，幾句寒暄後把他拉過一邊，低聲問：「張鐵嘴，為什麼要離開上海灘？是中盛那伙人作惡？走得這麼詭秘。」

「什麼詭秘？」張鐵嘴苦笑，「難道我要人敲鑼打鼓來給我送行麼？城牆拆掉了，大南門四周一片瓦礫，而中盛收保費已收到每個月二百銅元了。這老城廂撈不下來，就到外面走走。橫豎我這個人就喜歡到處走江湖。」說著有點責怪地看一眼杜月笙，「你上次說一個月內就要來奪南碼頭，結果，差不多半年都過了！」

「我這段時期有事，沒辦法。」杜月笙拍拍張鐵嘴的肩頭，「但現在不就來了！來了就是想向你瞭解一下中盛他們的情況，奪南碼頭。中盛他們現在怎麼樣？」

「現在還是原來的那十來個人，上個月又來了一伙人，領頭的那個據說叫席部，是個大個子，手下有七八個人，也向水果船勒榨，結果跟中盛他們幹了一架，雙方都有人受傷。最近席部放出風聲，說一定要找申盛算帳；而中盛聽了，又說一定要把這個席部及其手下打出南碼頭，看來一場打鬥又要開始。月笙，你說，我這個算命佬，看著城牆已拆得這麼七零八落，來算命的人已經少了；兩伙癟三又要打鬥，不管誰打贏了，我想自己還是得納保費，那我還呆在這裡幹嘛？不如到外面走走。」

「申盛和席部準備什麼時間開戰？」杜月笙急忙問。他對張鐵嘴其他的話已不感興趣。

「據說就過幾天，究竟哪一日，不知道。」

「張鐵嘴，你留下來，等我搶了南碼頭，不會收你的保費，你還在那裡擺攤。」

「不了，這地方蹲了這幾年，還是去別的地方混混好。俗語說的，樹挪地死，人挪地活嘛！更何況昨夜我夢見睡床改換了，《夢占逸旨》說得明白，這『主遷移』。天意不可違啊。而且我已買好了船票。」

「真的不留下？」

「不留！」張鐵嘴很堅決。

杜月笙猶豫了一下：「好吧，我不勉強你。但你得跟我詳細說說申盛他們的情況，這伙人平時在哪裡活動，住哪兒?申盛這人有什麼特徵?我好找到他。」

「申盛中等身材，比你矮一點，很壯實。五官嘛，沒什麼特別，就是兩道眉毛很粗。哦，對了，下巴有道刀疤，大概是以前跟人打架留下的。他們平時一般就在這南碼頭一帶欺欺霸霸，硬做生意；至於住哪裡，以前是住南市關帝廟。據說現在申盛在董家渡附近租了房子，實際在哪兒我也不知道。我交保費，他自己來收的，我當然也沒問他。」說著長嘆一聲，「唉，這世道！清朝，民國，有多大改變?」

杜月笙看他那個感慨樣，心中暗笑，正要再問，突然看見遠處走過來七八個人，一個個敞開衣襟，搖身擺勢的，走在前面的那個更是一副趾高氣揚的模樣，一看就知是無賴地痞之流，忙向張鐵嘴打個眼色，低聲問：「這是哪伙人?」

張鐵嘴別頭一看，吃了一驚：「這是申盛那伙人！走在前面的就是申盛。月笙，時候已到，我要上船了，後會有期。」也不管杜月笙有沒有答話，躬著背便急匆匆進了候船室。

杜月笙本來還想兌現自己半年前的諾言，給這老頭兩個銀洋作為他的「保費」賠償的，現在看他急急如驚弓之鳥，對著這彎曲的背影便冷冷一笑，也省了兩個銀洋，施施然走上堤岸，站過一邊，白眼看申盛這伙人如何動作。只見申盛領著手下下了碼頭，走上一艘水果船，對著迎上前來的一個船伕拱拱手，兩人好像爭執了幾句，那船伕便掏出些銅鈿來，申盛接了，一招手，帶著眾人下船。隨後，走過另一隻船去，又勒榨了一把銅鈿……。

杜月笙看著這伙人目空一切的模樣，心裡冷冷地罵：「你們是我的徒子徒孫！」

這時申盛要上第三艘船，不過他這回遇到麻煩了。只見該船的船老大與三個船伕手持扁擔，挺立船頭，破口大罵：「上午才有一伙人來收了錢，現在你們又來收錢，敢上來，我們就跟你拼命！」

旁邊那艘船的幾個船伕也跟著大叫：「你們兩伙人一伙要完一伙又來，我們還有銅鈿吃飯嗎！敢上來，跟他們打！」

另有船伕叫：「叫今早收錢的那伙人來！他說這是他們的地頭，有誰再來收錢就叫他吃生活！」

又有人叫：「報官府！跟他們打！」

南碼頭頓時熱鬧起來，不少人湧過來軋鬧猛，有人起鬨大叫。申盛站住了腳步，四周掃一眼，情知勢頭不對，一言不發，盯著站在船頭的船老大，過了一會，舉了舉手，回頭就走。其他手下緊跟其後。等他們上了堤岸，杜月笙也跟在後面，這時鬧軋猛的人不少，沒人會注意他。

往北走了幾步，聽到申盛跟身旁的手下說道：「這幾天一定要跟席部那伙人講開！」別過頭對著還在湊熱鬧的人大喝一聲：「看什麼！有什麼好看！」

路人不過好奇，一看這流氓頭那凶神惡煞的模樣，誰願惹事，即時四散。杜月笙也收住腳步，等他們走遠了，再遠遠尾隨。走了一會，申盛這伙人便來到董家渡路，拐進了馬家弄，約走過了十來間鋪位，來到一幢一上一下的石庫門前，敲了門，然後一伙人全進去了。杜月笙一直在里弄口遠遠地看著，這時才若無其事地走過去，經過那門口時斜眼瞥了瞥：馬家弄十六號。

杜月笙慢慢踱步回到法租界金福里，吃過晚飯，把馬世奇叫來：「世奇，要你去辦一件大事。」

「我也做得了大事體？」馬世奇吃一驚，他從來就把自己看成個小癟三，而小癟三就只會幹些偷雞摸狗的勾當。

「你照著我說的做，就做得成！」杜月笙信心十足，然後如此這般說了一番。看這個馬世奇，聽得雙眼發直。

「什麼，不敢做？」杜月笙淡淡一笑。

「月，月笙哥，」馬世奇口舌有點不靈光，「不是我不敢做，我是擔心別露出了馬腳。」

「沒的事！」杜月笙一揮手，「到時你就忘了是我杜月笙的兄弟！你只是個身無分文，無家可歸的小癟三，是真心實意去投靠他申盛的。記住，不用裝！那就什麼事也沒有了！」

「真的要我去？不能找別人？」

「世奇，我想過了，你去最合適！不用擔心，就那麼幾天，到時回來報個信就是了。剩下的事我來做！」頓了頓，「事成之後，你就帶幾個兄弟去做南碼頭的霸主！」

「我不想做，我只想跟著你月笙哥。」

「那就事成後再說！現在你首先做好這件事！」

「好吧，我盡力而為。」

第二天上午八點來鐘，馬世奇穿了一套破爛衣服，挽了個包袱，來到南市董家渡路馬家弄十六號敲門。一個四五十歲的女傭開了門，肥胖的身軀堵在門前：「找誰？」

「我找申盛申大哥。」馬世奇躬了躬身，語氣很謙恭。

「還未回來。」女傭的語氣則很生硬。

「那什麼時候回來呢？」

「說不準。」

「我可不可以進去等他？」馬世奇又躬躬身。

「少爺吩咐過，不行！」女傭毫無通融餘地，「要來，下午再來！」啪，關門。

馬世奇對著這扇關閉的大木門愣了一會，但他不敢走，他照著杜月笙的吩咐，就在門前蹲下來，準備一直等下去，等到申盛回來為止，以表現自己的「誠心」。

就這樣等了兩個來鐘頭，申盛才帶著三個手下回來了，他還未走到門口，馬世奇已一眼看到此人下巴的那道刀疤，立即站起來鞠躬：「申大哥。」

「你是誰？」申盛收住腳步，愣了愣。

「小人叫張盛，是張鐵嘴的同鄉。」馬世奇的神態是恭敬極了。

「張鐵嘴？」申盛正為席部的事心煩，一時竟沒想起來。

「就是那個在大南門擺攤的算命佬呢，叫張帆揚的。」

「哦，原來這個算命佬叫張帆揚啊？」申盛的嘴角掀了掀，「怎麼這幾天沒見他擺攤了？」邊說邊走進門。

馬世奇哈著腰在後面跟著：「他有事回蘇北鄉下了。」

申盛在太師椅上坐下，女傭送上茶，看一眼馬世奇，道：「少爺，這個人一早就來找少爺。」

申盛擺擺手，表示知道了，看一眼馬世奇：「來找我有什麼事？」

「小人到上海灘來，一是通知張帆揚回鄉，二是想在上海灘謀份工混口飯吃。蘇北經常鬧災荒，簡直叫人活不下去。張帆揚就勸我來投靠申大哥，他說申大哥的相長得好，是《麻衣相》裡所說的木形相，以後一定會飛黃騰達的。」說著從包袱裡掏出個信封，內裝一個銀洋、十來個銅元，作為贄敬，雙手捧著，躬著身上呈申盛，「請申大哥收留小人。」

申盛當時正想著如何跟席部那伙人大幹一場，決個勝負，多一個人自然多一份力量；看這個張盛，個子雖然不高，看上去還長得結實，打起來正好用得著。接過那信封一摸，更加滿意，便掀掀嘴角，倒像是勉為其難：「好吧！就看在張鐵嘴的面子上，你就留下。不過你要記住，跟我申盛，可要打得，衝得，殺得，若然上陣，不得退縮！做得到嗎？」

「我聽申大哥的！」馬世奇看上去很豪氣，一拱手，「申大哥說怎麼幹我就怎麼幹！」

「哈哈！好！好！」馬世奇就這樣成了申盛的「傳令兵」，有什麼事，申盛就叫他跑腿。

五天後的下午，馬世奇氣喘吁吁地跑回金福里杜宅。杜月笙這幾天可是哪兒也沒去，就等他的消息。「月，月笙哥！」馬世奇衝進來，仍在喘氣，「他們要幹……」

杜月笙迎上前去把他拉過來，按在太師椅上：「坐下，不用急，慢慢說。」親自給他斟上茶，再揮揮手要女傭出去。

馬世奇喘定，道：「月笙哥，今天中午，申盛請了席部在鳳凰酒樓吃飯，要席部退出南碼頭。席部不肯，兩人幾乎吵起來。後來申盛就向席部挑釁，說一山不能藏二虎，雙方擺下戰場，決一勝負。席部同意了，說我怕你什麼，我席部一個可以做你們五個……」

「訂下時間地點了？」杜月笙打斷馬世奇就要滔滔不絕往下說的廢話。

「訂下了！」

「戰場擺在哪裡？什麼時候？有多少人？」

「今天黃昏，下午六點半，南碼頭關帝廟，也就是月笙哥你開香堂的那間關帝廟，廟外對出的空地。那裡地偏，沒人注意，警察也不去管。兩人就都同意了。月笙哥，現在已經下午三點多鐘，我是出來通知申盛的其他手下的，現在得趕快回去，免得申盛起疑心。」說著就要站起來。

「等等，」杜月笙一把按住他，「記住，黃昏開打，你最好別在場，刀棍沒長眼睛，免得出事，也免得事後要另外想辦法救你。你有沒有把握到時躲開？」

「我想好了，今晚五點半申盛的所有手下都集中在馬家弄吃飯，吃半個鐘頭，然後去南市關帝廟。我到出發前，就說去方便，然後就溜出來。申盛不會因為我不在而改變主意的。」

「哈哈！好計！」杜月笙一拍大腿。

「我先走了。」馬世奇出門而去。

這小子前腳一走，杜月笙後腳就趕往同孚里黃公館，求見程聞。程聞正在帳房裡算自己的錢財，準備到外面跟朋友合資，亮著黃金榮的牌頭過過老闆癮。聽報杜月笙求見，便出客廳來，相互寒暄幾句，杜月笙卻不落座，躬躬身：「程先生，此處人雜，可否找個安靜地方說話？」

「那好啊，去得意樓的雅室如何？」程聞笑笑，不過仍坐著不動，他感覺杜月笙肯定有事。

杜月笙一聽，反而慢慢坐下來，輕輕拿起茶杯喝了一口，然後，手掌中裝著五個銀洋的小布袋子連同茶杯便一起放回到茶几上，再拱拱手：「程先生，這事上不得茶樓，而且只有先生能幫忙。」

程聞嘻嘻一笑，小布袋子捏在手中，順勢舉杯喝口茶：「好吧，跟我來。」

兩人離開客廳，拐了兩個彎，便進了帳房，程聞把門關了：「月笙，什麼大不了的事？」

「小弟只想拜託程先生幫忙打個電話。」杜月笙微笑，話說得輕鬆。

「哦？打電話？」程聞怔了怔，「打給誰？」

「南市警察局。我聽先生說過，先生跟該局裡的偵緝科梁科長是好朋友。」

「幹什麼？」程聞心裡大感驚奇：你這個流氓癟三竟會跟警察局的偵緝科長聯繫？

「今天下午六點半，有兩伙人在南市關帝廟前空地械鬥，人數大概有二三十人。他們是南碼頭兩股最大的勢力，平時專幹收保費和向商船勒索的事。一個頭頭叫申盛，一個叫席部。勞煩程先生給梁科長一個電話告知此事，請梁科長把他們一網打盡。這樣，既是為民除害，又可以立上一功。」

「哈哈，月笙，你說得好動聽。」程聞立時笑起來，「這兩伙人一除，就該輪到你的手下稱霸南碼頭了吧？真可謂諸葛亮，兵不血刃而奪地，上上之策也。」

「小弟諸葛亮的綽號只是冒牌，程先生才真正是明察秋毫，足智多謀，小弟佩服佩服！」杜月笙邊說邊躬躬身，語氣謙極了，同時雙手向上一呈：手掌中是十個白花花的銀洋，「不成敬意！」

程聞看他一眼，竟沒有接，施施然在太師椅上坐下來，喝茶。

杜月笙看這程師爺一副沉思的模樣，便把銀洋輕輕放到茶几上，仍躬著身，一抱拳，語氣可是沉穩得多了：「程先生，這件事是我杜月笙幹的，不過是借先生的聲望促成它罷了。以後事情萬一傳出去，我杜月笙決不會不認帳。況且這也是明擺著的，警察局把這兩伙人逮進局子，然後就是我手下的三十六股黨人馬去佔南碼頭，顯然就是我跟他們作對，與程先生無關的。」

程聞又看杜月笙一眼。竟微微笑了：「月笙，實話實說，我不想插手法租界以外江湖的事。不過你既然如此相求，我就勉為其難，事情過了就了結，不得向外亂說。」

「這個自然，程先生放心！」

程聞站起來，走到牆邊，把電話拿起來，打到南市警察局去找到梁科長，把杜月笙的話加以發揮，最後說：「英曲兄維持地方治安，為民除害，必為上峰所重，升職有望焉。可喜可賀！」

不知梁英曲隨後就把手下的數十名偵緝人員全部召來佈置。大約五時半，三五成群的便衣警察便從警察局走出，向關帝廟方向而去。

這天日落之際，先後來了兩伙人，一伙大約十五六個，一伙是十二三個，人人手執木棍，吵吵嚷嚷，耀武揚威。隨後就在廟前空地排開個一字陣。當時西方天空只餘一絲夕照，市郊一片寧靜。申盛與席部各自從自己的排陣裡走出來，相互距離大約七八步，四目對視，怒火中燒，申盛先一拱手：「席部！今晚……」哪知下面的話還未說完，席部手中大棒已向上一舉：「衝啊！」就直撲過來，後面的手下一齊高叫：「打啊！」申盛一怔，下面的話也不說了，立即揮棒迎戰，身後的那伙癟三手下也直衝上前，高聲喊打。一眨眼間，一場流氓大混戰開場。

就在雙方你來我往，打到難分難解之際，突然一聲哨響，小山丘上應聲衝下十多人來，道路兩邊也同時衝出十多人，個個手提短槍，幾乎同聲大叫：「我們是警察局的！放下棍棒！」

當警察們形成了包圍圈時，這兩伙人早一個個丟了棍棒，呆若木雞。接著就是很順從地被銬了雙手，悉數押回警局。隨後審判的結果簡單明瞭：申盛、席部等幾個為首的被判了一年或半年監禁服苦役不等，其他的小癟三蹲了十天八天鐵窗，由家人付錢後再領出去。這時候，馬世奇已帶著十個八個三十六股黨中的小師弟，在南碼頭一帶稱王稱霸了。

第四十八章　邁向賭業的大道

杜月笙用了十五塊銀洋買通程聞，兵不血刃便將南碼頭搶奪了過來。雖然，這個碼頭的油水並不豐裕，但也總算為他的三十六股黨找了一個立足之地，算是有了自己的碼頭。

就在申盛等人被南市警察局判了監的第二天，杜月笙把程聞請上得意樓，席間奉上二十個銀洋的酬謝，程聞老實不客氣，把銀洋收了，哈哈一笑：「月笙，我看你就要發達了。」

「就這麼個南碼頭，哪能呢？」杜月笙神色平淡。

「好！並不以此為滿足，有前途！」程聞往太師椅上一靠，「那老弟的下一步目標是什麼？」

「不知道。」杜月笙笑笑，把手中杯舉了舉：「程先生有什麼指教？」

程聞又是哈哈一笑，上身前俯，雙肘支在桌上，語氣低沉：「古人云：鬆弛有度。又云：過猶不及。老弟是聰明人，我哪敢指教啊。只是覺得在這上海灘，龍蛇混雜，生意多的是，要弄個場面出來，也不一定非動刀動槍不可就是了。」

「多謝指教。」杜月笙拱拱手。

程聞的話他聽得明白。其實這時他不是不知道下一個目標是什麼，只是在考慮。

無疑，對這個野心勃勃的杜月笙來說，奪得南碼頭是一點也不感到滿足的。他認定了，要想真正發達，做個名聲響噹噹的大亨，就非插足煙行、賭業不可。但這談何容易！這兩種利潤最為豐厚的偏門行業，在華界市道不好，興旺的是在租界，而不管在華界還是在租界，都早已各有霸主。在英租界，煙業有以華探目沈杏山為首的大八股黨及勢力雄厚的潮州幫，賭業則有名震黑道的嚴九齡，論勢力論資歷，這時候的杜月笙根本不敢跟這些大好佬較量。在法租界，煙賭業最大的霸主其實就是他自己的「爺叔」、華探長黃金榮，江湖上有點名氣的朋友都暗裡受他的庇護，杜月笙不管要去明搶還是暗奪，都等於是向黃金榮轄下的江湖道上的人馬挑釁，這樣的事，他是斷然不敢做，也是定然行不通的。

那怎麼辦？杜月笙左思右想，結論是只有自己租幢房子，開煙行，又或開賭檔。開煙行，需要大筆資金，若以在南碼頭勒榨商船得到的銅鈿，除了能讓手下的三十六股黨有飯吃，不用到街邊做小癟三外，已是所餘無幾，絕對不夠開銷的；此外，還需要足夠強大的勢力，而自己現在的勢力還遠未達到這種程度；更重要的，必須要有充足的貨源和暢通的銷路，這也是沒把握的。看來只得暫時放棄。那就開賭檔吧，橫豎現在手裡有一千來塊銀洋，勉強可以學學師父陳世昌，開間人和棧之類的賭檔。場面少，賺的不會很多，但也先撈點銅鈿再說。經過一段時間的觀察和考慮，杜月笙終於打定了這個主意。這天上完茶館回來，靠在太師椅上，正想著是不是該找袁珊寶等人來商議一番，突然使媽引領著程聞進來。

「唉呀！程先生，」杜月笙連忙起身，拱手相迎，「未知大駕光臨，恕罪恕罪！」

程聞拱手還禮。兩人坐下寒暄了幾句，程聞道：「月笙，你看來得回黃公館住上一段日子了。」

「哦？」杜月笙怔了怔，「不知黃老闆有什麼事？」

「不是黃老闆有事，是老闆娘有事。」

「師娘？她怎麼啦？」

「上個月，老闆娘突然染了風寒，發高熱，服了七八服藥，熱是退了，但渾身乏力，精神很差，又服了很多藥，仍不見效。那些醫生一個個束手無策。黃老闆也急了，便去求神問卜，在佛像前許願，但還是不見效。在前兩天，他突然想起了吳鑑光……」

「吳鑑光？」杜月笙愣了愣，「這名字好像聽說過。」

「英租界有名的算命測字佬嘛！」程聞喝口茶，「黃老闆要我去把他請來。他拿著羅盤在老闆娘的房裡轉了三個圈，又在公館裡轉了三個圈，捏著手指又推算了好一會，結論是老闆娘衝了鬼魔妖祟，得找個年青力壯的小伙子來守護，藉此人頭上的三把火，也就是所謂陽氣，以鎮邪驅魔。」

「這做法以前我好像也聽說過。」

「這本來就是一種民俗。黃老闆並不是很相信的，但看這吳鑑光說得頭頭是道，也就信了。於是在公館裡找這個陽氣足的人，卻總找不到合適的。」

「怎麼會呢？」杜月笙道，「黃公館裡年青力壯的青年有的是。」

「是老闆娘不同意。她說除了年青力壯外，還要鴻運當頭的，才會夠煞氣，才可以鎮邪。公館裡青年人個個都是黃老闆的手下，要他幹啥他就幹啥，有誰鴻運當頭的？後來黃老闆就想到你了，說你二十五六歲，正是陽氣最旺的時候，又未娶老婆，這年來做事又從未失過手，名聲又越來越大，賭錢又手氣旺，該是年青力壯、陽氣充足又兼鴻運當頭了。老闆娘聽了後，就同意了。月笙，如果你侍候得老闆娘好，我看你這回真是鴻運當頭了！」程聞說著，哈哈一笑。

「好！師娘看得起我，我去！」杜月笙霍地站起來。他心裡湧起了一股衝動。他直覺這又是一個良機：侍候得好林桂生，那對自己將來在法租界發展定必大有好處。

兩人回到黃公館，杜月笙就住下了。他現在已是個青幫悟字輩，又不是在黃公館當差的，更主要的，他已是社會上有點名氣的白相人，既是黃老闆的得意門生，又是公館裡的客人，當然就不必像以前那樣睡灶披間了，而是住了一間舒適的客房。他整天的工作，便是一早就守護在林桂生臥室的門前，一直守到晚上林桂生安寢為止，憑頭上的三把陽火將妖邪擋在門外。照規矩，他是不便進老闆娘的臥室的，但實際上，林桂生要他進去，做這做那，而這個杜月笙，更是盡一切巴結之能事。開頭那天，他還等著林桂生招呼才進去，以後就不必等招呼，而是憑著自己善於察顏觀色的本事，林桂生還未開口，他就已把這正宮娘娘想要他做的做得妥妥貼貼，做好了才又坐到門口守候。這樣過了幾天，林桂生乾脆讓他進房裡聊天「驅鬼」，並多次將貼身侍女沈月英支出街外辦事。於是後來江湖上對杜月笙給林桂生擋邪鎮祟的事便有了不少色香味俱全的說法。

林桂生在他守護了半個月後，不但病患痊癒，而且精神煥發。杜月笙看看自己的任務已經「圓滿完成」，這天吃過午飯，便向林桂生和黃金榮告辭。黃金榮夫婦說了幾句感謝的話，杜月笙：「爺叔和師娘過獎了，過獎了！這都是師娘的鴻福，月笙不敢當，不敢當！」

話音剛落，使媽入報：「曹振聲先生找老爺呢！」

黃金榮一聽，連說請請請，蹬蹬蹬下樓，出客廳相迎。過了大約一刻鐘，黃金榮就回來了，對著杜月笙笑道：「月笙，看來你的運道真要來了！」

杜月笙躬身：「不知黃老闆有什麼關照？」

「不是我，是曹振聲找你。他的母親曹太夫人也是像桂生那樣，病了一場後身體覺得很不妥，他現在過來問桂生好了沒有，我說好了，是由你來鎮邪鎮好的，他就說也要你過去為他的母親鎮邪。月笙，如果你真的鎮好了曹太夫人的病，你說這不是運道來了？」

「多謝黃老闆提攜。」杜月笙又躬躬身，心中是一陣陣的興奮。他知道曹振聲在法租界中的地位和名望，而像他這樣的白相人，可以跟他攀交情，對於自己以後在法租界裡混肯定有好處！想到這裡就不覺心中得意，亦步亦趨的跟在黃金榮身後，出客廳見曹振聲。

曹振聲以前是曾經見過杜月笙的，還聽林桂生說過：「月笙這個小孤人雖是自小無依無靠，但他的額骨頭生得蠻高，運道邪氣好。」不過他曹振聲是從沒注意這個白相人就是了，現在一看這杜月笙，高高瘦瘦的，雙目炯炯，比以前所見既長高了又精神了，果然是有點朝氣，上前便拍拍他的肩頭：「老闆娘說你運道邪氣好，看來不假。」

而這杜月笙，一出客廳看到這個法租界的總翻譯，早已拱手躬身，連道：「曹先生好。」現在更是一連串的「曹先生過獎了」。

說來也真是怪，不知是這白相人真的鴻運當頭，百會穴上冒出三把火，還是就碰得這麼湊巧，杜月笙在曹家住了不足十日，天天坐在曹太夫人房門口鎮邪，竟真的就把這老太婆的「體乏無力，食慾不振」鎮好了。老太婆覺得精神爽利，誇獎杜月笙果然是陽氣旺，把邪氣都衝了，著實的贊了幾句。那個曹振聲是個孝子，看老母親如此高興，就大大方方的打賞了杜月笙二十個銀洋，也稱讚了幾句，還說：「以後有什麼事，可以來找我曹振聲說說。」

感激得個杜月笙一連鞠了幾個躬：「多謝曹先生！多謝曹先生！」

當天吃過晚飯，杜月笙便離開了曹公館，閒閒逛逛過了兩條馬路，原來打算去賭兩手，抬頭看，剛好走到了八仙橋，心想還是應該先到黃公館去向黃金榮交個差，便拐進同孚里去。這時黃金榮正斜躺在鴉片煙床上吞雲吐霧，一邊抽雪茄一邊思考林桂生跟他商量的事。

昨天晚飯後，林桂生特意把黃金榮叫上了她自己的居室小樓。黃金榮一看這個正宮娘娘的臉色，就知道她有要事商量。

「黃老闆，近來賭場的情況怎麼樣了？」

「生意不好。」黃金榮發胖的身軀堵滿了那張太師椅，喝口參茶，「尤其那間源利俱樂部，一直沒有起色。」

「還是由於有人被『剝豬玀』、有人成了遊街示眾的『大閘蟹』？」

「大概是，沒有辦法。」黃金榮無奈地搖搖頭，「被剝過豬玀的賭客下次就不敢再來，還把話傳出去，嚇得別的人也不敢來。被人綁了遊街的，誰下次還敢來，其他人見了，也嚇怕了，不敢來。」

「至今還沒想出有效的應付辦法？」

「有什麼辦法？」黃金榮瞪老婆一眼，「那些剝豬玀的，大多是窮得沒錢開飯的小癟三，鋌而走險，多在夜裡作案，看清了周圍沒巡捕才作案，要捉他們難極了，巡捕房裡哪有這麼多人手？好吧，就算把他們捉進捕房裡了，又能怎麼樣？判不了監，最多叫他們吃生活，放出去後一樣幹，沒有多大的阻嚇作用。其他還沒被捉住的，就更不怕了。」頓了頓，「捉多了，惹惱了江湖上的各路朋友不說，那些法國佬反而會認為我沒本事，怎麼會冒出這麼多毛賊匪盜的？這我豈不是自己給自己惹麻煩？至於禁賭，公董局哪怕不是十足堅決，也總要做個樣子出來，殺雞警猴，好向市民交代，向巴黎交代，我又不能頂著不幹，這還有什麼辦法？」

「我想過了，你不便直接出面，但可以找個人為你黃老闆出面，讓他想辦法。」林桂生微微一笑，「我想他可能有辦法。」

「誰？」黃金榮愣了愣，「誰有這個本事，把各路朋友都應付過去？」

「杜月笙。」林桂生說得篤定。

「什麼？月笙？」黃金榮那雙金魚眼一瞪，顯然沒想到林桂生會提出這麼個人來，「這個小赤佬哪來這樣的本事啊？各路朋友資歷比他深的多的是，名氣比他響的多的是，勢力比他大的多的是。我說桂生，他不過是個剛剛露出頭來的小白相人呢！」語氣是不以為然。

「表面看來是這樣，但你黃老闆若有意扶持他，哪路朋友敢輕視他？況且他還是青幫中的悟字輩呢，手下有一幫門徒，至少也算是半個老頭子。」林桂生說著輕輕放下茶杯，「最主要的，是此人運道邪氣好，又有膽識，遇事懂得怎樣去應付，這就是本事。資歷、名氣、勢力不都是一步步來的？我敢肯定他以後是個人物。黃老闆，你應該真正把他收在門下，而不只是名義上的門生，當然也不是要把他養在黃公館裡，而是要讓他為你辦事。我們現在不是有三隻賭台嗎？你就撥一隻給他，對了，就把最沒起色的源利俱樂部撥給他，要他加一千幾百個銀洋的股份進去，他不就成了個小股東了？要他負責打理，做賭台的總鏢，看他的本事。他若能起死回生，賺到銅鈿，不還是你黃老闆賺大頭？若他做不好，你是大股東、真正的老板，要讓他拿回那丁點股份走路不遲，也沒什麼損失。」

黃金榮沒答話，捧著茶杯站起來，慢慢的喝，慢慢的踱步。他覺得這林桂生說的不是沒有道理，但是把事情看得過於簡單，他擔心杜月笙能不能應付得了。負責打理大規模賭場的人，要會使軟硬兩手，要做到八面玲瓏，要臨危不亂，必要時又要敢衝敢殺，其職責之「沉重」，不是外人從表面上看得出來的。實在難說這個「剛出道」的杜月笙能否擔當得起。

黃金榮把這種種擔憂拐著彎兒說了一遍，最後道：「桂生，打理賭場，還不止是應付剝豬玀、大閘蟹的。月笙他應付得了?還有，煙賭兩業，是我黃公館的兩條主要財路，讓月笙負責打理源利，算是把其中一條財路的一部份交到他的手上，你就這麼放心?」

「放心!」林桂生似乎不用考慮，淡淡一笑，「黃老闆，想當年我跟你的時候，我就覺得你是個人才，看看今天這個局面，證明我所料不差吧?月笙也一樣，我也覺得他是個人才，你黃老闆把他倚為左右手，絕對有好處。他做得好，你一步步栽培他;他做不好，你要他滾蛋也不遲。堂堂華探長，上海灘的聞人，你何需擔心這麼多呢?」

「這倒是。」黃金榮被讚得露出笑容來。

「再說，源利的一切都早已上了軌道，一切有章可循，杜月笙接手後，就照著吳榕生原來做的做下去就是了。至於賭場裡可能有的那些突發事件，月笙是白相人，相傳他賭癮大得很，對賭場的情況熟悉得很，處理起來就絕不會比吳榕生差，黃老闆你又何必擔心呢?」黃金榮又微微點了兩下頭。

「還有，如果月笙真的做得好，我打算把沈月英許配給他，我們黃公館出面為他熱熱鬧鬧的辦了婚事。」

「你還要為他做媒人?做主婚人?」黃金榮怔了怔。

「他是匹野馬，我要給他套個轡頭，並且將轡頭的繩索綁牢在我們黃公館的馬車上。」

黃金榮看看這個圓頭圓臉的林桂生，越發覺得這白相人嫂嫂不愧是這間大公館裡的正宮娘娘。不過黃金榮當時答應了林桂生「起用」杜月笙，其實心中還不是很踏實的。現在正瞇著那雙金魚眼看面前的煙霧繚繞，程聞入報:「黃老闆，杜月笙求見。」

「要他進來。」黃金榮從鴉片煙床上慢慢坐起來，猛抽了一口雪茄，對著躬身走進來的杜月笙做了個「坐吧」的手勢。

杜月笙很恭敬地側著身坐下，把在曹公館為老夫人「鎮邪」的經過說了一遍，並有意加重語氣描述曹家人對他是如何的親熱和稱讚，說這都是黃老闆的臉子。聽得黃金榮心中暗暗驚嘆:「這個小赤佬莫非真的運道邪氣好？曹振聲對他也另眼相看了？」不過嘴上沒說出來。待杜月笙說完了，他才淡淡地道：「月笙，你看來真要吉星高照了。」

「托黃老闆的福。」杜月笙躬躬身。

「據說你經常在賭台上轉，現在還是這樣嗎？」黃金榮突然轉了話題。

「比過去少多了。」杜月笙道，心裡打個突：莫非黃金榮知道自己想開賭檔？

「你加點股份到源利俱樂部去，當個總鏢，負責打理那裡的事，做得好嗎？」黃金榮瞪著他的金魚眼，說得很慢。

杜月笙猛地一陣心跳。在法租界，最具規模的三間賭場是源利、公興記、榮記；他聽林桂生說過，除公興記花和尚佔了約一半股份外，源利和榮記幾乎是黃金榮的獨資經營。他以前曾為黃金榮到源利收過錢，知道這賭場的規模，當時看著場中豪客手中的銀洋成百成千的進出，簡直是心癢難熬，羨慕得很。一直以來，哪敢想像自己能夠打理這間賭場！但這白相人儘管興奮得心中狂跳，臉上的表情卻是嚴肅莊重：「如果黃老闆給月笙這個機會，月笙一定做得好，利潤一定比以前高。」

「別先說大話。」黃金榮一邊抽著雪茄一邊把自己的種種擔憂慢慢道出，最後說到賭場的慘淡境況，這時才看杜月笙一眼：「該說的我已經說了，」加重語氣問：「你覺得能夠做得好嗎？」

杜月笙從太師椅上站起來，對著黃金榮抱拳深深一躬身：「我有把握。」

「那好，」黃金榮終於下了決心，「就讓你試試！」

第二天上午，黃金榮帶著杜月笙、馬祥生、袁珊寶、江肇銘等人來到離聚寶酒樓不遠的源利俱樂部，在後間的辦公室裡，要經理吳榕生當面清點了數目、籌碼、帳冊，一切交割清楚，由杜月笙接管。杜月笙就這樣在源利裡掌了權。訊息隨後傳出，不少白相人跑來向他道賀，拍他的馬屁；連他的師父陳世昌及其手下沈嘉福、范恆德等也來向他說幾句吹捧的話，因為他們知道這是黃金榮有意把他舉上去的。杜月笙對此表示得頗冷靜，沒有得意忘形之態。他心裡明白，要保住眼前的風光就得做出點成績來，否則他這個源利俱樂部經理的位子是坐不長的。

他要使源利的生意好起來，首先就要對付那些幹「剝豬玀」勾當的癟三朋友。

當年的賭場，一般分日場和夜場，日場叫「前和」，夜場謂「夜局」。日場賭客被剝豬玀者不多，畢竟是光天化日之下，行劫者有所顧忌；但到了夜裡，可就便於作案了。賭場夜局結束之時，多在午夜以後。到源利來玩的賭客，全都是衣冠楚楚的，輸得精光的是少數，絕大多數在離開賭場時，仍是身有「財香」，這類人於是成為「剝豬玀」者的最佳目標。當年的租界，道路縱橫，街巷複雜，又是夜色沉沉，賭客遭殃的訊息便時有所聞。由於有不得越界捕人的規定，劫匪得手後逃過另一租界，便可平然脫身，躲過追捕，這更令剝豬玀之風不息；後來竟有帶保鏢上賭場的客人。膽小的自然就不敢來了。

杜月笙先是發散了自己的癟三手下向各路朋友刺探情報。他覺得這類案件能夠持續這麼長時間，很可能已形成了各個不同的集團，他們分割不同的地域來作案。杜月笙打算透過手下瞭解情況，找到這些流氓頭，再跟他們「講開」。

幾天過去，他失望了。這些手下沒有誰說得出誰人剝過豬玀，更別說查出流氓頭是誰。杜月笙對這些「辦事不力」的手下也不責怪，擺擺手：「繼續查，有訊息回來報告。」打發出去了事。

看著生意慘淡的賭場，杜月笙沉思了好一會，然後把袁珊寶等骨幹手下叫來。

當天夜裡，源利夜局裡的賭客跟往日一樣，稀稀落落，只有十來二十人，在打烊之前大約一刻鐘，杜月笙、馬祥生、馬世奇、袁珊寶、江肇銘、范長寶、闊嘴巴怡生共七人，全都穿上長衫，裝扮得斯斯文文，腰藏短棍利刃，分成三個小組，悄悄離開了源利，分散向北走，在法租界的街巷裡四處閒逛遊轉，等待獵物的出現。這一夜，一直轉到將近三點鐘，但見街巷死寂，什麼也沒有碰到。不過到了白天，便聽說有一名賭客離開利源後，在三茅閣橋附近被人剝了豬玀，回到家時他老婆看到他冷得臉色發青，渾身打顫，全身上下只剩了一條短褲。

消息傳到杜月笙耳裡，他把江肇銘等人叫來：「今晚繼續，仍分成三組，潛伏三茅閣橋、帶鉤橋、鄭家木橋一帶南面的街道。」

不過這一夜還是一無所獲，第三晚仍是如此，並且把個子矮小的馬世奇冷得感冒發熱。

到第四晚，江肇銘煩躁起來了：「月笙哥！天寒地凍，我們不能就這樣亂走亂躥地等啊！」

「我們非得當場捉住一個剝豬玀的不可！」杜月笙怒氣沖沖地瞪他一眼，「不這樣做，那你說怎麼辦？」江肇銘是個老粗，哪知還有什麼辦法，就呆著。

倒是馬祥生開了口：「月笙哥，事不過三，是不是變個法子？」

「祥生哥，你說說。」杜月笙的臉色緩下來，他查覺了自己剛才的失態。

「世奇不能去了，我們就兩個人一組，跟定三個穿著光鮮的單身賭客，這樣雖然力量分散，但相對那些剝豬玀的小癟三來說，應該是對付得了的。這樣有可能會碰得上。」

杜月笙想了想：「祥生哥說得對！就這樣幹！」

第四十九章　克服萬難立山頭

時在一九一四年初春，天氣漸暖，當夜微寒。不覺便到了午夜時分，源利俱樂部打烊了，賭客們各自散去。杜月笙與馬祥生穿了黃包車伕的服裝，頭戴褪色氈帽，上身襤褸破衣，破衣外加一件帶有白色號碼的藍色馬夾，一前一後也出了源利，遠遠地尾隨著一個五十來歲，商家模樣的中年人。這中年人今夜贏了十來個銀洋，相當高興，步履輕快沿著東新橋街向北走。這時路上已是幾無行人。一路上平安無事，中年人眼看就要走到洋涇濱上的東新橋了，突然從旁邊弄堂口衝出兩個小青年來，向著他直撲過去，中年人猛聽得後面腳步聲息，剛一轉頭，後腦勺上便已中了一悶棍，「呀」的一聲，向前便倒。

兩個小青年立即蹲下來搜銀洋，剝衣服，正興奮得雙手打抖，不亦樂乎，猛聽到南邊傳來急驟的腳步聲，別頭一看，只見兩個二十來歲的黃包車伕高舉木棍直向自己撲來，嚇得怪叫一聲，跳起便跑。照原先商量好的，杜月笙與馬祥生緊追那個跑得稍慢的，這小子剛衝上東新橋頂，就被追上來的馬祥生當頭一棍，那小子就向前撲，這一撲撲到了英租界那邊，遠處剛好有兩個洋捕在巡更，看到有人劫殺，立即衝過來。馬祥生把木棍向橋下一扔，與已衝上來的杜月笙一同托起那個被打昏了的小癟三，就往橋南這邊搬。當兩個洋捕衝到橋頂時，兩人已把小癟三搬到了橋南腳下。按規定英租界巡捕不能過橋南法租界這邊來，於是在這沉沉夜色中，兩個洋捕就只好眼光光看著杜月笙對著自己做了個輕快的鬼臉，背起那個小癟三揚長而去。

源利賭場在聚寶茶樓的附近，而聚寶茶樓在公館馬路中段東新橋街十字路口，不遠處就是黃金榮在那裡辦公的法租界麥蘭捕房。杜、馬二人背著小癟三回到源利，把這小子往後間辦公室的地上一放，再找來支牙籤在他的上唇人中穴處一刺，這小子就悠悠醒過來了。睜眼一看面前五六條漢子圍著自己虎視眈眈，嚇得霍的一下從地上坐起來，拱手抱拳：「各位大哥，各位大哥……」

杜月笙就坐在他的面前，很親切地給他遞過去一杯酒：「花雕，喝口驅驅寒。」

小癟三接過，感動得猛躬身，幾乎想叩頭：「多謝大哥，多謝大哥。」

「我是杜月笙，諸葛亮、軍師爺。」杜月笙雙眼盯著小癟三，語氣很平靜。

「唉呀！原來是月笙哥，諸葛亮！」這個小癟三只有十七八歲，顯然是出來混了不久，放下酒杯，倒身跪地，對著杜月笙便連叩了幾個頭，「久聞大名！久聞大名！」

「這裡是源利俱樂部，我是經理。你剛才剁豬玀的那個人是這裡的客人。」杜月笙的語氣仍很平靜，眼神則是陰冷陰冷，「也就是說，你打劫打到源利來了！」

「月，月笙哥……，」小癟三開始打起哆嗦來。

「你叫什麼名字，跟你一起剁豬玀的那個人是誰？」杜月笙不止眼神陰冷，語氣也陰冷起來。

「我叫孟，孟五，」這小子慌得怦怦怦的心跳，話說得結巴了，「那個叫，叫常，常毅。」

「住哪裡？」

「老城，城廂字，字祖廟。」

「兩人一起出來幹？做過幾次了？」

「五，五六次。」

沉默了大約兩分鐘，杜月笙突然聲色俱厲的一聲怒喝：「你們的頭目是誰？」

「頭，頭目？」孟五上下牙齒打架，「我們沒，沒有頭，頭目。」

「說！」杜月笙一把抓住這小子的頭髮，那雙陰冷陰冷的眼睛像放出凶狠的毒光來，「告訴你，我還是華探長黃金榮的門生！旁邊不遠就是麥蘭捕房，把你送到那裡去，有你好受！」

「我，我，」孟五愣著雙眼，「是常毅拉，拉我一起幹，他說，說他們的頭叫，叫，他說，說不能說，否則他的頭會打，打死……」

「不說我就先打死你！」未等孟五哆嗦完，馬祥生已當胸給他一拳。

孟五慘叫一聲，雙手亂搖：「別，別打別打！我說，我說！」

「那就說吧。」杜月笙靠在太師椅上，他不喝酒，喝茶。

「常毅說，說他們的頭叫芮慶榮，住，住在老城廂舊，舊倉街……」

芮慶榮這天早上，當他正準備上茶館去皮包水時，抬頭看見有三個人「押」著孟五、常毅走進自己的家門，不覺猛然一愣。

來者領頭的便是杜月笙，只見他臉帶笑容，拱手為禮：「慶榮哥，久聞大名！今日才得相見，幸會幸會！在下杜月笙。」指指身旁兩人，「兄弟馬祥生、宣統皇帝江肇銘。」

芮慶榮回復平靜，拱手還禮：「原來是諸葛亮！久聞大名。請坐。」

各人落座，寒暄一番，如老友久別重逢，親熱得很，馬、江二人不時插上幾句，而孟、常兩個小癟三連坐都不敢坐，就愣愣地站著。廢話說了一堆，芮慶榮也不問杜月笙為何來訪，而是瞪一眼孟五與常毅：「你倆是不是失風啦？」孟、常二人嚇得縮了縮，嘴唇動了幾動，沒有說出話來。

「慶榮哥果然目光銳利，」杜月笙輕鬆地說，「你這兩位手下是失風了，被我擒個正著。」

芮慶榮轉過頭來，剛才裝出來的親熱勁沒了，臉色板緊，語氣是冷冷的：「諸葛亮，聽說黃金榮把你扶上了源利俱樂部的經理職位，現在帶了這兩個小癟三進我的家門，是要來講開呢，還是別的意思？」他做好了打架的準備。

「慶榮哥，我杜月笙不是來講開，也沒別的意思，只是來商量。」杜月笙語氣平靜，「這兩個癟三，劫我源利的客人，我沒揍他倆，更沒把他倆送巡捕房，現在也沒有包打聽跟著來，可見我的誠意。現在上海灘賭業，因有人剝豬玀而生意大損，其實這對雙方都沒有好處，說書佬說的，叫兩敗俱傷。弄到最後沒人敢去賭場了，想剝豬玀也沒得剝了。因此，我特意要你兩個手下帶我來找你商量，我們應該有錢大家撈，大家都要撈得舒服才行。」

芮慶榮看這杜月笙不是來勒索，也不是來跟自己算帳，語氣眼神看來都很誠懇，心中定了些，拱拱手：「剛才如有得罪，你月笙哥大人有大量，別見怪。只是，怎個有錢大家撈法？」

「我想好了。黃老闆手下三隻賭台，一隻是源利，一隻是公興記，一隻是榮記。大家合作。你慶榮哥如果能夠保證你的手下不再對這三隻賭台的客人下手，同時還要保護這三隻賭台的賭客不被人剝豬玀，那末，我負責把賭場所得利潤的十分之一均出來給你，分配給手下。」

「賭場所得利潤的十分之一？」芮慶榮興奮得低叫一聲，兩隻馬眼同時瞪大，他知道這是一筆多大的數目；但他想了想後，不得不說：「月笙哥，這做不到。」

「為什麼？」杜月笙暗吃一驚，因為他覺得開出的條件是夠豐厚的了。

「源利在東新橋街，那一帶的癟三朋友聽我的，大致做得到。但公興記在八里橋路，榮記在山東南路，都不是我的地頭。」

「那是誰的地頭？」杜月笙盯著芮慶榮。芮慶榮不答，定定的回望，四目對視。

杜月笙神色平靜，掏出包香菸，抽一支遞過去，再擦著洋火，給芮慶榮點煙：「慶榮哥，江湖道，說信義二字。我杜月笙在上海灘打滾了十多年，少有名氣，難道你會以為我是巡捕房派來的？」頓了頓，「況且，巡捕房中不少也是幫會中人，我杜月笙又哪會對同道上的兄弟行不義呢？」

芮慶榮深深吸了兩口煙，從兩個大鼻孔裡慢慢飄出兩股淡淡的煙霧來，眼睛仍看著杜月笙：「好，月笙哥，我信你。」頓了頓，「認識葉焯山與顧嘉棠嗎？」

「認識！」杜月笙笑說，「他兩位加上你和高鑫寶是有名的四大金剛！對了，高鑫寶在哪裡？」

「不知道，自去年聽說田老大要跟他算帳後，再沒聽過他的訊息。」芮慶榮說著喝口茶，看一眼杜月笙，「八里橋路是葉焯山的地頭，他有一個得力手下叫楊仁千；山東南路是顧嘉棠的地頭，他有一個得力手下叫樊伯良。」

「哈哈！真是踏破鐵鞋無覓處，得來全不費功夫！去年我就想找顧嘉棠，想不到他早已回了上海灘！慶榮哥，我現在就到城隍廟的老飯店開一席，有勞你去把他們四位都請來。就說我杜月笙在二樓雅室恭候！」

杜月笙、馬祥生、江肇銘、孟五、常毅五人在城隍廟的老飯店三樓臨窗一席落座，點了九個老飯店的「看家菜」，又要了三支紹興老酒，外加三支洋酒。上菜之時，芮慶榮與顧嘉棠、葉焯山走上樓來，後面跟著兩個二十來歲的青年，那就是楊仁千和樊伯良。杜月笙立即離座，拱手上前相迎，眾人一番寒暄，互作介紹，再各自落座。

顧嘉棠把酒杯一舉，叫道：「月笙哥！英雄果然有出頭之日了！」

「嘉棠哥，去年大家見了一面，就再找不到你了。去哪發達了？」杜月笙跟他碰碰杯，一臉「大哥」的笑容。

「別提了！大八股黨搶了運土生意，我被人歇了生意，就只好走啦！哦，對了，前幾個月我從杭州回來，走之前見過高鑫寶，他說起你來，還說多謝你救命之恩。月笙哥，果然是及時雨宋江！」

「過獎。」杜月笙淡淡一笑，「不知鑫寶哥現在哪裡？」

「他可能還在杭州，不清楚。」

「乾杯！」葉焯山大叫起來，「難得今天同聚一處，為生意興隆乾杯！」眾人站起來，十隻酒杯亂碰，然後仰頭一飲而盡。

又說了一回廢話，酒也喝掉了一半，杜月笙雙手手肘支在餐桌上，上身前俯，先看芮慶榮一眼，再目視顧、葉二人：「嘉棠哥、焯山哥，我想慶榮哥已跟兩位說過了，不知兩位覺得如何？」

「可以！同意！」顧嘉棠與葉焯山幾乎同時叫起來。

「做得到？」杜月笙追問一句。

「回去跟手下的兄弟說說，做得到！」顧嘉棠還拱了拱手：「多謝月笙哥關照！」

「那好！」杜月笙一舉杯，「以後大家兄弟就有錢一起撈！各位兄弟保護好賭客，賭場生意自然興隆，賭場生意越興隆，各位兄弟的抽成也就越多！為大家發財，乾杯！」

「乾杯！」其他人跟著大叫，碰杯聲亂響，表面上看杜月笙，躊躇滿志，興高采烈，其實這時他的心是七上八下，因為他說按月在賭場盈利項下抽出一成給這伙流氓頭分配給手下的小癟三，這不過是他自己的主張，能否實行，他並沒有把握。

當天下午席散，杜月笙先回源利睡了一覺，養足精神，然後去找榮記俱樂部的經理顧掌生。聽了杜月笙跟芮慶榮等人的「談判」經過，他也不作明確表態，而是淡淡一笑，道：「月笙哥，這事我看先得問問花和尚。」

花和尚便是耿濤，公興記賭場的老闆，聽著杜月笙說如何收買了剝豬玀的癟三團伙，並且雙方已經談妥了條件，心中暗暗地罵：「剛出道就敢擅作主張！簡直狂妄！」眯著雙眼看著杜月笙，打斷道：「我不同意！月笙，按月抽盈利的一成給人，你不覺得這太大方了嗎？」看一眼坐在側邊的顧掌生：「掌生，你說是不是？」

顧掌生笑了笑：「濤哥說得有道理。」

杜月笙向這兩位「前輩」拱拱手：「濤哥、掌生哥，從數目上來看這確實不少，但從進帳出帳來看，這筆錢是很值得花的。正所謂羊毛出在羊身上，賭場不過抽一出來，得到的是九！兩位請想想，如果讓這些團伙繼續這樣剝豬玀，那會怎樣？那只會越來越少客人到我們賭場來！這一年多來的情況已經證明了這一點。賭場利潤大減，就是因為客人不敢來啊！那是多大的損失！比抽一出來的損失大多了！現在這三個團伙答應不但不再行劫我們的客人，而且還會負起保護的責任……」

花和尚一揮手，又打斷他：「月笙，這不過是句空話，所謂口講無憑！他們照樣剝豬玀，做了後說不是他們做的，那怎麼辦？你有什麼辦法證明？就當你知道了，你又能怎麼樣？」

杜月笙明知這花和尚是有意跟自己抬槓，但他只能忍著氣，希望能說服對方：「濤哥，江湖道，講一個信字。我相信顧嘉棠等人說得到做得到，至少他們收了錢，就不會讓手下來劫我們賭場的客人；而且，我跟他們說了，在誰的地頭出了事，我就找誰來理論。」

「跟這類街邊癟三理論？」花和尚嘿嘿冷笑兩聲，一擺手，「我花和尚堂堂公興記老闆，不想跟這類街邊癟三打交道！算了！」

杜月笙又「解說」一通，但花和尚態度堅決，不同意。那個顧掌生則像置身事外，好像是聾了啞了，只說了兩三句不痛不癢的話。杜月笙最後只得告辭。回到源利，已是晚飯時分，斜斜地靠在太師椅上，感覺自己被花和尚敲了一悶棍，心情是相當的沉重。這個白相人要面子。他已向芮慶榮、顧嘉棠和葉焯山誇下了海口，說自己負責均出三間大賭場十分之一的利潤，但現在這另兩間賭場，一間不明確表示同意，一間堅決表示不同意，那自己豈非言而無信？這可是大大有損自己在江湖道上的聲譽的！馬祥生聽他說完了經過，默默無言。

袁珊寶輕聲問：「月笙哥，花和尚不同意，那源利跟榮記自己做，不行嗎？」

「不行。」杜月笙的語氣是不容置辯，「黃老闆轄下的三間賭場，哪能不統一行動？我那樣做，豈不是要坍老闆和朋友的台子？豈不是等於叫顧嘉棠及其手下更大膽地在山東南路一帶剝豬玀？決不能這樣做。」

「那怎麼辦？」江肇銘霍地站起來，「那乾脆跟顧嘉棠他們說清楚吧！他們的手下如果還要剝源利客人的豬玀，我們就跟他們明幹了！」

杜月笙狠狠瞪他一眼，再一擺手：「開飯！」

悶著氣吃過了晚飯，杜月笙一個人靜靜地思索了好一會，然後出了源利，回黃公館。他要面稟黃金榮夫婦，說服他們，由黃老闆親自下令。黃金榮當時正在林桂生所住的小樓客廳上踱來踱去，對著自己的正宮娘娘抱怨，說杜月笙接管源利已經十天，賭客被剝豬玀的事仍有發生，生意也沒有什麼起色。林桂生坐在太師椅上，神態平靜，說改天自己親往源利一趟，問問杜月笙。兩夫婦正說著話，程聞帶著杜月笙上來了。

大家打過招呼，寒暄幾句，黃金榮已急不及待：「月笙，想出了對付剝豬玀團伙的方法沒有？」

杜月笙躬躬身：「黃老闆，我已經制定了辦法，不但能使源利的生意有起色，連公興記、榮記也一定能夠生意興隆。可惜，花和尚不同意。」

「什麼回事？」林桂生一擺手，「你慢慢說。」

杜月笙於是把這幾天的經過詳細說了一遍，最後對著黃金榮夫婦拱拱手：「月笙事前沒跟爺叔和師娘商量，也沒對顧掌生和花和尚說，是怕萬一芮慶榮他們拒絕，又或控制不了那些小癟三，那就坍了爺叔、師娘和他們的台子，所以就一時自作主張了。請爺叔和師娘原諒。」

「這個沒啥。」黃金榮擺擺手，踱了兩步，轉過頭來，「你這個法子本來不錯，但十抽一，是不是太重？花和尚說的也不是沒道理。」

「如果他們收了錢後真的能夠保護賭客，那不算重。」杜月笙還未回答，林桂生已出面道，「剛才月笙已經說了多條道理了，一與九之比，怎麼算重呢？其實這裡還有更重要的好處：一，這樣就安定了那些鋌而走險的小強盜的生活，使他們從跟我們敵對的地位轉變成我們的朋友，這是最徹底有效的釜底抽薪之法呢！等於給黃公館又招進了一批門徒！二，雞零狗碎的搶劫案以後自然就會大量減少了，那你黃老闆在法國人面前不就更有面子了？這個探長要緊啊！沒有這個官位，哪來今天的局面？三，保證了來我們三隻賭台開心的客人不會被人剝豬玀，這訊息肯定很快就會傳遍上海灘。其他的賭檔有被搶劫的危險，而我們的三隻賭台沒有！還有人保護！這名聲傳出去，就不但法租界的賭客會湧過來，連公共租界的、華界的賭客也會湧來的，這是一筆多大的利潤！而且還是一種長遠的收成！黃老闆，這其中的價值就很難計算的！你何必在乎十分抽一的支出？」

聽得黃金榮連連點頭：「說得不錯！說得不錯！」看一眼杜月笙，「我明天就把顧掌生和花和尚叫來，親口對他們說，就照你的辦法執行。」

「多謝黃老闆。」杜月笙躬躬身。

「不過，你又準備如何應付洋人要捉『大閘蟹』？」

「剝豬玀的事解決了後，自有辦法。」杜月笙說得篤定。

黃金榮開了口，花和尚再不願意，也沒有法子。過了兩天，杜月笙、顧掌生、花和尚為一方，芮慶榮、顧嘉棠、葉焯山為另一方，六個「殊途同歸」的流氓相聚於聚寶茶樓雅室，大家當面把條件說清楚，達成了口頭協定，最後舉杯慶賀。自此後，從山東南路到八仙橋一帶的法租界果然清靜了很多，剝豬玀案大為減少，源利、公興記與榮記三大賭場的生意日見起色，尤其是夜局，利潤穩步上昇。杜月笙不覺心中得意；而更令他得意的，是自己在流氓圈中又贏得了不少的名聲。那些原來被迫鋌而走險的小強盜，現在得了賭場的好處，生活總算有了著落，不必為吃飽肚子冒風險，很自然便到處宣揚萊陽梨如何仗義疏財；顧嘉棠、葉焯山與芮慶榮，從賭場拿了銅鈿，取了大頭，更感激這個諸葛亮，一來二往的，臭味相投，甘願奉他做大哥。杜月笙看到這幾個流氓頭已被收羅在自己門下，下面又有一伙小癟三嘍囉，杜幫勢力進一步擴張，心中的得意可想而知。

看著滾滾而來的銀洋，黃金榮心中當然高興，不過仍不滿意，因為賭客仍受到被捉去遊街的威脅。這天他特意在聚寶樓設了一席，宴請杜月笙及其手下，喝了兩杯，金魚眼紅紅的，掃一眼雅室的門已關得嚴嚴實實，對著杜月笙便由衷的贊了幾句，然後話鋒一轉：「月笙，捉大閘蟹的事你得儘快想個應付辦法……」臨散席時又不忘低沉著嗓門加上一句：「辦法你要自己想，別打算要租界當局改變主意。」

杜月笙連連點頭稱是。其實他一直在想這個辦法。經過一番深思熟慮，竟讓他想出了一條李代桃僵、瞞天過海的詭計來——而這正由於他收羅了這伙小癟三。

這天吃過晚飯，杜月笙又來到黃公館，黃金榮夫婦正在議論賭場的事，一見他來，林桂生挺親切：「哈哈，說曹操，曹操到。月笙，坐。我和黃老闆正說著你呢。」待沈月英斟了茶出去，便問：

「想出應付捉大閘蟹的辦法沒有？」

「辦法是想出來了。」杜月笙神情很嚴肅，向著黃金榮拱拱手，「但要靠黃老板出面疏通。」

「月笙，我跟你說過了，別打算要租界當局改變主意。」黃金榮擺擺手，「那些法國佬定出規矩來，想要改一時是改不了的！」

「這個我明白。我請黃老闆出面，不是跟租界當局談判，而是跟捕房裡的巡捕打個招呼。憑爺叔的面子和威勢，再由賭場私下給點好處，他們不會不聽。」

「怎個協商法？」林桂生問。

「是這樣，師娘。」杜月笙俯俯前身，很恭敬，「我觀察過很長時間了，巡捕捉賭，多在白天，捉住用繩子綁了，當即遊街。夜裡較少捉。現在夜裡剝豬玀的事已基本解決，請黃老闆出面，跟手下華捕和那些洋捕打個招呼，以後真的要去捉，就白天捉。儘量做到：只捉前和，不碰夜局。」

黃金榮翻著那對金魚眼想了想：「這個可以儘量做到，那些法國佬夜裡還是要睡覺的。但白天三隻賭台就關門大吉？就由它遊人車馬稀？」

「不，照常營業，而且不會遊人車馬稀。」杜月笙說得篤定。

「怎麼不會？」黃金榮眼一瞪，「捕房會來捉賭，賭客大多就不敢來了！這半年多來的情況就是這樣！」

「黃老闆是探長，一般都會事先得到風聲，法國佬一下令，黃老闆就遣個三光碼子到三隻賭台通知一聲……」

「那不行！」黃金榮打斷道，「第一可能來不及，第二，你事先要賭客散了，巡捕抓不到人，一次可以，兩次可以，第三次法國佬就要起疑心了！就會找我的麻煩了！」

「黃老闆，不是這樣。我哪能給黃老闆您添麻煩呢。」杜月笙很謙恭地微笑，「我得到風聲，就會準備好人手。法國佬一定要捉，自會有人馴馴服服的讓巡捕們捉上一串，拉到遊街。這樣，市民高興，黃探長面上有光；巡捕高興，可以向法國佬交差了；法國佬也高興，可以跟上頭有交代。」

「哈哈！」林桂生笑起來，「這倒是面面光！月笙，虧你想得出來。不過，誰願意做大閘蟹？落這個面子，出乖露醜的吃苦頭？」

「師娘，這個我想好了。賭場裡的自家兄弟，可以先擔當一下這個角色。」

「這只可以臨時應急。」林桂生收起笑容，「他們吃這行飯，沒辦法，得聽你的，聽花和尚的，可以去串一串，但總不能夠就那麼幾個面孔，捉來捉去就這幾個人。況且，賭場兄弟被捉去了，誰來打理賭場？豈不立即關門？」

「師娘說得對，賭場兄弟只能應急。」杜月笙說得很認真，「不過師娘放心，我還準備有充足的後備力量。」

「誰願意幹？」

「街邊小癟三。」杜月笙笑笑，「現在賭場不是跟顧嘉棠等人商量好了互惠互利嗎？那伙以前幹剝豬玀的小傢伙，現在白吃了賭場的『薪水』，我要他們出來做做大閘蟹，他們不會不聽。對這些小癟三來說，也沒有什麼面子不面子，什麼出乖露醜的。若果給他們幾個銅元，說不定爭著做呢！總之，如果爺叔和師娘同意這樣做，我就一定有辦法。」

黃金榮點著了雪茄，慢慢吞雲吐霧，沒哼聲。林桂生拍拍八仙桌：「這個辦法不錯！那些法國佬不過做個樣子，向上海各界表示他們是禁賭的，可以交代。我才不信他們是真的想把賭禁了呢！不時有人被巡捕房拉了去遊街，就說得過去了！」喝口茶，看看黃金榮，繼續道，「至於我們的三隻賭台，前和，有人替代受罪去做大閘蟹，不必擔心被捉去遊街示眾；夜局，巡捕不來，又沒有人剝豬玀，還有人暗裡保護，這樣的賭台哪裡去找！哈哈，」說著說著笑起來，「我們的三隻賭台不生意興隆才怪！我想哪，不單法租界的人會來玩幾手，連華界、公共租界的人也會來盡興呢！」

「這正是我所希望的。」杜月笙沒笑，只是對著林桂生微微點頭，再別過頭來看看黃金榮，語氣很恭敬，「不過這整個計劃，都全靠爺叔的面子和權威。」

「好，」黃金榮站起來，踱了幾步，「我明天就跟捕房裡的兄弟打個招呼，再找那個曹振聲說說。」轉過身，對一直站在旁邊垂手恭立沒哼聲的程聞擺擺手，「阿聞，你現在去公興記和榮記，把花和尚和顧掌生叫來，由我跟他倆說說，三隻賭台要統一行動。」

第五十章　嚴老九怒下戰書

法租界三家最具規模的賭場於是採取統一行動：白天，備好人手做大閘蟹，應付捉賭；夜局，只管火樹銀花，城開不夜。杜月笙的計劃顯出其效益來了：以前到三四更天，賭客怕被剝豬玀，怕被巡捕捉，便漸漸散去，場中賭客不多，賭場只好打烊，現在已無這種種顧忌，各式袋了銀洋來搏殺的人客只管賭得昏天黑地，無須擔憂；而賭場當然是多多益善，只管收銀抽水，就一直開到凌晨。如林桂生所預料的：上海灘的賭徒風聞了這三隻賭台有如此高的「安全度」，果然越來越多人從四面八方湧來，賭場生意已不是起死回生，而是蓬勃發展了。至於有多少人在這裡賭輸了全副身家，甚至賭掉了性命，那就貴客自理。

看著這造孽錢源源不絕的湧進來，黃金榮不時咧開大嘴大笑，有時不禁就拍著杜月笙的肩頭，稱讚他「果然聰明，是個人才」，這個大把頭無疑已把這個小赤佬看成自己的心腹大將。每到這時，杜月笙就恭敬地躬躬身：「這都是多謝黃老闆的提攜。」其實，他的心並不以此為滿足。

若對一般的白相人來說，應該是很滿足的了。隨著源利俱樂部生意的蒸蒸日上，杜月笙作為經理掌權人，正所謂水漲船高，不過三幾個月的功夫，他已撈了不少銅鈿，足可以錦衣玉食，席豐履厚，但他不想就這樣止步。原來準備開賭檔的心收起來了，他想到的是早就想插上一腳的煙業。

這天他找到顧嘉棠、芮慶榮、葉綽山，四個人在聚寶樓雅室皮包水，邊吃邊喝邊東拉西扯講上海灘各路江湖朋友的事，談興正濃，杜月笙一擺手，準備把自己的心思說出來，聽聽這三個手下幹將的「高見」，突然看到雅室門一開，袁珊寶神色驚惶地闖進來。

「珊寶哥，什麼事？」杜月笙暗吃一驚。

「月笙哥，宣統皇帝闖下禍事了！」袁珊寶叫道，「月笙哥，你快想辦法救駕！」

「什麼回事？」顧嘉棠拉過來一把椅子，「坐，慢慢說。」

袁珊寶一屁股坐下來：「是這樣……」

宣統皇帝是江肇銘的綽號，杜月笙掌管源利後，他做了半個巡場，有時又做荷官，在俱樂部裡支份薪水。照江湖規矩，在自家賭場支薪水的人是不能在自家賭場參賭的，以免出現舞弊。昨天下午，這小子一時興起，竟跑到英租界嚴九齡的大賭場去玩幾手。

嚴九齡是英租界賭業的頂尖人物，人稱嚴老九，或九爺。他在雲南路開了間九記大賭場，在英租界裡是最大規模的。裡面各式賭具齊備，而以「搖攤」為主。所謂搖攤，便是擲骰子。一口搖缸，盛了三枚骰子，莊家代表賭場，和賭客們賭點數。這種賭法簡單明瞭，直截了當，江肇銘喜歡這種賭法，常為座上客。但這天他手氣甚差，連戰皆北，賭得他從煩而躁，從躁而火，到了最後一次，嘴裡大罵：「觸那！」竟罄其所有，把衣袋裡所有的銀洋全翻出來，共一百五十元，「啪」一下全放在三點上，兩隻馬眼瞪成了個小燈籠，盯著搖缸的莊家：「開！」

這下子全場震動。人家賭十元八元已算大數目，這小子竟孤注一擲，賭一百五十元，叫人咋舌；再加路子又走得險，氣氛頓時緊張起來。先有人「唉呀」了一聲，緊接著就有不少賭客也暫時不賭了，圍過來看熱鬧。眨眼間便圍了幾圈人，賭桌上有兩個人跟進，也有的另賭其他點數。

莊家抱定搖缸，叫了三聲：「還有誰下注！」見沒人答應了，便把缸連搖幾下，輕輕放在賭桌上，放定了，右手按著缸蓋，驀地揭開。圍得嚴嚴實實的賭客們一個個伸長脖子，瞪大眼睛，同時就有人發出「呀！」的一聲叫，混雜一片嘆息聲。只見缸內三顆骰子，兩顆四點，一顆二點——這是「二」，恰好落在白虎，莊家統吃。宣統皇帝沮喪透了，但霎時間竟讓他抓住了破綻。

這說來真是巧事。

按賭「搖攤」的規矩，一局揭曉，必定要等贏的吃，輸的賠，檯面上的賭資統統結算清楚，收支兩訖了，然後才再將搖缸蓋上，連搖幾下，讓缸裡的骰子點色全部換過，再請賭客下注，進行下一輪搏殺。說來就是巧，就在江肇銘的銀洋就要被全部吃掉的當兒，搖缸的莊家竟一時大意，把搖缸蓋上了，並隨即搖了幾下，放在一邊。

江肇銘這時正悔恨不已，一看對方出錯，流氓詭計猛上心來，一伸手按在莊家的手上，臉上竟露出笑容來：「該你賠我了吧？」

「我賠你？」莊家大吃一驚，隨即又打個哈哈，「朋友，你押的是三，我搖出來的是二，點子還在缸裡呢。」

「別胡說！」江肇銘瞟一眼那隻已被搖過的搖缸，語氣堅定，「剛才搖出來的是『三』，不是『二』。各位都在，揭開來看看。」

莊家怔住，心中大叫苦也，可恨一時大意，被這小子抓住了痛腳；剛才搖出的是「二」，但現在重搖過了，哪知道會不會是「三」！

「各位各位，」莊家雙眼向圍在賭桌四週未散的賭徒們亂掃，用足懇求的語氣，「我剛才搖出的是『二』，各位都看見的，是不是？是不是？」

短暫的沉默。莊家連問了幾聲，仍是沒有人回應，倒是響起了江肇銘的一聲怒吼：「人家不說，你硬問什麼？開出的就是『三』！」回過頭掃四週的人一眼，「你們誰說不是！」

當然也沒人哼聲。莊家一連聲地說是「二」，江肇銘像得理不饒人，扯開嗓門吼是「三」，正吵鬧得不可開交，猛聽得在人群外響起幾聲大叫：「讓開！讓開！」一個打手模樣的青年分開幾個圍觀者，擠出一條路來。

大家別過頭去看，只見一個五十歲左右的中年人，高高的個頭，身架板直，一副馬臉，臉肉橫生；額窄頷闊，顴骨高隆；眉粗眼小，鼻大口方；西式分頭，八字鬍鬚；紗綢長衫，皮鞋晶亮；手持一根文明棍，邁著方步走過來，離江肇銘約三步，站定了，臉上似笑非笑，眼睛也不看那個已愣在當地的莊家，而是看著江肇銘。

江肇銘的心怦怦怦的跳，但他不甘示弱——確實已無路可退——也瞪著眼。

全場靜極了，落針可聞。約過了兩分鐘，中年人沉聲道：「阿浩，賠他！」

很多賭客都認得，這個就是名震英租界賭業的流氓大亨嚴老九，青幫中的通字輩。大家哪料到他最後竟說出一聲「賠他」，大出賭客們的意料之外。江肇銘也認得這個嚴老九，他知道自己勢單力薄，如身陷虎穴，預料自己可能要吃生活，但他的牛脾氣湧上來，準備拼死一戰，迎著嚴老九的目光，毫不退縮，也沒想到這個大把頭竟然說「賠他」！

阿浩顯然愣了一愣：「九爺，我開出的是……」

「賠他！」嚴老九未等他說完，又是沉沉的一聲。阿浩不敢違抗，撥給江肇銘二百九十個銀洋，江肇銘儘管緊張得那顆心幾乎跳到了喉嚨頂，但表面上保持鎮定，老實不客氣，悉數照收。

嚴老九的神態仍是似笑非笑。他不認識江肇銘這個小白相人，心想你竟敢在老子的賭場硬吃，我就先賠了你，再查查你到底是何來頭。〈註十五〉

嚴老九臉上似笑非笑的盯著宣統皇帝，腦中打了兩轉，「嘿嘿」便笑了兩聲，問道：「這位朋友，敢問頂哪個字？」這句問話可謂直截了當，如果對方不會答，那就證明他不是幫會中人，而是個空子，對他完全可以不客氣；如果他會答，就可以直接知道他在幫中的輩份，省了前面的問答，確定下一步該採取的行動。

江肇銘知道自己處境甚險，但怕也沒有用。一挺腰，昂然叫道：「頭頂二十三世，身背二十四世！」脫口而出：「兄弟江肇銘，人稱宣統皇帝！我師父就是大名鼎鼎的杜月笙！月笙哥！」

嚴九齡暗暗一怔。他聽人說過杜月笙，也知道他在法租界的名氣及與華探長黃金榮的關係。在心裡狠罵一聲：「江肇銘！你師父在輩份上還得叫我爺叔，你是我的徒孫！」但這話說不出口。看現在這小子氣昂昂的樣子，毫無畏懼之色，自己要放倒他並不難，難的是不看僧面還得看佛面，他背後是杜月笙，這還不算厲害，厲害的是杜的後面是黃金榮！不過，嚴九齡也不能就這樣了結，若然就這樣認了被江肇銘硬吃，那面子同樣輸不起。腦中不覺已轉了三個圈，一下抹下臉來，剛才的似笑而笑變成了「嘿嘿」兩聲冷笑：「了不起，了不起，果然強將手下無弱兵。我嚴老九這片賭檔，就只好照你的牌頭打烊了！」別過頭掃左右一眼，厲喝一聲：「給我把大門關上，立即收檔！」

這下子全場大亂。那些賭客哪見過這麼緊張的場面，哪見過嚴老九這大把頭如此的神態？一個個當即逃離江肇銘的身邊，向賭場後門便湧過去，幾乎是奪門而逃。唯恐城門失火，殃及池魚——自己陪江肇銘吃衛生丸（子彈）。

一聽嚴老九下令關門，江肇銘嚇得那顆心幾乎從喉嚨裡蹦出來，事後他對袁珊寶說，他當時料定自己已不能活著走出賭場。「橫豎橫，拆牛棚！你嚴老九夠膽殺我就殺好了！」這小子就抱定了這種死豬不怕開水燙的決心，轉過身，一手提著贏來的錢，一手就拎著自家的腦袋，跟著其他賭客，大踏步向後門走。奇怪的是，嚴老九只是冷笑著看他出去，沒攔他，甚至連一句話也沒有說。

江肇銘一離開嚴老九的賭場，別頭看後無追兵，急步朝南便走。回到金福里，一屁股就坐到了太師椅上，心裡仍怦怦怦的跳。

袁珊寶看他臉色不對：「阿銘，發生了什麼事？」江肇銘只管擺手，不答。這時已近黃昏，袁珊寶約了朋友出去開飯，也就沒管他，自己去了。今早上春風得意樓，才聽到茶館裡的眾多茶客在議論紛紛，把昨天九記賭場關門大吉的事傳得沸沸揚揚，有人更把江肇銘如何硬吃嚴九齡說得神乎其神。袁珊寶暗吃一驚，聽了一會，心裡叫聲「這下子壞了」！

為什麼？英租界和法租界，是既相連又分離的兩個地域，雙方流氓把頭雖有來往，但利害關係各不相同，大大小小明爭暗鬥的事時有發生。當年的嚴老九，在英租界黑道中的權勢，可謂炙手可熱，跟在法租界的黃金榮不相上下。現在他因江肇銘硬吃賭場而上門鬥、關賭抬，在黑道上，這不是真的表示屈服，而是一種直指杜月笙，而間接指向黃金榮的公開挑釁。對方若不「應戰」，那肯定就會採取下一步行動，這就不是關上門那麼簡單。可以說，嚴老九一聲下令關上大門，那就等於下了戰書。現在上海灘的白相人一個個就在看杜、黃如何來應付了！

袁珊寶越想越覺得不對，茶也喝不下去了，急忙趕回金福里，把個仍蒙頭大睡的江肇銘一把拉起來，大喝道：「宣統皇帝，你幹的什麼好事！快把經過詳細說出來，我們好去找月笙哥商量！」

江肇銘其實已經醒了，他也知道自己闖了禍，但他不敢去見杜月笙。袁珊寶聽他說了一會，就只好自己跑了來。

袁珊寶講完，顧、葉、芮三人個個怔住，面面相覷。看看杜月笙，只見這諸葛亮靠在太師椅上，乾脆閉起了眼睛。他明白這突發事件已把自己一下子推到了風口浪尖上。首先，自己的徒弟竟然夠膽去硬吃威名顯赫的嚴老九，這就使自己一下子名氣響遍上海灘，大大提高了自己的聲望。但是，以現在自己的財勢去跟嚴老九對抗，確實遠遠未夠斤兩；更要緊的，是這件事已扯上了黃金榮，誰不知道自己是黃探長的得意門生？黃金榮若為了自己而跟嚴老九公開對抗，這兩個大把頭若真的幹起來，那說不定會給上海灘帶來一場腥風血雨，結果如何根本無法預料。若黃金榮不管此事，那自己就只能獨自處理，但實力懸殊，自己哪是人家的對手！如何去跟嚴九齡講開？況且現在明擺著的是自己的門徒去踩了人家的地盤，嚴老九哪怕一氣之下使出霹靂手段，相信江湖中人也沒有誰敢出來指責他，也不會有誰出來做和事佬……。

杜月笙想到這裡，睜開眼，茫然地看著天花板，像是魂遊天外。可不可以不理，讓江肇銘自己去跟嚴老九擺平？不行！自己是老頭子，門徒出了事，自己躲開，這算什麼？豈不成了縮頭烏龜！以後還有哪個門徒願意跟這樣的老頭子？在白相人中的名聲不就完了！回過頭來想深一層，這樣難得的揚名機會又豈容錯過！那麼，該怎麼辦呢？

杜月笙也不知道自己盤算了多久，猛聽得顧嘉棠叫起來：「月笙哥！這件事火燒眉毛了！英法租界的白相人大概都在看著哪！是不是趕快找黃老闆說說？」

「月笙哥，這事不能拖！」葉焯山也叫道，「若嚴老九先出手，他肯定會出手的，那就難辦了！嘉棠哥說得對，趕快找黃老闆講清楚，先讓黃老闆跟他講講開，下面的事才好商量！」

杜月笙慢慢端起茶杯喝茶，不哼聲。

大家沉默了一會，袁珊寶忍不住：「月笙哥，要不，我們再叫上幾個兄弟，一起過去跟嚴老九講開。他權勢雖然大，但總不敢公開動手吧？」

杜月笙終於慢慢放下茶杯，看眾人一眼，擺擺手：「各位兄弟，這件事是宣統皇帝惹出來的，他是我杜月笙的門徒，不是黃老闆的門徒，不能夠扯上黃老闆。」

幾個流氓頭連連點頭：「月笙哥說的是。」芮慶榮還暗嘆一句：「月笙哥真不愧是諸葛亮！」

杜月笙看一眼袁珊寶：「我們一幫兄弟一起到英租界去跟嚴老九講開，這也不行。那擺明著是跟他對抗了。你想想，嚴老九在英租界是什麼人物？他手下有多少人馬？我們這七八個人，進了他的地頭，算什麼？他真要動手，我們整個三十六股黨去了也不頂用！而且，人去得越多，就越容易惹起他的火，對我們反而就越不利。」喝口茶，掃一下眾人，「總之一句話，現在是宣統皇帝理虧在先，而我們的實力又不能跟嚴老九的比，也就是說，現在是要想辦法和解，而不是跟他對抗。」

大家愣著，不得不欽佩杜月笙的深謀遠慮。袁珊寶他自己也不想去英租界跟嚴老九的手下打架，不覺連點了幾下頭，沉默了一會，輕聲問：「月笙哥，那你說怎麼辦？」

「就我一個人，帶江肇銘去嚴老九的賭場，跟他講開！」杜月笙一拍餐桌。

「唉呀！」袁珊寶叫起來，「那裡是英租界啊！是嚴老九的地頭啊！三句不合，嚴老九一發蠻，不把你月笙哥和宣統皇帝打死，也打個半死的！我們想幫也幫不上，黃老闆也奈何不了嚴老九的！」

顧嘉棠等人也叫起來：「珊寶哥說的是，月笙哥你要想清楚！」

杜月笙不是不知道危險，但到了這個節骨眼上，他不得不冒險一搏。「做得好，這將會令自己名震整個上海灘，不止是法租界，也包括英租界，包括華界。這值得一搏！」他在心裡叫道。

不過杜月笙沒有叫出來，對著這伙難兄難弟淡淡一笑：「各位放心，我相信能夠活著走出英租界。」看一眼袁珊寶，「珊寶哥，你立即回金福里，要江肇銘等著我，不要出去，我立即回來！」

九記大賭場昨天下午關了門，至現在還未開。這時賭場後間的太師椅上，端坐著臉色冷峻的嚴老九，在默默地抽雪茄。他的身旁垂手恭立著一個師爺模樣的人，五十來歲，個子不高，身體瘦削，臉也瘦削，兩道臥蠶眉下的三白眼顯出他的精明，手中紙扇在輕輕地搖。此人名叫嚴信行，是嚴老九的親信謀士，相互又是遠親。

嚴信行今早才從蘇南鄉下為嚴九齡辦完家鄉祭祖的事回來。嚴老九就把昨天下午的事說了一遍，看一眼這個親信謀士：「這件事想必已傳遍了英法租界，杜月笙不會不知。但直到現在，法租界那邊仍沒有動靜。你覺得下一步應該怎樣做？」

「這著棋險啊。」嚴信行沒直接回答嚴老九的話，而是先輕輕嘆了口氣。

「險什麼？」嚴老九那雙小眼睛一瞪，「難道我怕他杜月笙，怕他黃金榮！」

「九爺當然不怕，但九爺您想想，您老在英租界一言九鼎，杜、黃如果死守法租界，不過來陪罪，這賭台還開不開啊？不開，虧得厲害；重開，那就真是坍台坍到家了。」頓了頓，「還有，江肇銘的師父是杜月笙，這個白相人現在雖然也有點名氣，但哪能跟九爺您比啊？您老是大人物，他不過是小孩子，就算贏了他，也有點勝之不武呢！他若不過英租界來，你又能啥辦呢？」

「觸那！」嚴九齡咬牙切齒，「他不敢過來，我就找人先『做』江肇銘，再『做』那白相人！我不信他整天貓在家裡孵豆芽！」

嚴行信苦笑了一下，心想你殺了人又如何？這賭台是不是就不開？還有，那邊是法租界呢，是黃金榮的地頭，說殺就殺啊？人家也有大幫兄弟呢！就你殺得了人？那不是要挑起江湖大戰麼！但他看看嚴老九那副怒容，這番話不敢說出來。

嚴老九看這個親信臉露苦笑，也猜得出他大致在想什麼，心裡氣得又罵一聲：「觸那！」隨手點了支雪茄煙，慢慢抽起來，抽了半支，下面的話還不知如何說好，丁迅突然急步闖進來：「九爺，杜月笙求見！」

第五十一章　單刀赴會解危難

「嘿嘿！」嚴老九一聽杜月笙來了，那半支雪茄便從嘴裡吐出來，冷笑兩聲，先瞟了嚴信行一眼，意思是：「這不就來了！」再看一眼丁迅：「來了多少人？」

「就兩個，杜月笙和江肇銘。」

「嘿嘿，也算他有膽識！」

「九爺，」嚴信行看嚴老九的臉色已緩下來，抓緊時機提醒這個老大，「英法租界，相互相接，相互關連，杜月笙畢竟是黃金榮的門生，如果他確是誠心來陪罪，九爺就適可而止吧。事情鬧大，都沒有好處的。」

「我心中有數！」嚴老九一擺手，「丁迅，出去叫他倆好好等著！」

過了大約一刻鐘，嚴老九才施施然步出前廳來。

杜月笙一看嚴老九從後間轉了出來，立即雙手抱拳迎上前深深一躬身：「九爺好！在下杜月笙，參見九爺。」一直站在旁邊，默不作聲的江肇銘也連忙抱拳躬身：「江肇銘參見九爺。」

嚴九齡瞟兩人一眼，嘴裡發出「嘿嘿」兩聲，愛理不理的擺擺手，踱著方步走到那張大太師椅主位上坐下，左手食中二指輕輕敲敲八仙桌，一個丫環立即走上前來，雙手遞過去一支雪茄，點著火，再躬躬身退下。

杜月笙神態輕鬆，微笑著看著嚴九齡，很讚嘆地說了一句：「九爺真不愧是英租界的大好佬！」

嚴九齡像沒聽見，突然雙眼一瞪江肇銘，語氣陰冷：「宣統皇帝，又準備來硬吃我嚴老九了？」

「我……」江肇銘一愣。來之前，這小子竟有點心虛。杜月笙看他有點猶豫，一拍胸口：「若要死，我陪你死！」師父兼大哥說出這句話，江肇銘只得暗暗一咬牙：「我去！」他若不敢來，那以後就別想在上海灘立足了。

一路上，杜月笙再三叮囑：「進了九記，別亂動；尤其是，不得動粗！沒有必要，就別哼聲。」

江肇銘現在不知該怎麼哼聲，下意辨識頭便望向杜月笙，這時杜月笙已站起來了，又是雙手一抱拳，語氣恭敬而沉穩：「九爺，昨天小徒多有得罪，九爺你大人有大量，一定不會記小人的過錯！在下帶小徒過來，便是向九爺您陪罪了！」說著斜一眼江肇銘，「阿銘，過來給九爺叩頭陪罪！」

江肇銘硬著頭皮跨前兩步，在嚴九齡面前跪下，通通通，叩了三個頭：「小人向九爺陪罪了！」站起來，再躬躬身，退回座位上。

嚴九齡端坐太師椅上，看一眼杜月笙。「就這樣完了？」

杜月笙的神情不卑不亢，仍然雙手一抱拳：「多謝九爺不記小人過！」說完便從懷中掏出一袋銀洋，雙手捧著走前兩步，輕輕放在八仙桌上，又一抱拳，「九爺，這是小徒昨天從這裡拿走的銅鈿，原數奉還，分文不少。」又掏出一袋銀圓，也放在八仙桌上，「這是小弟給九記打烊的賠償。請九爺儘早抽落門閂，重開九記，在下到時必定相約朋友前來捧場。」

杜月笙如此恪盡禮數，恭敬有加，嚴九齡至此已獲得了相當的滿足，但他不打算到此為止。他要掂掂這個白相人的分量，嘿嘿陰笑兩聲，拍拍桌上的那袋銀洋：「杜月笙，多謝了！這是什麼地方你不會不知道吧？」

「英租界九爺的賭場，誰人不知？」杜月笙一聽嚴九齡這口氣，心中就打個突，起了警覺，不過嘴上仍是說得輕鬆，「月笙帶著小徒來陪罪，是一直走了來的。」

「好，好。」嚴九齡點頭，抽雪茄，一個眼神已遞過去給站在杜月笙身後不遠的司馬豪。

這司馬豪二十來歲，中等身材，體形健碩，是九記的巡場，也是嚴九齡的保鏢，武功不錯，頭腦也靈，現在看主子一個眼色打過來，心領神會，幾步走上來，從背後一拍杜月笙的肩頭：「杜月笙，你既然知道這是九爺的賭場，那九爺在英租界的地位你大概就不會不知道了吧？」

杜月笙轉過身來，把對方仍放在自己肩頭上的手輕輕一撥，同時退後半步，臉上的神態似乎有點吃驚：「這位兄台，九爺威震英租界，你怎麼說起來顯得這樣沒禮貌？」

說得司馬豪反而怔了怔：「我，我怎樣沒禮貌？」

「還不是嗎！」杜月笙神情很嚴肅，「九爺的名氣，誰人不知！你剛才的語氣，倒像是沒人知道九爺的威名！」

「你！」司馬豪氣得一愣，「好！好！你知道就好！知道就好！你的徒弟在九爺的賭場撒潑，大大損了九爺的面子，以致九記關門，」右手一指桌上那袋銀洋，「這幾個銅鈿在九爺眼裡算什麼！你以為這就可以了結這件事了嗎？事是你徒弟惹出來的，原因就是你管教不嚴。」大吼一聲，「識相的，就給九爺叩三個頭陪罪！」

司馬豪這話音一落，整個廳堂即時靜極了，九記賭場裡的巡場保鏢等人全都一齊看著杜月笙。他們大都聽過杜月笙的名聲，處於這樣的境地，杜月笙真是叩頭不是不叩頭也不是。

江肇銘霍地站起來，他是氣壞了。杜月笙來前再三吩咐不得動粗，他也知道在這裡確實也動不得粗。但一股怒火湧上來，雙手還是緊攥成了拳頭，呼呼的喘氣。

嚴九齡坐在太師椅上，陰陰的笑；剛才杜月笙反問得司馬豪一愣一愣的，他從心裡暗暗佩服這個白相人的善變與口才，現在他則是暗暗稱讚司馬豪把杜月笙逼進了死胡同了，他就要落杜月笙的面子，毋杜月笙的台子！我看你叩還是不叩！至於氣得面色發青的江肇銘，他看到了，但他不放在心上；你這個宣統皇帝敢在這裡動粗？我打到你趴地就出師有名了！

嚴信行站在嚴九齡的身後，他看看杜月笙，又看看江肇銘，心情有點說不出的味道。站在忠誠於嚴九齡的角度來說，他也想落杜月笙的面，也不怕江肇銘動拳頭，但他又不想把事情鬧大。在英租界，九記賭場聲名顯赫，但到了法租界，這杜月笙便非等閒人物。鬥一時意氣，致使雙方結怨，其實沒有好處。嚴信行心裡急，但不能出面制止，他感覺得出嚴九齡現在心中的得意，他不想也不敢得罪這個九爺。

對於杜月笙來說，現在簡直是進退維谷，情勢緊張極了，卻又不容他多想。誰也沒料到，就在幾個巡場打手就要走過來，江肇銘說不定就要揮拳衝向司馬豪的時候，這白相人竟在沉默了三五秒鐘後突然大笑起來：「哈哈！這位台兄！我剛才說你對九爺沒禮貌，真是一點沒說錯！你怎麼能說我的小徒能夠大大損九爺的面子！一個小小白相人就能夠大大地損害九爺的威名，這不是太貶低了九爺了嗎！」雙眼對著司馬豪陰冷陰冷的一瞪，喝道，「你這樣說是什麼意思！」

司馬豪愣了愣：「你……」

「還有！」杜月笙又是一聲暴喝，不讓他往下說，「我認得你！你曾來過我源利俱樂部玩過幾手，差點在我掌管的賭場裡跟人打架！請問，如果你在那裡一時失手得罪了我杜月笙，那是不是要九爺來代你向我叩頭？你現在自作主張，不就是說九爺也應該向我叩頭嗎！你這樣說，就是九爺的手下若有閃失得罪了人，九爺都要向人家叩頭！你是不是這個意思？你怎麼能夠這樣貶損九爺！」說著一轉身，向著嚴九齡一抱拳：「九爺，您說是不是這樣？」

危急關頭，杜月笙充分利用了自己的名氣和口才。他不是沒沒無聞的白相人，他有聲望，而這番話說得聲色俱厲，一氣呵成，根本不讓司馬豪插嘴。這個司馬豪打得，但口才哪及杜月笙，被反問得一愣一愣，不知如何反駁。而杜月笙的最後那一問，連嚴九齡也愣了愣：「是……」一時之間反應不過來。若他說是應該叩頭，那他自己是決不能接受的，豈能手下有閃失反而自己去叩頭！若說不應該叩頭，也就等於說杜月笙不應該向自己叩頭。一時之間，他不知該怎樣說，就愣著。

嚴信行一看，明知杜月笙在詭辯，但他實在不想事情鬧大，便向嚴九齡躬躬身，打圓場：「九爺，杜月笙既已誠心陪罪，這事就算了吧！英法租界，不過就隔了條洋涇濱，以後填了，就連成一片了，江湖道上，和氣生財要緊呢！九記一日不開，損失最大的是您九爺呢。」

杜月笙沒有見過嚴信行，但他聽人說過嚴老九有個親信謀士，現在觀其言行，杜斷定可能就是此人，立即對著他便恭恭敬敬地拱手：「先生說得對！江湖道和氣生財要緊，口舌之爭只會結怨，結怨對雙方都沒有好處。在下相信九爺大人有大量，不會跟後輩計較。」對著嚴九齡微微一躬：「九爺，請抽起門閂，重開九記，有很多江湖朋友等著給您捧場呢！」

這幾句話，聽來樂胃，又給了對方台階下。至此，嚴九齡不得不對這個杜月笙另眼相看。這小子既保住了自己的名聲，又給足了自己面子，做得可謂面面俱到。「哈哈！」嚴九齡一抹臉，便已轉怒為喜，閣下巴動了動，兩隻小眼睛眨了眨，人已站了起來，上前兩步，雙手輕輕一拱，「杜月笙，幸會幸會。人傳你為人四海，仗義疏財，看來不假。敢單身來我九記賭場為徒弟承當責罰，有膽識！遇事擔得起肩胛，難得，是個人物！我嚴老九闖蕩江湖幾十年，夠膽這樣前來跟我講開的還屬罕見。好！我嚴老九就交你這個朋友！」向司馬豪等手下一招手，「開啟大門！九記開張！」

照江湖上的規矩，九記只要一日歇業，就表示向杜、黃下的戰書一日未收回；而大門一開，賭台運作，就表示這場紛爭已經結束，相互和解了。

杜月笙只覺心中一塊大石頭下了地，恭恭敬敬的對嚴九齡作了一揖：「多謝九爺！」側側身對著嚴信行也是一揖：「多謝先生！」

嚴九齡心想我現在賺錢要緊，廢話少說了，一拱手：「好說！後會有期！」看一眼嚴信行，「信行，送客！」

幾乎是全上海灘白相人都認為是難以避免的一場英法租界之間的龍爭虎鬥就這樣化干戈為玉帛了，消息傳出，他的名字猛然傳遍上海灘的白相人界，人們在傳說著他如何單槍匹馬過英租界跟嚴老九扳斤頭講開，如何消弭了這場紛爭。傳言越傳越神。總而言之，嚴老九稱讚他是個人物，主動提出要跟他交朋友；而被嚴老九如此看得起的白相人以前好像還未有過，杜月笙真可謂是拜領了嚴老九的厚賜，一下子如平步青雲，竟獲得了跟黃金榮、嚴老九這老一輩大流氓把頭相提並論的資格。

黃金榮隨後得知了整件事的經過，心中暗暗慶幸這個杜月笙好在沒有來找自己出面，否則真是尷尬；同時對這個得意門生越發另眼相看了。這天吃過晚飯，跟林桂生聊起此事，林桂生笑道：「我說他是個人物，果然不差！現在該真正把他套在黃公館的馬車上了。黃老闆，我們應該為他做媒，熱熱鬧鬧地辦了婚事啦！要讓全上海的白相人都知道！」

黃金榮咧開大嘴笑笑：「應該，應該！」

當年夏天，黃金榮夫婦作主做媒，把沈月英許配了杜月笙。這沈月英是蘇州南橋人，據說是秀髮如雲，長眉入鬢。蘇州出美女，她可算其中之一。這一年杜月笙二十五歲。為徹底洗雪自幼被人瞧不起的恥辱——何況這又是黃金榮夫婦為他掏的腰包——他把萬木林叫來，要他回鄉下高橋鎮，把相識的遠親近鄰通通請到法租界來，出錢安排客棧給他們住宿。這些貧窮的鄉下人，大部份還從未到過上海來的，聽了這個消息，真是高興。而杜月笙就是要在這些人面前好好風光風光，掙個大大的面子。

杜月笙的婚禮是照足舊禮儀進行的。只說那大肆張揚的婚禮，特意高價雇了頂寧波龍鳳花轎，把新娘抬進同孚里，沿途鼓樂齊鳴，爆竹喧天。花轎進了黃公館裡，便開始「拜堂」，掌禮人引領新郎、新娘首先拜天地、祖先，同時扯開嗓門便唱：「一拜天，二拜地，天地始創人世間，新人雙雙謝天地。行禮，拜！拜！拜！平身。」然後拜父母、翁姑、長親，掌禮人又唱：「稀奇稀奇真稀奇，陌陌生生做夫妻。兒女有賴爹娘育，父母之恩永牢記。行禮，拜！拜！拜！平身。」以上是三叩九拜。最後是新人對拜，掌禮人的唱詞則是：「紅綠絲線六尺長，二頭牽對新鴛鴦，當中打個同心結，白頭到老百年長。行禮，拜！拜！拜！平身。」禮成，下面還有一番繁瑣，接著就是吃所謂「花筵酒」了。

這時的杜月笙已是法租界頗有點名氣的白相人，再加又是公認的第一把頭黃金榮出面為他操辦婚事，因而三教九流的人來了不少，既是來道賀，也是來扯關係，又是來拍馬屁。據萬木林後來的回憶，當天來的朋友實在太多，「他們是一撥一撥的來，什麼事都有人在料理，我這個親眷反而什麼事都插不上手。」而設在同孚里的喜筵，吃的竟是流水席：客人湊齊一桌便開席，吃完了便走；

如此週而復始，川流不息，酒席竟吃了足足十天！

這白相人算是成家立室了。這場婚姻對他來說，主要的意義不是娶了個老婆，有了個真正意義上的家，而是黃金榮夫婦有意為他在白相人面前張揚，證明了自己是黃公館的台柱，是黃探長的得意門生，這個響噹噹的牌頭以後再不用他自己亮出來，白相人地界幾乎是無人不知的了。這給了他一個很強大的後盾，再加上跟法租界總翻譯曹振聲的關係，這為他在隨後而來的一場黑道爭鬥中贏得了有利的態勢。

這場爭鬥是爭奪大達碼頭。

對手就是一年多前意圖挑釁的鄭子良。

四年前，鄭子良助劉蚯蚓打走龍老官，把公和祥碼頭納入了自己的勢力範圍；接著，關橋碼頭的霸主黃勝加入了俠誼社，也成了他的手下。這兩個碼頭都在法租界南面。往北，依次便是大達碼頭、十六鋪碼頭和新開河碼頭。

兩年前，鄭子良暗殺了陳任陳大鼻，把新開河碼頭奪到手，待徹底站穩了腳跟後，他又想打十六鋪碼頭和大達碼頭的主意，不過，這回的進展就很不順利了。

十六鋪碼頭的霸主是黃金榮手下的得力幹將杭州阿發，當俠誼社的頭目之一高丁旺代表鄭子良來跟他商談相互「結盟」時，阿發未待他講完，便以嘿嘿幾聲冷笑打斷了他的話：「請回去告訴鄭子良，他現在有了三個碼頭的地盤，該滿足了，別想在十六鋪橫衝直撞。」一舉手，「請吧！」

高丁旺討了個沒趣，但不敢發作，只得如實回報鄭子良。鄭子良搔搔頭，自認不能向杭州阿發公然發難，只得忍了氣。過了一段時間，他把黃勝叫來，如此這般說了一通，要他去探探大達碼頭霸首劉芒的口氣。

關橋碼頭跟大達碼頭相距不算很遠，黃勝跟劉芒同是洪門中人，一直各撈各的偏門，兩不相犯，私交不錯。這天黃勝約了劉芒上春風得意樓喝茶，寒暄一番後，黃勝便繞著彎兒向劉芒說了鄭子良的意思：誠邀劉芒加入俠誼社，「大家都是洪門兄弟，有錢大家撈。聯成一體，增強力量，抵抗外面幫派的『入侵』。芒兄覺得如何？」

劉芒聽了，哈哈一笑：「勝哥，我倆兄弟，平時沒過節，有話小弟就直說了。你喜歡奉那個大個子做大哥，是你的事。我這個人粗魯，只知道有句成話，叫『寧為雞首，莫為牛後』。我現在大達碼頭好吃好住，風浪不是沒有，但不大，應付得過來，也算撈得不錯。除了那個黃探長我不得不孝敬他以外，不必依附任何人。你在我的南面，大家歷來是井水不犯河水。撈得好，是自己的本事；撈得不好，也休得怨天尤人。鄭子良的為人，有傳他講義氣，有傳他四處踢別人的盤子，又有傳他想搶奪人家的老婆，到底如何我也不管，但聽起來我跟他未必合得來。」說著喝口茶，瞟一眼黃勝，見他沒什麼表示，便繼續往下說，「鄭子良的勢力本在殺牛公司一帶，現在已經有三個碼頭了，算他有本事。不過胃口太大了，還想吞別人的，那就惹得各路朋友不高興了。江湖道上，大家都要過得去才好。就請你老兄把我這番話回覆鄭子良得了。」

黃勝雖然是依附了鄭子良，但他只是為了找個有力靠山，免得被別的流氓勢力「侵入」自己的碼頭，平時他是不管俠誼社的事的，因而他並不願意做這個說客，只是大哥開了口，他不好推。現在聽劉芒這麼說，他也不勸，而是一舉茶杯：「好！人各有志，芒哥果然豪氣！我回去直話直說便是。」兩人當天盡歡而散。

鄭子良聽了回報，心裡老大不舒服。他瞭解劉芒在江湖上的作為，知道這個流氓頭除了孝敬黃金榮外，歷來不與其他勢力「結盟」，連當年劉川向他求援，他也一口拒絕；自己只是「堅守」著大達碼頭，也從不擴張勢力，說是江湖道，井水不犯河水；而手下一直就是那麼二十來人。在白相人中，他的名氣其實並不大，但這麼些年來，似乎從沒有哪伙強大勢力想去搶他的地盤。由此可見，不是一個好惹的人物。

鄭子良默默想了好一會，然後帶點試探地問黃勝：「勝哥，如果我們俠誼社來硬的，公開扯上大幫人馬到大達碼頭去跟劉芒講開，你覺得怎樣？」

黃勝毫不猶豫地一擺手：「子良哥，這使不得！那只會引起一場大戰，結果是兩敗俱傷，絕無好處。」

「他不怕我們人多？」鄭子良笑笑。

「劉芒三十來歲，正是年壯氣盛的時候，脾氣又強，肯定不怕。他本人武功甚好，手下又有二十來個忠實門徒，都是打得的，打起來又敢玩命，具有相當的實力！此外，他的背後還有個黃金榮。這些年來，不時有三五成群的流氓團伙想在大達碼頭搗亂，『分一杯羹』，幹些勒榨商船的勾當，但都被劉芒及其手下老實不客氣地打出去。據我所知，在這多次打鬥中曾搞出過人命，但黃金榮手下的巡捕似乎從來沒有去找過劉芒的麻煩，不知他是用錢買通了巡捕房，還是黃金榮對他有意睜隻眼閉隻眼……。」

「哦，對了，他是不是黃金榮的門生？」鄭子良打斷道。

「不知道。但他按期向黃金榮孝敬，做事歷來落門落檻。據我的觀察，黃金榮跟他關係不錯，有時看見他帶著巡捕保鏢來到大達碼頭，跟劉芒拍膊頭的。子良哥，不管他是不是黃金榮的門生，他都肯定可以亮黃金榮的牌頭。你想想，如果俠誼社大幫人馬開到大達碼頭，那會怎樣？我敢打包票，劉芒肯定不會屈服，那就只有引發械鬥。那一帶地方商鋪稠密，人來人往，熱鬧得很，巡捕隨時出現，打起來，只會給俠誼社惹麻煩，不會搶得到大達碼頭的。」

黃勝這番話故意說得有點誇大，以勸阻鄭子良「入侵」大達碼頭，因為他確實不想看見俠誼社跟劉芒這伙人發生爭鬥，也免得自己到時難做，出面不是不出面也不是。鄭子良聽了黃勝這番話，又是默默無言，再經一番考慮，只得暫時放棄了強搶大達碼頭的打算。

很快便進入冬季，江湖上風平浪靜。接著過新曆年，接著又過春節，過元宵。幾個大節過去，如常過日子，鄭子良心中又開始蠢蠢欲動，他不甘心，總覺得自己手下有一百幾十號人，而劉芒只有二十來人，關橋碼頭又在他的不遠處，應該可以「有所作為」。考慮一番，打定主意要找個時候跟劉芒「講開」，看看能否把對方嚇住，就在這時，傳來了杜月笙設伏襲殺獨眼狼等人的訊息，本想敲杜月笙一筆，或向杜幫開戰，哪料宋案突發，黃金榮出面阻止了雙方爭鬥，鄭子良只得忍了氣，到他後來又想到要跟劉芒講開時，一件令他大感惱火與憂傷，同時又暗感慶幸的事突然發生，那是有關紀氤的——那位他曾為之情深款款的美婦人。

第五十二章　才貌雙全奇女子

鄭子良這天從茶館皮包水回來，坐在太師椅上正默默思索找個什麼恰當的時候約見劉芒，只見帳房賴鏡急匆匆走進來，有點神秘地低聲道：「少爺，還記得那個紀氤麼？」

鄭子良當然記得，一聽賴鏡這話，不覺愣了愣：「記得，這女人怎麼啦？」

「她被范三搶了做三姨太啦！」

「什麼？」鄭子良霍地站起來，「什麼時候的事？你怎麼會知道的？」

「小人今天出英租界四馬路找朋友，沒找著，便逛到了二馬路，上半醉居喝茶，上到二樓，向臨窗那邊一看，你估我看到了誰？紀氤的丈夫張長旺，在那裡一個人獨斟獨飲呢！」鄭子良慢慢坐下來，瞟賴鏡一眼，沒哼聲。

賴鏡仍然垂手恭立，微微躬身：「我便走過去跟他同桌，寒暄了幾句，隨口問他怎麼不用看著旺記餅鋪了，這麼清閒怎麼沒帶上靚老婆來一起喝茶？他就苦笑，說餅鋪沒了，老婆也被人搶了！我大吃一驚，說有范老三幫你，誰敢搶你的餅鋪，搶你的老婆？他瞪我一眼，一拍餐桌，叫起來：『就是范三搶的！』」

「觸那！」鄭子良恨得咬牙切齒，「怎個搶法？」

「聽他說大致是這樣……」

當年范三把賴鏡打出了范家弄，同時也起了心：原來呂班路旺記餅鋪有個這麼漂亮的女人！過了一段時間，他就親自到旺記餅鋪去買餅，看到紀氤，覺得真是叫人樂胃，這就動了邪念，也想把這女人搞到手。他知道不能夠公開帶手下來搶，畢竟有維持治安的巡捕房在；而像鄭子良那樣用三百個銀圓來交換，張長旺肯定不行，而且這麼大筆款子，他也捨不得。他打定主意，要叫紀氤自己投懷送抱，要逼張長旺自己放手。想來想去，竟想出條詭計來。把手下幾個親信小癟三叫來，吩咐他們叫上各自的街頭癟三朋友，如此如此。

幾天以後，旺記的日子開始難過了。不時就有三五成群的小癟三來搗亂，他們或是來乞討餅食，死皮賴臉的不走；或是在店鋪門口打鬧，亂擲垃圾，搞到店裡店外灰塵滾滾，髒東西橫飛；又或故意調戲女顧客，講汙言穢語；張長旺大喝大罵，他們不理；真要拿起棍棒驅趕，他們就一哄而散，但沒過幾天又再來。這樣搞了一個來月，弄得越來越少顧客上門，旺記生意日減，張長旺不勝其煩，幾次找到朋友李東豪訴苦，說東豪哥你是范老三的親信，可不可以對三爺說說，請他出面嚇嚇那些街頭小癟三，不要讓他們來我店鋪搗亂。

李東豪也聽得心悶，不知就裡，便回去對范三直說。范三聽了，哈哈一笑：「這個好辦，你跟張長旺是朋友，你告訴他，街頭癟三也要吃飯的，我范老三可管不了那麼多。他若想開店鋪能夠日子太平嘛，那乾脆加入我三合會好了，那些癟三朋友知道他是三合會的人，也就不會那麼放肆了。」頓了頓，「看在他是你的朋友份上，他的贄敬多多少少無所謂，意思意思就是了。至於入會的儀式嘛，新時代了，也無須太過拘禮。」

李東豪於是又去回話，還說：「阿旺，看來范老三是有意跟你交朋友呢，我跟了他那麼長時間，似乎還未見過他這樣主動要人加入他的三合會的。」

張長旺哪知會有什麼陰謀詭計，看范三這樣給自己面子，況且加入三合會，以後在社會上走動也方便，被人欺負也有個靠山，於是便封了兩個銀圓的贄敬，跟著李東豪到范家弄去給范三叩頭，什麼開香堂、歃血盟誓等等儀式都免了，只是在關帝畫像前宣讀了誓詞，叩了頭，再雙手接過小紅布包包著的「票布」、「海底」，便算正式加入了三合會。

旺記餅鋪此後果然平靜了許多，但張長旺卻更心煩了。入會後不久，范老三便要他夫婦倆陪他到什麼酒樓什麼飯店飲宴，又去什麼劇院看戲。張長旺開始時簡直有點受寵若驚，但看那范三爺，不時便眼光光的看自己的老婆，照當時人的稱呼，人們一般稱紀氤做「張家嫂嫂」，但這范三，竟學了「西洋文明」，稱「紀小姐」，而那紀氤，看來頗受用，與那個范三相談甚歡。張長旺歷來怕老婆，更不敢得罪自己的龍頭大哥，心裡不是滋味，卻是不敢發作。如此三五次後，范三看這小子如此窩囊，便採取下一步行動。這天下午，竟派了個小隨從，雇了頂轎子過來，說三爺有事要找紀小姐。張長旺一聽，呆呆的怔住，這不是明擺著要引誘自己的老婆嘛！但范三現在既是自己的大哥，更是有財有勢的地方把頭，而且人家又沒說要搶你老婆，只是「有事要找」，你不讓老婆去，豈不等於說人家是「心謀不軌」？既不情願又不敢違抗，張長旺只得忍著心痛親自送老婆上轎，同時壓低著聲調吩咐：「你要小心，范老三可能對你是不懷好意。」

紀氤跟這個張長旺做了七八年夫妻，整天在這個旺記小餅鋪裡渾渾噩噩過日子，對這個既怯懦又沒有其他本事的丈夫早已心淡了，心裡有點瞧不起他。覺得自己天生麗質，如此容貌，理應「鳳凰攀高枝」，跟著這樣的丈夫實在叫人窩囊。幾年前，她聽張長旺說鄭子良竟願用三百銀圓來「換她」，後來又聽人說鄭子良有財有勢，生得虎頭虎腦的，一表人物，高大威猛，竟至一時心動，當然只是「一時」而已，事情過去了也沒再提。現在范老三想打自己的主意，她也不是沒感覺；如果張長旺不讓她去，她也不敢說去，儘管這個丈夫對自己一直是唯唯喏喏的，但畢竟是自己的丈夫。可憐這個張長旺，愣了半分鐘，再猶豫了兩分鐘，竟不敢反對，心裡不覺來氣，更加瞧他不起，現在聽他這麼說，便脫口而出說了句氣話：「得了！我不跟人家睡覺就是！」瞪他一眼，「虧你是個男人！」

范老三打扮成一個大商家模樣，在呂班路路口就已接了轎子，換乘馬車，與紀氤一同先去坐包廂看京戲，然後上英租界的華裕大酒樓吃晚飯，飯後又去舞廳跳舞，由始至終，這個流氓把頭收起那副流氓嘴臉，簡直把紀氤當成公主，呵護備至般的侍候，令紀氤大大滿足了虛榮心，又覺得自己大開了眼界：原來上海灘有這麼豪華的地方，這麼多好玩的東西！只是到離開舞廳，范老三要送她回范家弄時，她總算保持了清醒，很有力地撥開了范三搭在自己肩頭上的手，說自己是有夫之婦，現在天晚了，自己得回家去，否則這話傳出去，也有損三爺的名聲。說得范三頗為尷尬，這時正好迎面來了一輛黃包車，紀氤一招手，坐了上去，一聲「谷得拜」，回呂班路去。

范老三站在路邊，一時愣著，目送著馬車遠去，一種憤恨的感覺湧上來，一臉的尷尬竟慢慢變成了絲絲冷笑，心裡在狠狠地罵：「觸那！我非要把你這婆娘搞到手不可！」

但這流氓頭還是不敢公開硬來，他認為只要假以時日，定可「軟化」紀氤。以後兩個月，仍用老手段，不時派人來請紀氤出去玩，出去應酬。紀氤幾乎有請必去，但玩到二更天，就不管范老三如何甜言蜜語，非回呂班路不可。

范三越來越感覺到這婦人有一股剛強之氣，幾次想動手動腳都被她聲色俱厲地拒絕，那神態是凜然不可侵犯。這流氓把頭終於斷定，紀氤並非那類捨得花錢就可以打動的女人，更不是堂子裡的粉頭，要想短期裡把這婦人「軟化」，范三越想越氣惱，右手一拳擊在八仙桌上：「不便公開硬來我就暗裡硬來！嘿嘿！你這婆娘要做貞婦，我更非得吃了你不可！」想了一會，終於訂下條詭計。隨後把親信手下李東豪叫來，吩咐如此如此。

李東豪聽了吩咐，躬身點頭：「遵三爺令！」轉身出去，來到旺記餅鋪，以師兄的身份對張長旺和紀氤道：「今晚三爺在福南樓設一席，請幾位兄弟好好聚聚，三爺叫我來請兩位也去。」

范三請紀氤出去，張長旺不敢哼聲；而紀氤回到家，並不隱瞞當天跟范老三去了哪裡，跟哪個大好佬應酬。張長旺只得傻愣愣的聽著，默默無言；他怕老婆，但更怕范老三，現在師兄來通知赴宴，哪敢不從。

當晚兩夫婦來到福南樓雅室，只有李東豪在，大家聊些閒話，一直等到八點多鐘，菜餚上齊了，范三才急步走進來，後面跟了一個酒樓的伙記，雙手捧了托盤，中間放了一壺酒，四角放了酒杯。范三親手把酒杯放在各人的面前，那酒杯幾乎還未放定，李東豪已拿起酒壺先給紀氤和張長旺斟上，弄得張長旺有點受寵若驚，連說不敢不敢，范老三已一舉酒杯：「阿旺，紀小姐，今晚本要約幾個兄弟來，但一個個不知去了哪裡快活，別管他們。來，我們乾杯，不醉無歸！」

張長旺哪知就裡，連說多謝三爺，一飲而盡，紀氤拿著酒杯沒動，范三也已一飲而盡，大叫道：「紀小姐！你也得乾！」

紀氤仍然沒動，微笑道：「三爺，您知道我是從來不喝酒的！」

范三怔了怔，瞟一眼李東豪，李東豪一拍張長旺的肩頭：「阿旺，今晚三爺特意請你們夫婦來飲宴，擺下這麼豐盛的酒席，這是多大的面子！你夫人哪能這樣掃三爺興的！」

張長旺連連點頭說是，對紀氤勸說：「阿氤，三爺給這麼大的面子，你就喝一杯！」

紀氤瞪他一眼，問：「是你要我喝？」

張長旺愣了愣：「當然。你怎麼能夠掃三爺的興！」

「那好！」紀氤仰頭一飲而盡，再一抹嘴，輕輕說出一句：「在劫難逃！」

范老三陰陰笑起來，打個眼神示意李東豪給各人斟上酒，自己則舉舉筷子：「來來來，起筷！」接著又是兩杯落肚，菜餚沒吃到三分之一，張長旺已覺得眼前漸起濃霧，感覺眩暈，拼命睜了幾下眼，終於還是啪一聲，趴到桌子上。紀氤只喝了頭一杯酒，但她也隨後倒了。

范老三哈哈一笑，問李東豪：「樓上準備好了嗎？」——樓上是旅館房間。

李樂豪點點頭：「怡紅院老鴇早帶了個粉頭來了。」

紀氤醒過來時大約是半夜三點，覺得頭發漲，睜開眼看，是在一個旅館房間裡，動動身體，感覺自己一絲不掛，猛吃一驚，霍地坐起來，別頭一看，旁邊躺著范老三，大概是被自己弄醒了，正微睜雙眼，竟對著自己陰陰的笑。

「你！」紀氤大叫一聲，雙手下意識地抓住被單，遮住胸部。

「喝酒前你不是說過在劫難逃嗎！」范三竟沒坐起身，很悠閒地道，「這兩個月你像個貞婦，但我范老三想要的女人是沒有要不到的！遮什麼？哪個地方我沒看過沒摸過？」一擺手，「不過先別生氣，你對張長旺忠貞，他可沒對你忠貞，如若不信，請到隔壁看看，他現在還摟著粉頭睡覺哪！」

「你在第一杯酒裡下了迷藥，是不是！」

「果然聰明！不過你還是喝了！」范老三哈哈一笑，「去吧，還是先到隔壁看看張長旺吧，他可能被那個粉頭弄得半死不活啦！」

紀氤不再說話，下了床，穿了衣服，來到隔壁房間，一推門，門自開了，走進去，把被子一掀，果然是兩個赤條條的男女。一把將張長旺拉起來，同時大喝一聲：「阿旺！」

張長旺拼命睜開眼，他也感覺頭發漲，但一看眼前是自己的老婆，嚇得大叫一聲：「氤！……」

「穿上衣服，廢話少講，回家！」

兩夫婦離開福南樓，回到家後，就狠狠地吵了一場，夫妻關係也算是全然破裂了。紀氤最後大罵了一句：「你這個窩囊廢！」自己回到房中，蒙頭大睡，也不知睡了多久，時睡時醒的，惡夢連連，到最後，竟被驚醒。這時，聽到有人打門。

紀氤自己拍拍腦袋，清醒了一下精神，跳下床，整理好衣服，步出前廳，只見范老三仍然穿著昨晚那套大商家服裝，踱著方步走進來，在八仙桌邊站定，隨手把一張銀票「啪」的一聲拍在桌上，看一眼臉色青白的張長旺，神態目無餘子，語氣趾高氣揚：「阿旺，紀小姐已經是我的人，就如說書人說的，木已成舟；而你，是養不起這麼個漂亮女人的！」一拍他的肩頭，「女人太漂亮了是個禍！識相的，立即寫張休書，把老婆休了。我身為大哥，不會白要你的，這裡是三百個銀圓的票子，拿了去，到英租界做生意吧！」

跟在他身後的李東豪也輕輕一拍八仙桌，語氣陰冷凶狠：「阿旺，三百個銀圓也夠你再開間餅店討個女人了。別敬酒不吃吃罰酒，以後大家的面子都不好看！」

張長旺似乎酒氣未過，仍有點神志不清似的，整個人就愣在當地，只是別過頭來看一眼老婆，卻見紀氤施施然踱著步走過來，臉上似笑非笑……。

「現在張長旺在英租界幹什麼？」鄭子良打斷賴鏡的講述。
「他說在三馬路麻衣弄裡的貴記餅家做帳房，該餅家的老闆歐陽貴是他的行家朋友。」
鄭子良慢慢喝茶，過了一會，一擺手：「老賴，你現在去把張長旺叫來，就說我鄭子良願意為他報奪妻之仇，成與不成，都有他的好處！」
「是，少爺！」賴鏡躬躬身，出去，心裡狠狠地罵：「范老三，這回你該受報應了！」急急腳來到三馬路麻衣弄貴記餅家，把張長旺叫出來。
張長旺不想去見鄭子良，他還記得三年前的事，心裡害怕。賴鏡一拍胸口，叫道：「你真是以小人之心度君子之腹！鄭子良有財有勢，是有名的大好佬，哪會記以前的小事！阿旺，奪妻之仇，豈能不報！他願意為你出面，這是多難得的機會！他跟范三打生打死是他倆的事，這種從天而降的良機你豈能放過！」
一番慫恿，終把個張長旺說得心動，於是跟了來鄭宅，對著鄭子良連連鞠躬：「以前小人有眼不識泰山，鄭大哥大人有大量，不記小人過。」
鄭子良拱手上前相迎，顯得十分熱情：「旺哥不必客氣，請坐請坐！」寒暄話講了幾句後，沉著聲問：「范三搶你老婆，這仇你想不想報？」
「當然想報！」張長旺咬牙切齒。
「那好。現在紀氳是不是住在范家弄范宅？」
「不知道。可能不是。」
「什麼意思？」
「范老三搶了紀氳，我搬出了英租界，沒再回去。大約過了大半年，有一次我有事去找她的哥哥紀濤。紀濤在英租界老閘路卓記水果店做帳房，也就住在老閘路，那次去找他，碰巧見到紀氳，她說自己沒住在范家，范老三在華龍路周家里另外租了一套二上二下的石庫門給她住，旺記已經盤了給別人。我問她過得怎樣，她說自己是三姨太，一直得寵。其實我覺得她比以前瘦了，不過我也不說了。」說著一聲長嘆，「唉！算了，算了。不過自那次以後，我再沒見她了。」

「那好，」鄭子良不管這男人心中如何悲傷，如何感慨，只顧說自己心中已擬定的計劃，「你現在悄悄去找她。記住，不可張揚，問清楚范老三什麼時候到她那裡過夜，有什麼規律，比如星期幾去，一般帶多少保鏢等等。記清楚了，就回來告訴我，我為你報仇！」看張長旺那個愣樣，再加一句，「事成後，另賞你一百個大洋！」

張長旺一聽，舌頭有點打結：「鄭大哥是要殺，暗殺……」

「不關你的事，剩下的事全部由我來做。你問清楚了回來報告就是。」一揮手，「事不宜遲，去吧！我等你的訊息。」

「是，是！」張長旺站起來，躬了兩躬身，轉身走出鄭宅，心裡在狠狠地罵：「范老三、淫婦！你兩個砍千刀的！該死！該死！我叫鄭子良劈了你兩個姦夫淫婦！」一路罵一路向北走，進英租界。來到老閘路，已近中午了。

卓記水果店的老闆卓國良聽張長旺要找紀濤，不覺愣了愣：「紀濤？他大約在半年前就走了。」

張長旺吃一驚：「他不是在貴店當帳房嗎？去哪兒啦？」

「不知道。他走得很匆忙，連辭工也沒說，就走了。哦，對了，他沒來上工的那天上午就來了幾個人要找他，一個個凶神惡煞的模樣。我就帶他們去他家找，門鎖了，以後再沒回來。」卓老闆說著好生氣，「這個紀濤也不知得罪了什麼人，嚇得連夜出走，也太不像話，害得我要自己做帳房。」

「那他連住房都不要了？」

「他是租屋住，一拍屁股走了，不過虧了兩個月的按金。」

張長旺想了想：「對了，他不是有個妹嗎？以後有沒有來找過他？」

「以前來過，他走後就再沒來。」

不用再問了，張長旺已感覺紀氤肯定出了事。但出了什麼事？搔搔腦袋想不明白，一咬牙：「觸那！我非要去周家里問問清楚不可！」

離開卓記水果店，先回到貴記餅家，吃了飯，大睡一覺，下午三點來鐘，踱去華龍路，向人打聽清楚周家里就在前面，便逛過去，正東張西望，突然聽到有人一聲大叫：「阿旺！」別頭一看，只見對面馬路衝過來一個人：李東豪！

「唉呀！東豪哥，久違久違！」張長旺拱著手迎上前。

李東豪沒還禮，而是一把將他拉進旁邊的一條小里弄，低聲問：「阿旺，你來幹什麼？」

「我來找紀氤。」張長旺看這個李東豪有點神色緊張，也暗吃一驚，「東豪哥，有什麼不妥？」

「什麼不妥？很不妥！」李東豪掃一眼四週，沒見有相熟的人，心裡定了些，「你是吃了豹子膽，還敢來找人！」

「紀氤怎麼了？」張長旺一臉驚愕，同時輕輕撥開李東豪仍抓住自己手肘的手。

「你不知道嗎！」李東豪直盯著張長旺的眼睛，「半年前，她把三爺放在她那裡的所有金條首飾、銀票銅鈿統統席捲而去，走得無影無蹤了！三爺當天上午來會她，發現人去樓空，幾乎沒剩下一樣值錢的東西，急得幾乎想殺人！突然記起她有個哥哥在英租界做事的，立即叫上幾個人去找他，又沒找著；又想找你，但不知你在哪裡，才算作罷。那女人肯定是前一天晚上雇了車子來搬走了東西，然後再去英租界叫上她哥哥一家逃出了上海灘！唉！你現在怎麼還敢回來找這個女人！」

張長旺目瞪口呆：「東，東豪哥，我，我真的不知有，有這件事啊！這婆娘怎麼敢……。」

「我相信你不知道！否則你不會來找！」李東豪眼一瞪，「但三爺不相信！聽他說，他損失了六七千個銀洋！媽呀！這是一筆多大的款子！如果他捉到紀氤，非把她劈了不可！捉住你，非要你供出紀氤去了哪裡不可！他當你是幕後主謀，搞放白鴿、倒脫靴呢！」

「唉呀，冤枉啊！」張長旺驚叫起來。

李東豪一把封了他的嘴：「你小聲點！想不要命嗎！聽著！以前范老三要搶你老婆，我是他的手下，沒辦法。你也別見怪。我們過去畢竟是多年朋友，現在我不想出賣朋友，你趕快走！最好是離開上海灘，至少是別進法租界，否則被范老三看見，綁你的票，要你的命！」一推他，「廢話少說，快走！」

「多謝豪哥，多謝豪哥！」張長旺一連躬了幾躬身，轉過身向東便逃，同時心裡狠狠地詛咒以發洩心頭之憤：「報應！范老三，你靠偷靠搶得來的錢財，被紀氤捲了去，你這條老狗活該！報應！活該！」停下腳步，靜下心來想了想，覺得還是應該向鄭子良報告，便來到光裕里鄭宅。鄭子良當時正坐在客廳上悠悠閒閒的讀當時最流行的黑幕小說。〈註十六〉

鄭子良當時讀的是《上海黑幕彙編》，正讀得津津有味，聽到一聲「鄭大哥」，抬頭一看：「哈哈，長旺兄，坐！」

張長旺側著坐下來，苦著臉，把找尋紀氤的經過詳詳細細地說了一遍，最後道：「這個奪妻之仇，紀氤幫我報了！只是，小人以後也不能在上海灘呆了，罷罷罷！回老家嘉定去！」

鄭子良聽著他的講述，一直沒插嘴。以他原來的打算，待探聽清楚范三何時在紀氤那裡過夜，就用下毒或夜襲的辦法把他幹掉，再以威嚇的手段把紀氤搶過來，放在光裕里慢慢「享用」，既可一報往年之仇，也可了卻多年的心願。在他的心目中，這女子固然是美貌出眾，而且清純可愛，哪料到她竟有如此機心、如此城府，不覺在心中暗暗慶幸：好在沒把這美婦人討回來，否則可能被她席捲了家財而去也說不定；不過這流氓把頭十分感嘆地說出來的那句話卻是：「奇女子！才貌雙全！真不愧是奇女子！」

第五十三章　明爭暗奪顯神通

紀氤這美婦人在鄭子良心中纏綿十年，至此算是完結了。鄭子良感慨了一段日子，又想回到劉芒的事上，他實在想把大達碼頭納入自己的勢力範圍。

這天上午，他要黃勝約劉芒到十六鋪真如路的「德興館」一敘，「我直接跟劉芒講開。」他說。

黃勝找到劉芒，直言不諱，把鄭子良的用心全盤托出。最後道：「芒哥，我是俠誼社的人，大哥要我做的事，我不好違抗，至於你怎樣做，你自己抓主意。」

劉芒哈哈一笑：「勝兄，夠朋友！請你回去對鄭子良說，他要跟我交朋友，請到大達碼頭來。至於到什麼酒樓茶館見面，我都沒興趣。」

鄭子良得到回報，默默無言，最後瞪一眼黃勝：「勝哥，你是不是把我的本意跟劉芒說了？」

黃勝神態坦然：「良哥，劉芒雖然是個粗人，脾氣瞧、性格耿，但他也跟良哥你一樣，讀過一些之乎者也，看得懂黑幕小說，不是個蠢人。半年前良哥你要我去邀他加入俠誼社，說『結盟』的事，本意是明擺著的，現在又無緣無故的請他上德興館。別說劉芒，連我黃勝平時不讀書的也猜得出是什麼意思啦！哪用得著我來明說？說不定他還懷疑良哥你設伏德興館，像顧忠溪設伏一洞天打馬永貞一個措手不及一樣，他起了疑心也是正常的事。」

黃勝說得在理，鄭子良又默默想了一會，一拍八仙桌：「勝哥，走！我現在就跟你去大達碼頭找這個劉芒！」

黃勝心中叫聲苦也！以他原來的打算，鄭子良若真要找劉芒，必定先要他去約定個時間，那時他就叫劉芒設法推託，又或有意到時躲開去，避而不見，免得兩虎相鬥，必有一傷。現在可好，根本來不及去說，鄭子良就要來了。黃勝無法推卻，只得跟著鄭子良到大達碼頭來，遠遠看見劉芒及其手下在指揮幾十個碼頭小工在裝貨。

鄭子良走上前，還未等黃勝介紹，就已拱手，高聲叫道：「芒哥！」

劉芒別過頭來，看來人是個大個子，後面跟著黃勝，心想這必定是鄭子良，也拱拱手：「這位兄台可是子良兄？」

「芒哥客氣，正是小弟。」

黃勝兩步上前為雙方作了介紹，然後將兩人拉到一個倉庫的屋簷下。時在夏季，豔陽高照，天氣炎熱，那裡背向陽光，相當陰涼。再對劉芒拱拱手：「良哥仰慕芒哥的威名，特來拜會。」

兩人又是一番寒暄，說了幾句久聞大名，如雷灌耳之類的話。劉芒向遠處兩個小工頭模樣的青年高叫一聲：「劉光！陶才！拿一張桌三把椅過來！還有茶杯茶壺大葵扇！」

兩人應一聲：「是！芒哥！」立即拿過來。

三人落座。鄭、劉二人又東拉西扯一通。黃勝看這個劉芒似乎並不在意鄭子良到他的地頭來，兩人聊得似乎還頗投契，不覺心中稍安，卻見鄭子良一舉茶杯，話已切入正題：「芒哥佔有大達碼頭，威名顯赫，小弟很早以前就聽勝哥說過了。只是今天上海灘幫派林立，相互間時有爭奪，芒哥手下不過二十來人，未免顯得單薄了些。小弟建俠誼社多年，得各路好漢的加盟，今天也有個一百幾十號人了，關橋碼頭的勝哥和公和祥碼頭的劉川兄都加入了俠誼社，如果芒哥也能加盟，那就真的如同梁山聚義，足可以稱雄這沿黃浦江的法租界地帶。江湖道，有錢大家撈，有飯大家吃，我們兄弟一齊共創大業，不知芒哥意下如何？」放下杯，拱拱手，臉帶微笑，語氣甚是恭敬。

劉芒聽了，大笑起來：「哈哈，梁山聚義，良哥說得動聽！小弟嘛，覺得江湖道，最好的相處是井水不犯河水。想必良哥也知道，我劉芒在這大達碼頭多年，跟四周的江湖兄弟一直各撈各的，相互相安無事。我不去謀算別人，別人也休想來謀算我。我認定這就叫道義。至於就二十幾個人嘛，古人說的，兵不在多，而在精。」右手一指碼頭上的手下，「那都是跟小弟共過患難的難兄難弟，有事，敢衝敢殺敢拼命，說以一當十可能有點誇口，但以一當五大概沒問題。」笑了笑，「古人還說，寧為雞首，無為牛後。我覺得自己做個領頭雞還不錯，若做牛從，跟在大牛的尾巴後面，可能要跟大牛打架的。」說著又哈哈一笑，對著鄭子良拱拱手，「子良哥，你說是不是？」

劉芒這番話雖然是拐了點彎兒來說，意思則是夠清楚的。鄭子良不得不承認自己碰上了個強硬的對手。急切間腦中猛打了兩個轉，臉上帶著笑容：「芒哥倒像個讀書人，出口成章，在江湖道上真是少見，佩服佩服！不過，牛從雞首，都是相對來說的；雞首固然得意，但若整隻雞被人吞了，這雞首還怎麼做？牛從呢，有什麼事都由走在前面的大牛頂著，那可就省心得多了！是不是？」

「這就是各人感覺的不同了！」劉芒一擺手，雙眼仍盯著鄭子良，「我這個人，喜歡做雞首，不喜歡做牛從。」頓了頓，「其實說白了，在法租界，在這小東門十六鋪碼頭一帶，江湖道上真正走在前面的那頭大牛是誰啊？是巡捕房探長黃金榮！相對他來說，我和子良哥大概都是牛從。」語氣變得深沉，「所以說，並非恃人多勢眾就能夠霸得了地方的。」

鄭子良的臉色變得有點難看：「這麼說，我鄭子良誠心邀請，芒哥還是不給面子了？」

劉芒的臉色變得似乎比他更難看：「我跟人相處的原則是，人敬我一尺，我敬人一丈；人毀我一尺，我毀人一丈。可能還不止！」

四目對視。剛才的朋友氣氛蕩然無存。

黃勝被夾在兩人中間，覺得自己簡直豬八戒照鏡子，裡外不是人；心中發急，看看這個，看看那個，囁囁嚅嚅：「良哥、芒哥……」

鄭子良的臉色突然緩下來，一拱手：「芒哥，如果我鄭子良帶了手下兄弟來大達碼頭也分他一杯羹，你會怎樣呢？」

劉芒的臉色也緩下來，竟微微一笑：「那良哥就是要化玉帛為干戈了。」

鄭子良也微笑：「就算芒哥的手下一個頂五個，可能還不及俠誼社的人多。」

「那不要緊。」劉芒神情輕鬆，「大達碼頭一帶，常有巡捕巡邏，真打起來，巡捕的一支槍大概抵得上幾十個小癟三吧？」

「這說得不錯。」鄭子良笑道，「不過我可以在巡捕們都睡了覺的時候過來。公和祥和關橋碼頭都在大達碼頭的南面，新開河碼頭則在北面，相距都不遠，來個南北夾擊，方便得很呢。」

「那也不要緊。」至少從外表上看，劉芒的輕鬆不是裝出來的，「就算我劉芒失了地盤，甚至手下兄弟全部死傷，但只要我或其中一個兄弟還走得動，那良哥的死期可能也不遠了。」說完，對著鄭子良舉舉杯，慢慢喝茶。兩人竟相對大笑。外人看他倆談話，猶如朋友敘舊，有誰能夠想得到正在進行的是一場如此充滿血腥味的「談判」？

只聽得黃勝目瞪口呆：「兩位，兩位，良哥，芒哥……」

「哦，對了。勝哥別急。」劉芒向黃勝擺擺手，仍目視鄭子良，「還有一點子良哥也是應該知道的。我劉芒主要是為嘉福洋行的商船裝貨卸貨，保鏢押運，那個法國老闆德瑞克跟我合作多年，相互都過得去。子良哥要來化玉帛為干戈，好！就算把我打出了這大達碼頭，不過這門生意你卻未必能夠搞得到手，德瑞克會讓你來承接嗎？那就只能幹些勒榨船老大的勾當了，也就如同街邊的地痞小癟三，跟你這個俠誼社大哥的身份可不相符……」見鄭子良臉色一凜，再一擺手，「這還不算，法國佬肯定還要另找一幫人給他保鏢押運，那子良哥是不是又要跟人家開戰呢？」

鄭子良冷冷地看著劉芒，不哼聲，過了一會，一拱手：「芒哥，承教！後會有期！」

劉芒起身相送：「不敢。良哥慢走。」

鄭子良窩了一肚火，回到光裕里，在太師椅坐下，猛灌了兩杯花雕，整個人靠在椅背上，眼睛微閉，腦海裡浮現出來的是劉芒的那副相貌：額突，顴高，眉細，鼻隆，口闊，牙黃，頷翹，兩隻鷹眼，一對鼠耳，身材壯實卻臉無三兩肉，不管是怒是喜，神情充滿自信。「觸那！」鄭子良心中罵一句，把手一揮，像是要把空氣中的什麼東西揮走，睜開眼看看黃勝，放下酒杯，一抹嘴：「勝哥，你覺得劉芒說的話是不是賣野人頭？」

「照我對劉芒的瞭解，不是。」黃勝微微躬身，語氣肯定，「良哥你看他的神態，這個人說得出口，就有可能做得到。」

「那你認為應該怎樣做？」

「不便硬來，公開去搶，只有兩敗俱傷。在大達碼頭鬧出命案，巡捕房不會不管。況且，劉芒所說的嘉福洋行法國佬德瑞克的事也不是沒道理。兩年前良哥你奪得新開河碼頭，派了高丁旺去打理，但用的還是陳任以前的手下李中百、梁源、古沙浪等人，透過他們還能夠跟法國老闆棨克打交道，繼續保住押運權。但這回不同，良哥如果硬搶大達碼頭，就決不能再用劉芒那幫人，那怎樣跟法國佬打交道？如果搶了個碼頭只能做街頭癟三地痞，我認為實在不值得冒這樣大的風險。損人而不利己的事，做來何益？」鄭子良無言。

以後幾個月，大達碼頭風平浪靜。鄭子良對劉芒雖是耿耿於懷，但不敢妄動，一天，突然傳來訊息：劉芒死了！劉芒是在怡春園嫖粉頭時突然一聲吼叫便從床上滾到了地下，雙眼上翻，一動不動。嚇得那粉頭赤裸著全身衝出房間，大叫救命。劉芒隨後被送去醫院，當時已然氣絕。經診斷乃心臟病突發而死。

劉芒的妻妾在家設了靈堂，供各路朋友前來祭奠。鄭子良一聽到訊息，立即帶上黃、劉二人及自己的保鏢陳小猛、董志，鄭重其事地前來致祭，一邊行禮如儀，一邊留心觀察。只見靈堂前披麻戴孝的跪了劉芒的一妻一妾，二兒一女，那大兒子才十四、五歲，還未長大成人。另有六條身穿黑衣的漢子站在下首，那必定是劉芒生前的得力手下。鄭子良認得站在前面的兩個，一是劉光，一是陶才，心中的主意也就打定了。對著劉芒的遺像十分恭敬地三鞠躬，面上一片哀傷，心裡卻在笑罵：「劉芒啊劉芒，枉你一番心血佔了大達碼頭，賺得銀洋金條，買下家宅豪居，娶了嬌妻美妾，拒我鄭子良千里之外，現在如何？你的地盤還不是由我來接！」

行禮畢，鄭子良告退，大步走出劉宅，心中正有點洋洋自得，猛抬頭，看見左邊里弄轉出五六個人，正向這邊走來。走在前頭的竟是杜月笙與杭州阿發，分明是來奔喪的。不覺暗吃一驚，向左右的黃勝和劉川低聲道：「跟我來！」本來回光裕里是轉左的，他卻一個右轉，疾步而去。

沒走多遠，五人便穿出了太平弄。黃勝急走幾步，低聲問：「良哥，什麼事？」

「杜月笙跟劉芒並不相干，但現在他竟跟杭州阿發一道來致祭，本意是很明顯的了，肯定是想插手這大達碼頭！我不想讓他知道我來過。」邊說邊邁開大步向前走，「勝哥，川哥，靈堂上那六條漢子你們認識嗎？」

「我認得劉光、陶才和李山寒，其餘三個不知叫什麼。」劉川道。

「其餘三個叫楊廓、王陽照、劉松。聽說劉松跟劉光是堂兄弟。」黃勝道，「這六人都是劉芒生前的得力手下、小頭目。上個月劉芒三十三歲生日，請我去喝酒，跟他們打過招呼。」

「那好，勝哥，」鄭子良放慢腳步，「劉芒明天出殯，明晚，你無論如何要把這六人請到德興館，就說我鄭子良誠意跟他們交個朋友。還有，」看一眼黃、劉二人，「你兩人回去問問各自碼頭上的兄弟，有誰是跟這六人中的任何一個相識的，明晚也全到德興館去。我鄭子良宴客。」

「良哥是什麼意思？」劉川問。

「我要把他們全拉進俠誼社來！」鄭子良得意地哈哈一笑，「告訴來參加飲宴的所有兄弟，對這六人一定要拉交情，套近乎，務必令他們感到我們俠誼社是誠心請他們加盟的。我想，只要這六個人同意，劉芒生前的其他手下大概也不會反對的了！」

「良哥高招！」黃勝衷心地吹捧了一句。他不希望看到火拼場面，但若是能夠把大達碼頭平安「接收」，那他是一百個贊成。

鄭子良的招數本來不錯，但他們都低估了對手，根本沒想到杜月笙的行動並不比他們慢，而招數比他們還要高。當明晚在德興館雅室擺下豐盛的酒宴，鄭、黃、劉以及十多個跟這六人相識的兄弟在乘興地等候時，劉光等六個人中只來了三個。

大家一番寒暄後，各自落座。鄭子良很恭敬地問：「不知其他三位兄弟為什麼不一同前來？」

劉光拱拱手：「勝哥今天中午來相約之前，杜月笙跟杭州阿發也已邀請我們今晚去老半齋酒樓一敘。我們原來都答應了的。而良哥如此誠情，我們又怎能掃良哥的興，六個人就只好兵分兩路，陶才、李山寒和楊廓都喜歡吃揚州菜的，他們三個就去了老半齋了，良哥不會見怪吧？」

鄭子良暗吃一驚，心中狠狠地罵了一句：「你這個杜月笙，敢來跟我爭大達碼頭！」臉上卻是熱情洋溢，語氣更是十分誠懇：「唉呀！三位這樣給小弟面子，小弟已大感榮幸了，豈會見怪！」雙手一捧桌上的酒杯，站起來，「各位兄弟，今晚難得光兄、松兄、照兄光臨，真是幸會！幸會！來來來，為三位貴客乾一杯！」

黃勝、劉川及其手下的兄弟早得了大哥的吩咐，一個個果然熱情非常，紛紛站起，向劉光、劉松和王陽照舉起酒杯，他們中的一些人本來就是相互相識的，便更顯得熟絡了，嘴裡大叫：「乾！乾！」橫豎是鄭子良掏的錢包，狠狠吃他一頓，何樂而不為。

劉光三人受到這樣款待，心中不免得意，舉著酒杯兩個說多謝，一人也大叫「乾！乾！」於是齊齊整杯落肚。

鄭子良一邊說「起筷起筷」，一邊就給三人夾菜；先是聊些閒話，慢慢便轉彎抹角扯到大達碼頭。酒過三巡後，一個個已是臉紅耳熱，鄭子良也探聽清楚了，自劉芒死後，他們六個小頭目還未商量過由誰來當大哥，似乎也沒有誰能夠被眾人一致推為大哥。

「這就是機會了！」鄭子良心裡暗道一聲，站起身來為三人斟酒，道：「光哥三位想必知道，現在上海灘的幫派經常你爭我奪，沒有相當的實力很可能會被人家侵吞。像劉川兄，上兩年幾乎被龍老官他們搶了碼頭，自從結盟俠誼社後，就沒人敢來使壞了。又像黃勝兄，加入俠誼社後，關橋碼頭就一直風平浪靜，無人敢打主意。」

鄭子良話音剛落，劉川與黃勝都連連點頭：「是是是，幸好加入了俠誼社，才算避過了江湖幫派的明爭暗奪。」這是事前說定了的。

鄭子良看劉光三人，在微笑點頭，便繼續道：「俠誼社名聲遍法租界，其他幫派人物都得給個面子。現在劉芒仁兄突然西歸，江湖上各路人馬都在看著大達碼頭。三位仁兄如果願意加盟俠誼社，那從大達碼頭到關橋碼頭這一帶沿黃浦江的碼頭就是我們大家兄弟的了。有錢大家撈，不知三位有沒有這個意思？」

劉光三人這時都已稍有醉意了，聽到鄭子良這話，不覺面面相覷。沉默了一會，劉光放下酒杯，看一眼鄭子良，道：「大哥生前吩咐，我們兄弟要守著大達碼頭，不要去跟人打打殺殺，不要跟其他幫派混在一起。人不犯我，我不犯人。大哥屍骨未寒……」

「劉芒兄的話本來不錯，但各位請看今天的江湖道，你不犯人，人也會犯你。要想人不犯你，你當然就要有強大的實力，人家才不敢犯你。對不對？」鄭子良打斷劉光的話，說得很誠懇，「小弟邀請各位兄弟加盟俠誼社，並不是要吞併各位的碼頭，而是希望大家聯合一起，有錢大家撈，有飯大家吃。大家互相倚靠，扭成一股繩，力量強大了，別人就不敢來侵犯。」頓了頓，「光哥一定明白，劉芒兄新故，很多人對大達碼頭都虎視眈眈，你們不過二十來人，發生爭執時力量就顯得單薄了，如果加盟俠誼社，一有什麼事，就有俠誼社為各位兄弟出頭，小弟說的不過就是這個意思。」鄭子良的神情語氣頗能打動人。劉光看看劉松，劉松看看王陽照，三個人你望我我望你，沒哼聲。鄭子良表面上也不急，只是微笑著，慢慢喝酒，給他們夾菜，給他們斟酒，心裡卻在焦躁。

王陽照終於開了口，只見他對著鄭子良拱拱手，道：「良哥，多謝你的盛情，不過這樣的大事也不是我們幾個人決定得了的。我們得回去跟其他兄弟商量商量。」

「那好，那好！」鄭子良不敢要他們立即表態，否則自己的狼子野心就暴露無遺，「這個當然，這個當然！」雙手又一捧酒杯，「為各位兄弟以後在一起發財乾杯！」

鄭子良在德興館舉杯的時候，杜月笙也在老半齋裡舉杯。鄭子良以加盟俠誼社同撈同煲作口實，杜月笙則是直接把嘉福洋行老闆德瑞克請了來。在其中作引線人的便是法租界當局的總翻譯曹振聲。

杜月笙一聽到劉芒猝死的訊息，立即就意識到這是一個爭奪大達碼頭的良機。腦筋一打轉，立即前往曹公館拜訪曹振聲。自從上次為曹老太「鎮掉」了邪氣後，杜月笙不時就來「向老夫人問安」，而且每次都帶上點「孝敬」。曹家富得流油，曹老太並不在乎他的禮物，但難得的是這份心，因而對他頗熱情；曹振聲看在母親的面子上，對這個白相人也算是另眼相看。上個月杜月笙成親，還「屈尊」前往道賀，並送了一份不薄的禮，杜月笙簡直受寵若驚，急忙出迎。當接過禮物時，更是連聲道謝，不斷鞠躬，令曹振聲心裡挺舒服。現在杜月笙來給曹老太「請安」，送上的孝敬竟是一只晶瑩剔透的玉鐲，一望而知，價值不菲。

老太太不覺喜上眉梢，拿起來對著陽光照了照，贊了兩聲：「上品！上品！」

曹振聲往沙發上一靠，臉露微笑：「月笙，何以出手這麼重呀？」

「不過是小小心意，不成敬意。」杜月笙躬躬身，「老夫人喜歡，是對月笙的賞臉了。」

「哈哈，說得動聽！」曹振聲不知跟法租界裡的江湖人物打過多少交道，心中已猜出幾分，一擺手，「我看你是無事不登三寶殿了。來吧，到我書房聊聊。」

杜月笙連應幾聲是是，心中暗暗欽佩這個假洋鬼子。兩人在書房落座，使媽獻上茶後悄悄退出，順手關上房門。曹振聲向杜月笙舉舉手中茶杯，微微一笑，意思就是：「有什麼就說出來吧。」

杜月笙心領神會，立即拱拱手：「月笙有事要向曹先生請教。」曹振聲微微點頭，喝口茶。

「不知大達碼頭是屬哪個洋行的？」

「大達碼頭不屬哪個洋行，它屬於大達外江輪步公司。」曹振聲輕輕一擺手，「金利源碼頭，也就是現在的十六鋪碼頭，是前清同治初年由美國商人建造的，大達碼頭則是前清狀元張謇建造的。」說起這個同鄉張謇，曹振聲立時顯出濃厚興趣來，「聽說過這個狀元公沒有？」

杜月笙怔了怔：「好像聽人說過，他是狀元大亨？」

「一個了不起的人物！」曹振聲輕輕一拍八仙桌，「他是敝鄉江蘇南通人，光緒甲午恩科狀元，後授翰林院編修，做了三個月的小京官，便辭職回鄉創辦實業。嘿嘿，我給他幫過不少忙呢。我問他當時為什麼有官不做，他說那年夏天，慈禧太后從頤和園回宮，文武百官照例要跪在路旁接駕，那天正好雷雨交加，地面泥水盈尺，他就跪在泥水裡跪了幾個鐘頭，成了隻落湯泥雞。事後想想自己大魁天下，名列廟堂，難道就為了做這種磕頭蟲？呸！於是就棄官回鄉。」

「果然了不起。」杜月笙連點兩下頭。

「他更了不起的是成了個首屈一指的實業家、大亨！」曹振聲對這個前朝狀元相當佩服，又拍八仙桌，「這個官棄得好！否則中國沒個這樣出色的人物！他回到南通，創辦了通州大生紗廠、通海墾牧公司、廣生油廠、資生冶鐵廠，有十多個企業。後來又辦南通師範，圖書院、博物院，據稱是中國近代教育事業的奠基人。」頓了頓，「至於建這個大達碼頭，哦，對了，是在光緒三十年六月，也就是八年前，他準備開闢上海至南通的航線，第一步就是在上海找地皮，先建個碼頭。當時黃浦灘西岸的中心區域都被洋人佔了，據說張謇是花了很大的價錢，才總算在今天大達碼頭一帶包租了大量沿岸土地，然後成立了大達外江輪步公司，建好碼頭、倉庫，經營輪船棧埠生意。這個碼頭便是大達碼頭……」

「果然了不起！」杜月笙這回是叫起來，「這麼說，大達輪船公司也是他的？」

「當然！」曹振聲瞪一眼杜月笙，他是以有這麼個同鄉狀元朋友為榮的，當時張謇六十一歲，比他大十七八年，「建大達碼頭後兩個月，張老先生又在南通天生港設定碼頭和棧倉，名天生港輪步，等到兩地碼頭設定齊備，他就在外國訂購了兩艘客貨兩用輪船，成立大達輪船公司，這是中國第一家民營輪船公司呢！現在人們乘船到南通，就是坐他的船！」

「觸那！我以後也要做張謇這樣的大亨！」杜月笙心中大叫，而他後來成了流氓大亨後，竟耍手段搶了張謇始創的大達輪船公司，則是連他自己也想不到的。不過現在這個流氓頭說出來的話則是：「不過我經常看到有外洋商輪停泊大達碼頭。」

「那是洋行租借碼頭裝貨卸貨。」曹振聲擺擺手。

「不知是哪家洋行？」杜月笙立即問。

「主要是嘉福洋行。」

「這就對了！」杜月笙笑道。

「對什麼？」曹振聲喝口茶，「你問這些來幹什麼？」

「是這樣，曹先生。」杜月笙側著身坐，面對曹振聲，以示恭敬，「我知道多年來大達碼頭的霸首叫劉芒，他手下有二十來人，是為嘉福洋行保鏢押運貨物的。昨天劉芒突然死了，他的手下一時群龍無首。月笙想托曹先生跟嘉福洋行的老闆拉拉線，以後由我來負責為他的洋行裝卸貨物，保鏢押運。我想以曹先生的面子，那個法國佬一定會同意的。」說著從懷中掏出張銀票，輕輕放在桌上，再一拱手，「這是一千個銀洋的票子，拜託曹先生。」

一千大洋對一個普通人來說是一筆鉅款，對曹振聲來說也不能不動心。不過曹振聲沒有立即接，而是輕輕地瞥了一眼杜月笙。他相信自己賺這一千個銀洋不過是開口之勞。他不立即接，一是暗暗驚嘆於這個白相人的「疏爽慷慨」，二是還有兩點他必須說清楚：這個白相人還要花上一筆錢。

沉默了大約半分鐘，曹振聲把嘴裡的強盜牌香菸往煙灰缸內一撳，問：「你接手了嘉福洋行的保鏢押運權，那劉芒原來的手下會善罷甘休麼？」

「只要嘉福洋行的老闆同意把權交給我，劉芒原來的手下就由我來應付。」杜月笙說得篤定，「不管用文用武，我都絕對不會牽涉到他頭上，並且絕對不會影響洋行的貨運業務。」

「有把握？」

「絕對有把握。」

「那好。」曹振聲又沉默了一會，再問：「知道嘉福洋行的老闆是誰嗎？」

「不知。」杜月笙倒是老實。

「他叫德瑞克，是個生得神高馬大的法國佬，約四十歲，兒女都在法國。他有兩大愛好，一是釣魚，二是女色。但他只敢去嫖洋妞，去土耳其浴室之類的地方快活，卻不敢去逛中國人的堂子。」

「為什麼呢？」杜月笙是個中老手，對此充滿興趣。

「照我的觀察，一是為了面子；二是擔心被中國人勒索，不知會搞出什麼事來；三嘛，是怕不夠衛生。」曹振聲看一眼杜月笙，「明白我的意思嗎？」

「明白。」杜月笙根本不用思索，「我包他滿意。」

〈註十一〉：

說起打花會，現在的年輕人知道的不多了，在當年，卻是家喻戶曉的。這是一種為害社會甚烈的賭博。賭的方法是猜名字。賭主設三十六門，參賭者任意押一門，如押中了，可獲二十八倍的賭彩，如沒押中，賭注便歸賭主所有。

三十六門中每門為一古人名和相應的一種動物，相傳原來只有古人名，後傳到寧波時改為三十六種動物，再後傳到上海，便兩者並蓄，即古人名與動物相配，後來盛行的花會又去掉了三種動物，換上了老僧、尼姑、小和尚。那些所謂古人名字甚是離奇古怪，配上動物更顯古怪離奇，又稱「花神」、「字花」，列出來是這樣的：林太平（龍精）、陳逢春（鶴精）、龍江祠（蜈蚣精）、林銀玉（蟹精）、林陰街（鴨精）、宋正順（豬精）、李漢雲（牛精）、陳日山（雞精）、程必得（鼠精）、李月寶（龜精）、陳安士（尼姑）、雙合同（燕精）、李明珠（蜘蛛精）、劉井利（鱉精）、鄭天龍（老僧）、方茂林（小和尚）、張合海（青蛇精）、張九官（老猴精）、吳占奎（白魚精）、張萬金（白蛇精）、張三槐（山猴精）、馬上招（貓精）、陳吉品（白羊精）、陳榮生（鵝精）、黃志高（騾精）、張元吉（黑羊精）、翁有利（象精）、羅只得（黑犬精）、徐元貴（蝦精）、朱光明（馬精）、趙天申（花狗精）、蘇青元（黑魚精）、田福雙（田狗精）、陳攀桂（田螺精）、周青雲（駱駝精）、王坤山（虎精）。經常參賭的人，能夠把這些名字倒背如流。

這種賭博的源起有兩種說法，一說是清代初年創始於廣東；一說是清道光初年興起於浙江黃岩一帶，鴉片戰爭後流入廣東。何說為確姑且勿論。且說在清光緒二十八年（公元一九〇二年），清政府在浙江寧紹一帶數次查抄花會會所，花會便移至上海來，在南市猛將堂公開招賭，由綽號「花蝴蝶」的繆阿玉主持，這種賭博從此為害上海灘，並且越演越烈，在二十年代後期尤其「火爆」，三十年代後才開始呈消歇之勢。

話說當年花會開賭稱「開筒」。每天開兩次：下午四時和晚上十時各開一門。賭場的擺設非常簡單：放一張桌子，桌前坐好一個人，背對著賭客。他的頭頂上掛一幅布，布上寫著上次開出的名字，另外又有一幅布寫的是此次開筒的名字，在開前嚴密裹封，高懸樑上，這一卷布稱為彩筒。賭客自選三十六門中的一門寫好，附以賭注，投入一個大木櫃裡，等到大家押完了注，賭場便點燃爆竹，在劈裡啪拉的熱鬧聲中，桌前坐的人把彩筒一抽，布卷徐徐散開，布上所寫的「神名」便赫然出現。押中的，照賭注賠二十八倍，即押一元可獲二十七元，當天便可領取。押不中的，由花會老闆統吃。表面上看，這似乎很公平，沒有欺詐，其實花會全為黑社會流氓所把持，他們將那彩筒做得很厚，裡面有夾層，可同時裝幾門，開彩時可隨意開哪門。賭場老闆在幕後快速統計出哪門押得最少，就揀那門來開。由於誘以一比二十八的厚利，再加賭注多少不拘，押百千元可以，押一兩個銅板也行，因而引得很多人趨之若鶩。花會為招來賭客，更長期僱傭大批擅花言巧語、更能說會道的兜攬者去招賭，這類人不分男女，統稱「航船」，私下裡一般有這樣的「分工」：男航船專走大小商肆，引誘店員學徒投注；女航船則穿門過戶，甚至登堂入室，誘惑三姑六婆、少婦長女參賭。他們每拉得一票，便可從中取十分之一的佣金，因而幹得十分賣力，且十分講信用：挨家挨戶地收取賭注，通報中綵，送交賭彩，使參賭者足不出戶便可一碰運氣。據統計，在民國初年，這類「航船」在上海約有四五〇多人。他們不分晝夜，誘人參賭，搜刮貧家的米飯錢。由於如此「服務週到」，花會賭博驟然成為上海灘一大公害。上至達官貴人，下及販伕走卒、婦嫗孩童，多被吸引。而佔多數的是小商小販和家庭婦女。當時其他樣式的賭博，參加者多為男性，而參予花會賭博的，婦女卻佔了一半以上。其中不少人對此癡迷成癖，無法自拔。由此而被榨取至家徒四壁者，不計其數，甚者妻離子散，家破人亡。從三十六門人名畜名的古怪配搭中，我們不難看出，這種三教九流跟飛禽走獸的大雜燴完全是為了迎合那些沒有文化的人的心理，這就造成了賭徒中的迷信盛行。

如說屬相是什麼就買什麼；又說早上出門若遇見痲瘋公，就押茂林這門。又有人去寺廟求籤問卦。而當年流傳最廣的一種說法是，若在打花會的前一天夢見三十六門中的某人某動物，第二天押這一門就必贏。如說夢見鬼，押占魁這門必贏。這說法一傳開，竟至賭徒們千方百計的「求夢指門」。有些無知婦女因在家裡躺在床上無夢，就在半夜三更跑到荒郊野塚中去露宿，以求做一惡夢。相傳有一少婦在亂墳堆睡了一夜，夢見一隻黑狗，第二天便押了「羅只得（黑犬精）」門，竟然中綵。此事一傳開，婦女露宿荒野亂葬崗竟風行一時，有些流氓無賴便趁機姦汙婦女，成為一時新聞。後來，花會中又盛傳將死骷髏放在枕邊共眠得夢所示，第二天打花會必中，於是又有成群結隊的人將亂葬崗上的骷髏拿回家來，焚香奠酒，虔誠禱告，入睡前放在枕邊以求一夢。可謂光怪陸離透了。其後又盛傳與屍體共睡得夢最靈，於是竟有人千方百計搞來一具僵屍與之共眠。最可悲的是有個婦人，打花會打到傾家蕩產，聽了如此荒唐說法，竟鬼迷心竅殺了親生兒子，將其屍體放在身邊求夢。此事成為當年上海報紙轟動一時的社會醜聞。

花會賭博風靡上海二十餘年，使一幫流氓大亨大發孽財，而不知造成了多少妻離子散、家破人亡的悲劇。現在杜月笙打算拼死一搏之時，正是花會在上海紮根近十年，方興未艾之際。

〈註十二〉：

這粉頭何以如此興奮呢？這得說說當年上海灘的轎子。

清末時的上海，交通工具主要有獨輪車（亦即羊角車）、馬車和轎子，其中轎子為最高檔，同時又分好幾種：道台的官轎最威風，是幾抬幾槓的綠呢金頂大轎，出巡時前呼後擁，鳴鑼開道。知縣的官轎低一檔，是四人抬的紅漆朱頂藍呢轎。官太女眷乘的叫「撐陽轎」，頂垂纓絡，旁嵌玻璃，看上去華麗精巧。一般市民坐不起轎子，要坐，那就是二人抬的青布（或藍布）小轎。當年縣城中車站旁、碼頭邊停著許多接客的小轎，如現在的計程車一般，供人臨時雇坐，俗稱「快轎」。此外，還有迎親用的「花轎」、出喪時供遺骸或神主牌位的「魂轎」、喪家女眷坐的「喪轎」、送葬婦女坐的「客轎」，還有一種專門用來押解犯人的無頂小轎。

〈註十三〉：

「狀元樓」是寧波人在上海開設酒菜館的通用招牌。

「甬」是寧波市的別稱。提起舊上海的甬菜館，人們很自然地就會想起「狀元樓」。寧波人很早就已到上海經商，早年上海灘曾有「無寧不成市」之說，可見其盛況。與之相對的，便是出現了多家甬菜館，至於何以取「狀元樓」為店招，這又有一番來歷。

相傳寧波有家三江酒樓，開設於清代乾隆年間，距今有二百多年歷史了。有一年，幾個舉子赴京應試，經過寧波時到了三江酒樓小酌，嘗到一味軟糯滋潤的冰糖甲魚，覺得好吃極了，便問堂倌這菜式何名。堂倌看他們斯斯文文的，想必是讀書人，便順口說道：「這菜名獨佔鰲頭。」幾個舉子一聽，大為高興，認為這是應試的吉兆。說來也巧，這幾個舉子後來果然全部金榜題名，進士及弟，其中一位竟蟾宮折桂，中了頭名狀元。衣錦榮歸之日，幾人又結伴重臨三江酒樓，店主聞說新科狀元駕到，不覺大喜，為表慶賀，當下就請新科狀元題寫了「狀元樓」店招。新匾掛出，立時名聲大噪。那些文人雅士、達官貴人、商賈學子，還有其他附庸風雅者，竟以臨狀元樓飲宴為幸事。從此後，「狀元樓」便成了甬菜館頗富特色的招牌，以招徠同鄉，吸引顧客。

據說上海最早的狀元樓甬菜館出現在清同治、光緒年間，距今百餘年了，建於湖北路，現在早沒有了。今天開設在楊浦區平涼路上的滬東狀元樓，後曾改名「滬東飯店」的，則是一九二七年才開設的。現在上海鬧市區還可見的狀元樓，多是在前頭加上了不同的記號，如甬江狀元樓、四明狀元樓等。相對於清末民初的狀元樓，是不同的風景了。

〈註十四〉：

剁豬玀，上海黑道行話，意為打悶棍行劫。一些流氓強盜，埋伏於隱蔽 偏僻之處，向踽踽獨行的路人突施襲擊，多謀財而不害命，不過這財謀得頗為徹底，除金銀首飾銅鈿外，連被劫者身上的衣服也多剝光，故有這樣的黑話。此類案件多發生於夜深之時。

〈註十五〉：

這個查，大致包括：是否幫裡人？什麼字輩？哪個派系？老頭子是誰？怎麼個查法呢？在青幫中，要盤查對方，有一套暗語，切口叫「盤海底」。比如一個幫裡人到外地去，稱為「開碼頭」。來到茶館，要將茶壺蓋取下，放在茶壺的左面，蓋頂朝外面，蓋底朝茶壺裡面，面對茶壺而坐，雙眼不能斜視；又比如來到飯店酒肆，要將筷子橫放在酒杯或飯碗外面，對筷端坐。這兩種做法稱作「掛牌」。牌既掛出，如果該茶館飯店酒肆有幫裡人，便會過來詢問：「你是何方老大？」掛牌人必須恭敬起立回答：「不敢，沾祖爺的恩光！」對方再問：「貴前人是哪一位？貴幫是什麼幫？」答：「在家子不敢言爺，出外徒不敢言師。敝家姓陳名叫上江下山，是江淮四幫。」

經過這樣問答，就可以認定是幫內人了，但盤問並未結束。這時雙方坐下，對方繼續問：「老大頂哪個字？」掛牌人若是「通」字輩，便答：「頭頂二十一世，身背二十二世，腳踏二十三世。」對方再問：「前人佔哪一個碼頭，現在哪一個碼頭？」掛牌人就得照直描述，然後將幫裡的三幫九代向對方交底。三幫是江淮四幫、嘉海五幫、新馬六幫，九代是自身、前人和引見師、傳道師等的姓名。

說完了，「盤海底」就到此結束。這是對青幫外出開碼頭的流氓進行考察。若果掛牌人未能對答如流，或是答話生澀、神色慌張，就會被疑為假冒門檻的「空子」，一經盤問出來，可能會吃三刀六洞。

這是一般的盤查，青幫中還有一種問「船」問「旗」的盤海底，盤問這種海底的，是由於門內人互相鬧矛盾。比如甲乙雙方，乙認為甲做事不落門檻，欲與之評理又沒有話題可借，但又要出氣消恨，遇到甲時，就會用挑釁的口氣來這樣盤海底：「敢問老大，貴幫有多少船隻？」甲方一聽此言，便知來者不善，但在大庭廣眾面又不肯屈服，便答：「共有一千九百九十九。」乙再問：「貴幫船開的哪一路？哪位老大領港（指對方的老頭子）？」甲答：「開的是上江下山路，領港頭頂二十行（指大字輩），出航不怕風和浪。」乙現不悅之色，再問：「貴幫船打的什麼旗號？」甲答：「進京百腳蜈蚣旗，出京虎頭黃道船，初一月半龍鳳旗，船首四方大纛旗，船尾八面威風旗。」

旗船問答過，雙方已各自劍拔弩張，作毆鬥準備。乙再問：「一船打成多少板？板上釘有多少釘？你要說分明！」甲答：「打船板有七十二，謹按地煞數；船釘三十六，配合天罡數。」乙再追問：「有釘無眼什麼板？有眼無釘什麼板？」甲答：「有釘無眼是跳板，有眼無釘是縴板。欲想過跳板，請你走過來！」至此，乙已怒火上冒，再問：「天上共有多少星？」甲答：「三萬六千星，不多也不少！」乙又問：「你身上有幾條筋？」甲答：

「問我身上幾條筋，剝開皮來尋！」乙又問：「一刀幾個洞？」甲怒而變色：「一刀兩個洞！你有幾顆心，借來下酒否。如若要領教，拳頭上來領！」於是，雙方大打出手。這種尋釁式的「盤海底」，在青幫裡稱作「窩裡翻」。

如有一方明知自己不是對方的對手，也會來個好漢不吃眼前虧，向對方求情討饒，這時的說詞大致是這樣的：「不敢！弟兄有眼不識泰山，全靠老大包涵。弟兄有得罪之處，請老大告訴敝家師。家有家法，幫有幫規；江湖有禮，往來有節。光棍不做虧心事，天下難藏七尺軀，責打聽便。一家人的胳膊往裡彎，要長要短，隨便截接。請老大高抬貴手，弟兄先來買一碗奉敬老大！」說到這裡，若是在茶館的話，便叫伙記泡上一壺茶，雙手端向對方道：「待弟兄請敝前人向老兄下氣。」這種奉茶敬禮的做法，幫內人稱作「打招呼」，也就是向對方賠禮道歉了。若對方仍不肯罷休，這就叫「不識抬舉」，在旁邊的幫內人會出來干涉。

往往是大字不識兩個的幫會流氓，在打架前或認吃癟前是否要說上這麼多文縐縐的話語，能否記得住這麼多文縐縐的話語，實在有點令人懷疑。不過文獻如此記述，我們也姑且勿論吧。

〈註十六〉：

民國初年，上海灘興起了一股黑幕小說熱，內容涉及幫會、報館、股票市場、銀行金融、娼妓撈女等社會各階層的方方面面。一段時間裡，上至達官貴人、賢士淑女，下至少年學子、販伕走卒，均競相捧讀，成當年上海文壇一大奇觀。一家大型圖書公司曾大張旗鼓地登報徵集黑幕稿件，準備收集三百萬字，出版十六開大本四厚冊的《中國黑幕大觀》，應徵稿件竟如雪片般的飛來。而其廣告目錄在報上登出來後，立時引致一些「大人物」恐慌和惱怒，他們害怕自己的醜事被抖出來，於是急忙找到書坊老闆，送上一筆錢，條件就是要抽掉涉及到他們「黑幕」的篇目。據說當時有位已下台的大人物，年已八十三歲，有一天突然看到一部以他為主人公的小說，說他擁有七房姨太，而其一大嗜好便是跟某位姨太合穿一條棉褲。云云。氣得這老傢伙渾身打抖，最後是讓家人找到書坊老闆，送上五百元錢，說定預約此書二百部送人，條件是把大人物的名字改掉。老闆欣然答應，二百本書便輕鬆脫手。可謂中國近代文壇一件有趣的軼聞。